ELIZABETH LOWELL
morir de amor

Editado por HarperCollins Ibérica, S.A.
Núñez de Balboa, 56
28001 Madrid

© 2015 Two of a Kind, Inc.
© 2018 Harlequin Ibérica, una división de HarperCollins Ibérica, S.A.
Morir de amor, n.º 235 - 17.1.18
Título original: Perfect Touch
Publicado originalmente por HarperCollins Publishers LLC, New York, U.S.A.
Traductor: Amparo Sánchez Hoyos

Todos los derechos están reservados, incluidos los de reproducción total o parcial en cualquier formato o soporte.
Esta edición ha sido publicada con autorización de HarperCollins Publishers LLC, New York, U.S.A.
Esta es una obra de ficción. Nombres, caracteres, lugares, y situaciones son producto de la imaginación del autor o son utilizados ficticiamente, y cualquier parecido con persona, vivas o muertas, establecimientos de negocios (comerciales), hechos o situaciones son pura coincidencia.

® Harlequin, TOP NOVEL y logotipo Harlequin son marcas registradas por Harlequin Enterprises Limited.
® y ™ son marcas registradas por Harlequin Enterprises Limited y sus filiales, utilizadas con licencia. Las marcas que lleven ® están registradas en la Oficina Española de Patentes y Marcas y en otros países.

Imagen de cubierta: Dreamstime.com

I.S.B.N.: 978-84-9170-564-2
Depósito legal: M-30061-2017

Dedicado a Emily Krump, que tanto me facilita la labor editorial.
¡Muy agradecida!

CAPÍTULO 1

La puerta de la habitación del motel estaba abierta de par en par.

«Yo la dejé cerrada», pensó Sara Anne Medina. «¿No?».

Empujó la puerta con el enorme bolso y se quedó helada.

La habitación había sido revuelta sin piedad alguna. La maleta estaba volcada en el suelo, la ropa esparcida por la desgastada alfombra, los objetos de aseo desperdigados, la ropa interior y la de deporte toda revuelta en un mismo montón. El aroma a lavanda de su champú favorito lo impregnaba todo.

«Solo he estado fuera cinco minutos».

El café para llevar, que acababa de comprar, de repente le quemó las heladas manos.

«Un extraño ha revuelto entre mis cosas. ¿Se habrá excitado el yonqui con mi ropa interior? ¿Seguirá aquí?».

La idea la hizo girarse tan bruscamente que se derramó el café sobre los dedos. Miró por el pasillo. No se veía a nadie.

«No tengo tiempo para eso. Debo acudir al juzgado. Al fin voy a encontrarme con el hombre misterioso para dejar de soñar y poder regresar a la realidad a la que pertenezco. La realidad en la que quiero estar, incluso a pesar de los malditos yonquis».

Propinó una patada a la puerta para abrirla del todo hasta

que se golpeó con el tope. No había nadie detrás. No había nadie en la habitación. El armario estaba abierto, pero no había ningún hueco en el que esconderse. La puerta del cuarto de baño, que estaba entreabierta, permitía ver el inodoro, la ducha y el lavabo. El espejo estaba sucio allí donde ella le había quitado el vaho de la ducha unos minutos antes.

Quienquiera que fuera ya no estaba.

Pero el desorden permanecía.

«Tendrá que esperar», pensó antes de darse cuenta. «¡Se han llevado el ordenador! Tengo copia de todo en la nube, pero ¡maldita sea!».

El cable colgaba de la pared sobre la silla en la que había dejado el abrigo. El abrigo también había desaparecido junto con el ordenador.

«Me pregunto cuántas tiendas de empeño habrá en Jackson, Wyoming. Y para qué querrán un abrigo de mujer. No hay muchas mujeres de mi estatura que usen una talla 38».

Con una mano ligeramente temblorosa, Sara dejó el café, sacó un bolígrafo del enorme saco sin fondo que ella llamaba «bolso», y lo hundió en el montón de ropa hasta alcanzar la maleta medio enterrada debajo. Los bolsillos interiores seguían cerrados.

«No han visto mi joyero. Hubiera preferido que se llevaran las joyas y dejaran el ordenador, pero, claro, no me preguntaron, ¿verdad?».

Una ojeada al reloj le confirmó que iba con retraso. En breve otro extraño, en el juzgado de Jackson, decidiría el destino de su carrera. Soltó un silencioso juramento y corrió hasta la recepción.

—Estoy en la habitación 101 —le informó a la mujer—. Han entrado a robar. Me falta el ordenador y el abrigo. Dígale al sheriff, o a quienquiera que le pueda importar, que estoy en el juzgado.

Sara dejó a la mujer balbuceando preguntas y salió por la

puerta principal al frío primaveral de las calles de Jackson. No había dado ni diez pasos cuando ya lamentaba la pérdida del abrigo.

Y se había olvidado el café.

Rápidamente se dirigió por la que, sin duda, debía ser la calle más gélida de toda la ciudad. El viento descendía directamente desde los nevados Tetons. Y la sensación de frío empeoraba por el hecho de que lucía un sol resplandeciente y engañoso que hacía pensar en un día de verano.

Un arco de entrada a un parque llamó su atención. Al principio le había parecido que el arco estaba hecho de huesos de reses, como las que solía ver de niña. Pero esos eran diferentes. Más elegantes y terminados en puntas que se iban estrechando. No daban la sensación de ser una finalidad de la muerte sino más bien un símbolo del ciclo de la vida pasando por todos sus estadios.

«Astas», comprendió de repente. «Las que se caen cada año en un ciclo que no es ni de nacimiento ni de muerte, sino simplemente otra manera de ser. Como los cuadros de Custer, un hermoso y espeluznante recordatorio de que la vida salvaje, el salvajismo, no está tan lejos de nosotros».

Temblando de frío continuó su camino.

«Debería estar de vuelta en San Francisco, con una taza de café de Murray's, camino de las oficinas de Perfect Touch».

«Pero entonces lo único que conocería de mi hombre misterioso sería la voz».

«¿Y qué?», señaló el lado práctico de su cerebro. «Lo último que necesito es un hombre».

A Sara le gustaba vivir su vida, a su manera, haciendo lo que quería y cuando quería hacerlo. Siendo la única chica de siete hermanos, ya había tenido bastantes pañales, labores domésticas y cuidados de bebés para toda su vida.

El viento mordió con sus dientes de hielo el pantalón negro y tironeó de su jersey rojo. Lo único que le impedía levantárselo era el cinturón de cuero negro que le abrazaba la cintura. Sin embargo, no bastaba para darle calor.

«Maldito ladrón».

Se recordó que, sin embargo, su situación podría ser mucho peor. Podría estar aún en la granja, ser una vulgar y rebelde adolescente acarreando un carro de pienso de un húmedo y ventoso establo a otro, para luego regresar guiando a un testarudo Holstein.

«Al menos no tengo ningún agujero en la bota que me obligue a intimar con una caca de vaca fresca».

El teléfono sonó en el bolsillo de su pantalón.

«Si es el sheriff, que espere».

Incluso mientras se le ocurría esa idea, dudó. La llamada podría ser de Jay Vermilion, el dueño de docenas de excelentes cuadros que podrían suponer un impulso para su carrera, cuadros con tal potencial que se interponían en un complicado acuerdo de divorcio.

«A lo mejor, y solo a lo mejor», reflexionó ella, «uno de esos cuadros es la legendaria *Musa*, el único retrato pintado por Custer».

Eso explicaría la batalla legal que había sobrevivido al dueño original de los cuadros, JD Vermilion. Su jovencísima esposa, Liza, que llevaba seis años impugnando la herencia que su antiguo esposo había empezado a coleccionar antes de que ella fuera siquiera una adolescente, había, con su muerte, lanzado a los abogados contra el principal heredero de JD Vermilion, su hijo, Jay.

Los labios de Sara se curvaron ligeramente mientras ella seguía caminando. «No conozco a la infame Liza Neumann, antes Vermilion. Pero con las nueve décimas partes de las posesiones, yo apostaría a que el capitán Jay Vermilion va a impedir que su ex madrastra ponga en un futuro las manos sobre los cuadros aún por descubrir de Armstrong «Custer» Harris».

El retirado veterano del ejército, que acababa de heredar el rancho familiar propiedad de sus antepasados Vermilion desde hacía generaciones, exudaba firmeza y determinación, incluso por teléfono.

«Ni siquiera conoces a ese hombre», se recordó Sara a sí misma. Por fin había conseguido sacar el móvil del ajustado bolsillo del pantalón. Una ojeada a la pantalla le sirvió para comprobar que había saltado el buzón de voz. Mentalmente, se encogió de hombros. El número no era de Wyoming, lo cual significaba que no era el sheriff.

«Ni Jay, maldita sea».

«Piensa en el buen capitán como en cualquier otro cliente potencial que te llama en horas de trabajo para pedirte un consejo sobre arte del oeste», se dijo a sí misma.

«Imposible».

Quizás Jay Vermilion fuera un cliente potencial, pero también era el hombre con el que había conversado por teléfono casi todas las noches desde hacía unos cuantos meses. Al principio habían sido solo negocios, pero las conversaciones, de algún modo, habían evolucionado hacia… algo más.

«Aún no sé cómo pude contarle tantas cosas sobre mí y mi trabajo a alguien a quien ni siquiera conozco. Y él también me contó cosas, sobre el rancho, el clima y la mujer del oeste que esperaba conocer para casarse, una mujer que engendraría la séptima generación de Vermilion.

Nuestras vidas y metas son tan diferentes que me sorprende que hayamos tenido tanto de que hablar».

El teléfono de Sara vibró y volvió a sonar en su mano. En la pantalla apareció el número de su socia. Piper Embry distraería a Sara del frío y del hombre cuya voz gutural se había colado en sus sueños.

—¿Alguna extraordinaria alfombra adquirida recientemente? —preguntó Sara.

—He encontrado unas cuantas que me han obligado a repasar el saldo bancario de Perfect Touch.

—¿Qué pasó con la remesa?

—Estoy trabajando en ello —contestó Pipe—. ¿De qué va ese mensaje que me enviaste sobre Wyoming?

—Liquidé el asunto Chens antes de tiempo y me vine a Jackson.

—Creía que estabas harta de volar de un lugar para otro.

—Y lo estoy.

—Pero sigues empeñada en esos Custer. ¿O es por la impresionante voz de Jay Vermilion?

—Espera hasta que, y suponiendo que lo logre, ponga mis manos sobre esos cuadros —Sara ignoró las bromas de su socia—. Estrujarán el corazón y los bolsillos de, al menos, cinco de mis clientes, y lograrán que disminuyan notablemente mis necesidades de viajar —el gélido viento le revolvió los cabellos negros hasta taparle el rostro.

—¿Qué es ese ruido? —preguntó Piper.

—El viento. Aquí la primavera está llena de vendavales y es escasa en cerezos en flor.

Sara miró a su alrededor en busca de un lugar donde refugiarse. Lo único que vio fue otro curioso arco de entrada al parque. O quizás de salida. En cualquier caso, decidió quedarse al sol.

—¿Estás bien? —se interesó la otra mujer—. Tu voz es diferente. Algo tensa.

—Me conoces demasiado bien. Me han entrado a robar en la habitación. Han desaparecido el ordenador y el abrigo. Pero estoy bien. Ahora mismo no tengo tiempo para pensar en drogadictos. Dentro de cinco minutos el juez va a dictar sentencia sobre el caso Vermilion.

—¿Quieres que me reúna contigo? —preguntó Piper tras unos instantes de silencio.

—No hace falta —se apresuró a contestar Sara—. Puedo manejar yo sola la colección Vermilion.

—Ah, es verdad, Jay Vermilion. El de la preciosa y gutural voz. ¿Su aspecto es tan bueno como suena?

—Aún no lo he visto —Sara miró a izquierda y derecha antes de cruzar la calle con el sol de frente.

—Puede que te caldee la... primavera —insistió Piper.

—Si consigo la venta de los cuadros Custer, mi primavera será más que calentita. Y la tuya también. Los gemelos Newcastle están como locos por hacerse con los cuadros que aparecen en *The Edge of Never*.

—¿En dónde?

—Es una película moderna y lacrimógena sobre una joven pareja que no sabe amar y que no tiene el sentido común de separarse.

—¡Uf! Si hace falta que te expliquen algo así, tienes más problemas de los que pueda resolver una película.

—Estoy de acuerdo —Sara rio—, pero fue una sensación en Sundance. Ahí la vieron los gemelos Newcastle y sin perder tiempo contactaron con el director, todo con la máxima discreción. La película seguramente repetirá su éxito en Cannes.

—Y Custer, el moderadamente conocido artista del oeste, ¿cómo encaja en esto?

—Uno de sus cuadros, *Wyoming Spring*, aparecía una y otra vez a lo largo de toda la película, incluyendo en la desgarradora escena en la que...

—Ahórrame los detalles —la interrumpió Piper—. Las películas románticas consiguen que se me quede dormido el trasero.

—Y por eso, por la película, no por tu trasero, el mercado de las obras de Custer subirá de temperatura como Las Vegas en julio.

—¿Y qué pasa con las grandes casas de subastas?

—La hacienda Vermilion posee seguramente la mitad de las obras pintadas por Custer, y casi todas las que aún no están en circulación —explicó Sara—. Si conseguimos ser sus agentes, puede que no nos haga falta acudir a una subasta pública. No habrá que repartir ningún porcentaje.

—Pues a por ello. Pondré a Lou a trabajar en cualquier cosa que sea necesaria hacer desde aquí. Está sin hacer nada.

—¿Qué ha pasado? ¿No consiguió cerrar el trato con Najafi?

—Lou es muy buena, pero Najafi pone a prueba la paciencia del mismísimo Creador —contestó Piper—. ¿Cuánto tiempo estarás fuera?

—Si Jay Vermilion pierde la colección, mañana mismo regreso.

—En ese caso, amiga, te deseo una larga estancia en Wyoming.

—Dentro de dos semanas estarás suplicando que vuelva.

—No si hay dinero de por medio. Adiós. ¡A por esos dólares!

—Y tú también: a ganar dinero.

Sara sonrió y guardó el móvil en el bolsillo, se retiró los cabellos de la cara y corrió por la acera al encuentro de su futuro.

Con los dedos cruzados y bien metidos en los bolsillos.

CAPÍTULO 2

En la sala de audiencias, de paredes cubiertas con paneles de madera, Jay Vermilion se estiraba dentro de la chaqueta prestada, intentando aflojar el cuero sobre los hombros.

«Nunca pensé que algo de JD pudiera quedarme pequeño».

Pero así era.

—Deja de retorcerte, muchacho —se quejó Henry Pederson en un susurro—. No olvides lo que te enseñó JD: nunca muestres tu miedo.

El abogado, sentado junto a Henry, reprimió una sonrisa mientras tomaba unas notas de última hora.

Jay miró de reojo al capataz de su rancho.

—Aprendí sobre el miedo y la quietud en lugares que jamás habrás visto.

—Sí. Cuando te reenganchaste para ir a Afganistán, creí que jamás regresarías al rancho.

—Y yo también. Pero me cansé de la política demasiado irreal y de las balas demasiado reales.

—Menos mal. Liza saqueó el rancho —Henry hizo amago de escupir, recordó dónde estaba, y se aguantó—. Espero que el juez no termine el trabajo por ella.

—Sobreviviremos sin esos cuadros.

—Pensé que querrías conocer a la señorita Sara Medina —el capataz se frotó el bigote—. Parece todo un personaje.

Jay disimuló el calor que lo invadió al oír su nombre, pero no se molestó en disimular una sonrisa.

—Es verdad. Es puro fuego, y también inteligencia. Si conseguimos los Custer, se lo deberemos a ella.

—Maldito pintor. Nunca mereció la pena. El rancho está mucho mejor sin él.

«Pero nosotros estaríamos mucho mejor con sus cuadros», pensó Jay. «Hay tantas necesidades. Por fin podría arreglar todas esas cosas que hemos ido dejando hasta que se han convertido en un enorme y costoso desastre».

Sin embargo, no lo mencionó en voz alta. Henry tenía setenta y cuatro años y era delgado como un palo. También era resistente como un poste. Había hecho todo lo posible para mantenerlo todo en pie mientras Jay estuvo fuera y JD se dirigía hacia su lento y prolongado declive.

Echó una ojeada al reloj y se recostó en el asiento.

—Da igual lo que decida finalmente el juez, la valla de alambre sigue necesitando ser tensada en los pastos del sur, hay que repartir las piedras de sal, mantener las zanjas de irrigación, y mover el ganado hacia pastos más verdes. Esa es la realidad. El resto no es más que ladrar a la luna.

—Tu papaíto te enseñó bien —Henry asintió y volvió a frotarse el bigote, más plateado que negro.

—Debió hacerlo, sigo vivo.

—De tal obstinado palo, tal astilla —el capataz le dedicó una sonrisa torcida.

—JD encontró en Liza Neumann la horma de su zapato.

La única respuesta de Henry fue un gruñido. Nunca le había gustado demasiado la segunda esposa de JD, y no había encontrado ningún motivo en especial para ocultarlo.

Mientras el minutero avanzaba en el reloj de la sala, Jay pensó en todas las cosas que debería estar haciendo en el rancho. Se moría por agarrar el sombrero tejano que descansaba sobre la mesa enfrente de él y volver al trabajo. Por la noche, Sara Medina llamaría para formularle un par de preguntas, o él la llamaría a ella, y hablarían. Él le hablaría sobre la audiencia, el juez y el veredicto. Ella le hablaría de los sofisticados y costosos objetos que estaba buscando para comprar en nombre de algún adinerado y exigente cliente.

«Lo cambiaría todo por una testaruda vaca», pensó él.

Desvió la mirada hacia la zona de la sala reservada al querellante. Los dos abogados de Liza esperaban como silenciosos búhos al acecho de su siguiente comida. Sabía muy bien lo que ganaban esos dos, dado que la hacienda Vermilion llevaba seis años pagando sus facturas.

«Como todo lo demás en la vida de Liza», reflexionó Jay con cansancio. «Ella gasta. El rancho Vermilion paga, paga y paga».

Una vez más, Jay esperó que el sexo que había recibido su padre estuviera a la altura de lo que ella le estaba jodiendo a él en esos momentos.

La puerta se abrió con un ruido sordo que retumbó por toda la sala. Liza Neumann, antes Vermilion, hizo su entrada calzada con unos tacones que alargaban su metro sesenta y cinco a casi un metro setenta y cinco. Los rubios cabellos habían adquirido un tono platino, el toque final para la reina de hielo. De sus orejas colgaban los diamantes de JD, que también lanzaban destellos desde sus manos. A diferencia de los cuadros Custer, las joyas con las que JD había cubierto a su entonces joven esposa eran un regalo incontestable.

—Señora —saludó Jay mientras se ponía de pie al pasar ella junto a la mesa.

Henry ni se movió.

—Gracias, Jay —Liza se detuvo al llegar al asiento que tenía designado—. JD tenía muchos defectos —continuó con voz ronca—, pero te enseñó buenos modales.

Henry aguardó a que la mujer se hubiera sentado ante la mesa de los querellantes antes de volverse hacia Jay.

—Ojalá JD estuviera aquí.

—Aunque siguiera vivo, solo estaría aquí su cuerpo —Jay se reclinó en el asiento y tironeó de nuevo de las hombreras de la chaqueta—. Estaba bien casi todo el día y luego empezaba a apagarse al anochecer. Luego fue al atardecer. Luego…

—Una manera de morir muy fea para un hombre tan fuerte —observó Henry, sacudiendo su desastrada barba gris—. Si alguna vez me pasa a mí, dispárame y déjame para que sea pasto de los osos.

La puerta de la sala volvió a abrirse. Jay no tuvo que volverse para reconocer el sonido de las aceleradas y cortas pisadas de los zapatos de cuero de su jovencísimo hermanastro, dejando una costosa marca en el pasillo.

—Ese crío llegará tarde a su propio funeral —murmuró Henry—. No tiene mucho de JD. Un niño de mamá de cabo a rabo.

—JD no tuvo oportunidad de criarlo —«y yo partí a la academia militar de West Point mucho antes de que Barton empezara a afeitarse».

«Lo hecho, hecho está. Ahora hay que vivir con ello».

Barton se detuvo al llegar al final del pasillo que separaba las mesas de la acusación y de la defensa. Su delicado rostro estaba inflamado y rojo, como si hubiera llegado corriendo al juzgado. Se quitó el abrigo negro, dejando al descubierto el traje de color crema que llevaba puesto. Como todo en él, sus ropas tenían un toque caro, muy del este. En ese caso de Nueva York, vía Miami, donde había intentado culminar un gran negocio inmobiliario.

Al menos eso se decía.

Jay no prestaba demasiada atención a los rumores, pero se notaba que algo preocupaba a su hermano. Bajo el tono sonrosado del esfuerzo físico, tenía la piel pálida y los hombros caídos eran los de un hombre que portara una pesada carga. El carísimo corte de pelo apenas conseguía dominar los cobrizos cabellos. A sus veinticuatro años, los ojos azul claro miraban con una permanente expresión de ansiedad.

Y, cuando esos ojos se posaron en la mesa de la defensa, Jay empujó con la bota una silla en una silenciosa invitación.

Barton miró a Liza en el instante en que ella se volvía y alzaba las cejas en expresión inquisitiva. Con una mirada de disculpa hacia Jay, el joven se sentó a la mesa de los querellantes. Agarró una silla para sacarla de debajo de la mesa, descubrió que estaba hecha de madera maciza y tuvo que tirar de los músculos de la espalda para moverla. Instantes después, se dejó caer junto a su madre.

Que ni siquiera lo miró.

Jay sacudió imperceptiblemente la cabeza. «El viento invernal es más dulce que esa mujer, y JD tenía edad para ser el abuelo de Barton. No es manera de criar a un hijo».

El dinero solo solucionaba las cosas que el dinero podía solucionar. Y la infancia de Barton no había sido una de esas cosas.

—No insistas —le aconsejó Henry—. Ese chico sabe muy bien de qué lado está untada su tostada.

—Si así fuera, estaría sentado a mi lado. No dejo de darle una oportunidad tras otra para enseñarle el manejo del rancho.

—No puedes enseñarle a un chico lo que no quiere aprender.

Jay optó por no rebatir la verdad.

—Por una parte, Barton es exactamente como era yo a su edad. Me moría por largarme de ese rancho.

Los dedos retorcidos de Henry juguetearon con el ala del sombrero tejano. A punto de ponérselo, recordó por qué descansaba sobre la mesa.

—Pues desde luego hiciste realidad tus deseos.

—Ya te digo —Jay asintió y apartó los pensamientos de

aquel lejano lugar, apodado La Picadora de Carne, por las tropas que lograron sobrevivir—. Supongo que los abogados son más civilizados que las balas. Pero que te demanden cada cinco minutos termina por cansar. Gracias a Dios, Sara… la señorita Medina, nos ayudó a luchar por la reclamación de JD sobre esos cuadros. No sé qué habríamos hecho sin ella. O sin ti, por supuesto, ayudar a encontrar esos recibos fue fundamental.

—Rebuscar entre cajas de trastos viejos fue una tontería cuando había que atender el rancho.

—Era el deseo de JD.

—Estaba empeñado en conservar esos cuadros —Henry suspiró—. Nunca entendí el motivo. Pura terquedad, supongo.

—Fue la última cosa que me pidió. Y, si puedo mantener esos Custer alejados de Liza, lo haré —contestó Jay.

Ese era el juramento que le había hecho cada noche a JD, un juramento que su padre necesitaba oír antes de dormir.

«Menuda cosa. Para mí era como un navajazo, un corte que él confundía con consuelo».

«A lo mejor le gustaba sufrir».

«Eso, desde luego, explicaría su matrimonio con Liza».

—Ese hombre amaba lo que amaba —continuó Henry—. Aunque no fue muy acertado en sus elecciones.

—No estoy muy seguro de que el amor tuviera algo que ver con todo eso —Jay siseó—. Liza y JD pelearon a muerte por esos cuadros. Pero ¿la custodia del crío? Eso lo zanjaron en una hora. Cuando fui lo bastante mayor para largarme, Barton vivía entre dos padres demasiado ocupados en pelearse para criarlo.

—No te sientas mal por él —afirmó Henry secamente—. Pase lo que pase, podrá ponerse de parte del ganador.

Jay miró de nuevo a su hermano, enfundado en ese traje de color claro, tan propio de Miami, y supo que el rancho Vermilion jamás sería un hogar para él. Pero sí lo era para Jay y todas las personas que trabajaban allí. Más que nunca era su obligación lograr que esa propiedad prosperara.

«De aquí a siete años, o bien Barton consigue una parte del rancho, o se la compro yo. Suponiendo que tenga el dinero».

Un murmullo recorrió la sala ante el anuncio de la llegada de la juez Flink. Todo el mundo se puso en pie mientras la juez entraba por una puerta lateral y se sentaba en el estrado. Cuando todo el mundo se hubo sentado de nuevo, la mujer dio un fuerte golpe de martillo y procedió a resumir los puntos principales del largo sumario.

«Menos mal que aprendí paciencia en el ejército», pensó Jay mientras se disponía a oír los hechos que ya se sabía de memoria.

CAPÍTULO 3

El eco de las pisadas de Sara en el interior del juzgado se apagó cuando la joven se detuvo bruscamente. Un grupo de personas remoloneaba delante de la puerta de la sala de audiencias número 3, aquella en la que se estaba dictando sentencia sobre el caso Vermilion. La mayoría de esas personas parecía conocerse y charlaban en grupitos de dos o tres.

Y todos miraban expectantes hacia la sala de audiencias.

«¿Amigos de las dos partes? ¿Periodistas? ¿Acreedores?».

Nada de lo que veía parecía responder a sus preguntas silenciosas.

Dos hombres permanecían más cerca de la puerta. Uno era el alguacil, vestido con un traje de color caqui y una gruesa cazadora marrón por encima. Al segundo hombre lo reconoció Sara enseguida, era alto, de aspecto demacrado y vestía un traje de lino de color azul que se arrugaba en las articulaciones. Aunque le daba la espalda, ella sabía que llevaba su característica corbata color fucsia.

«Guy Beck. ¿Cómo ha averiguado el pomposo artista lo de los Custer?».

—Lo siento señor —decía el alguacil—. La parte de la defensa solicitó una audiencia a puerta cerrada para evitar el circo mediático. Puede esperar con los demás. Por favor, despeje la entrada.

Beck dudó unos instantes antes de darse media vuelta y unirse a los grupitos en animada conversación.

«Gracias a Dios que no me ha visto», pensó Sara. «Espero que siga así».

Un hombre uniformado apareció por el pasillo, mantuvo una rápida conversación en voz baja con el alguacil y se volvió hacia la gente que esperaba frente a la sala de audiencias.

El recién llegado era alto y se le veía bronceado bajo el ala del sombrero. Los ojos, de un color verde oscuro, barrieron rápidamente al grupo entero. Bajo el uniforme se vislumbraba un poco de barriga que el hombre no intentaba ocultar con la cazadora abierta.

Sara concluyó que era una persona segura de sí misma, con o sin uniforme.

—Disculpen —habló con voz clara—. ¿Se encuentra aquí Sara Anne Medina?

Por el rabillo del ojo ella vio a Beck girar bruscamente la cabeza en su dirección. Sara lo ignoró y dio un paso al frente.

—Yo soy Sara Medina.

—Soy el sheriff Cooke, señora —el hombre saludó con una ligera inclinación de cabeza.

—Mira quién tiene problemas con la ley —anunció Beck con una risotada.

—Que Dios bendiga a los que vienen de paso —el sheriff lo fulminó con la mirada, dejando bien claro que no lo había dicho en serio—. Por aquí, por favor —le indicó a Sara—. No debería llevarnos mucho tiempo.

Agradecida de que Beck no fuera a oír nada, Sara siguió al sheriff unos metros pasillo abajo, hacia el interior del edificio.

—Tengo entendido que está aquí por el asunto del rancho Vermilion —puntualizó él.

«Eso es solo media verdad», pensó ella con amargura. «Me pregunto qué mitad de la verdad le interesará más».

—Testifiqué a favor del rancho —explicó mientras señalaba la puerta cerrada de la sala de audiencias al otro extremo del pasillo—. Pero no estoy de visita oficial. Esperaba poder asistir a la conclusión del caso.

—Cuando me informaron sobre el robo y su conexión con Jay —Cooke asintió—, enseguida decidí que podía dedicarle algún tiempo al incidente.

«Aquí hay alguien con amigos en las altas esferas», pensó Sara. «Debe de ser agradable».

—¿Me puede resumir qué hizo esta mañana?

Sara repasó rápidamente los sucesos de la mañana.

—¿Sabe algo del robo? —preguntó—. He pensado que podría ser alguien que tuviera una llave maestra, ya que la puerta no tenía ninguna marca.

El sheriff sacudió ligeramente la cabeza.

—No creo que hubiera mucha planificación. Da más bien la sensación de tratarse de un delito oportunista. Seguramente no cerró la puerta del todo cuando salió a comprar su café. Buena suerte para ellos, mala para usted.

—Eso no tranquiliza mucho.

El hombre sonrió ligeramente.

—Jackson es una ciudad pequeña, pero no por ello el crimen pasa de largo por aquí. Hay restaurantes que no se dejan un cuenco de salsa caliente en la mesa porque es demasiado fácil de robar.

—¿En serio? ¿Y para qué querría un ladrón de poca monta una salsa caliente?

—He aprendido que los únicos ladrones de poca monta son los críos en busca de emociones fuertes. El resto son ladrones, sin más.

—Bueno, pues el que revolvió mi habitación no era de los buenos. Él, o ella, se dejó el joyero que había en la maleta.

—Eso es una buena noticia. Los ladrones descuidados pueden ser atrapados. Los cuidadosos rara vez acaban entre rejas.

—Mi ordenador y el abrigo son poca cosa —Sara se esforzó por no poner los ojos en blanco.
—Así es —el sheriff asintió—. Pero de todos modos redactaremos la denuncia —sin apartar la mirada de la joven, el hombre sacó el móvil del bolsillo y deslizó el dedo por la pantalla para desbloquearlo—. ¿Algún otro detalle que pueda añadir?

Sara le indicó el modelo y año del ordenador, describió el abrigo negro, y supo que era una total pérdida de tiempo.

—Tengo una copia de seguridad de mi ordenador en la nube —añadió algo más animada—. La seguridad del dispositivo al menos desconcertará a un hacker ordinario.

—¿Alguna otra vez ha tenido problemas? —por primera vez el sheriff pareció mostrar interés.

—No, pero vivo en San Francisco, por lo que tomo medidas de seguridad de todo tipo. Me fastidia muchísimo tener que reemplazar una herramienta que utilizo todos los días, y noches, en mi trabajo. Y no volveré a dormir en esa habitación. Pero estos detalles no le servirán de nada.

—¿Ha reservado otra habitación?

—Todavía no.

—Pues no le será fácil —añadió el sheriff como si tal cosa—. Los noruegos han llegado a la ciudad.

—¿Los qué?

—Noruegos. Este año se han retrasado. Todos los años llega un grupo enorme que toma posesión de la ciudad. Svarstad.

—¿Svarstad? —Sara se sentía totalmente perdida.

El hombre asintió y anotó una serie de cosas en el teléfono mientras hablaba.

—Hace unos cuantos años aterrizaron por aquí un montón de esos críos. Se trata de una enorme reunión multifamiliar. Como he dicho, este año se han retrasado. Si además añadimos los habituales turistas, va a ver muchos carteles de «Completo» —el hombre le dedicó una mirada sonriente—. Y olvídese de comprar bacalao o salmón en las tiendas locales.

—Nada de bacalao, salmón o habitación. ¿Estoy atrapada en ese motel?

—Puede probar fuera de la ciudad, pero no hay mucho donde elegir.

Eso le supondría tener que alquilar un coche y Sara se preguntó si quedaría alguno libre. Además, tenía que encargar un nuevo ordenador. Y comprar un abrigo. Y encontrar un lugar en el que dormir esa noche. Y romperle las rodillas a Guy Beck para que no se abalanzara sobre los Custer. Y conocer a Jay Vermilion en carne y hueso.

«Demasiadas cosas que hacer, demasiado poco tiempo para hacerlas».

—Si se le ocurre alguna otra cosa que crea pueda servir de ayuda, por favor, llame a la oficina del sheriff —el oficial se guardó el móvil en el bolsillo—. Cuando vea a Jay, salúdele de mi parte.

—Mencionó que le conocía —Sara recordó una conversación mantenida a altas horas de la noche.

—Le conozco desde hace tiempo, trabajé para su padre. Podría seguir haciéndolo, pero JD dijo que yo estaba hecho para algo mejor. Me ayudó a seguir este camino.

—Los Vermilion parecen estar por todas partes aquí —observó ella—. Poseen algunos edificios en el centro de la ciudad, ¿verdad? Recuerdo haber leído el nombre desde el taxi al menos en uno.

Cooke asintió y se subió la cremallera de la cazadora.

—No son los Kennedy, pero se acercan bastante. Es bueno que alguien esté decidido a sacar adelante el rancho. Tras la enfermedad de JD, ese sitio se estaba cayendo a pedazos. Henry hacía lo que podía, pero ya no es un jovenzuelo.

Sara asintió. Jay también le había hablado de eso. Mucho.

—Bueno, pues gracias por su tiempo, sheriff. Y buena suerte con esos tipos.

El sheriff saludó con una inclinación del sombrero justo

en el instante en que la puerta de la sala de audiencias se abría de golpe y chocaba ruidosamente contra el tope. Una mujer con aspecto de corista en declive salió como una exhalación. «Un duro y frío corazón de maldad envuelto en diamantes y cachemira», pensó Sara.

Los largos cabellos rubio platino enmarcaban un rostro tenso por la ira. Todo su cuerpo exudaba ira mientras pasaba junto al alguacil. Se detuvo, giró la cabeza y soltó un rugido.

—¡Barty! Vámonos —los altos tacones producían un irritante sonido al chocar contra el suelo del pasillo.

Un hombre pelirrojo y de corta estatura, vestido con un traje de color crema y un abrigo negro colgado de un hombro, iba tras ella. Era más que evidente que no tenía ninguna prisa en alcanzarla.

—Bueno —murmuró el sheriff mientras la mujer salía a la calle—, parece que la Malvada Zorra del Oeste ha perdido. Que Dios la bendiga.

—¿Quién?

—Liza Neumann, antes Vermilion.

CAPÍTULO 4

La sala se vació poco a poco. La mayoría de las personas que aguardaban en el exterior corrieron tras Liza Neumann. El resto rodearon a dos hombres vestidos como abogados. Las preguntas se sucedían atropelladamente.

Otro hombre salió por la puerta y Sara sintió activarse toda su feminidad. No era solo la estatura lo que le hacía destacar. Era su porte, su manera de moverse, propia de un hombre totalmente a gusto con su cuerpo. Su rostro era demasiado rotundo, demasiado masculino, para ser considerado hermoso, y demasiado inusual para ser considerado atractivo. Extraño. Su piel sufría esa clase de desgaste producido cuando se trabajaba al aire libre. La cazadora de cuero no conseguía tapar la fuerza masculina que cubría. Unos pantalones oscuros, típicos del oeste, marcaban unas largas y robustas piernas. Un sombrero tejano negro y unas lustrosas botas encajaban a la perfección con Wyoming.

«¡Madre mía, qué hombre!», pensó ella. «Apuesto a que no tiene ni un gramo de grasa».

Sara era muy consciente de estar mirándolo fijamente, pero le daba igual. No era habitual ver esa masculinidad pura, dentro o fuera de una pantalla.

«Quizás debería salir más a menudo de la ciudad».

«Eso, eso, dirígete al lugar donde los hombres son hombres y huelen a sudor y a mierda de vaca, y tienen más hijos de los que pueden mantener. No, gracias. Ya tuve una infancia repleta de todo eso».

Sin embargo, lo que sí podía hacer era disfrutar de la visión de un hombre cien por cien masculino a poco más de seis metros de ella.

«Me pregunto si es lo bastante listo como para sumar dos y tres y que le salgan cinco, o si vive de su físico».

De repente vio a Guy Beck abordando a ese ejemplar.

«No puede ser Jay Vermilion», pensó. «No sería justo que el resto del conjunto estuviera a la altura de su profunda voz».

«Claro que, ¿quién ha dicho que la vida sea justa?».

Sara se abrió paso entre la gente, poniendo especial empeño en mantenerse fuera del campo visual de Beck. Quería contemplar un poco más de Jay y no considerarlo únicamente como una voz al teléfono hablándole de Skunk, el Perro Maravilla y su amigo, Lightfoot, o sobre King Kobe, el Terror de los Pastos.

A medida que se acercaba, descubrió que Jay tenía unos ojos color azul oscuro, limpios como gemas. Alrededor de los ojos y en las mejillas lucía unas pequeñas arruguitas que no parecían tener nada que ver con la edad. Más bien parecían producto de la experiencia. De cosas aprendidas de la manera más dura.

Las oscuras cejas de Jay se arquearon cuando el hombre que tenía enfrente agitó una tarjeta de visita ante sus narices.

—Guy Beck, señor Vermilion. De la agencia Masterworks Auction.

—Señor Beck —saludó Jay mientras tomaba la tarjeta y estudiaba las elegantes letras estampadas en la cartulina—. Y soy capitán Vermilion.

—Disculpe, capitán —se excusó Beck—. Dado que es evidente que es un hombre muy ocupado, seré breve. Tengo entendido que posee una buena cantidad de cuadros que van a ser puestos a la venta.

Mientras hablaba, las cejas y el rostro de Guy gesticulaban exageradamente, tanto de simpatía como de avaricia, como si lamentara el peso de la carga de tener que vender las pertenencias de otro y conseguir a cambio un generoso porcentaje de su valor.

Jay aguantó el discurso como lo que había sido, un buen soldado presto a recibir la última ronda de caprichos políticos disfrazados de órdenes.

«Soy una oportunidad para toda esta gente», pensó secamente. «No es de extrañar que Henry se marchara por una puerta lateral. Estará de regreso en el rancho mucho antes que yo».

—Señor Guy Beck —Jay se levantó ligeramente el sombrero, dejando a la vista unos cabellos profundamente negros—. He oído hablar de usted. Hollywood, ¿verdad?

—Me halaga. No tenía ni idea de que mi fama me precediera hasta Jackson Hole.

—Solo Jackson —le aclaró Jay con calma—. Jackson Hole comprende todo el valle desde los Teton hasta las llanuras. Dudo mucho que los alces y los berrendos que abundan por ahí hayan oído hablar de usted.

—Oh…

—A mí me da exactamente igual —continuó él con una voz tan dulce como fría era su mirada—. Solo intentaba hacer que parezca menos ignorante, en caso de que tenga planes para trabajar con la gente de por aquí.

—Pues gracias —Beck tomó aire apresuradamente—. En cuanto a los Custer…

—¿Los qué? —Jay lo miró perplejo.

Sara tuvo que reprimir un bufido. Si Jay seguía por ese camino, iba a necesitar unas buenas botas para vadear la porquería. Beck, sin embargo, no parecía notar el olor.

—Los cuadros del señor Harris. Armstrong «Custer» Harris —le explicó Beck con fingida paciencia.

—Ah, esos. Lo siento —Jay sonrió—. Yo lo conocía como Armstrong. Solo los tipos que lo odiaban lo llamaban «señor Harris».

—Fascinante sin duda. Y ahora que la propiedad de esos cuadros le pertenece, me preguntaba si estarían en venta.

—Supongo que se referirá a la propiedad de toda la hacienda Vermilion.

—Sí, por supuesto —Beck retorció los dedos de sus manos en un inquietante origami.

—Acabo de comprender quién es usted —Jay alzó un dedo en el aire.

—El dueño de la agencia Masterworks Auction, soy consciente de ello, gracias.

—Es el marchante que trabaja para Liza Neumann. Será mejor que se largue de aquí, hijo. Está muy enfadada y le lleva mucha ventaja.

Sara contuvo un estallido de felicidad cuando Beck comprendió que no era el hombre más listo de los dos que estaban manteniendo esa conversación.

—No existía ningún acuerdo formal —le aclaró Guy—. Nada firmado ni legalizado, ¿comprende?

—Lo que comprendo es que ella perdió y usted acaba de dejarla tirada como a una mofeta muerta.

—Soy un hombre de negocios. Ya no había ningún negocio que hacer con la señorita Neumann.

—Le pillé —Jay asintió mientras metía la tarjeta de visita en el bolsillo delantero de la chaqueta de Beck, junto con el pañuelo de lunares—. Es un mercenario. Y no es que haya nada malo en eso, hay que ganarse la vida, pero yo no hago negocios con alguien a quien solo le interesa el dinero. Adiós, señor Guy Beck. Por favor no me llame. Ya ha agotado mucho más de lo que le correspondía de mi tiempo y paciencia.

Beck titubeó antes de darse media vuelta y marcharse tan aceleradamente que casi atropelló a una persona. Jay no se había fijado en la delgada joven que aguardaba pacientemente detrás del agente. Pero en esos momentos la miraba fijamente.

Ella se hizo a un lado para evitar ser arrollada por Guy. Era más alta que la mayoría de las mujeres, lo bastante para poder bailar con él sin que tuviera que inclinarse, o ella ponerse de puntillas. Su pálida piel contrastaba con los cabellos color visón que llevaba sueltos, y cuyo aspecto era de tal suavidad que empezó a sentir un hormigueo en los dedos. Los ojos marrones eran grandes y enmarcados por largas y oscuras pestañas. El jersey y los pantalones marcaban un cuerpo femenino sin exagerar. A diferencia de Liza, no había severidad en los rasgos de esa mujer, no había ningún muro de hostilidad entre ella y el resto del mundo.

Y eso le intrigaba.

«Una lástima que no tenga tiempo para coqueteos», pensó. «Porque no lo tengo».

Antes de poder apartarse, la mujer se acercó un poco más y extendió una mano. Las finísimas pulseras de plata y cristal que lucía en las muñecas tintinearon como un lejano trino.

—Capitán Vermilion, soy Sara Medina, de Perfect Touch —se presentó.

Jay le estrechó la mano, sorprendido por la fuerza del apretón.

—Sara. Me alegra poder ponerle rostro a la voz. ¿O acaso en horas de oficina somos la señorita Medina y el señor Vermilion?

—Sara me va bien.

—Y yo atiendo por Jay —contestó él con una sonrisa—. Solo empleo el título de capitán cuando alguien me saca de quicio.

Ella sonrió hasta mostrar un hoyuelo en el lado derecho de su boca.

—Le pediría disculpas en nombre de Guy Beck, pero no tuve nada que ver con lo que pasó.

—Me alegra saberlo —él se hizo a un lado y la apartó con suavidad.

—Gracias, señor Vermilion —intervino el alguacil detrás de Jay mientras cerraba la puerta de la sala de audiencias y echaba la llave—. Haré que el resto de esta gente se marche de aquí, pero usted puede tomarse su tiempo.

—¿Tienes ojos en la nuca? —preguntó Sara en un susurro para que el alguacil no la oyera—. Ni siquiera me había dado cuenta de que estaba detrás de ti.

—No dispongo de algo tan útil como otro par de ojos, pero sí de unos buenos oídos.

—Desde luego, un oído capaz de oír un alfiler caerse en Marte —de repente ella comprendió que seguía estrechando la mano de Jay y, a regañadientes, la soltó—. Y felicidades por conservar los Custer… lo siento, quería decir los Harris.

—Sabes de sobra que yo me refiero a ellos como los Custer. Había algo en ese embaucador con traje de lino que me dio ganas de chincharlo. Muy infantil por mi parte, pero he aprendido a no desperdiciar las oportunidades de divertirme.

—Apúntame para eso también —Sara ni siquiera intentó reprimir la carcajada—. Beck es todo un actor. Me impresionó cómo lo engañaste. Y también fue un alivio. Es un marchante de los de lanzar y abandonar.

Los ojos azules de Jay la urgían a continuar.

—Beck lanzará todos los rumores que pueda sobre los cuadros y el juicio —le explicó—. Y luego abandonará los cuadros en el mercado sin importarle el precio que podrían haber alcanzado con un manejo cuidadoso.

—Pura mercancía.

A cierta distancia se oyó una sirena y, casi de inmediato, el más absoluto silencio.

—Todo tiene su precio en el mercado del arte —Sara frunció el ceño—. Soy lo bastante pragmática como para entender eso.

—He oído un «pero...».

—Los Custer valen más que simple dinero. Representan parte de las últimas grandes interpretaciones artísticas del paisaje del oeste, un paisaje que ya estaba desapareciendo cuando fue pintado por él. El pasado no puede recuperarse, pero en esos cuadros se percibe.

—Seguramente es más fácil apreciar esa grandeza si no conociste a Custer personalmente —observó Jay—. Yo no era más que un crío, pero me parecía un hijo de perra mezquino y vanidoso. Por eso le apodaban «Custer», por el general que no tuvo mejor idea que conducir a sus hombres a una trampa mortal por puro orgullo.

—Ya me había parecido, por algunas de nuestras conversaciones, que Custer no te parecía el hombre del año —Sara sintió un respingo por dentro—. Me refiero al pintor.

—La gente no entendía por qué JD cargó con él durante tanto tiempo.

—¿Cargó?

—¿Nunca te lo conté? Alojamiento, material de pintura y dinero.

—Eso no se sabe —Sara sintió una súbita emoción—. A lo mejor tu padre creía en el talento de Custer.

—A lo mejor. Y a lo mejor le gustaba tener a alguien sobre quien limpiarse las botas.

—Uf.

—Supongo que también se me olvidó comentarte que JD era insoportable y tozudo como él solo —Jay sonrió y su expresión se dulcificó.

—Pues no. Da la impresión de que tu padre y Custer eran tal para cual.

—En realidad era mi madre la que sentía debilidad por

Custer —él tomó a Sara del brazo y la condujo hacia la calle—. Ella adoraba sus cuadros. JD la adoraba a ella.

«Y a mí me encanta la sensación de la fuerte mano de su hijo sobre mi brazo», reflexionó Sara. «Es tan interesante en persona como al teléfono».

«Menos mal que soy inmune a todo eso».

—Estás helada —observó él mientras abría la puerta de la calle y luego la volvía a cerrar—. ¿Te has dejado el abrigo en el coche?

—No. Me lo robaron de mi...

Ese fue el momento elegido por Barton Vermilion para aparecer corriendo hacia ellos, ahogando las palabras de Sara. Parecía cansado y agotado, y tenso como un cable. El abrigo negro ya no colgaba de su hombro, lo llevaba puesto.

—Jay, necesito hablar contigo. Ahora.

Sara sintió la mano de Jay apretarle el brazo con más fuerza antes de soltarla con una reticencia que hizo que ella sintiera deseos de apretarse contra él.

«Pues claro que quiero estar más cerca», se dijo a sí misma. «Está calentito, y el viento no».

—Señorita Medina —Jay se volvió hacia ella—, ¿conoce a mi hermano, Barton?

—Un placer, señor Vermilion —contestó Sara.

Barton le dedicó una despectiva inclinación de cabeza y se dirigió de nuevo a Jay.

—Tenemos que hablar —de repente volvió la cabeza bruscamente hacia Sara—. Usted testificó en contra nuestra. El juez citó su opinión como factor decisivo en su sentencia.

—Ofrecí una declaración que incluía la autenticidad de los recibos de los Custer vendidos a JD Vermilion —aclaró ella—. Dado que su apellido es Vermilion, en mi opinión es uno de los beneficiarios.

—Punto para la dama —Jay reprimió una sonrisa ante la frialdad de la respuesta de Sara.

Barton la recorrió de arriba abajo con la mirada, como si estuvieran en un bar el sábado por la noche y fuera la hora de cierre.

—Si es tan lista, ¿por qué no ha tenido el sentido común de ponerse abrigo?

La respuesta que surgió en la mente de Sara provenía directamente de los establos de su infancia. Pero, antes de poder recubrirla de palabras más educadas, Jay se había quitado la cazadora y se la había puesto sobre los hombros.

Sara estuvo a punto de gemir ante el calor que la envolvió.

—Gracias.

—No hay de qué —Jay se volvió hacia Barton—. No culpes a Sara por el enfado de Liza. Ni a mí.

—Para ti es fácil decirlo. Estoy atrapado entre mi madre y tú —Barton frunció el ceño—. Pregúntame si es divertido.

—No hace falta. Estuve allí —la expresión de Jay se dulcificó al recordar a su hermanastro como un tirano pelirrojo aferrándose al mundo con sus dos manitas regordetas—. No olvides que yo te llevaba a caballito sobre mis hombros mientras tú gritabas «¡arre!», por toda la casa.

—Resulta que eres mayor que yo. ¿Y qué? He crecido desde entonces —contestó Barton con impaciencia.

Los labios fruncidos contradecían sus palabras, pero Barton no podía evitar haber heredado la boca de su madre.

«Aunque sí podría ayudarse a sí mismo si se comportara de acuerdo a su edad», pensó Jay. «Cuanto mayor se hace, menos adulto parece».

«Y ser hijo de Liza no le ha hecho ningún favor».

De súbito sintió una gran irritación. En algún momento, Barton iba a tener que responsabilizarse de su propia vida, de sus propias decisiones. En lo que a él respectaba, ese momento ya había pasado. Aun así, cada vez que discutía con su hermanastro, tenía la sensación de estar maltratando a un cachorrito.

—Pues ya que eres mayorcito, serás consciente de que Liza solo puede culparse a sí misma por su vida.

Sara sabía que debería dirigirse calle abajo y dejar a los dos hermanos proseguir con lo que, a todas luces, era una discusión familiar que se prolongaba desde hacía años, pero llevaba la cazadora de Jay y apenas había dejado de temblar aún.

—Podrías haberle dado los malditos cuadros —puntualizó Barton.

—Cumplí los deseos de JD. Fue muy preciso sobre el destino que quería darles a esos cuadros.

—¿Y qué? Está muerto.

—Le di mi palabra —insistió Jay.

—¿Y él cómo va a enterarse? ¡Está muerto!

Sara sentía aumentar la tensión en la mano con la que Jay le seguía sujetando el brazo y aguardó a que se produjera el estallido. Pero, cuando habló el vaquero, su voz era tranquila.

—Ya está hecho —le insistió a Barton—. Supéralo y sigue con tu vida.

—Hace falta dinero para vivir —se quejó su hermanastro con voz cada vez más chillona.

—Por eso trabaja la gente. En el rancho tienes un puesto cuando lo quieras.

Barton bajó la mirada. Se estaba esforzando por controlar el temperamento tan típico de los pelirrojos.

—Escucha —dijo al fin mientras miraba a Jay a los ojos—. He encontrado a un tipo que podría ayudarnos a vender esos cuadros.

—¿Llevaba un traje de lino y una corbata morada? —preguntó él.

Durante un instante Barton dudó visiblemente si la respuesta debía ser afirmativa o no.

—Pues no me fijé.

—¿Te entregó su tarjeta? —insistió Jay.

—Eh, sí —contestó su hermano mientras sacaba la tarjeta del bolsillo de su traje—. Masterwor...
—No —lo interrumpió Jay—. Ya me ha abordado. Lo rechacé.
—Pero este tipo es serio. Conoce a un montón de gente en Hollywood, cierra grandes tratos.
—Conmigo no lo hará.
Durante unos segundos la tensión resultó palpable. Hasta que Barton se encogió de hombros.
—De acuerdo, no lo quieres a él. Estupendo. ¿Y qué te parece si me ocupo yo de los cuadros?
Jay estudió atentamente a su hermano. El aspecto de Barton oscilaba entre negligente y despiadado, pero Jay sentía la obstinada obligación de ayudar a ese muchacho que de pequeño gritaba de felicidad mientras lo llevaba a caballito por el caótico rancho.
—¿Lo dices en serio? —preguntó Jay al fin.
—Claro. Me dedico a cerrar grandes tratos continuamente.
El instinto del antiguo militar le decía que lo rechazara. La sempiterna esperanza de que Barton tuviera en la cabeza algo más que palabrería lo empujaba a aceptar.
—Me lo pensaré —contestó al fin.
—Podría manejarlo sin problema —insistió su hermano, irguiéndose por primera vez—. Ya lo verás. Soy buen comerciante.
—¿Lo haría a través de una subasta o de una custodia? —preguntó Sara con calma—. ¿Sotheby's o Christie's? ¿O prefiere elegir una casa de subastas especializada en pintores del oeste?
—¿Eh? —Barton parpadeó perplejo.
—Solo me preguntaba cuál es su experiencia en venta de obras de arte —insistió ella—. Si los Custer van a ser vendidos, necesitan recibir un trato adecuado.
—¿Y cree que yo no lo haría? Tengo una titulación en gestión. De Harvard. Conozco el mundo de los negocios.

—Entonces sabrá que el negocio del arte posee su propia idiosincrasia. No es lo mismo que encontrar un inversor providencial para una empresa en ciernes. Vender arte es en parte espectáculo, en parte una partida de póquer, y en parte una mierda.

—¿Y usted es la chica adecuada para ello? —preguntó Barton—. El único tipo que conoce esos cuadros mejor que yo está muerto —se sonrojó y apuntó a Sara con un dedo—. Yo tengo una conexión personal.

—Que resultará muy útil a la hora de vender los cuadros cuando llegue el momento —ella asintió con una sonrisa profesional—. A los coleccionistas les encanta tener un contacto personal con la historia de un cuadro. Ayuda a añadirle lustre a la narrativa, a la leyenda del pintor y, por supuesto, al gusto artístico del dueño.

—No se pueden pagar facturas con una leyenda —protestó Barton.

—No, pero se puede utilizar en beneficio propio. Si se quiere hacer bien, es una carrera de medio fondo. A los vendedores les gustan esos tipos con trajes de lino que se limitan a lanzar rumores, pero no dejan que los interesados se documenten realmente.

—Las leyendas no se construyen de un día para otro —intervino Jay con calma.

—Lo más habitual son las sensaciones postreras generadas por años de trabajo —concedió Sara.

—¿Años? —rugió Barton—. ¿Y quién dispone de años?

—Dispone de años la voluntad profesional de invertir en el futuro —contestó ella—. Si de verdad le interesa, podemos hablar sobre el proceso y la clase de trabajo necesaria para poner en el mercado de manera adecuada unos cuadros como los Custer.

—Y supongo que usted es la profesional que me va a enseñar esas cosas, ¿correcto? —preguntó Barton con sarcasmo.

—Por fin te has dado cuenta —exclamó Jay mientras consultaba el reloj—. Cuando se hayan vendido esos cuadros, sospecho que la señorita Medina habrá tenido mucho que ver. Suponiendo, por supuesto, que le interese el trabajo.

—Gracias —Sara sintió un profundo alivio—. Si quieres, me encantaría ayudarte a vender los Custer. ¿Has pensado en los pasos a seguir?

—No hay ninguna garantía de que vayas a ocuparte de las ventas —contestó él—. Aún no. Necesito conocer… personalmente a una persona antes de confiar en ella.

—Entendido.

—¡Barty, ven aquí! —la voz de Liza aulló cargada de impaciencia.

—Un minuto —gritó Barton tras hacer una mueca.

Una ráfaga de viento hizo que Sara sujetara la cazadora de Jay al mismo tiempo que su dueño. Sus dedos quedaron entrelazados y ella admiró la diferencia de textura, fuerza y calor entre sus dedos y los de ella. Jay tenía callosidades, pero la piel en sí misma era suave. No pudo evitar preguntarse cómo sería sentir la caricia de esos dedos sobre la piel desnuda.

Y también se preguntó cómo era posible que ese hombre estuviera en mangas de camisa, expuesto al gélido viento de Wyoming y tener las manos más calientes que ella.

—Escucha —Barton interrumpió sus pensamientos dirigiéndose a Jay—. ¿Echaste un vistazo al nuevo plan que te envié?

—La señorita Medina se está quedando helada —fue la respuesta de Jay—. Te llamaré cuando…

—¿Recuerdas a ese tipo que envié a mi cuarta parte del rancho la semana pasada? —interrumpió Barton apresuradamente.

—¿El que llegó con tres días de retraso?

—Es un hombre importante —su hermanastro agitó una mano en el aire, quitándole importancia—. Tiene muchos recursos. En cualquier caso, los informes que me ha hecho llegar tienen buena pinta. Pero quiere hacer unas cuantas prospecciones más antes de ofrecer un trato.

Sara notó cómo Jay se quedaba muy quieto.

—¿Te refieres a la tierra junto a Lash Creek?

—Eso es.

—Ese arroyo alimenta al Crowfoot, que proporciona agua a la mayor parte del rancho. Es una cuenca demasiado valiosa para ponerla en peligro con actividades mineras.

—El oro también es valioso, hermanito. Lash Creek forma parte de mis tierras. Yo soy quien decide el uso al que se destina.

—Cuando cumplas treinta y un años, según las estipulaciones del testamento de JD, sí —insistió Jay—. Yo también tuve que esperar.

—¡Oye! Intento hacerlo de manera pacífica. Podría impugnarlo.

—¡Barty! —la voz de Liza sonaba más distante—. ¡Yo me marcho!

Ambos hombres la ignoraron.

—Perderías. Liza ya intentó dividir esas tierras durante el proceso de divorcio. El juez no picó entonces y tampoco lo hará ahora. El testamento de JD es claro. Tienes que tener treinta y un años para poder tomar parte en la gestión del rancho.

—¡BARTY! —gritó Liza por encima del viento.

Sara sentía ganas de acurrucarse en el chaquetón prestado. Su familia era pobre, pero tenían demasiado orgullo para montar una escena en público.

—De acuerdo —rugió Barton—. Sé como JD. Deja el dinero sobre la mesa cada vez que juegues. Millones colgados de las paredes, millones en derechos mineros sin explotar, y nada en el banco para los demás.

Dicho lo cual corrió tras su madre.

Otra ráfaga de viento los sacudió. Los árboles agitaron sus ramas y crujieron. El olor a nieve era más fuerte, pero el cielo estaba casi despejado.

—Siento que hayas tenido que presenciar esto —se excusó Jay sin apartar la mirada de Barton.

—No hace falta que te disculpes —contestó Sara—. No hay nada como una discusión familiar.

—Lo menos que puedo hacer es llevarte a tu habitación del motel. ¿Dónde te alojas?

—Estaba en el Lariat —la mención de la habitación hizo que ella se parara en seco—. Pero necesito encontrar otro sitio.

—¿El servicio es malo?

—Me entraron a robar. Se llevaron el abrigo y el ordenador. El sheriff no tiene muchas esperanzas de poder encontrar a los ladrones.

«Ni otra habitación».

—Menuda mañanita has tenido, ¿eh? —Jay le rodeó los hombros con un brazo y la condujo hasta una enorme camioneta de color plata—. Con los noruegos en la ciudad, no encontrarás un lugar decente en el que alojarte.

—Yo...

—Ven al rancho —sugirió él—. Tenemos cinco dormitorios y solo uno está siendo utilizado. Algunos de los Custer están allí, y muchos más en Fish Camp.

—Me estás tentando.

La sonrisa del vaquero la caldeó tanto como el abrigo.

—Nada de tentaciones, simple sentido común —le aseguró Jay mientras abría la puerta del lado de copiloto—. Necesitas una habitación y los Custer. Yo necesito conocer de ti algo más que esa voz tan sexy que me habla mientras preparo la cena y picoteo algo.

—¿Tú también? —Sara soltó una carcajada al rememorar tantas conversaciones telefónicas durante las que ella había hecho lo mismo—. Comer solo puede ser una mierda.

—Henry vive en el rancho —los ojos azules la taladraron—, de modo que tendremos una carabina, si es eso lo que te preocupa.

—Bien —se sentía más atraída hacia ese hombre de lo que le gustaría. Practicar sexo con un cliente era mal asunto. Y una estupidez.

—Siempre que me digas que has entendido que la fanfarronada de Beck sobre los millones que valen los Custer no es más que una chorrada, un gran taco de mortadela difícil de tragar, iré contigo —le aseguró ella.

—Nunca me gustó la mortadela —Jay sonrió y le apretó un brazo—, ni siquiera cuando tenía edad para comerla.

—Y el sheriff Cooke me pidió que te saludara de su parte —recordó Sara de repente mientras se subía al asiento del copiloto sin darle tiempo a Jay de pestañear.

—De modo que has concluido que soy seguro.

«Seguro», no era el calificativo que ella aplicaría a Jay Vermilion, pero asintió.

—Además he viajado a lugares donde la única manera de ver el país era alojarse en casas de extraños y hacer autoestop. Aprendes a confiar en tu instinto.

«Por no mencionar unos cuantos golpes muy feos que me enseñaron mis hermanos».

—Eso me pareció —Jay rio por lo bajo.

—¿Qué?

—Que eras de las aventureras.

Sara sonrió tímidamente. Esperaba que llevar la venta de los Custer la sacara de los viajes aventureros.

CAPÍTULO 5

Mientras Sara observaba a Jay dirigirse hacia el lado del conductor, una parte de ella tuvo la sensación de haber vuelto a los quince años, vestida con unos vaqueros rotos, un top con la barriga al aire, cabellos revueltos y sombra de ojos morada, en el aparcamiento del cine de verano mientras alguien hacía sonar una estruendosa música de rock salida de una pletina de casetes.

«Por aquel entonces ya había aprendido que tener un hombre no era tan bueno como tener mi libertad y ser y hacer lo que quería ser y hacer».

—Esa sonrisa es muy interesante —observó Jay mientras se subía al coche.

—Solo estaba rememorando mi época de juventud.

—Apuesto a que los chicos te perseguían todo el rato.

—Pues perderías la apuesta. Era más plana que un poste.

El motor de la camioneta subrayó la carcajada de Jay.

—Tendrás que mostrarme algunas fotos para que me lo crea.

—Las quemé.

Él sacudió la cabeza y condujo hasta el motel Lariat. Al ver el desorden que reinaba en su habitación a consecuencia del robo, todo gesto de diversión desapareció de su rostro.

—Espero que Cooke atrape a quienquiera que haya sido —sentenció.

—Pues yo no pienso esperar sentada hasta que eso suceda —Sara le devolvió la cazadora y empezó a recoger sus cosas.

Con la eficacia de quien pasaba mucho, demasiado, tiempo viajando, Sara devolvió sus ropas y efectos personales a la maleta, recogió el cable del ordenador y echó un último vistazo a la habitación.

—¿Tienes conexión a internet en el rancho?

—Sería difícil hacer negocios si no la tuviera.

—Bien. Descargaré en mi tableta la información que necesite de mis archivos.

—Menos mal que no te la robaron también —comentó Jay.

—La llevo en el bolso junto con el móvil. Y allá donde voy yo, va mi bolso.

—He visto mochilas más pequeñas que ese bolso —observó él tras echarle una ojeada.

—Algunas personas levantan pesas, yo levanto mi bolso.

Jay sonrió.

Y ella se recordó a sí misma que no estaba bien mirar a alguien fijamente.

—Ya estoy lista para marcharme —anunció.

Sara se dirigió hacia la puerta, tirando de la maleta con ruedas, ansiosa por perder de vista la habitación del motel. Jay la alcanzó con una simple zancada.

—Déjame a mí —dijo mientras alargaba una mano hacia la maleta.

Con suma facilidad, la subió al asiento trasero de la camioneta.

—¿Cuánto hay de aquí al rancho? —preguntó Sara.

—Eso depende del puerto que esté abierto. Unos treinta y dos kilómetros si está abierto Wolf Pass, y casi el doble si hay que tomar el camino largo.

—¿Y el ganador es…?
—Nosotros —contestó Jay—. Wolf Pass está abierto. O al menos lo estaba cuando lo crucé esta mañana. En los Teton, el tiempo cambia en un segundo, sobre todo en las tierras altas.
—No conseguirás asustarme a no ser que incluyas algún oso.
—Normalmente se quedan en los límites del rancho —le aclaró él—, en los pastos arrendados. En ocasiones, si la basura huele especialmente bien y aún no hemos tenido tiempo de quemarla, se acercan hasta Fish Camp.
—Debes estar de broma.
—No, nosotros quemamos nuestra basura. Enterrarla solo les daría a los osos algo que desenterrar, y cavando son mucho mejores que un hombre con una pala.
—Cuando dices que hay osos, lo dices en serio.
—Sí, chica de ciudad —Jay clavó su mirada en los grandes ojos. Y también pumas, ciervos, antílopes, alces, y Henry jura que vio huellas de lobo durante el deshielo. ¿Vas a cambiar de opinión sobre lo de alojarte en el rancho?
—¿Los Custer también están allí?
—Sí.
—Te lo diré después de verlos.
Él sonrió.
Sara sintió un escalofrío recorrerle la columna.
«Menos mal que me crie cuidando de mis hermanos pequeños, lavándome el pelo para quitar el olor a mierda de vaca y vómito de bebé, y cocinando para nueve. Estoy inmunizada contra los encantos rústicos. He trabajado demasiado duro para salir de aquel lugar como para regresar para algo que no sea una breve visita».
Rápidamente las calles de Jackson dieron paso a una zona comercial a ambos lados de la carretera. Minutos después los edificios dieron paso a la hierba. Los árboles bordeaban pequeños arroyos y la salvia crecía en las laderas expuestas. Vallas

de alambre de espino marcaban los pequeños ranchos, mientras que estrechas carreteras asfaltadas, o no, serpenteaban a lo largo de los riscos cubiertos de hierba, salvia o álamos temblones.

Tras recorrer unos cuantos kilómetros, la cima de las colinas cubiertas de hierba dio paso a una serie de mansiones, situadas en las laderas y edificadas junto a viejos ranchos, que prácticamente se caían a pedazos. Las viviendas nuevas eran enormes, engalanadas, más parecidas en ocasiones a un programa de televisión. Sara apostaba a que el noventa por ciento de esas mansiones estaban vacías.

Las edificaciones le parecieron más propias de la zona alta de Nueva York, incluso de las afueras de Atlanta, donde ella misma había trabajado decorando el interior de una casa parecida a aquellas. Sin embargo, en medio del oeste, le resultaban fuera de lugar.

«Seguramente no debería contemplarlas así, pero ¿estas nuevas residencias realmente aportan algo al paisaje? ¿Tan mal estaban los viejos ranchos que había que dejar que se pudrieran de puro abandono mientras se construían unas enormes mansiones?».

No había nada que respondiera a su pregunta, salvo la compleja realidad de que la vida cambiaba.

Colina abajo, las tierras más llanas estaban vacías, salvo por el vallado de los ranchos, algunas cabezas de ganado y la hierba que se mecía bajo el viento. Unas plateadas ondas brillaban en las acequias de irrigación.

—No veo muchas vacas —observó ella al cabo de un rato.

—Ha sido un invierno muy duro y una primavera tardía. El precio del heno era tan elevado que muchos pequeños ganaderos tuvieron que vender su ganado.

—¿Y tú?

—El rancho Vermilion tiene sus propios prados. Lo llevamos mejor que la mayoría.

—Tienes suerte —Sara recurrió a los recuerdos—. Mi padre tenía demasiados hijos y pocas vacas lecheras para llegar a fin de mes.

—Mucho trabajo, y muy duro —le concedió Jay—. Cuando era joven, me moría de ganas de abandonar el rancho y ver mundo.

—Y eso hiciste —observó ella mientras recordaba fragmentos de otras conversaciones.

—Sí, me marché a los dieciocho. Y no regresé hasta hace unos años. Mucho tiempo.

—Yo aún no he vuelto. Y no se me ocurre ningún motivo para hacerlo. ¿Qué te hizo cambiar de idea a ti?

—Afganistán.

Sara reconoció la señal de que la conversación había terminado, pero, aun así, insistió.

—A uno de mis hermanos pequeños le pasó lo mismo. Él... ¡Cuidado!

Antes de que las palabras abandonaran sus labios, Jay ya había frenado en seco y dado un volantazo para esquivar al ciervo que cruzaba la carretera. Lo consiguió por muy poco.

—Los ciervos son la cosa más tonta con pezuñas —exclamó él mientras regresaba a la carretera—. Me pregunto qué le habrá hecho salir de día.

—¿Un oso? —preguntó Sara, la voz débil por la subida de adrenalina.

—Más probablemente algún perro perdido.

Su voz no había cambiado ni un ápice y ella tuvo la sensación de que haría falta algo más que un ciervo suicida para hacer que a ese hombre se le acelerara el pulso.

Obligándose a sí misma a apartar la mirada de los atractivos rasgos, la dirigió hacia el paisaje.

La carretera ascendía, se retorcía y subía un poco más. Durante un tiempo siguieron viendo alamedas en cada vertiente y, en ocasiones, en la misma cima. Las mansiones desaparecieron y, aunque las vallas de los ranchos permanecieron, el paisaje se tornó más salvaje. Algunas de las vallas eran muy viejas, de madera que se había vuelto gris ante el implacable desgaste.

Tras abandonar la carretera, el suelo pasó de asfalto a grava.

—¿Hasta dónde llega esta carretera? —preguntó Sara.

—Se prolonga unos cuarenta y ocho kilómetros antes de terminar en la puerta del rancho Mitchell. Por el camino se ven algunos bonitos pantanos donde abundan los alces —Jay aflojó la marcha—. Agárrate, viene un desvío cerrado.

—¿Más ciervos?

—Una carretera estrecha y un turista pegado a mi culo. El muy idiota lleva un coche de ciudad. Si sigue adelante, se va a quedar atascado en el barro.

A pesar del giro, el otro coche siguió pegado a ellos. Jay soltó un juramento por lo bajo y tomó otro camino de grava. La señal indicaba que entraban en el rancho Vermilion y que se trataba de una propiedad privada en la que no estaba permitido el paso, la caza ni los giros. Llegaron a una puerta cerrada alejada de la carretera lo suficiente como para permitir a la camioneta apartarse lo justo para que el turista pasara de largo a gran velocidad, lanzando gravilla hacia los lados, ignorante del terreno pantanoso, y del montante de la factura de la grúa, que le esperaba unos cuantos kilómetros más adelante.

Jay se bajó de la camioneta, abrió el candado y empujó la puerta.

—¿Quieres que conduzca yo? —gritó Sara.

—Gracias, te lo agradezco.

Ella se pasó al asiento del conductor, cruzó la camioneta al otro lado de la puerta y regresó al asiento del copiloto.

—Una dama muy ágil —observó Jay con gesto apreciativo mientras se sentaba de nuevo al volante—. No me digas que practicas yoga.

Sara soltó una carcajada y negó con la cabeza.

—Monto a caballo en Sierra Nevada siempre que puedo. Los caminos están plagados de puertas de paso como esta.

—También tengo entendido que hay osos.

—Por donde yo monto no. Mi caballo no lo soportaría —tras reflexionar un instante, continuó con una pregunta—. ¿Por qué están todas las grandes haciendas en lo alto? Cerca de Jackson hay terrenos más planos.

—A la gente de la ciudad le gustan estas vistas. Cuando Liza intentó sacarle más dinero a JD, él arrendó algunos pastos de cordilleras, los menos útiles, a unos cuantos ricachones. Construyeron complejos turísticos, apartamentos, haciendas en miniatura, lo que fuera.

—¿Arrendados? Eso fue muy inteligente.

—Lo único para lo que JD era estúpido era para Liza. Cada vez que contemplo esas haciendas fingidamente rústicas encaramadas a las colinas, veo más muestras de que, cuando un hombre mayor se casa con una mujer mucho más joven que él, el dinero siempre cambia de manos. Y en gran cantidad.

Jay condujo a buen ritmo por la carretera y únicamente aflojó cuando las vallas fueron sustituidas por pasos canadienses colocados para evitar que cruzaran los animales con pezuñas. La camioneta iba levantando una nube de polvo a su paso, aunque no demasiado gracias a la lluvia caída la noche anterior.

Sara se descubría una y otra vez admirando el perfil de Jay, o sus fuertes manos, y se obligó a contemplar el paisaje. Estaba allí por los Custer. Punto final.

«Custer pintó este paisaje. ¿Qué vio para colocar aquí su caballete? ¿Las sombras de los álamos en las escarpadas laderas? ¿Los afilados ángulos de las vallas? ¿El dibujo del viento sobre la hierba?».

—¿Te acuerdas de Custer? —preguntó ella.

—Un poco. Yo tenía doce años cuando mi madre murió y JD se casó con Liza. Custer se marchó más o menos por esa época. No le gustaban mucho los niños, sobre todo cuando crecí hasta superarlo en estatura, y eso sucedió cuando yo tenía unos diez años. Por lo que he averiguado después, Custer tenía buen ojo para las mujeres, y ellas le correspondían —Jay sacudió la cabeza—. Nunca lo he entendido. A lo mejor era el olor de las pinturas al óleo y la trementina, o lo que sea que ese tipo usara para perfumarse. O a lo mejor estaba dotado como un toro de feria... lo siento, no pretendía ser grosero.

Sara se mordió el labio para reprimir una carcajada.

—Cuando yo tenía doce años, pasé unas cuantas horas con los brazos hundidos hasta el codo en el canal de parto de una vaca, intentando agarrar la segunda pezuña del ternero, que se me resbalaba continuamente, para atar las dos con una cuerda y poder tirar. Me lo sé todo sobre cómo se hacen los bebés, y qué les cuelga a los toros.

—Eres una sorpresa tras otra —él apartó la mirada de la carretera y sonrió—. ¿Seguro que vives en San Francisco?

—Completamente segura. Lo adoro, la diversidad culinaria, tantos colores de piel, desde el blanco hasta el negro pasando por todas las tonalidades intermedias, la niebla que se enrosca alrededor de mis tobillos como un gato que tiene frío, el sonido del claxon de los coches y los grandes barcos, disponer de ropa, mercancías y arte de todo el mundo. Es un lugar emocionante, energizante. Siempre hay algo nuevo por descubrir. Y las únicas vacas que verás cuelgan de un gancho de las carnicerías.

—Yo también solía pensar así —Jay se encogió de hombros—. Pero cambié.

—¿Amaba Custer la tierra? —preguntó Sara.

—Amar, odiar... la línea divisoria es muy fina. No lo sé. JD y él se peleaban como un viejo matrimonio. Custer siempre perdía. Solía marcharse airado a pintar algo, y no regresaba hasta unos cuantos días después. A veces me pregunto si no provocaría las disputas solo para conseguir la motivación para pintar.

—Otro detalle de la historia personal del artista —Sara inclinó la cabeza—. Podrías escribir tus memorias.

—No tengo tiempo para eso. El rancho es como tener dos trabajos a tiempo completo.

—Esa es otra de las cosas que odio de las vacas. No te dejan tiempo para divertirte.

La mirada que le dedicó Jay parecía casual, pero al mismo tiempo no se le escapaba nada.

«Esta mujer es algo especial», reflexionó él. «Da la mano con firmeza, tiene un cuerpo femenino y delgado, aunque bastante fuerte. No gritó cuando se nos cruzó el ciervo, ni abandonó la ciudad por culpa de un ladrón de poca monta. También es inteligente, de lo contrario, el resto no resultaría tan atractivo».

«Lástima que sea una chica de ciudad y que en la ciudad no haya nada para mí. Mis raíces están plantadas en Wyoming, y siempre será así. La tierra forma parte de mi ADN. Qué estúpido fui al dedicarme a luchar durante casi toda mi etapa adulta para, al fin, comprender que el rancho es el desafío y la paz que necesito».

—Me muero de ganas de ver esos cuadros —confesó ella—. Los únicos Custer que he visto en persona fueron sus últimas obras, después de trasladarse a Roanoke.

—Cuando tuve la edad suficiente para pensar en los adultos como en personas igual que yo —intervino Jay—, me preguntaba por qué se había ido tan lejos. En Virginia no lo conocía nadie, y a Custer le gustaba ser conocido.

—A lo mejor se hartó del oeste. Fuera cual fuera el motivo, lo que sí es seguro es que estaba harto de todo lo que oliera a oeste, incluyendo los paisajes. Curioso. Sus últimas pinturas eran técnicamente más pulidas, y más accesibles, pero les falta la salvaje energía y la emoción que se refleja en las primeras.

—Si te gusta la energía salvaje, mira hacia allá —le aconsejó Jay mientras señalaba con la barbilla.

Ella giró la cabeza. El viento había arrancado casi todas las nubes de los Teton, que se alzaban majestuosos en el aire, dentados y brillantes gracias al hielo sobre la ladera norte. Las laderas que daban al sur resplandecían también, pero debido al agua acumulada tras el deshielo. El bosque era de un tono esmeralda muy oscuro y los árboles crecían entre fantasmagóricas hileras de álamos desnudos que ascendían por las quebradas. Más abajo, la hierba lucía un intenso color verde, y se mecía suavemente bajo el peso del viento.

—Siempre pensé que las colinas costeras que hay más arriba de nuestra granja eran lo más salvaje y fantasmagórico del mundo —observó Sara—. Pero esto es más. Mucho más… grande.

—¿Te hace sentir pequeña? —preguntó él.

—No. ¿Debería?

—No a todo el mundo le gustan los espacios tan abiertos.

—Pues entonces odiarán el océano Pacífico —contestó ella—. Eso sí que es salvaje e inquietante.

Jay sonrió.

Sara devolvió la atención a las montañas. Las nubes se formaban y deshacían ante sus ojos, sacudiéndose como las crines de una manada de caballos salvajes.

—Custer seguramente pintó esto —observó ella—. Es la típica colisión entre la tierra y el cielo que tanto le gustaba.

—Tenemos un cuadro así.

Un escalofrío de expectación recorrió el cuerpo de Sara ante la perspectiva de ver los cuadros de la primera época de Custer. En su opinión, con mucho sus mejores obras.

Durante largo rato contempló las nubes y el viento. Parecían seres libres, como solo los pobladores del aire podían ser. Por debajo de la línea del cielo, donde los Teton zigzagueaban convertidos en elevadas colinas y onduladas lomas, el viento barría los pastos, verdes y herbáceos, ondulantes como una infinita manada.

—Custer seguramente también pintó eso —continuó ella—. Hay tantos fantasmas y ecos en su obra. Por eso me fascina.

—También hay muchos fantasmas y ecos en ti —opinó Jay.

—¿A qué te refieres? —Sara lo miró sobresaltada.

—Eres una chica de ciudad que monta a caballo en las montañas para divertirse, y recuerdas haber ayudado en el parto de una vaca.

—Por eso soy una chica de ciudad. Allí no hay vacas.

—Ni caballos.

—Nada es perfecto.

—Salvo el nombre de tu empresa. Perfect Touch, «el toque perfecto».

Ella rio. «Tiene una mente ágil. Y eso me gusta en los hombres. O en las mujeres. Hay demasiadas personas que se limitan a dar bandazos en la vida con la mirada puesta en el suelo».

Del móvil de Jay surgió un mugido. Aflojó la marcha y sacó el teléfono del bolsillo. El movimiento hizo que los pantalones se tensaran sobre su entrepierna lo bastante para poder encender una cerilla sobre ella.

«La mente ágil no es lo único que posee. Esto también me gusta en un hombre. Mucho». Sara sintió una urgencia de abanicarse, pero se conformó con soplar lentamente.

—¿Qué pasa? —Jay contestó la llamada.

—¿Dónde demonios estás? —quiso saber Henry—. Hace casi una hora que he regresado al rancho.

—Llegaré en unos pocos minutos.

—Bueno, pues levanta el pie del maldito freno. Liza está aquí, furiosa como una mofeta en un baño de burbujas.

La noticia más bien despertó en Jay deseos de dar media vuelta.

—Ya casi estoy.

Guardó el móvil en el bolsillo y empezó a conducir como si fuera él solo.

Después de saltar sobre unos cuantos baches, Sara se agarró con fuerza y rezó para que el rancho no estuviera muy lejos.

CAPÍTULO 6

La casa principal del rancho Vermilion estaba escondida entre unos enormes árboles cuyas hojas empezaban a brotar. Las ramas alcanzaban la segunda planta de la casa, confiriendo un tono verde pálido a la fachada. Unos pastos vallados, más grandes que los de la granja familiar de Sara, se extendían en todas direcciones. Los edificios anexos estaban desperdigados hacia la parte trasera de la casa. Varias camionetas, de distinta antigüedad y estado, estaban aparcadas cerca de un barracón.

Aunque a la fachada podría haberle ido bien una mano de pintura, las vallas de los pastos lucían rectas y firmes. Lo mismo sucedía con los establos y edificios anexos donde algunas secciones de vallas habían sido reparadas recientemente.

Jay condujo directamente hasta la casa grande y aparcó junto a un Mercedes rojo, que parecía una reina de la belleza en medio de un solar.

—Esto puede ponerse muy feo —le advirtió él.

—Al menos tu familia tiene algo por lo que merece la pena pelearse —contestó Sara mientras se soltaba el cinturón—. Nosotros siempre nos peleábamos porque apenas teníamos nada.

—Algunas personas nunca tienen bastante.

—En ese caso no es el dinero lo que buscan.

—Liza no lo ve así —Jay abrió la puerta de la camioneta—. Este rancho nunca tendrá el dinero suficiente para llenar el agujero que esa mujer tiene dentro. Nunca lo ha hecho. Nunca lo hará.

Cerró la puerta de golpe.

Dos perros negros y blancos aparecieron desde detrás de la casa, ladrando a la misma velocidad a la que corrían.

—Skunk, Lightfoot —Jay soltó un agudo silbido—, al establo.

Los perros adoptaron una expresión de decepción, pero trotaron de regreso al establo.

Sara se bajó de la camioneta y estuvo a punto de aterrizar sobre los pies de Jay. Él la sujetó, impregnándola de calor con la indolente fuerza de sus brazos. A la mente de la joven acudió la imagen de los pantalones vaqueros tensándose sobre el regazo cuando había sacado el móvil del bolsillo.

«Piensa en otra cosa».

«Cualquier cosa».

«Como tener que volver a vivir en el campo».

De inmediato, la sangre se le volvió a enfriar.

—He tenido clientes como Liza —observó Sara comprensiva—. En muy buena posición para poder hacer casi todo lo que les apetece, pero solo piensan en lo que no tienen. Les corroe. Adoran comprar cosas porque, hasta que la venta se cierra, están bajo los focos. Creo que lo que desean en realidad es la atención.

—Si naces corista, morirás corista —Jay cerró la puerta del copiloto y tomó a Sara por el brazo.

—¿Liza era corista?

—Cuando JD la conoció, servía bebidas y bailaba. Mamá acababa de morir, y Custer convenció a mi padre para emborracharse salvajemente un fin de semana. JD y Liza se casaron unos cuatro meses después.

—Debía sentirse muy solo —«y vulnerable», pensó Sara.

—Esa es una posible explicación —concedió él en tono neutro.

La puerta principal de la casa se abrió, dando paso a Liza.

—Llevo una hora esperando —se quejó—. Si te apetece follar con tu amiguita, hazlo en tu tiempo libre.

Sara sintió la tensión invadir el cuerpo de Jay. Recordó las discusiones que habían mantenido sus padres. Peleas salvajes, pero sin sangre, palabras y emociones ácidas lanzadas desde ambos extremos de la descascarillada mesa de la cocina.

—¿Prefieres que espere en la camioneta? —preguntó ella en un susurro lo bastante bajo para que Liza no lo pudiera oír.

—Lo que preferiría es que Liza aprendiera a controlar su lengua —contestó él en el mismo tono—. Pero, si tienes ganas de desaparecer, no te lo impediré.

El tono frío de su voz le indicó lo enfadado que estaba. También le hizo preguntarse a Sara si la estaría evaluando.

«No lo culparía. Si yo tuviera algo parecido a los Custer, querría evaluar a cualquiera a quien se los fuera a confiar».

—¿Esto tiene que ver con los Custer? —preguntó.

—No se me ocurre ninguna otra razón por la que pueda estar aquí.

—Entonces me armaré de valor y te acompañaré.

Jay la miró de reojo y sonrió.

—¡Ah el dulce olor a bosta!

—¿Bosta?

—Mierda de vaca.

Él soltó una carcajada y la rodeó con un brazo.

Liza permanecía en el porche, los puños apoyados en las caderas.

Jay llevó a Sara del brazo, caminando lentamente hacia la casa. No le pasó desapercibido que, a pesar de la evidente impaciencia de Liza por hablar con Jay, la mujer se había molestado en cambiarse de ropa. El abrigo con cuello de piel, varias tallas más grande, le cubría la cabeza, y las botas de tacón de aguja pertenecían a la ciudad. Lo mismo podría decirse de los pantalones negros de cuero. Las pieles que le enmarcaban el rostro hacían que sus rasgos lucieran más afilados y hundidos, imprimiéndole mucha más edad de la que tenía.

«Tiene miedo», comprendió Sara. «Pero, ¿por qué? Es evidente que no le preocupa su siguiente comida, ni siquiera el siguiente par de botas de alta costura».

Barton permanecía detrás de su madre, las manos hundidas en los bolsillos del pantalón. Él también se había cambiado. Llevaba unos pantalones marrones y una camisa de seda. Sobre un hombro colgaba una chaqueta, también de seda. Los zapatos eran de cuero marrón, visiblemente caros. La expresión de su rostro era de diversión.

Sara tenía la sensación de haber irrumpido en medio del tercer acto de una obra.

—Lo que ha pasado hoy no es justo, y lo sabes —comenzó Liza.

—Yo también me alegro de verte —murmuró Jay—. Es bueno saber que aún recuerdas el camino al rancho. Barton, estás bloqueando el paso.

Jay hizo pasar a Sara por delante de su furiosa madrastra y su divertido hijo.

—¿No vas a responder a mi pregunta? —la mujer hizo amago de señalarlo con el dedo, pero se arrepintió.

La luz que iluminaba su piel marcaba cada una de sus arrugas.

—Lo haré cuando me preguntes algo —observó Jay.

Sara sintió sobre ella las miradas de Liza y de Barton, como si fuera un objeto en venta. O en alquiler. De inmediato se sonrojó, pero no de vergüenza. Esa inútil emoción la había dejado atrás en el instituto. El ardor de sus mejillas era debido a la ira. Se moría de ganas de encararse con Liza y explicarle que, a diferencia de alguna otra, ella no progresaba en la vida abriéndose de piernas.

—Soy Sara Medina, historiadora de arte y asesora de diseño —se presentó con una agradable voz—. Encantada de conocerla —«en absoluto».

Liza la miró de arriba abajo con gesto de desaprobación y frunció el ceño volviéndose hacia Jay.

—De modo que Beck tiene razón. Vas a venderlos en lugar de dejar que siga siendo un asunto privado.

Sin decir una palabra, Jay siguió su camino del brazo de Sara.

Liza y Barton se apartaron.

En ese instante, Sara comprendió que la presencia de mando de Jay no provenía de un uniforme y una insignia. Había nacido con él.

—¿Y bien? ¿Lo vas a hacer? —exigió saber Liza mientras los seguía al interior.

Sara sentía la tensión en el cuerpo de Jay, aunque su caminar y su expresión no cambió.

—Si querías que fuera un asunto privado —contestó él al fin—, no deberías haberte dedicado a conceder entrevistas a las cadenas televisivas locales, ni a hablar sobre cómo ibas a conseguir que al fin se hiciera justicia hoy. Lo cual, según el juez, conseguiste. Siento que no te guste su sabor.

Sara se sentó en un sillón de cuero y observó cómo Liza cambiaba de táctica. Un brillo acuoso suavizó los ojos de la mujer, aunque no su boca.

—JD no querría que los asuntos de familia se discutieran delante de extraños —insistió—. Haz que tu amiguita salga para que podamos hablar de negocios de familia.

—Si tu idea es que volvamos a ser una familia —contestó él, sentándose junto a Sara en el otro sillón de cuero—, siéntate y compórtate. Yo no soy JD. Yo no discuto por pura testarudez.

—Esta mujer no pertenece a la familia —masculló Liza entre dientes, mirando furiosa a Sara.

—Legalmente, tú tampoco —la voz de Jay era tan tranquila como dura su mirada—. Sara está aquí para ofrecer su opinión experta sobre el tema de los cuadros Custer.

—Seguro que sí —intervino Barton a la vez que guiñaba un ojo y hacía un gesto obsceno con las manos.

—¿Hace mucho que no te diviertes, Barty? —preguntó Jay.

Si alguna vez se había preguntado Sara si esos dos eran hermanos, en esos momentos supo la respuesta. Solo los hermanos sabían qué teclas pulsar para que todo estallara.

—No te pelees con tu hermano —le advirtió Liza a Jay.

—Hermanastro —le corrigió Barton con voz tensa.

—Si se comporta como un crío, será tratado como tal —sentenció Jay sin ocultar su impaciencia—. Sara es una invitada en el rancho Vermilion. Si te muestras grosero con ella, te muestras grosero conmigo.

—De acuerdo —su hermanastro hizo una mueca—. Lo que tú digas.

El joven se dejó caer en una silla Stickley. La tapicería original había sido reemplazada por piel de vaca, a su vez tan desgastada que había quedado reducida al cuero.

Liza tomó una silla similar y se sentó con la pose de una reina que ofreciera audiencia a sus siervos.

Silencio absoluto.

Sara hubiera preferido poder dar una vuelta para admirar la casa. La estancia principal estaba enmarcada con unas vigas de aspecto lo bastante sólido como para sujetar el cielo. Los paneles de madera que cubrían las paredes ofrecían una sensación de seguridad y confort, los nudos y vetas impregnaban la estancia de calidez. Ni una sola tabla había sido cortada a máquina, se notaba que les había dado forma la mano de un hombre. Las irregularidades de las vetas eran evidentes cuando la luz se reflejaba en el barniz. La casa no era arquitectónicamente perfecta, era auténtica.

«Aquí hay historia. Nada que ver con el cristal y acero de mi oficina, recién construida sobre las ruinas de antiguas casas. Aun así, hay belleza tanto en la madera como en el acero, cada una en su estilo, adaptado al entorno en el que se encuentran».

Su mirada pasó de las paredes a lo que colgaba de ellas. El corazón le falló un latido cuando comprendió qué estaba mirando.

«¡En esas paredes hay Custer!», pensó.

El impulso de levantarse para estudiarlos fue tan fuerte que tuvo que realizar un verdadero esfuerzo para permanecer sentada.

Henry entró por una puerta que daba a la parte trasera de la casa. Saludó a Liza con una inclinación de cabeza, ignoró a Barton y se dirigió a Jay.

—He enviado a Billy a echar un vistazo al ganado de los pastos del noreste —le explicó—. Vamos a tener que trasladarlo a los pastos de verano o empezar a alimentarlos con heno.

—Los trasladaré mañana. ¿Qué tal lo están haciendo los dos nuevos?

—Les he dicho que no se beban el licor de Penny —contestó el capataz—. Los he pillado en el barracón vomitando hasta las tripas. No son capaces de tensar el alambre de espino, mucho menos de vigilar a King Kobe durante el traslado a Fish Camp, y los chicos Stinson tampoco van a poder reunirse contigo a medio camino para llevar el ganado a los pastos de verano.

—Yo me ocuparé de eso —lo tranquilizó Jay—. Mejor que tensar el alambre de espino.

—Lo del pasto de verano es sencillo, pero no puedes pelearte tú solo con los Angus todo el camino hasta el lago. En cuanto te adentres en territorio de pumas, empezarán a asustarse.

—Sara me echará una mano. Está ansiosa por echar un vistazo a los Custer que guardamos en Fish Camp —la miró con expresión desafiante—. ¿Verdad?

—Mientras pueda ir montada en algo con cuatro patas y

no tenga que caminar —Sara aceptó el desafío—. Estas tierras parecen estupendas para cabalgar.

—Las mejores —Jay asintió—. Yo pongo el caballo. Mantenerse encima será tu problema.

—Supongo que no criarás caballos de rodeo, ¿no?

—No.

—Entonces me muero de ganas.

—Yo también —susurró él en un tono demasiado bajo para que los demás lo oyeran.

De repente, Sara tuvo una sensación de vértigo.

«Demasiados sucesos en tan poco tiempo. El robo, el juez, el modo en que Jay me sonríe, como si quisiera lamerme de pies a cabeza».

«Y yo totalmente dispuesta a devolverle el favor».

Se obligó a sí misma a pensar en mierda de vaca y soledad. Los recuerdos de su infancia eran tan claros y profundos que casi era capaz de oler la granja lechera y, como siempre, se enfrió de inmediato. El campo estaba muy bien para una semana o dos. Cualquier cosa que se prolongara más allá la haría volverse loca.

—No he venido aquí para hablar de vacas, vaqueros borrachos ni el estado de un pasto —se quejó Liza con arrogancia.

—Es verdad que nunca te interesó mucho el negocio que te permitía lucir esos diamantes y la ropa de alta costura —Jay asintió.

Henry volvió a desaparecer por la puerta. Sabía lo que estaba a punto de suceder y no deseaba formar parte de ello.

El sonido de sus pisadas alejándose se apagó poco a poco.

—Era el dinero de JD —replicó Liza—. Y lo gastaba como le apetecía —su voz, su espalda, todo en ella era rigidez.

—Eso es, un asunto de familia —añadió Barton apresuradamente.

—Puede que lo hayáis olvidado los dos —continuó Jay—, pero esas vacas son precisamente el asunto de familia.

—Solo una parte, y bastante sobrevalorada —su hermanastro se inclinó hacia delante—. Si te molestaras en echar un vistazo a los planes que yo...

—Ya hemos hablado de eso —lo interrumpió él—. La respuesta sigue siendo la misma. Ha llegado la hora de devolver dinero al rancho en lugar de sacarlo con unos planes para hacerse rico y vestir ropas caras. ¿Hay algún otro asunto de familia sobre el que quieras discutir?

—Los Custer son míos —sentenció Liza—. JD me los dio.

—El juez no estuvo de acuerdo. Y yo tampoco —contestó Jay—. Las joyas, las pieles, la ropa, los coches, el apartamento y la generosa asignación estipulada estaban todos a tu nombre. Los cuadros no.

Sara se concentró deliberadamente en un cuadro de gran tamaño colgado sobre la chimenea. Representaba el rancho visto desde un lugar elevado de la ladera menos conocida de la cordillera de los Teton. El cuadro tenía todas las características de un Custer: pinceladas firmes, de color y energía visibles desde el otro extremo de la habitación. El arte la llamaba como un canto de sirena, pero no se levantó del sillón.

A su lado, Jay esperaba a que Liza fuera al grano. Se preguntó por qué Barton seguía inmerso en la disputa. No era propio de su hermanastro, que siempre había optado por el camino sencillo que le facilitaba el nombre y la riqueza Vermilion.

«Algo le ha hecho saltar, pero no tengo ni idea de qué será», pensó él. «Seguramente otro plan para hacerse rico en el que se muere por invertir. Con el dinero del rancho».

Jay observó a Liza apretar la mano de su hijo.

«Aquí viene. Por fin».

—Te he investigado —Barton se dirigió a Sara señalándola con un dedo. Había prescindido del tratamiento formal y la tuteaba abiertamente—. Vendes basura. Demonios, si ni siquiera vendes cuadros de verdad, lo tuyo es el papel pintado y lo kitsch.

Jay se dispuso a defender a su invitada, pero desistió cuando ella sacudió levemente la cabeza. Se volvió a acomodar en el sillón y deseó haberla conocido el tiempo suficiente para poder sentarla sobre su regazo. Era inteligente, vibrante, y estaba visiblemente preparada para el segundo asalto.

«Como dijo Henry, tiene carácter. No es como la gente a la que Barton abruma con sus groserías y aires de grandeza. Ni siquiera con sus encantos, cuando se molesta en emplearlos».

—¿Kitsch? ¿En serio? —Sara enarcó una ceja—. ¿Lo afirma Google o alguno de mis rivales?

—Tengo contactos que ni siquiera sabes que existen —contestó Barton—, en lugares que ni siquiera te imaginas.

«Barty se está ganando un sesión en la silla de castigo de JD», pensó Jay.

—¿Contactos? —preguntó ella—. Supongo que te refieres a las grandes casas de subastas.

—Tú no lo sabes —insistió Barton.

—Si quieres lanzarte y permitir que Christie's se lleve el veinte por ciento del pastel antes de que empieces a pagar a tu agente, y no olvides que para ti serán pagos fraccionados, no la suma total —Sara se encogió de hombros—, adelante, intenta convencer a Jay. Si él accede, será el dinero rápido más lento que ganarás jamás.

—No te atrevas a emplear ese tono con mi hijo —espetó Liza—. Esos cuadros son mucho más valiosos de lo que alguien como tú pueda imaginar.

La expresión de Sara demostraba lo poco impresionada que estaba.

—Tú no sabes nada —insistió Liza con la voz cada vez más chillona—. Yo conocí a Armstrong personalmente y esos cuadros no tienen precio.

—¿Y qué más te contó Beck? —preguntó ella con calma—. ¿Mencionó que la mitad del dinero que cambia de manos hoy en día en el mercado del arte se invierte en arte moderno?

—Él sabe lo que se hace —intervino Barton.

—Pues entonces sabrá que no todo lo pintado después de la Primera Guerra Mundial es arte moderno —Sara se inclinó hacia delante, el cuerpo cargado de energía—. El arte moderno contemporáneo es el que está ganando dinero. Custer no está encuadrado en ese género. Si no entiendes ese detalle tan simple, Beck sonreirá satisfecho todo el camino hacia el banco. Custer era un artista brillante, pero, al este de las Rocosas, no se vende con facilidad.

«Hermosa, hermosísima mujer», pensó Jay. «Me encantaría que ese fuego caldeara mi vida. A veces tengo la sensación de que no he sentido calor desde Afganistán».

«Y esa ha sido una idea de lo más estúpida».

«No soy el típico hombre de San Francisco. Ella no es la típica mujer de rancho. Pero sería bueno mientras durara. Muy bueno».

—Eso no es lo que dice Beck, y él es el experto —insistió Barton—. Tú no eres más que una bonita advenediza a la que no le importa abrirse…

—Beck conoce la diferencia entre arte de género, moderno y contemporáneo —lo interrumpió ella cortando por lo sano el típico insulto que debía oír de vez en cuando toda mujer triunfadora—. Lo que se vende hoy en día es lo contemporáneo. Los compradores industriales están subiendo los precios del arte comercial. Pero Custer no despertará la menor curiosidad en los círculos de grandes sumas. Quieren a Lucy Giallo y a Damien Hirst.

—¿A quién? —preguntó Jay antes de que Barton pudiera intervenir.

—Son artistas de consorcio —le explicó ella—. Tienen una gran… visión y se la dictan a un taller. Muy conceptual y frío. Sus obras se venden a emires y corporaciones. Instalaciones, ni siquiera son cuadros tradicionales o esculturas.

—He oído hablar de Hirst —Barton elevó el tono de

voz—. Vi Beyond Belief cuando estuve en Londres hace un par de años. Quince millones de libras esterlinas en diamantes metidas en un cráneo humano. Hace falta tener pelotas para hacer algo así.

—Esa pieza se vendió por cien millones de libras —informó Sara sin apartar la mirada de Jay—. El comprador era un consorcio del que el mismo Hirst formaba parte. Eso ya dice algo sobre el negocio del arte y los escrúpulos de los artistas en determinados círculos. Ese hombre ni siquiera ejecuta sus propios diseños. No es arte tradicional, pero la gente lo devora en cuanto sale del mercado.

—De modo que se limita a recoger el dinero después de plasmar su nombre sobre algo que ha hecho otra persona —dijo Barton—. Genial. Esos son los negocios que me gustan. Muy inteligente.

—Pero no es arte. Es manufactura —sentenció ella secamente.

—Y aun así la gente paga lo que sea por ello —insistió Barton.

«Y ese es el meollo de la cuestión», pensó Jay. «El dinero».

Sara se reclinó en el sillón de cuero.

—Para mí —continuó ella—, esa clase de arte es con demasiada frecuencia una masturbación intelectual. No hay rastro de curiosidad, trascendencia, ni siquiera de simple humanidad. Los resultados tienen como objetivo impactar, no seducir. Y sí, valen mucho dinero en el mercado actual.

—Eso dijo Beck. Al menos la parte sobre el dinero —Barton asintió—. Consigue a un marchante de arte de primera y conseguirás precios de primera.

—Desgraciadamente, los Custer no son ni siquiera Edward Hopper —insistió Sara—. Cualquiera que te diga lo contrario solo espera deslumbrarte para conseguir un suculento porcentaje.

—Esos cuadros no son tuyos para que los puedas vender —intervino Liza.

—Tampoco son tuyos —espetó Jay a su madrastra—. Ese ha sido el resultado de seis años del drama legal que sufrimos.

—No es justo —insistió la mujer.

—No estoy de acuerdo —contestó él—. Y por cierto, ¿no empezó así esta conversación?

—Escuchad —intervino Sara—. No tengo ningún interés en quitarle a nadie los Custer. Los cuadros son de Jay y puede venderlos o quedarse con ellos.

—No tienes ni idea de lo que significan para mí —murmuró Liza con rabia contenida.

Jay supo que se avecinaba una sesión de lagrimitas y deseó estar en un prado tensando el alambre de espino. «Si Liza no puede conseguir algo, recurre a las lágrimas».

—Después de seis años pagando las facturas legales de todo el mundo —sentenció—. Ya no me queda ninguna simpatía por nadie y estoy malditamente harto de discutir.

—De acuerdo —Liza asintió con voz ronca—. De acuerdo. Solo te pido uno de esos cuadros para poder rememorar mis años de juventud. Tú tienes muchos. Sin duda puedes prescindir de uno por la mujer que una vez fue tu madre.

«¡Por Dios!», pensó Sara mientras se mordía la lengua. «Esa mujer es incansable».

—La paz a cambio de un cuadro. ¿Es eso? —preguntó Jay.

—Sí. Y yo elijo el cuadro.

—No.

—¿Cómo?

—No —repitió él—. Ya es hora de que comprendas que no soy JD. A mí no me puedes engatusar, persuadir o agotar con palabras.

El silencio resonó en la habitación durante varios segundos.

—¿Es tu última palabra? —preguntó Liza al fin con voz temblorosa.

Jay sabía que era como la marea que se retira para regresar

bajo la forma de una ola monstruosa que arremete contra la orilla.

No estaba de humor para una de sus rabietas.

—¿Te niegas en redondo y esperas que todo el mundo lo acepte? —el tono de voz de la mujer era tan subido como el color de sus mejillas—. Que Dios te maldiga, Jay Vermilion, igual que maldijo a tu padre cuando…

—Basta ya —la interrumpió él—. Ya has dicho lo que tenías que decir, y yo también. La juez también. Este asunto ha concluido.

—Esperaría este comportamiento de JD, pero nunca de ti —de repente, Liza se hundió, dejó caer los hombros y se inclinó hacia delante. Sus palabras se dirigieron contra el suelo—. Pensaba que eras mejor que él.

—Esto ha terminado, Liza —la voz de Jay era insensible—. Has intentado todos los trucos, quemado todos los puentes a tu paso, y sigues en la orilla equivocada del río. Continúa con tu vida y déjame a mí continuar con la mía.

—Esto no ha terminado —espetó ella mientras alzaba la cabeza de golpe—. Terminará cuando yo lo diga. Vas a tener que aprenderlo, igual que hizo JD. Uno de esos cuadros es mío.

—Adiós, Liza —insistió Jay mientras se volvía hacia Sara.

Barton se irguió todo lo que su estatura le permitía.

—A algunos nos gusta vivir en el mundo real. Ese en el que los recursos pueden emplearse en algo realmente útil y no ser ignorados solo para que tú puedas jugar a ser un vaquero con el dinero de todos.

—¿Quieres realidad? —Jay se volvió hacia él—. ¿Quién te crees que pagó tu fallida carrera de actor, tu fallido restaurante en Miami, tu fallida galería en Boston y tu fallido servicio de reparto a domicilio en Baltimore?

—No fue culpa mía que la economía se hundiera —protestó Barton.

—El dinero del rancho Vermilion pagó tu mala gestión de las cuentas, tus negocios fallidos y los impuestos atrasados —continuó Jay—. Si quieres más dinero, gánatelo como han hecho los Vermilion desde hace seis generaciones. Trabaja en el rancho.

—La mierda de vaca no es lo mío —contestó su hermanastro.

«Por fin», pensó Sara. «Algo en lo que estamos de acuerdo».

—Vamos, Barty —Liza se puso en pie—. Tenemos abogados con los que hablar.

—Beck recomendó algunos abogados en Boston especializados en problemas como el nuestro —le informó su hijo mientras la seguía.

—Pues tendrás que pagarlos tú, el rancho no lo hará —le advirtió Jay—. Eso también lo dejó claro la juez.

—Hay otros jueces —espetó Liza.

La puerta se cerró de golpe tras ella y Barton, un sonoro punto final a la discusión.

—Te pido disculpas por mis parientes, ex y de otra clase —se disculpó Jay.

—No son los primeros adultos maleducados con los que he tenido que tratar —Sara se encogió de hombros—. Ni serán los últimos.

Él se limitó a sacudir la cabeza.

Ella le acarició impulsivamente el hombro. El calor y fuerza que traspasaba la camiseta de algodón la sobresaltaron.

—No permitas que te manipulen y te hagan sentir culpable. Las familias son expertas en eso. Eres un buen hombre. No dejes que te hundan.

—Si supieras en qué estaba pensando ahora mismo no me considerarías un buen hombre —Jay se estremeció ante el contacto con la mano de la joven.

Su voz quedó reducida a un susurro. El calor que desprendía su mirada, inconfundible.

—Yo no he dicho que seas ningún santo —contestó ella mientras apartaba lentamente la mano del hombro de Jay.

Durante largo rato sus miradas se fundieron.

—¿Se han ido ya? —gritó Henry desde la cocina.

—Sí —contestó Jay sin apartar la mirada de Sara—. Ya puedes salir de tu escondite.

—¿Cocinas tú esta noche?

—¿Has traído productos frescos de la ciudad? —preguntó Jay.

—Desde luego que sí.

—Entonces cocino yo.

—Te veo dentro de un rato.

La puerta se cerró detrás del capataz.

—Vamos a sacar tu equipaje de la camioneta —Jay se levantó y tiró suavemente de Sara—. ¿Has traído algo que puedas ponerte para montar a caballo? Si no es así, buscaremos algo. La ropa de mi madre sigue guardada por ahí. Era más o menos de tu estatura y corpulencia. Me gustaría partir hacia Fish Camp al amanecer. Pasaremos la noche allí con los guardeses, Ivar e Inge Solvang, y a la mañana siguiente seguiremos hacia los pastos de verano.

—Siempre incluyo en mi equipaje algo que pueda ponerme para relajarme o hacer un poco de senderismo. ¿Al amanecer has dicho?

—En cuanto rompa el alba. Los terneros ya son lo bastante mayores para ser testarudos. Las mamás son mejores, salvo cuando no lo son. Nos llevará algún tiempo convencerlos a todos para que sigan el sendero. Puede que sea un día muy largo. A las vacas les gusta quedarse en el mismo sitio.

—Unos animales muy tozudos —recordó Sara—. Al menos mi caballo hará todo el trabajo en lugar de mis pies.

—¿Seguro que estás acostumbrada a montar? —preguntó él.

—Seguro.

—¿Con una silla del oeste?

—No me crie en el este.

La sonrisa torcida de Jay lo decía todo. Ya lo descubrirían al día siguiente.

CAPÍTULO 7

Henry secó el último plato de la cena y lo apiló en la alacena.

—Ya que has dejado de pagar abogados —observó—, deberías tener dinero suficiente para comprar un lavaplatos que funcione.

—Lo tengo en la lista —contestó Jay.

—¿En qué puesto?

—En la parte inferior de la mitad superior.

—Esa ya la había oído antes —Sara rio—. Solo que suele ser la parte inferior de la mitad inferior. En el colegio convertí la frase «apenas usada», en un mantra y me cubrí con una coraza lo bastante gruesa como para ignorar las sornas cada vez que llevaba puesta la ropa desechada por alguna niña rica.

—A Barton no le habría venido mal que lo criaran así —opinó Jay.

—Quizás contestó Henry—. Pero seguiría teniendo como madre a la Malvada Zorra del Oeste. Todo lo que toca se convierte en mierda. Con perdón, Sara.

—De niña lo llamábamos bosta —lo tranquilizó ella—. Te castigaban menos.

—Me voy a la cama —Henry soltó un bufido y guardó el

último plato en la alacena—. Cada año parece que amanece antes.

Jay, con el ceño fruncido, lo observó marcharse.

—¿Qué? —preguntó Sara.

—Henry es tan activo que no pienso en él como alguien que envejece. Pero es bastante mayor de lo que era JD cuando murió —él sacudió la cabeza—. El tiempo es muy traicionero. Tan largo y a la vez tan corto —aclaró el fregadero y se secó las manos—. Y ahora, antes de convertirnos en vaqueros mañana, vas a meterme un poco de cultura del arte en la cabeza.

—Así me gusta —Sara se dirigió al salón.

Para cuando Jay la alcanzó ya se había sumergido en la contemplación del cuadro que colgaba sobre la chimenea.

—¿Qué ves? —preguntó Jay.

—Un amplio espacio —contestó ella casi distraídamente—. Y quizás, solo quizás, el perverso sentido del humor de Custer.

Jay emitió un sonido apremiante.

—¿Sabes si este cuadro fue un encargo de JD? —preguntó Sara.

—JD quería que pintara el rancho, si es eso lo que preguntas.

—Eso preguntaba. Pero, en lugar de pintar el rancho que se alza contra los exuberantes pastos y dentados picos de los Teton, Custer eligió la vista del rancho desde un lugar que lo empequeñece todo hasta el punto de que el rancho parece una diminuta barca perdida en medio del mar, a punto de ser engullido por el cielo y la tierra, sin mostrar ni rastro de los legendarios vaqueros que esculpieron el rancho Vermilion partiendo de unas tierras salvajes.

Jay estudió el cuadro en silencio, un cuadro que siempre había formado parte de su vida.

—Aun así —continuó ella—, al mismo tiempo el cuadro muestra la inmensidad de la tarea que aguarda a cada generación de Vermilion. Un hombre que supervisa el bienestar de todos y todo lo que interviene en la supervivencia del rancho. La tierra sirve a tus necesidades, pero la tierra no te necesita.

—Una verdad que compruebo cada amanecer —Jay asintió—. Yo soy transitorio. La tierra es eterna. Por eso regresé a casa. Quería formar parte de algo que perdure. Ciudades, culturas, imperios, todo eso va y viene. La tierra permanece.

—Barton y Liza no opinan igual —observó Sara—. Para ellos, el rancho no es más que un cajero automático.

—Y ahora opinan lo mismo de los cuadros. ¿Lo son?

—Manejados adecuadamente, valen una buena cantidad de dinero.

—¿Cuánto? —preguntó él abiertamente.

—La cantidad, a falta una verdadera venta, es incierta.

—Pues para Liza deben tener un valor endemoniado, a juzgar por el tiempo y el esfuerzo, y el dinero del rancho, empleado en la disputa legal sobre esos cuadros que abandonó hace tiempo.

—¿Los abandonó? —Sara abrió los ojos desmesuradamente—. ¿Antes del divorcio?

—Considera esto como la segunda fase del divorcio —Jay apretó los labios—. Es evidente que cambió de idea hace unos años. Quizás pensó que los Custer serían valiosos ahora. Desde luego nunca ha tenido que preocuparse por el dinero. Mientras el rancho Vermilion gane dinero, ella gana dinero.

—Le habría hecho falta una bola de cristal para ver venir la fiebre Custer. El valor proviene del público. Y el público, potencialmente expandido, de Custer fue una cuestión de suerte.

—¿Y eso?

—¿No te hablé de la película? —preguntó ella.

—Seguramente —admitió Jay—, pero a veces me ensimismaba escuchando tu voz y no me enteraba bien.

Sara parpadeó.

—Cariño —continuó él—, tienes una voz que hace que un hombre piense en sábanas revueltas y sexo, lento y ardiente.

—Estás hablando de tu propia voz —Sara soltó una carcajada a pesar del calor que inundó su núcleo íntimo. Medianoche y terciopelo. Y nos estamos desviando del tema. Valor frente a dinero. Arte en general, Custer en concreto.

—Soy un hombre multitarea —musitó Jay.

—Excelente. Pues pon tu mente multitarea a trabajar sobre lo que se siente al ver un cuadro Custer por primera vez. El impacto.

—No me sale nada —contestó él tras una larga pausa.

—De acuerdo. Intenta imaginarte cómo te sentirías al llegar por primera vez al territorio de Custer.

—Dakota del Sur está por ahí —Jay señaló hacia el este.

—Aprobado en geografía —contestó ella con los ojos muy abiertos—. Bien por ti.

—Probemos con otra cosa —propuso él—. ¿Por qué el mundo de Custer es tan diferente del tuyo?

Mientras Sara reflexionaba, deslizó distraídamente una mano por sus cabellos y estiró los hombros y el torso en un intento de sacudirse de encima un día muy largo.

Él la contemplaba con los ojos medio entornados. Aunque no intentaba excitarlo, la tensión de en la entrepierna aumentó. Si seguía así, en breve sería capaz de colgar el sombrero de la hebilla del cinturón.

Jay se obligó a contemplar el cuadro y no a la mujer.

—El mundo de Custer es amplio y tranquilo —comenzó ella lentamente—. Las ciudades no tienen presencia en sus primeras obras. Ni los humanos. La tierra lo es… todo. Divino.

—Custer sabía que las ciudades resultan grandes para los hombres —Jay asintió—, pero pequeñas en el esquema general. Llenas, pero vacías de las cosas que busco. Supongo que Custer y yo tenemos al menos eso en común.

—El valor proviene de las ciudades —contestó ella—. De

tener un público. Ahí entro yo, o cualquier buen vendedor de arte. Yo aporto mi conocimiento de la obra de Custer y su público potencial, añado todo lo que consiga averiguar sobre el hombre y su vida, y luego creo una narrativa en torno a cada cuadro para el público que he identificado.

—¿Hablamos de arte, leyenda o el típico bombo publicitario? —preguntó él mientras contemplaba el cuadro que había formado parte de su vida.

—Sí.

—Te refieres a que no es solo pintura —Jay asimiló poco a poco los inesperados aspectos de la venta de arte.

—El cuadro es el árbol. La narrativa son las hojas que se extienden hacia el sol del público. El estreno de una película independiente en la que aparecía el arte de Custer, y que luego la película se volviera comercial, fue pura suerte.

Sara se volvió a estirar, el crujido de la tela perfectamente audible para Jay.

—¿Y qué hay de encontrar un patrocinador como JD? —preguntó él.

—Suerte. He conocido paisajistas que han tenido que pintar casas para subsistir modestamente, y aun así murieron casi en el olvido. La suerte tiene dos sabores.

—Bueno y malo —Jay asintió—. La diferencia entre regresar a casa por mi propio pie o en un cajón de pino. Lo he pillado. ¿Y qué me dices de esa parte que no tiene nada que ver con la suerte? ¿Qué hay de la habilidad?

Sara se moría de ganas de preguntarle por su etapa en Afganistán, pero era una cuestión muy personal. Y ella estaba allí por un motivo profesional.

—Es más sencillo si te lo muestro —contestó.

Jay la sintió agarrarlo de la manga de la camisa, los cálidos dedos acariciándole la muñeca. Sara vibraba con una energía controlada, cada movimiento urgente mientras lo conducía hacia el lado sur del salón.

—Por cierto —observó ella—, si vas a vender estos cuadros tienes que cambiarlos de sitio. Se nota el efecto del sol, aunque el daño aún no es suficiente como para disminuir su valor.

—¿Sol?

—El sol es el enemigo. Con tiempo suficiente es capaz de blanquear cualquier cosa, incluso las pinturas al óleo. Una acuarela colgada de esta pared ya estaría destrozada, aunque estuviera protegida por un cristal.

—Siempre hemos disfrutado de los cuadros —se defendió él—. O quizás los hemos ignorado.

—Un crimen.

—¿El arresto incluye esposas?

En la mente de Sara se formó la imagen de ese hombre esposado para un juego sensual. La temperatura de su cuerpo subió varios grados.

—Pregúntale al sheriff.

Sara llevó a Jay hasta un cuadro de la ladera este de los Teton, su lado más famoso, donde la tierra era más seca a medida que las montañas daban paso a un bosque de coníferas y luego al monte bajo de la llanura. Las cumbres rocosas parecían haber sido arrancadas de la tierra en un violento parto. La nieve que salpicaba los picos se veía de un color casi rojo sangre bajo la luz del atardecer. Los Teton habían sido trazados con pinceladas de morado e índigo, un frío contraste. A los pies de las montañas, los bosques se asemejaban a una helada ola dibujada en color casi negro y púrpura. En primer plano, la tierra parecía haberse incendiado, repleta de flores salvajes de color naranja y amarillo, y doradas como una riada.

—¿Y aquí qué ves? —preguntó ella.

Jay se sentía abrumado por el aroma femenino, un calor tan próximo que sentía su aliento. Luchando contra un salvaje brote de deseo, intentó encontrar las palabras.

—Nunca me he parado a pensar en ello —consiguió contestar—. He pasado delante de este cuadro cientos, miles, de veces.

—De acuerdo, pues ahora no pases de largo.

Sara se acercó aún más, hundiendo el codo en las costillas de Jay. Estaba medio paso por delante de él, que tenía el brazo justo detrás, casi alrededor, de ella. Y esa mujer solo veía el cuadro.

Jay intentó verlo también.

—Color —contestó al fin—. De cerca es todo color y pinceladas y energía. Desde el otro lado de la habitación es color y energía, pero las pinceladas se unen para proporcionar una vista del conjunto de la tierra.

—Muy bien. Aparte del impresionante y audaz uso del color, Custer era un maestro en retratar espacios y que resultaran reales. Años después hizo lo mismo con la luz, la hizo tangible. Pero esta obra es de la época más temprana, cuando las distancias eran reales.

—Pero los colores están equivocados —opinó Jay—. No hay nada que tenga ese aspecto.

—Si buscas realismo y precisión, dedícate a las fotografías. Incluso así te engañarán. Este cuadro refleja la impresión de Custer de la tierra en el momento en que la pintó.

Sara se echó ligeramente hacia atrás para estudiar el cuadro, sin darse cuenta de que con cada respiración su cuerpo rozaba el de Jay.

Él deseó haberse puesto algo que lograra ocultar la reacción que despertaba en él esa mujer. «Quizás una falda escocesa», pensó. «O no».

—¿La fotografía miente? —preguntó Jay, aferrándose a cualquier cosa que mantuviera su mente por encima del cinturón.

—Por supuesto. El arte trata siempre sobre lo que el artista desea mostrar. Y no hay nada malo en ello. Estos cuadros son unas buenísimas mentiras. El arte de Custer trata de cómo ve el oeste, tanto como de las montañas en sí mismas. Mira la magia que las impregna.

—¿Aunque se trate de una mentira?

—No me digas que nunca has contemplado las montañas con esta luz y sentido algo que no eras capaz de expresar con palabras —Sara lo miró de reojo.

—Continuamente —contestó él al fin—. Pero nunca las he visto como en el cuadro.

—Ahí radica su belleza. Cada cuadro es una visión individual —ella pasó una mano ante la superficie del lienzo, sin llegar a tocarlo, con los dedos abiertos—. Pero una visión compartida con el resto del mundo.

—De acuerdo —Jay volvió a centrarse en el cuadro—. Entiendo lo que quieres decir. Es que siempre lo he dado por hecho, como las bombillas en el techo.

Sara contempló a Jay, que miraba el cuadro. Su perfil estaba formado por una serie de sombras angulosas, suavizadas por unas espesas pestañas y un toque de sensualidad en los labios. De repente se volvió hacia ella.

—¿En qué estás pensando? —le preguntó.

—En que por fin entiendo el atractivo de los retratos. Y, de nuevo, has hecho que nos desviemos del tema.

—¿Y eso es malo? —él le ofreció una perezosa sonrisa.

Sara cerró los ojos durante un instante, se obligó a centrarse y regresó a los cuadros colgados de la pared.

—Ha habido generaciones de arte del oeste, pero cada una ofrece un significado distinto —contestó ella—. Imagínate contemplar por primera vez un paisaje desconocido para ti. Has estado en el este, ¿verdad?

—En West Point —Jay asintió—. Uno no puede ir más al este sin abandonar los Estados Unidos de Norteamérica.

—Pues imagina describirle las Montañas Rocosas a alguien del este. Alguien que jamás haya visto una montaña más alta que los Adirondack. Alguien que nunca haya visto un cielo nocturno que no esté taponado por rascacielos y luces de ciudad.

—Ya lo he intentado. Ninguno me creyó del todo hasta tiempo después, cuando estuvimos de maniobras en Sierra Nevada para prepararnos para el combate en las montañas.

—Pues Custer te habría ayudado a convencerles —explicó ella—. El entrenamiento para el combate es otra cosa totalmente distinta. Pero, cuando contemplas este cuadro, entiendes la sensación que te produce estar en el oeste, que durante mucho tiempo fue una zona completamente desconocida de este país, un lugar que mucha gente no asociaba con este continente siquiera, mucho menos con el mismo país.

—Cuando has vivido aquí toda tu vida es distinto.

—Pero incluso para ti este cuadro muestra otra faceta de la tierra, la sensación de estar en ella, de experimentarla, que te conecta con la visión de Custer.

Jay contempló el cuadro y asintió lentamente.

—Precioso… y al mismo tiempo salvaje. No es una tierra amable, pero sí lo bastante generosa con quien esté dispuesto a aceptar sus aristas.

—Exactamente. Información, emoción, belleza. El arte era, y en ocasiones sigue siendo, un vehículo de educación y unidad social.

—¿Nada de cráneos atiborrados de diamantes?

—El arte moderno, sobre todo en la última mitad del siglo pasado, refleja la disonancia de la vida moderna. Dado que yo no siento esa clase de anomia, el arte de la anomia sencillamente no me motiva como motiva al mundo académico. Yo me lo pierdo sin duda. Del mismo modo que la incapacidad, o falta de voluntad, de la academia, de participar en cualquier forma de arte no académico, es una pérdida para ellos. Y de nuevo nos hemos desviado del tema.

—En realidad no tanto —Jay sonrió y acarició el pómulo de Sara con un dedo—. Estoy averiguando más cosas sobre ti. Y también sobre el arte.

«Y yo estoy averiguando que la punta de sus dedos es redondeada y suave, su sonrisa es matadora, y esa manera de acariciarme es demasiado buena», pensó ella con cierto desaliento.

—Vivo en un mundo repleto de arte —le explicó, satisfecha al comprobar que su voz era más pausada que el latido de su corazón—. Casi todo el arte es desestimado por no ser académico. He luchado por conseguir el respeto y reconocimiento para muchos artistas y, sobre todo, por conseguirles un público que les permita ganarse la vida dignamente.

—A eso se refería Barton entonces. Tú tratas con artistas que no son de fama nacional.

—Así es. Tu hermano es un bastardo, por cierto.

—Sus padres se casaron unos meses antes de que naciera —la sonrisa de Jay era fría como el viento que azotaba la cornisa de la casa.

—Yo siempre he pensado que el bastardo no nace, se hace —observó Sara.

—No hay nada que objetar ahí. A Barton le fastidió que fueras la clave para que los Custer permanecieran en el rancho.

—Me sorprende que haya sido tan importante mi intervención, sobre todo en un caso que ha tardado tanto tiempo en resolverse.

—Liza nunca fue una buena perdedora —él se encogió de hombros y sus cuerpos volvieron a rozarse.

—¿Y quién lo es? Por lo que he aprendido del caso, hasta hace unos pocos años, nadie tenía demasiada prisa en solucionar la disputa. ¿Fue cuando regresaste a casa y empezaste a patear culos?

—JD estaba enfermo y Henry ya tenía bastante con dirigir un rancho al que Liza y sus abogados estaban desangrando —Jay se encogió de hombros—. Le pregunté al juez qué hacía falta para poner las cosas en marcha. Ella contestó que lo mejor sería contar con alguien que supiera algo de arte y que pudiera ofrecer su experto testimonio.

—Pues me alegra que contactaras con Perfect Touch.

—Estuve investigando y tu nombre aparecía una y otra vez en referencia a las obras de Custer. Hay muy pocos expertos en su obra.

—Hasta que se rodó *The Edge of Never* —contestó ella secamente—, y el olor del dinero atrajo a esas cucarachas expertas de debajo de las tablas. Encontrar un público para un artista determinado es un trabajo duro. Los expertos como Beck solo hacen lo fácil.

—La mayoría de la gente no quiere ir a la cabeza. Demasiado trabajo, demasiado riesgo.

—¿Riesgo?

—Sí. El tipo que va a la cabeza es el primero al que disparan.

CAPÍTULO 8

El silencio se prolongó, subrayando las palabras de Jay. Sara supo, sin necesidad de preguntar, que él había sido uno de los hombres que iban a la cabeza.

—¿Te dispararon?

—Sin consecuencias permanentes —él le quitó importancia.

Ella recordó sus palabras sobre la diferencia entre regresar a casa en un cajón de pino o por su propio pie. También recordó lo que había dicho sobre Liza desangrando el rancho.

—Apuesto a que ellos lamentaron tu regreso —observó ella sin reflexionar.

—¿Ellos? —Jay enarcó las cejas.

—Liza y Barton. Habrían heredado el rancho entero.

—Esquivé las balas suficientes para permanecer con vida —él se encogió de hombros—. Le llevará algún tiempo dejar de estar enfadada, pero lo superará. Tener que pagar las facturas de sus abogados sin duda acelerará el proceso.

—¿Y qué pasa con Barton?

—Tengo la esperanza de que le eche valor y empiece a mantenerse a sí mismo.

—Bueno, al menos Liza eligió un buen momento —Sara intentó contener la risa—. Los cuadros de Custer valen mucho más ahora que hace unos meses.

—¿Por la película?

Ella asintió.

—Cuesta creer que Hollywood esté fijando el precio del arte —reflexionó él.

—Hay que aprovechar el tirón. *The Edge of Never* puede que no sea una película de mi gusto, pero me taparé la nariz y le sacaré todo el jugo que pueda. Seguramente habrá que esperar varios meses para comprender todo el impacto, puede que un año si la película es nominada para los Óscar, para que cale en el mercado del arte. Cuanto más bombo se le dé a la película, mejor para tu balance final.

—El mío no. El del rancho.

Sara contempló los angulosos rasgos del rostro del vaquero y quiso preguntar hasta dónde alcanzaban los apuros del rancho.

—Quiero que el rancho Vermilion sobreviva para que lo hereden mis hijos —contestó él—, y mis nietos. Quiero que tengan algo que les afiance a sus orígenes, algo más que una película sobre gente estúpida.

—¿Has visto *The Edge of Never*? —Sara no se molestó en ocultar su sorpresa.

—Lo suficiente para ver de qué iba.

—¿Y cuánto tiempo te llevó eso?

—Unos diez minutos —Jay sacudió la cabeza—. ¿Por qué iba a perder el tiempo observando a unas personas suicidarse a cámara lenta? Me entraron ganas de enviarles mi «preestreno especial», en una caja de mierda de toro, de la de verdad.

—Me han dicho que la película arranca muchas lágrimas —continuó ella, aunque no pudo evitar una sonrisa.

—Algo sí que me arrancó, pero no fueron lágrimas —contestó él—. He visto la tragedia de verdad. *The Edge of Never* es demasiado egocéntrica para ser otra cosa que estúpida y ligeramente desagradable. Porno miserable. ¿Para qué iba a pagar dinero por ver algo así?

—A mí no me preguntes. Después de los primeros diez minutos avancé la película hasta llegar a las escenas en que aparece el arte de Custer.

—Ya sabía yo que me gustabas por algún motivo —Jay le rodeó la cintura con un brazo y la abrazó con fuerza.

—Lo mismo digo —contestó ella mientras fingía no notar el calor del fornido brazo, de todo el cuerpo, recorrerle hasta las plantas de los pies.

Sin dejar de sonreír, Jay la soltó lentamente.

Sara sintió el impulso de inclinarse hacia delante y cubrir esa sonrisa con sus besos. Pero optó por abofetearse mentalmente y devolver su atención a lo único que debería preocuparle.

Custer.

—Alégrate de que dé igual lo que tú y yo pensemos de la película —continuó—, llamará la atención de las élites sobre Custer, y ellos pueden permitirse comprar cuadros originales. También llamará la atención de marchantes que hacen que Beck parezca un conejito de peluche.

—Tengo mensajes de varios otros marchantes.

A Sara no le sorprendió oírlo.

—Y cada vez serán más agresivos y persistentes. Créeme, conozco a esos tipos.

—Uno de esos marchantes era una mujer.

—Theresa Overland, ¿verdad? —la expresión de Sara no era de felicidad.

—Lo has adivinado.

—No he adivinado. Estoy sorprendida, y agradecida, de que no estuviera aquí en persona. Te llevará directamente hasta Christie's si así lo deseas.

—¿Hablamos de grandes cifras? —preguntó Jay.

—Para ellos desde luego. Quizás incluso quede algo para ti después de pagar los porcentajes de comisión.

—¿Cuánto?

—Eso depende de a quién preguntes. Cada uno te dirá una cosa.

—Te lo estoy preguntando a ti. Tú eres la experta en Custer, y en arte, aquí. Yo no soy más que un sencillo ranchero.

«Y yo un conejito de peluche», pensó ella.

—Tengo clientes que no le echarían un segundo vistazo a este cuadro —le explicó ella—. Y otros que no serían capaces de apartar la mirada de él. Ese es el aspecto personal. Luego está el posicional. Digamos que ya tienes todo lo necesario para sobrevivir y cien veces más. ¿De qué otro modo podrías alardear de tu riqueza? Y, sobre todo, ¿cómo dejar claro que eres diferente del grupo de ricachones que tienes a tu alrededor?

—En el ejército hay barras y estrellas para designar el rango —contestó él.

—Pues un civil tiene a Versace y Gucci, y más diseñadores de élite de los que podrían vestirte en toda tu vida. Además él, o ella, posee todos los coches que uno podría conducir. Todos los barcos. Aviones. Trenes de juguete. Joyas. Lo que sea. Pero cualquiera que tenga realmente mucho dinero ya poseerá todas esas cosas. ¿Cómo destacas de ese grupo, cómo pasas a ser el primero entre tus iguales?

—¿Y por qué iba a importar algo así? —murmuró Jay.

—Pregúntales a ellos. Pero te aseguro que les importa. Quieren poseer algo que nadie más posea. De modo que en lugar de llenar otro garaje de coches, compran el primer Maserati 3500 GT Spyder. El prototipo de 1959.

Jay no apartaba la mirada de Sara mientras esta hablaba, los labios dando forma a las palabras, los oscuros ojos irradiando energía e inteligencia.

—Ese coche es único —continuó ella—. Algo grande. Y gracias a *The Edge of Never*, los cuadros de Custer ahora son algo grande. Cada uno manufacturado. Cada uno único. Cada uno tiene algo que ningún otro tiene. Exclusividad.

—Eres tan psicóloga como marchante de arte —él sacudió la cabeza.

—Todos los buenos vendedores lo somos —Sara sonrió—. Por eso te estoy diciendo que si vendes los Custer ahora conseguirás una fracción de lo que conseguirías si la película tiene éxito. Si eso sucede, y apuesto a que así será, los cuadros valdrán al menos el triple de lo que valen ahora.

—¿Y qué pasa si la película no triunfa?

—No te pasará nada malo por esperar.

—Sería mucho más sencillo si no hubiera conocido a Custer. Era… —Jay intentó encontrar alguna palabra educada.

—¿…vanidoso y temperamental?

—Muy tópico, ¿no?

—No más que el rígido e irreflexivo militar —Sara sonrió.

—Tocado.

Ella posó una mano sobre su brazo antes de retirarla bruscamente, como si se hubiera quemado.

—Lo siento —se disculpó—. Mi hermano también regresó de Afganistán y no… no lo llevó muy bien. Tenía la sensación de haber sido utilizado como un balón de fútbol en un partido entre dos equipos de tanques.

—Un hombre inteligente. Te crees que eres el elefante, pero siempre terminas siendo la hierba pisoteada.

En el exterior el viento cambiaba una y otra vez de dirección, como si buscara algún alero que pudiera arrancar de cuajo.

—Mencionaste algo sobre narrativa. ¿A qué te referías? —preguntó Jay.

Sara aceptó el cambio de tema sin hacer ningún comentario. Estaba allí por negocios, no por nada personal.

—Narrativa es cualquier cosa exclusiva de la obra y que le añada atractivo —le explicó—. Por ejemplo, mi socia, Piper, está especializada en alfombras de lujo. Si la alfombra proviene de la casa de un famoso, el precio sube. O si posee una historia detrás, amantes separados por la guerra, familias o muerte, eso también aumenta el atractivo. Quienquiera que compre la alfombra podrá contar más sobre esa compra que lo que le ha costado.

—¿Y qué impide a alguien inventarse una historia?

—La ética.

—Ahí te pillé —exclamó Jay—. Por eso envié a Beck de vuelta por donde había venido.

Un perro ladró cerca de los establos. Una voz gritó. Y de nuevo el silencio.

—No puedo demostrar que Beck no sea capaz de inventarse una historia para aumentar las ventas —contestó Sara con cautela—. En este negocio solo cuentas con tu reputación.

—Y yo solo cuento con mi habilidad para juzgar la personalidad de la gente. La tuya me gusta. Y me hubiera gustado igual aunque tuvieras el doble de años y fueras fea y hombre. Ven conmigo y te mostraré parte de la verdadera historia de Custer.

—¿En serio? ¿Ahora?

—A no ser que prefieras ir a la cama.

Sara sintió subirle la temperatura del cuerpo. Sabía que no había ninguna intención sexual en la frase de Jay, pero la idea de una cama con ese hombre dentro hizo que le fallara un latido.

—Historia —eligió al fin, esperando que no se le notara demasiado el tono ronco en la voz.

—Entonces acompáñame.

Esa voz aterciopelada de medianoche la acarició de pies a cabeza.

—¿Lo haces a propósito? —preguntó Sara sin poder contenerse.

—¿El qué? —Jay sonrió perezosamente.

Ella consiguió recuperar el control de su mente y devolverla al lugar en el que debería estar. Negocios.

—Conducirme a la historia.

Él le tomó un brazo y la llevó hasta la cocina, y de ahí atravesaron la antecocina donde todos dejaban la ropa mojada o sucia.

En el exterior, el frío descendía de las montañas como una invisible avalancha. La luna, casi llena, iluminaba los picos nevados dando la sensación de que la luz provenía del interior. Incluso las sombras poseían un brillo pulido.

La noche en sí misma sobrepasaba toda capacidad de comprensión.

—No las pintó lo bastante grandes —observó Sara en un susurro.

—¿Custer?

—Sí.

—Habría necesitado un lienzo del tamaño de Wyoming —contestó él—. Y los pinceles de Dios.

Dos perros surgieron de la oscuridad como dos fantasmas moteados. Jay les habló y los animales regresaron a las sombras.

—Perros de labor —sentenció ella. No era una pregunta.

—En el rancho todo el mundo trabaja. De niño siempre intentaba meter a los perros en casa. Mi madre me explicó que no serían felices encerrados. Necesitan un rancho que vigilar para estar contentos.

Una estrella fugaz cruzó el firmamento antes de desaparecer detrás de las montañas.

Durante largo rato, Sara se limitó a absorber en silencio la belleza de la noche y las montañas bañadas en la luz de la luna. La ciudad era hermosa de noche, pero de un modo muy diferente.

—Estás temblando —observó Jay.

—Hace frío. Pero aún no quiero entrar.

Él la atrajo hacia sí y la rodeó con sus brazos. El calor masculino que la envolvió la hizo estremecerse de nuevo. Y Jay la abrazó con más fuerza.

—El rancho Vermilion es un lugar extraordinario —Sara suspiró y se acurrucó contra él—. Es único y está repleto de historia, tanto nacional como personal. Si estás en la ruina, entiendo que no puedas subsistir comiendo paisajes, ni puedas utilizarlos para alimentar al ganado. Y eso te obligaría a vender.

—No estoy arruinado —contestó él—. Todavía no. Durante los primeros años tras mi regreso la situación fue muy complicada. Los abogados nos chupaban la sangre. Los ranchos no suelen proporcionar muchos ahorros. Liza estuvo a punto de llevar el rancho a la bancarrota.

—Eso habría sido una lástima. Si vendes, lo único que te quedará será… dinero —ella rio, lanzando nubes de vaho que desaparecieron en el viento—. Menuda estupidez. El dinero es importante y no soy tan estúpida ni ingenua como para no otorgarle el valor que tiene. Pero este rancho es mucho más.

—¿Estás segura de que eres una chica de ciudad?

—Completamente segura. El que reconozca que el rancho Vermilion vale más que el dinero que te darían por él no significa que quiera vivir en Wyoming. Puedo apreciar la belleza sin tener que poseerla, o convertirla en un montón de dinero. Pero eso es lo único que desean Liza y Barton. El dinero.

Jay contempló las montañas mientras reflexionaba sobre las palabras de Sara.

Ella echó la cabeza hacia atrás y lo observó, un hombre atrapado entre la luz de la luna y la oscuridad. Quería tocarlo, deslizar sus dedos por el rostro para aprenderse sus rasgos, y lo deseaba con tanta fuerza que tuvo que cerrar los puños para no alargar las manos hacia él.

—Barton aún puede salvarse —observó él al fin.

—Yo fui una estudiante becada en un colegio muy exclusivo. Conocí a suficientes tipos como Barton para entender a la gente como él —Sara soltó el aire con fuerza entre los dientes encajados—. Es un niño mimado. Quiere dinero, pero no tiene el deseo, habilidades, fuerza o agallas para hacer algo constructivo por sí mismo.

—No puedo discutirte eso —Jay asintió—. Solo espero que encuentre un juguetito con el que jugar, y que no sea el rancho. Hasta ahora no ha habido mucha suerte.

—Barton sabe que es difícil trabajar solo. Despedazar el rancho y convertirlo en dinero parece más fácil.

—Puede que piense así —concedió él—. Pero se equivoca.

—Lo siento —Sara sintió la tensión y cubrió las manos de Jay con las suyas—. Dime que no me meta en lo que no me importa. En realidad no es asunto mío.

El viento los rodeó en un gélido abrazo antes de soltarlos y desaparecer en la oscuridad. Los cabellos de Sara, que desprendían un intenso olor a lavanda, abandonaron el rostro de Jay y regresaron a los hombros de su dueña. Varios mechones, sin embargo, quedaron enganchados de la barba que empezaba a crecer alrededor de sus labios. Jay los dejó allí. Le gustaba el contacto.

—Espero poder comprarle a Barton su parte antes de que sea lo bastante mayor para tener voto en la gestión del rancho —confesó él.

—¿Cuánto pide?

—Todo lo que pueda sacarme. Millones, supongo.

—Los Custer que he visto son impresionantes, pero ¿millones? Quizás en una subasta, y suponiendo que la película tenga un éxito internacional espectacular. Las subastas son conocidas por subir emociones y precios, pero después de que todo el mundo obtenga su comisión, y después de pagar impuestos... —Sara se encogió de hombros y los apoyó contra el fuerte torso de su anfitrión.

—Adelante. Dilo —la animó él.

—A no ser que puedas canjear cuadros por el interés de Barton en la tierra, y evitar pagar a nadie, incluyendo al tío Sam, los paisajes de Custer no van a hacerte rico. Un momento. ¿Qué hay de los edificios de tu propiedad en la ciudad?

—Ya los he hipotecado para realizar mejoras en el rancho.

—No importa —Sara suspiró—. Lo que Barton desea en realidad es demostrar que es mejor que tú. Ese es el agujero negro que tiene en el alma, y que llena con sus trajes de diseño.

Jay permaneció en silencio.

—Y otra vez he hablado de más —ella se excusó apresuradamente—. En cualquier caso, haré todo lo que pueda para convertir esos paisajes en dinero. Te ayudaría mucho tener un retrato conocido como *La musa* escondido por alguna parte. Lo malo es que se considera más leyenda que realidad. No existen fotos de la obra, ni bocetos, ni cartas describiéndolo. Nada.

—No recuerdo que Custer pintara ningún retrato —murmuró Jay—. Desde luego JD jamás colgó uno, aunque creo haber visto uno en la lista de los recibos que entregué en el juzgado.

—Si hay una historia, especialmente si es de carácter obsceno, relacionada con el retrato, puede que estés más cerca de tus millones. Los retratos que Wyeth hizo de Helga dispararon sus precios.

—Ilústrame.

—Helga era una modelo pintada por Wyeth —le explicó Sara—. También mantuvieron una relación. Esa historia aumentó el valor de los cuadros a ojos del público.

—¿Puedo serte sincero?

—Por supuesto.

—Custer se follaba a cualquier cosa que se mantuviera lo bastante quieta. Cuando estaba borracho, le daba bastante igual el género o la especie.

—Omitiré lo de la especie en la narrativa —Sara parpadeó—. Es bastante obsceno, pero solo atraerá a un público muy reducido.

Tras unos instantes de silencio, Jay echó la cabeza hacia atrás y empezó a reír sin parar.

—¡Qué suerte tenerte a mi lado! —anunció al fin mientras frotaba la mejilla contra los cabellos de Sara.

—Y tu situación sería aún mejor si supieras algo acerca de unos Custer que, según los rumores, se han perdido, incluyendo el famoso retrato. Son obras de su etapa más temprana. Cualquier cosa que pueda situarse en un marco narrativo que pudiera ayudar a la gente a entender cómo se formó el artista que había en Custer. Hay muy poca información real sobre él.

—JD tenía cuadros almacenados por todo el rancho. Aquí abajo, arriba en Fish Camp, demonios, quizás incluso en los edificios anexos o en algunos edificios de oficinas que alquiló. No sé cuántos podrá haber. Nunca llevamos un registro de sus obras. Nunca tuvimos motivo para hacerlo.

Sara soltó un gemido de exasperación.

—Aparte de un posible recibo en el que no se menciona el título del cuadro, ¿no hay ninguna otra evidencia de la existencia de un retrato pintado por Custer?

—No.

—Custer no era muy aficionado a escribir notas, ni siquiera después de trasladarse a Roanoke. Se cree que las únicas obras que dejó atrás de la época anterior a Roanoke son las que obran en poder de tu familia. Y la que JD regaló y que terminó saliendo en la película.

—En Fish Camp hay algunos papeles y cuadernos y cosas así —recordó Jay—. Los vi cuando buscaba los recibos.

Durante unos segundos, Sara se olvidó de respirar. Y poco a poco soltó aire muy débilmente.

—¿Estás seguro?

—Sí.

—¡Oh, Dios mío! ¿Por qué no me lo dijiste antes? Si las notas son de alguna utilidad, acabas de doblar el precio de los cuadros. Empleando sus propias palabras, puedo disponer el marco para un encantador libro ilustrado que muestre la trayectoria de sus primeras obras. Podemos conseguir copias de buena calidad en Asia a mucho menos precio de lo que nos costaría aquí y…

—Respira o te vas a desmayar —le aconsejó Jay en tono irónico antes de alzar un poco más la voz—. ¿Necesitas algo, Henry?

Sara se giró de golpe. No había oído ni un solo ruido que le hiciera pensar que no estaban solos en la gélida y radiante noche.

—Se me olvidó preparar la cafetera para mañana —contestó Henry—. Me estoy haciendo viejo.

—Hace unos días estaba tensando alambre contigo —Jay sacudió la cabeza—. Aún te queda mucho para ser viejo.

Henry soltó una carcajada y cerró la puerta de la antecocina tras de sí.

—Antes de que te emociones demasiado sobre los viejos cuadros —continuó Jay—, tengo que contarte una cosa —mientras hablaba, la condujo hacia el patio—. JD y Custer habían bebido. Fue poco antes de que Custer se marchara. Sucedió aquí mismo, entre la casa y el granero.

Sara contempló la hierba, oscura bajo la luz de la luna, salvo por las ligeras ondas que se producían cuando el viento arreciaba. A un lado se veía una pequeña isla de baldosas dispuestas en el suelo alrededor de un círculo de roca. Las piedras eran pálidas como fantasmas.

—Imagina que estamos en mitad de la noche —prosiguió él—, y la única luz proviene de una rugiente hoguera, casi tan alta como un hombre. Y bailando alrededor del fuego estaba un muy ruidoso, muy desnudo y muy borracho Armstrong Harris. Casi tan ruidoso, aunque no tan borracho, y completamente vestido, JD le gritaba a Custer que apagara el fuego y se fuera a la cama.

—Menos mal que me enamoré de las pinturas antes de conocer al pintor —murmuró Sara—. ¿Cuántos años tenías?

—Casi trece. JD y Liza aún no se habían casado. Acababan

de regresar de una fiesta en la ciudad. ¿A que no sabes qué estaba quemando Custer?

—Me parece que no me va a gustar la respuesta.

—Algunos viejos cuadros suyos. Y seguramente también un montón de notas. Todo ardía como si se hubiera desatado el infierno.

Jay contempló la expresión de la joven, que tenía la mirada fija en el hueco de la hoguera. Su rostro le decía todo sobre lo que pensaba de Custer y su obra. Sus ojos brillaban y unas lágrimas rodaron lentamente por sus mejillas.

—Qué gran pérdida —comentó al fin.

—Custer no lo veía así —contestó Jay—. Se meó en la hoguera, le dijo a JD que terminara él el trabajo y se marchó. A la mañana siguiente se había ido.

—Una gran pérdida —Sara suspiró—. Esto no figura en los libros de historia. Y es la clase de detalles que hacen que Custer y su obra vuelvan a la vida, al margen de los cuadros mismos.

—Más signos de dólar.

—Lo que me acabas de contar añade humanidad al artista —ella se secó las últimas lágrimas—, lo vuelve más accesible a las personas incapaces de pintar, pero que aprecian el arte —miró más allá del espacio en el que se habían quemado los cuadros—. ¿Dónde se alojaba Custer mientras estuvo pintando paisajes en el rancho?

—Llegó a alojarse en todos los edificios del rancho, salvo en la casa principal. Bueno, quizás se desmayó aquí una o dos veces. Y JD también —Jay sonrió—. Fueron buenos amigos hasta que dejaron de serlo. Quizás se superaron el uno al otro. Aunque seguramente se limitaron a ponerse de los nervios.

—Es difícil para dos leyendas compartir un mismo espacio —opinó Sara.

—¿A qué te refieres?

—He visto el apellido Vermilion escrito en unos cuantos

sitios por todo Jackson. JD fue un engranaje crucial, una leyenda, en este estado.

—Me cuesta verlo así —él emitió un sonido que podría confundirse con risa—. Una de esas «leyendas», era mi padre y la otra un bromista, borracho y compinche de JD.

—Me da la sensación de que aquí hay más historias que contar.

—Toda mi infancia está llena. Pero no vamos a estar levantados toda la noche bostezando. Amanece muy temprano y en esta época del año hace frío.

—Solo un ratito más. Aún no me creo que esté aquí. Es la diferencia entre leer una historia y vivirla.

Sara contempló el granero y los edificios anexos, ébano contra un cielo centelleante. Los edificios acababan, pero la tierra seguía, extendiéndose hasta las montañas. Era una tierra vasta, enorme, y allí cualquier cosa era posible.

«Ayudaré a Jay para que conserve el rancho. ¿Para la siguiente generación de Vermilion? Sin duda un hombre como él encontrará a una mujer dispuesta a vivir aquí y darle hijos».

«Y, si no me gusta lo que acabo de pensar, peor para mí».

«Me he esforzado demasiado para no terminar como mi madre».

CAPÍTULO 9

Jay y Sara estaban terminando un copioso desayuno cuando Henry entró por la puerta.

—Me ha llamado un amigo. Dice que ha oído a unos buscadores de oro medio borrachos presumir de que van a cribar nuestros arroyos.

—¿Ya se han levantado los dos nuevos vaqueros?

—Apenas. He enviado a Billy a echar un vistazo por la parte del rancho que le pertenece a Barton.

Jay aguardó. Henry había dirigido el rancho muchos años y no le gustaba adivinar sus pensamientos, pero lo hacía.

—No me fío de Barton. Es capaz de colar a algunos ingenieros o lo que sea en esa zona —continuó el capataz—. Sabe que no estamos usando esa tierra como pastos porque las vallas han sido arrancadas muchas veces por intrusos y drogadictos.

«Apuesto a que los ha enviado Barton», pensó Jay. «A su modo, es tan insistente como su madre. Pero lo que él no sabe, o no quiere admitir, es que cuanto menos tierras de pasto haya en el rancho, menos dinero habrá para todos».

—¿Lleva Billy radio? —preguntó.

—Conoce las normas.

—¿Algo más que yo deba saber?

—Al parecer hay un montañero loco vagando por el cuarenta norte, disparando a todo lo que se mueve.

—¿Has informado al sheriff? —preguntó Sara con calma.

—A no ser que alguien resulte herido —Henry soltó una carcajada—, el sheriff no se preocupa demasiado.

—Cooke tiene muy pocos hombres para poder ocuparse de nuestros problemas —le informó Jay—. Si insistimos, redactará un informe, pero ¿para qué perder su tiempo y el mío? —miró a Henry—. ¿Hay más buenas noticias? —preguntó secamente.

—No. Los caballos están cargados y listos para partir. Te he ensillado a Amble. También he ensillado a Jezebel y Mooch, para que Sara elija. Skunk y Lightfoot esperan en el corral. Las alforjas están llenas.

—Parece que te has ocupado de todo —observó Jay—. Buen trabajo.

Henry soltó un gruñido y salió de la casa.

Sara empezó a recoger los platos.

—Deja eso —la interrumpió Jay—. Elena y su hija vendrán todo el día para limpiar y preparar la comida de la semana.

Para cuando hubieron preparado todo lo necesario para el camino, el sol acababa de salir, inundando las montañas y haciendo que todo volviera a la vida. El verde de la hierba estaba moteado de oro y el rocío dispersaba la luz. El silencio solo era interrumpido por algún caballo resoplando en el corral.

—En momentos como este me siento el hombre más rico y afortunado sobre la faz de la tierra —aseguró él—. Tenemos por delante un día entero para cabalgar y un hermoso rancho aguardándome.

—Te olvidaste las botas de vaquero —observó ella.

Jay contempló las desgastadas, y cómodas, botas de cordones que había llevado puestas en las montañas al otro lado del mundo.

—Estas me sirven igual para montar y son mucho mejores en tierra firme. Me gustan tus botas.

—Me encanta montar a caballo —Sara sonrió y se estiró—. Trabajar en un rancho... —se encogió de hombros— no tanto.

A pesar de sus palabras, Jay disfrutó contemplándola estirarse cara al amanecer. Llevaba pantalones vaqueros y botas de senderismo, le había prestado una de las camisas de franela de su madre y un sombrero Stetson, además de una cazadora que le había pertenecido a él de joven. Nada de lo que llevaba conseguía ocultar del todo las formas femeninas. Observarla apoyada contra la valla del corral le gustaba casi tanto como contemplar el amanecer.

Cuanto más tiempo pasaba con ella, más le gustaba. Más la deseaba.

Y esa era una idea muy mala.

«Recorrí todo el mundo para descubrir que el rancho era mi hogar. Ella hizo lo mismo para descubrir que su hogar estaba en la ciudad. Debería ser lo bastante mayorcito para no empezar algo que por fuerza acabará mal».

«Pero nunca he deseado nada tanto como la deseo a ella».

Palmeó distraídamente a Skunk y a Lightfoot, que lo observaban atentamente, esperando órdenes. En cuanto Henry había empezado a ensillar los caballos, los perros sabían que pasarían el día trabajando. Salvo que para los perros el trabajo era el más divertido de los juegos.

Jay tomó el rifle que había sacado del armero de la casa. Se acercó al caballo color castaño llamado Amble y metió el rifle en su funda. Después colocó las alforjas y las sujetó sobre el caballo.

—La yegua baya es Jezebel —le informó él—. El caballo ruano es Mooch.

—¿Cuál de los dos entiende mejor a las vacas? —preguntó ella.

—Jezebel.
—¿Y qué virtudes tiene Mooch?
—Tiene un carácter sereno como una roca.

Dado que Mooch era el que estaba más cerca, Sara se acercó a él primero. Con movimientos hábiles y pausados, comprobó los cascos del caballo. Las herraduras estaban desgastadas, pero se sujetaban con firmeza a los cascos. Comprobó que no hubiera ninguna piedra atascada. A continuación ajustó los estribos a la altura adecuada, la cincha de la silla, se aseguró de que las hebillas de la brida estuvieran bien ajustadas, recogió las riendas antes de posar un pie en el estribo.

Mooch ni pestañeó durante todo el proceso.

Cada movimiento de la joven le indicaba a Jay que estaba acostumbrada a los caballos. Él mismo se concentró en comprobar su propia montura. La cincha estaba un poco floja y uno de los estribos demasiado largo.

«Henry debe tener las manos doloridas después de haber tensado el alambre de espino», pensó Jay mientras apretaba la cincha y ajustaba el estribo. «Debería haberle insistido en que me dejara preparar los caballos a mí».

Pero el capataz era un hombre orgulloso. Jay decidió que iba a tener que empezar a comprobar todo por si ya no cumplía con su trabajo.

Abrió la cantimplora que colgaba de la silla y comprobó que el agua era fresca, y tan fría como la mañana. Una segunda cantimplora contenía café, caliente y lo bastante fuerte como para que flotara en él una herradura.

«Henry sigue preparando el mejor café de por aquí», pensó Jay. «Y solo por eso estoy dispuesto a apretar un par de cinchas sin quejarme».

Al otro lado del corral, Sara espoleó a Mooch y lo puso al trote para comprobar su respuesta a las riendas. Tras un minuto o dos, lo llevó junto a Jezebel y lo ató.

Jay la observó cambiar de caballo, repetir la inspección del animal, montar con la gracia de la experiencia y dar unas vueltas con la yegua. Enseguida regresó.

—Montaré a Jezebel. Mooch es fuerte y voluntarioso, pero su trote es como el de una mezcladora de cemento —anunció—. Jezebel es rápida y fácil de montar.

—Puede que lo sea para ti. No le gustan mucho los hombres, pero es muy buena con las vacas. Sabe cuál de ellas va a crear algún problema, antes de lo que lo sepa la propia vaca. Confía en su instinto más que en el tuyo. Y agárrate fuerte. Arranca como un tiro cuando va tras un ternero que se pone cabezón.

—¿Eso forma parte del equipo habitual en Wyoming?

—¿El qué?

—El rifle.

—Para mí sí —Jay optó por no mencionarle la Glock que llevaba en una de las alforjas, o los cartuchos.

«Y qué si me volví paranoico en Afganistán. Que me denuncien».

Recogió las riendas de Amble y puso un pie en el estribo al mismo tiempo que saltaba a la silla. Un silbido corto hizo que los perros se pusieran en pie, ansiosos por partir. Skunk y Lightfoot se situaron a la izquierda de Amble. Jezebel se situó a la derecha y se dirigieron a buen ritmo por un camino de tierra hacia los pastos del norte.

—El ganado que vamos a trasladar es para criar, no para comer —le informó Jay mientras el sol calentaba cada vez con más fuerza—. La genética del ganado del rancho Vermilion necesitaba una mejora. Empecé con diez cabezas de costosas vacas de cría. El esperma tampoco resultó barato. Ahora tengo cincuenta vacas y cincuenta terneros. Todos Angus purasangres. Este año hemos tenido suerte con el sexo. Solo doce machos. A tres de ellos no los hemos castrado, son los mejores toros que he visto en mi vida. Su linaje va a estar a mi servicio. Valen más como sementales que como filetes.

—¿King Kobe es uno de los que no están castrados? —preguntó Sara al rememorar una de las llamadas telefónicas.

—Desde luego —Jay sacudió la cabeza—. Si está a la altura de su pedigrí, va a compensar todos los problemas que ocasiona.

—¿Y si no lo está?

—Entonces lo venderé o lo convertiré en hamburguesas.

—Esto me recuerda a mi infancia —observó ella—. Los chicos para filetes y las chicas para leche, y reza para que la manada permanezca lo bastante sana el tiempo suficiente para permitirte ganar el dinero necesario para alimentar a la familia.

«Malditos recuerdos», pensó él al ver el gesto contrariado de Sara. «Los soldados no son los únicos que los tienen».

—¿Cuántas cabezas vamos a trasladar? —preguntó Sara.

—Solo treinta y cinco, y una de ellas es Queenie. Es una vieja Hereford, y una líder nata. En cuanto las vacas Angus se calmen, la seguirán hasta el infierno. Los terneros… bueno, ellos ya aprenderán.

—Si son tan testarudos como las vacas lecheras, tenemos una o dos horas de diversión por delante.

—Así es.

La sonrisa de Jay indicaba claramente que estaba deseando verlo.

Para cuando el sol estuvo lo suficientemente alto como para que Sara se desabrochara la cazadora, había comprobado de sobra a qué se había referido Jay al decir que Jezebel era un buen caballo para las vacas. Y también que era rápida como un tiro.

La primera vez que la yegua había pivotado bruscamente sobre sus talones para bloquearle el paso a King Kobe, había estado a punto de caerse de la silla. Pero Jezebel no estaba intentando descabalgar a su jinete. El animal solo hacía lo que mejor sabía hacer, mantener el ganado en fila.

Al principio, el camino que seguían estaba claramente definido. A medida que pasaban las horas, Queenie parecía ser la única vaca capaz de encontrar el sendero entre la hierba, los arbustos y los árboles que lo invadían todo. La vieja vaca al fin condujo al ganado hasta un prado natural, más alto y basto que los pastos de su hogar. Apareció un arroyo bastante ancho y rugiente que discurría entre bancos de sauces y piedras. El nivel del agua era elevado y estaba turbio por la escorrentía del deshielo de los Teton.

Jay guio su montura hasta Sara.

—Este es el Crowfoot —le explicó—. A finales de verano tendrá un tercio de su caudal y el agua será tan transparente como el aire. Ahora mismo se está ahondando su lecho mientras se dirige al valle.

—¿Se puede beber de él?

—Seguramente, pero he traído tabletas acondicionadoras. Nunca se sabe lo que ha podido suceder corriente arriba.

—Y qué me dices de...

Un agudo silbido de dos notas lanzó a Skunk y a Lightfoot tras King Kobe.

—... los animales salvajes —Sara terminó la frase.

—Están ahí. La mayor parte del tiempo no molestan. A quien hay que vigilar es a los humanos. Hay muchos cultivos ilegales por aquí.

—Marihuana —adivinó ella.

—No pareces sorprendida.

—Es un gran problema en Sierra Nevada. Yo ya no monto por algunos caminos.

—Chica lista. Cultivar hierba solía ser una actividad propia del lobo solitario, una persona cultivando unas plantas para su consumo personal. Pero ahora han entrado las mafias internacionales. Se extienden por los bosques nacionales y tierras protegidas, organizan un caos al desviar arroyos para regar las plantas, vigilan los cultivos con rifles automáticos, y luego se llevan la cosecha en helicóptero hasta el norte de Montana. Desde allí se transporta en mochilas hasta Canadá.

Un silbido de tres notas lanzó a Lightfoot a la derecha del ganado para controlar a otro ternero que no quería seguir con la pequeña manada.

—¿Has tenido muchos problemas en el rancho? —preguntó ella.

—El primer año que estuve de regreso en casa fue malo. Los cultivadores no estaban acostumbrados a alguien que devolvía los disparos, y con mejor puntería que ellos. Las bandas se apresuraron a buscar otros sitios en los que cultivar hierba con más tranquilidad.

—¿Ya no hay bandas en las tierras Vermilion? —Sara contempló el rifle a resguardo bajo el fuerte muslo de Jay.

—Al menos ya no desvían el curso de nuestros arroyos —él se encogió de hombros—. Lo demás es casi todo una cuestión de vive y deja vivir. Ellos no interfieren en mi vida y yo no me enfrento a ellos, a no ser que monten un laboratorio de metanfetamina. Esos los derribo en cuanto los veo. Si saltaran por los aires podrían quemar la montaña.

—¿Y qué dice el sheriff Cooke al respecto?

—Nada apropiado para tus oídos. De vez en cuando, los federales y la policía local hacen una redada, cierran algunos laboratorios de meta o fardos de hierba y ofrecen un puñado de titulares. Y luego todo vuelve a su sitio.

King Kobe mugió y bajó la cabeza ante Skunk. En un rápido movimiento, apenas un destello blanco y negro, el perro esquivó al ternero y lo devolvió, enfurruñado, junto a su madre.

Sara soltó una carcajada.

—No te hago falta. Esos perros podrían hacerlo todo ellos solos.

—Espera a que tengamos que cruzar el Crowfoot.

—Me muero de ganas —Sara se quitó la cazadora. Sin detener el caballo, enrolló la prenda y la ató detrás de la silla—. Empieza a hacer calor.

—Si no te gusta este tiempo, espera un poco —Jay sonrió—. Va a cambiar.

Ella posó la mirada sobre los picos de los Teton, donde habían empezado a formarse unas pocas nubes. Pero eso importaba poco allí abajo, donde el sol calentaba lo suficiente para hacer sudar tanto a caballos como a humanos.

Jay también se había quitado la cazadora y la había atado a la parte de atrás de la silla. Se quitó el sombrero para secarse el sudor de la frente con el brazo mientras se preguntaba cómo algo tan simple como una vieja camisa de franela con estampados color óxido y oro podía resultar tan sexy puesta en Sara. Tuvo que recordarse a sí mismo una vez más que ella no era la clase de mujer que buscaba. Él quería una esposa, una madre para sus hijos y, sobre todo, una mujer que no se plantara ante las exigencias de la vida en un rancho.

Un movimiento llamó su atención. Vio que la manada se estaba dispersando en grupos de cinco o seis, para pastar en la hierba nueva. Un silbido de dos notas lanzó a Skunk y a Lightfoot en pos del ganado. Los perros se separaron, dirigiéndose cada uno a un lado. Las vacas demasiado lentas recibieron un gruñido y vieron de cerca los afilados dientes. Si aun así no hacían caso, recibían una dentellada. En poco tiempo las vacas estuvieron de nuevo agrupadas.

—Estoy acostumbrada a ver a la gente yendo por ahí con su perrito metido en un bolso, o con esos enormes ejemplares que ni siquiera son capaces de domesticar —observó Sara—. Ha sido un placer ver a unos perros hacer lo que se supone que deben hacer.

—También es un placer ver a las vacas comportarse como vacas.

—Tú ganas —murmuró ella.

La risa de Jay la caldeó de un modo que no debería.

Los dos perros correteaban en torno a la manada a toda velocidad, muy concentrados.

—Para los perros, treinta y cinco cabezas no son más que un aperitivo —observó él—. Pero les gusta tanto trabajar que no quise dejar a ninguno de los dos en casa.

—Papá siempre hablaba de conseguir un buen perro de trabajo —Sara asintió—, pero nunca había dinero suficiente. Los perros bien entrenados son muy caros.

Ignorantes de las personas que los observaban, los perros continuaron con su trabajo guiando a las vacas por el prado de hierba y sauces hasta el vado del Crowfoot justo por delante.

—Debo admitir que este paisaje es impresionante —concedió Sara.

Los pies de las colinas parecían un mar verde que fluía hacia las rocosas Teton. Parches de verde sobre verde, hierba y sauces, y la niebla verde plateada, rodeaban a los álamos cuyas hojas empezaban a brotar. El cielo se estremecía con la luz y la humedad.

El viento hacía que todo el paisaje respirara, insuflándole el pulso de la vida.

—No me puedo creer que ayer mismo me estuviera congelando —aseguró ella.

—Pues créetelo. Y esta noche volverás a hacerlo.

Jay contempló a Sara mientras esta se desabrochaba la camisa de franela, revelando el brillo escarlata del suéter que llevaba debajo. El suéter no era muy ceñido, pero lo distraía a cada movimiento de su dueña.

Sara nunca apartaba la mirada de las montañas. Imponían de un modo que los paisajes de San Francisco, esculpidos por la mano del hombre, jamás lograrían hacer.

—Diez peniques por tus pensamientos.

—Creía que era un penique.

—Aquí, en las tierras altas, todo es más caro.

La risa de Sara se fundió con el sol.

—Estaba pensando en San Francisco y las alturas, obra del hombre. Resulta útil cuando pasas el Hyatt y sabes cuántos bloques faltan para llegar al siguiente restaurante vietnamita, pero no es el mismo sentido del tiempo que cuando te encuentras en una tierra que ya existió mucho antes de que el ser humano pusiera un pie en ella, y que seguirá mucho después de que haya desaparecido la civilización. Las montañas son tan viejas…

Y mientras los humanos estudiaban la tierra, los perros habían conseguido que el ganado se dirigiera hacia el vado.

—¿Cómo saben adónde ir? —preguntó ella.

—¿El ganado?

—Los perros.

—Salvo para los terneros, para los demás este no es el primer traslado a los pastos de verano —le explicó él—. Los perros y las vacas más viejas están acostumbrados a trabajar juntos. Skunk las mantendrá a este lado del vado hasta que los alcancemos. Después tendremos tiempo de sobra hasta que logren convencerlas para que crucen.

—¿No les gusta cruzar?

—¿A ti te gustaría hundir las… eh… las tetas en agua helada? —Jay la miró de reojo.

—Entendido —ella reprimió una carcajada—. Ya no veo la manada.

—Van unos noventa metros por delante. Tú sígueme. Las vacas no son tan estúpidas como los ciervos, pero mamá vaca con un ternero puede ser impredecible. Tan rápida como tu montura, Jezebel. Henry las llama sesudas, yo pienso que son simplemente testarudas en cualquier sentido. Si saltamos sobre ellas, solo Dios sabe cómo reaccionarán.

Jay levantó las riendas, apretó los muslos y Amble pasó de un suave paso a medio galope. Jezebel siguió, tirando del bocado, queriendo salir a galope tendido. Por el rabillo del ojo, él vigiló mientras la yegua y su jinete mantenían una silenciosa pelea por el control.

Ganó Sara.

«Ojalá no fuera una chica de ciudad. Pero lo es. Apuesto lo que sea a que no se compró ese deslumbrante suéter en un pueblo».

Cuando el ganado estuvo a la vista, tiró de las riendas. Amble volvió a un trote y de ahí al paso. Jezebel lo siguió sin protestar.

—Me has engañado —contestó Jay.

—¿Qué? —preguntó Sara con la mente puesta en los cuadros.

—Tocado. Estafado. Jaque, para los que jueguen al ajedrez. Enredado —él sonrió tímidamente, casi a regañadientes—. Montas y te manejas estupendamente. Y no he oído ni una sola queja en todo el viaje.

—¿Esperabas oírla?

Una de las terneras comenzó a mugir de repente. Lightfoot se lanzó a por ella, le mordisqueó una pata, y el animal regresó a la manada.

—No paras de insistir en que eres una chica de ciudad.

—Siempre que no se me considere de la alta sociedad —contestó ella secamente.

—Ese es el título de una canción, pero eres demasiado joven para conocerla.

—Cuando tu madre solo tiene dinero para comprar unas pocas casetes, la música pop es eterna. Yo rezaba para que la cinta se rompiera, y luego me sentía fatal porque había muy pocas cosas capaces de hacer sonreír a mamá.

De nuevo Jay percibió esa mezcla de tristeza y firmeza en la voz de Sara. No iba a vivir una vida como su madre. Punto final.

«Y yo hablándole de hijos y ranchos», pensó él. «Qué estupidez».

Y sin embargo no podía evitar desearla cada vez más, con cada sonrisa, con cada carcajada que se le enroscaba como una caricia.

«Tocado, desde luego», pensó. «Tocado y hundido».

CAPÍTULO 10

Skunk arrancó a Jay de sus inquietantes pensamientos con un brusco ladrido. El perro estaba, ahora parado, ahora corriendo entre el ganado y el rugiente arroyo, según la necesidad. Las vacas se movían inquietas y no paraban de mugir. Sabían lo que les esperaba e iban a hacer todo lo posible por evitarlo.

Pero primero iban a beber.

Sara condujo a la yegua corriente arriba, donde Jay estaba dando de beber a Amble. Jezebel estiró inmediatamente el cuello y hundió el hocico en la gélida corriente de agua.

—¿Dónde quieres que me ponga para cruzar? —preguntó ella.

Jay contempló el reflejo del sol sobre el agua, que iluminaba el rostro de Sara bajo el ala ancha de su sombrero. Estaba inquietantemente hermosa, parecía un sueño.

—Quédate atrás y cruza cuando lo haya hecho la última vaca —le indicó—. Los perros y yo nos ocuparemos de todo. Pero, si una vaca me adelanta, es toda tuya.

—¿Seguro que no puedo hacer nada más?

—Si se escapa una vaca serás de gran ayuda. El problema es que Jezebel odia el agua, salvo la que bebe. Puede que intente saltar el arroyo, de modo que agárrate fuerte.

Sara contempló el arroyo, que tendría al menos seis metros de ancho y corría a la velocidad de una avalancha. Y ella montada en un caballo al que no le gustaba el agua.

«Espero no acabar dándome un baño helado», pensó.

Jay silbó una orden y los dos perros se pusieron en marcha. Skunk describió una maniobra dirigida a los talones de la vaca que iba en cabeza, Lightfoot hostigó el flanco derecho de la manada, y Jay montó en la retaguardia, bloqueando el paso de las vacas que habían decidido regresar al rancho. Cuando Jezebel vio a un ternero que intentaba escapar, saltó hacia delante a tal velocidad que Sara tuvo que agarrarse a la silla. Cuando el ternero regresó a la manada, la yegua se paró en seco, resoplando y apartándose del agua, que estaba a menos de dos metros.

—Esto va a ser muy divertido —susurró Sara casi sin aliento.

Lightfoot marcó con los dientes al último, y más reticente, ternero para introducirlo en el agua. Con Jay corriente abajo y Lightfoot en la retaguardia, Skunk conducía a la vaca que iba en cabeza a través del vado. A medida que alcanzaba la otra orilla, el ganado se dirigía rápidamente hacia un exuberante prado de hierba.

Sara había observado atentamente cómo cruzaban las vacas. El arroyo no era muy profundo y el fondo tenía un buen agarre, facilitando la travesía. Así pues, decidió sorprender a Jezebel. En un mismo movimiento tiró de las riendas y espoleó al animal. La sobresaltada yegua saltó hacia delante y estuvo en el agua antes de darse cuenta. Cruzó el arroyo a grandes brincos y, al alcanzar la otra orilla, se sacudió y resopló para mostrar su desagrado.

Jay volvió a respirar. Ver a Sara aferrarse a una yegua le producía el mismo efecto que una brusca subida de esteroides.

—Me había parecido entender que tus caballos no eran de rodeo —protestó ella mientras se secaba el rostro.

Él soltó una fuerte carcajada y, súbitamente, se inclinó hacia un lado y la besó con fuerza.

—Me has dado un susto de muerte, mujer.

Sara sintió que el punto en que la había besado, a medio camino entre la mejilla y la sonrisa, se había incendiado. Tragó nerviosamente y culpó a la brusca cabalgada de su acelerado latido de corazón mientras intentaba mostrarse tan indiferente como lo había sido el beso de Jay.

—¿Yo? Lo único que he hecho ha sido mantenerme sobre la montura. No me apetecía meter mis tetas, ni ninguna otra parte del cuerpo, en esa agua helada —protestó Sara.

Antes de que Jay pudiera contestar, Skunk soltó un ladrido corto. De inmediato, las orejas de Amble se dispararon hacia delante y las aletas de la nariz se abrieron mientras el caballo captaba los olores que le llevaba el cambiante viento. Jezebel hizo otro tanto. Caballos y perros miraban todos en la misma dirección.

—¿Qué…?

Un brusco gesto de Jay cortó en seco la pregunta de Sara. El vaquero vigilaba atentamente el ganado. La vieja Hereford mantenía la cabeza alzada y miraba en la misma dirección que los caballos. Pasado un minuto, bajó la cabeza y volvió a pastar.

El viento cambió bruscamente, girando como una bailarina antes de quedar reducido a un suspiro. Ambos caballos resoplaron y empezaron a buscar hierba fresca.

Skunk permaneció en alerta.

Al igual que Jay. Había sacado unos pequeños, aunque potentes, prismáticos de una de las alforjas y estaba escudriñando una cresta coronada por coníferas a unos cuatrocientos metros hacia delante y a la derecha. Se concentró en la zona donde la hierba y los arbustos bajos se unían a la línea de árboles en la cresta.

Mientras los caballos y las vacas pastaban, Sara lo observó barrer todo el borde de la cresta con los prismáticos. Para su inexperta mirada, lo único que se movía era el nervioso viento. La idea de que el menor crujido de una rama, o movimiento de las hojas, pudiera indicar la presencia de un oso le inquietaba. La visión del rifle bajo el muslo de Jay la tranquilizó. Tratándose de osos no tenía mucha confianza en el spray de pimienta, más propio de la ciudad, que llevaba con ella.

Pasados unos minutos, Jay bajó los prismáticos y volvió a contemplar a los animales. La Hereford pastaba. Los Angus masticaban la hierba tierna a una impresionante velocidad. Skunk había bajado las orejas, pero miraba fijamente a su dueño, aguardando órdenes.

Fuera lo que fuera que hubiera olido en animal, ya no estaba o se había marchado con el viento. Jay volvió a guardar los prismáticos en la alforja.

—¿Qué era? —preguntó Sara en un susurro.

—No he visto nada, y Skunk no sabe hablar, de modo que no sé qué le puso en alerta.

Sara percibió claramente la tensión alrededor de los ojos y la boca de Jay.

—¿Un oso?

—Lo dudo. Los osos no se esconden. Podría ser un puma. Son muy tímidos.

—¿Y unos senderistas?

—Eso también —contestó él. Decidió que sería más seguro, aunque menos agradable, si le contaba la verdad—. Estoy seguro al noventa y cinco por ciento de que Skunk percibió un olor a humano. El ganado y los caballos no habrían vuelto a pastar si hubieran olido un oso o un puma. Seguramente fue algún senderista. De haber sido alguien montado a caballo, nuestros caballos habrían relinchado a modo de saludo.

«A diferencia de los robustos ponis que montábamos en Afganistán», recordó. «Nuestros pies rozaban el suelo, pero esos ponis eran desconfiados como cualquier animal salvaje. Y no saludaban a los extraños».

Tras echar un último vistazo a las tierras desiertas, Jay silbó a los perros, que rápidamente reunieron a la manada y reanudaron la marcha hacia Fish Camp.

Jay no apartó la vista de la zona en la que se había movido algo antes de desaparecer.

No había nada que ver salvo el paisaje y la montaña sobre sus cabezas. El sol casi había alcanzado el cénit. Las sombras eran mínimas. Todo se veía verde y negro bajo el extenso cielo azul.

Sara escudriñó a su alrededor y solo vio una extensa tierra sin vallas ni edificios, ni rastro alguno del hombre.

«¿Sería esto lo que mi hermano sintió en Afganistán? Solo que allí las sombras disparaban balas de verdad». Ella se estremeció ante la idea.

Las coníferas se mecieron lo suficiente para alterar las sombras y engañar al ojo humano, haciéndole ver cosas que seguramente no estaban allí. Sara intentó dominar su imaginación, que insistía en cosas que no existían.

«Allí afuera, donde las sombras de los árboles se juntan con la luz del sol, no hay nada. Si no te crees a ti misma, mira a los perros. Sus sentidos son mucho más agudos».

«O mira a Jay, que se mantuvo con vida en una tierra en la que las sombras devolvían los disparos».

La vaca que iba en cabeza avanzó con reticencia, espoleada por Skunk. Lightfoot corría a lo largo de los flancos de la manada. El ganado avanzaba lentamente, picoteando hierba. Los terneros estaban mucho más callados que al principio de la jornada. Incluso el paso lento que marcaba Jay les había quitado el brío a sus movimientos.

Pero no eran los terneros lo que le preocupaba a Jay. Era el camino que tenían por delante.

«Demasiado espacio para una emboscada», le advirtieron sus viejos hábitos. «Muy pocos sitios para guarecerse».

«Y ya no estás en la guerra, de modo que déjalo».

Sin darse cuenta, tocó de nuevo la culata del rifle. La 30—30 estaba bien sujeta en la funda, y las alforjas iban cargadas con más munición de la que necesitaría un grupo de doce personas que fueran de caza.

Sara lo miraba de reojo mientras se decía a sí misma que el vaquero solo estaba siendo prudente. La mayor parte del tiempo incluso se lo creía. Pero cada vez que esos largos dedos tocaban distraídamente el rifle, su corazón se disparaba.

Skunk emitió otro ladrido seco.

Sara agarró las riendas con fuerza, con la mano izquierda y se contuvo de comprimir a Jezebel demasiado fuerte con los muslos. Lo último que faltaba era que su caballo se encabritara porque el jinete se había puesto nervioso.

Jay sacó el rifle de la funda.

Y la adrenalina inundó la sangre de Sara.

A su alrededor el paisaje se volvió más y más salvaje, empequeñeciendo a los jinetes y al ganado por igual. El viento había cesado, pero se oían miles de sonidos. El bosque, el arroyo, la hierba, incluso las rocas que se movían en lo alto. Sara contuvo la respiración e intentó captar lo que Jay intentaba oír.

«Sería más feliz en la calle Market», pensó. «Al menos el terreno me es familiar y conozco las señales de peligro de la ciudad». Un pensamiento condujo al siguiente. «¿Así viven algunos veteranos de guerra? ¿Siempre en alerta? ¿Siempre al límite?».

«¿Cómo consiguen soportarlo y seguir con sus vidas civiles?».

Su hermano pequeño lo conseguía, pero le había resultado difícil. Durante mucho, demasiado, tiempo había sido como Jay en esos momentos. Siempre en alerta.

El cambio que había experimentado el vaquero era profundo. Era otro hombre en la piel de Jay. Ese extraño que cabalgaba a su lado estaba preparado para actuar, pero relajado. Vigilante, pero tranquilo. Como un radar viviente, cada átomo de su ser se proyectaba hacia el exterior. Sujetaba el cañón del rifle hacia arriba, el dedo junto al seguro del gatillo.

Y Sara hizo lo único que podía hacer. Mantener la boca cerrada y esperar.

Después de los minutos más largos de su vida, Jay emitió un prolongado silbido. Skunk se volvió hacia él.

—Los caballos y el ganado no están preocupados —le informó a su perro—. De modo que nosotros tampoco lo estaremos —«al menos no demasiado»—. Comeremos un poco más arriba del sendero —«sobre un montón de rocas que nos permitirán vigilar el camino»—. ¿Has disparado alguna vez?

Aunque la pregunta era casual, durante unos segundos, la mente de Sara se quedó en blanco.

—Piper y yo hicimos un curso de armas cuando montamos el negocio —contestó al fin—. Prácticamente vivíamos en el almacén que albergaba casi todo nuestro inventario.

—¿Y se te daba bien?

—El instructor decía que seguramente podría alcanzar a un hombre a seis metros de distancia, y con toda seguridad a tres. Pero, sinceramente, preferiría no tener que comprobarlo.

—Lo mismo digo.

Jay manejaba el rifle con una soltura que hablaba de una larga experiencia. Una serie de silbidos cortos puso a Skunk en marcha hacia la vaca que iba en cabeza y de vuelta por el flanco izquierdo de la manada. Lightfoot mantenía el mismo paso en el lado derecho. Sara y Jay cerraban la fila. El rifle ya no estaba guardado en la funda. Descansaba atravesado sobre la silla de Amble.

Skunk no volvió a emitir su ladrido de alarma.

Cuando Sara levantó la vista hacia el cielo, el sol ya había sobrepasado el cénit y corría hacia el tiempo en el que las sombras se alargarían antes de zambullirse en la luz de la luna, en la noche.

Pensar en la noche resultaba inquietante, de modo que

optó por concentrarse en el paisaje en busca de la inspiración que seguramente había encontrado Custer. Pero lo único que vio fue el aislamiento, la ausencia de la huella del hombre. Incluso el camino que seguían los Hereford era más un camino de animales que un sendero transitado.

Las vacas caminaban lentamente entre árboles y una nube cubrió el sol. La temperatura descendió a una velocidad vertiginosa. Sara desató la camisa de franela y se la volvió a poner, pero dejándola medio desabrochada. Poniéndose de pie sobre los estribos, dobló lentamente el cuerpo, estirando músculos que se habían tensado tras horas cabalgando.

Jay la observaba disimuladamente. No podía evitarlo. Esas curvas y la femenina fuerza lo atraían más cada vez que las miraba. Además, no había nada que requiriese su atención. Los árboles impedían la visión de la cumbre donde las sombras habían ocultado más de lo que revelaban.

—¿Ves ese montón de piedras a la izquierda? —preguntó él.

—A mí me parece como cualquiera de los otros montones de piedras que hemos visto hasta ahora.

—Comeremos allí —una sonrisa cambió inmediatamente el rostro de Jay—. Desde allí tendremos unas buenas vistas del paisaje a nuestro alrededor. Custer pintó aquí en varias ocasiones. Decía que tenía una de las mejores vistas del rancho.

—Debería haberme traído el iPad. Podría haber tomado fotos para compararlas con los cuadros de Custer. Pero me lo dejé porque no quería poner en peligro el único ordenador que me queda.

—Podemos regresar. Si utilizamos un todoterreno, o un helicóptero, nos llevará mucho menos tiempo. Aunque la excursión saldrá cara por la gasolina.

—¿Helicóptero? ¿Todoterreno? —Sara sacudió la cabeza.

Jay se quitó el sombrero sudado y se secó la frente con el brazo.

—Hoy en día casi todos los trabajos de granja se realizan con máquinas. ¿No has oído el helicóptero antes?
—Pues no.
—Estaba muy lejos. Seguramente en uno de los ranchos del noroeste. Un grupo de rancheros más pequeños se compró uno de segunda mano.
—¿Quién lo pilota?
—El que tenga permiso. Unos cuantos de los jóvenes, y tres mujeres que yo sepa, han sido militares. Seguramente es más fácil encontrar un piloto de helicóptero en el campo que en la ciudad.
—Qué cosas —Sara miró a su alrededor.
—Con tierras alquiladas desperdigadas por todas partes, y un terreno que haría que una cabra montesa se lo pensara dos veces, el helicóptero es el mejor medio para vigilar el ganado. En caso necesario, incluso se puede transportar comida y barras de sal si hace falta. Podemos comprobar si ha muerto una vaca, o si un ternero se ha quedado huérfano. Podemos sacar el ganado de las tierras altas y llevarlo a lugares a los que sea más fácil llegar con un todoterreno, un caballo o incluso un camión.

Jay volvió a ponerse el sombrero con un giro de muñeca. Amble echó una oreja hacia atrás y su dueño le acarició el largo cuello con fuertes pasadas de la mano mientras sus ojos seguían pendientes de cualquier movimiento a lo lejos.

—De modo que transportamos el ganado a la antigua porque... —Sara dejó el interrogante en el aire.

—Me encanta. Me permite descansar de libros de contabilidad, de abogados y de tensar alambres de espino. De eso ya hago bastante, demasiado, y de esto demasiado poco —Jay la miró de reojo—. Y es un modo de tomarle la medida a cierta mujer que quiere ocuparse de una parte de la historia de mi familia.

—Supongo que la parte de montar a caballo la habré aprobado —en realidad, Sara quería saber qué tal le iba en todo, pero no quiso ser demasiado descarada.

—Has aprobado con nota.

—Y más o menos aprobé también la parte sobre disparar.

—El jurado aún está deliberando con respecto a eso —contestó él—. Además, espero que no llegue a suponer un problema.

—Yo también.

Jay soltó una serie de cortos silbidos. Los perros empujaron el ganado hacia la izquierda, hacia un montón de rocas al borde de un pequeño prado. Las coníferas daban sombra a la mitad de las rocas. Cuando silbó de nuevo, los perros se retiraron y dejaron que las vacas se dispersaran. Los animales no tardaron en ponerse a pastar sobre la hierba tierna bajo la atenta mirada de los border collies.

—Eso ha sido impresionante —observó Sara.

—Son buenos perros, sobre todo para lo jóvenes que son. Estoy pensando en comprar una hembra de primera, entrenarla, cruzarla con Skunk, y criar más perros pastores de vacas.

—Cuando he dicho lo de impresionante, me refería a ti. ¿Dónde aprendiste a silbar órdenes así?

—Me enseñó JD —contestó Jay mientras se bajaba del caballo—. Él aprendió de su padre, que aprendió del suyo, y así siempre. Pero los perros también responden a órdenes normales.

—¿Hora de comer? —preguntó ella, visiblemente esperanzada, cuando lo vio echar mano a la cincha.

—Más vale tarde que nunca —él aflojó la cincha, quitó las alforjas y condujo al caballo a unos seis metros de allí—. El «servicio», está detrás de la piedra que más te guste.

—¿Hace falta manear a los caballos? —Sara desmontó y también soltó la cincha.

—No. Los ataré a la sombra de esos árboles. Va a ser una comida rápida.

Sara echó un vistazo a su alrededor para orientarse antes de dirigirse hacia una roca lo bastante grande para que todo un equipo de rugby pudiera esconderse detrás.

—Hemos tenido días muy cálidos por aquí —le advirtió Jay—. Ten cuidado con las serpientes.

—Siempre lo hago —contestó ella con decisión.

Jay se sentía igual. Pero, en su caso, lo que le mantenía en constante alerta era la variedad de reptil con dos patas.

Apostaría todo su dinero a que había oído al menos un todoterreno a sus espaldas.

«¿Y qué? Muchos rancheros y excursionistas utilizan todoterrenos. Estas tierras son estatales».

«Los drogadictos utilizan tierras estatales. Son como serpientes, aparecen con el calor. Y este es el mejor momento. La temporada es corta y la cosecha es estupenda».

Jay esperaba que los cultivadores y los tipos de las mafias se mantuvieran alejados de él. Perseguirlos él solo era una cosa, pero perseguir hombres con Sara a su lado era totalmente diferente.

Y de ahí la idea del pícnic sobre una roca. Si todo se iba al garete, las rocas proporcionarían un buen resguardo.

«Estoy siendo paranoico», se dijo a sí mismo.

«Se llama supervivencia», se espetó a sí mismo.

Ignorando ambas partes de su mente en discusión, Jay llevó las alforjas, cantimploras y el rifle hacia una zona de hierba escondida entre las rocas. Las piedras reflejaban el calor del sol, elevando la temperatura varios grados. Con cada soplo de viento, una sedosa brisa barría las rocas como el abanico de una doncella.

Con la temperatura también había aumentado el viento. La brisa soplaba uniforme, aunque podía llegar desde cualquier dirección, arrastrando con ella aromas y sonidos. Tras echar un último vistazo a los perros, que vigilaban muy tranquilos el ganado, Jay dejó el rifle al alcance de la mano y sacó la Glock.

Por el peso se notaba que la pistola estaba cargada, pero de todos modos lo comprobó antes de dejarla junto al rifle.

Para cuando Sara regresó, Jay había dispuesto unos sándwiches y fruta sobre las alforjas que hacían las veces de mesa improvisada. El cosquilleo que sentía en la nuca, obra de unos nervios primitivos que le informaban de una presencia vigilándolo, había quedado reducido a un ocasional tirón.

El sol que se filtraba entre las ramas mantenía a Sara medio oculta entre las sombras, pero la mitad que estaba al sol lo miraba fijamente. Jay sintió el impulso de preguntarle si se sentía observada, pero decidió no hacerlo.

—Sírvete —la invitó—. Hay mucho de todo.

—Has vuelto —observó ella.

—No me había ido a ninguna parte —Jay la miró extrañado.

Sara se sentó con las piernas cruzadas y tomó el sándwich que tenía más cerca.

—Cuando Skunk ladró, cambiaste. De no conocerte, no te habría reconocido. Mi hermano es como tú, dos hombres con la misma piel.

—Lo siento —él tomó un trago de café de la cantimplora—. El entrenamiento y los viejos reflejos calaron muy hondo.

—Eso me imaginé. Mi hermano hace lo mismo, pero nunca habla de ello. Yo me limitaba a observarlo. Había que vivir con ello —ella respiró hondo al recordar—. Es como si no encontrara el interruptor de apagado, o como si este se hubiera atascado a medio camino.

—Entrenas para no tener que pensar cuando entras en combate —Jay le dio un gran mordisco al sándwich, y luego otro.

Ella aguardó, esperando que estuviera dispuesto a contar más cosas.

—La sensación de ser observado es un mecanismo básico

de supervivencia —continuó él tras masticar y tragar—. Hace un rato, la nuca se me iluminó como un árbol de Navidad.

Las palabras fueron pronunciadas con despreocupación, pero en los labios apretados de Jay ella leyó el peso de la experiencia.

—¿Te ha pillado por sorpresa esta vez? —preguntó ella.

—Sí —él movió los hombros, como si estuviera reajustando una pesada carga invisible—. No es habitual que me pillen con la guardia baja —los ojos color azules se clavaron en los de ella—. Pero a veces supone una agradable sorpresa. Como tú.

Sara sintió que la invadía una sensación de calidez ante la apreciativa mirada.

—¿Y otras veces te pone en alerta, olvidas que estás en casa?

—¿Eso le pasa a tu hermano?

Ella asintió.

—A algunos les lleva más tiempo volver a casa —explicó Jay—. Tienes que controlar los reflejos.

—¿Y tú qué? ¿Realmente has vuelto?

—Casi siempre —él se sumergió en los ojos marrones—. Las personas inadecuadas me hacen saltar. Y, me guste o no, existen muchas personas inadecuadas.

—El oeste sigue siendo salvaje, ¿verdad?

—Las ciudades también. Los criminales son criminales en todas partes.

El grito de un águila dorada atravesó el cielo.

—Me gustaría tener sus alas, y sus ojos —confesó Jay con la cabeza echada hacia atrás, observando el vuelo del ave—. Así no volvería a tropezar con una operación de cultivo. Los disparos suenan aquí igual que en Afganistán. Y también te matan igual.

—¿Te dispararon los cultivadores de hierba? —Sara abrió los ojos desmesuradamente.

—Uno no lleva armas si no tiene la intención de usarlas —él se encogió de hombros y se terminó el sándwich—. Yo aún no me había aclimatado al regreso. Informé a Cooke de lo que había encontrado y regresé. Sin hacer ruido —mordió una manzana y saboreó su crujiente textura.

—¿Y? —Sara lo apremiaba con la mirada.

—Como la mayoría de los ladrones, eran unos cobardes. Salieron pitando antes de que pudiera regresar con más munición. Dejaron todo hecho un asco, basura, un arroyo desviado, tierra cavada por todas partes.

—Tuvieron suerte de salir huyendo, ¿verdad?

—¿Realmente quieres saberlo?

Sara miró a Jay y supo la verdad. Tratándose del rancho, él haría lo que fuera, y había sido entrenado por expertos en el arte de la guerra.

—Retiro la estúpida pregunta —continuó ella—. ¿Te ves obligado a deshacerte de gente así todos los años?

—La hierba y la metanfetamina son el oro moderno. Hay un montón de imbéciles que se creen que las drogas proporcionan dinero fácil.

—Eso sin duda no facilita la vuelta a casa —Sara suspiró ruidosamente.

En circunstancias normales, haría un buen rato que Jay ya habría cambiado de tema, pero saber que Sara tenía un hermano pequeño que había vivido el mismo infierno que él hacía que hablar de ello resultara más fácil.

—Para superar aquello —continuó—, tienes que convertirte en otra persona. Y cambiar es más difícil de lo que la mayoría está dispuesta a admitir, y nunca lo consigues del todo. No puedes. Los conocimientos adquiridos a través de la adrenalina y el miedo se quedan grabados en la médula.

—Yo también tengo algunos recuerdos de adrenalina y miedo —confesó ella—. De noches en la ciudad y escapadas a hurtadillas del rancho, de hacer estupideces, cometer imprudencias en el interior de un coche, cosas que ahora hacen que me pregunte cómo conseguí sobrevivir. Dos de mis amigos, Kelly y Jim, no lo lograron.

«Kelly y Jim, y su destartalado Camaro, que estuvo a punto de superar esa última curva. Dos cruces y unas flores de plástico, y letreros hechos a mano por unos adolescentes que acababan de descubrir que la mierda a veces es real». Sara sacudió la cabeza lentamente.

—A veces me cuesta creer que fuera así de joven.

—Pues creciste hasta convertirte en alguien muy agradable.

—Tú también —ella sonrió con melancolía—. No voy a ponerme a gritar porque alguien te enseñó a defenderte, y a tu rancho. Intenté sacar a Kelly del amasijo de hierros. Habría dado lo que fuera por poder alcanzarla. Pero no pude. Solo pude acariciarle un brazo mientras moría —los recuerdos le oscurecieron la mirada y los labios dibujaron una curvatura hacia abajo—. Aún hoy sueño a veces con la sangre y… —sacudió la cabeza.

Jay era muy capaz de aceptar sus propias pesadillas, pero ver a Sara sumida en la oscuridad lo desgarraba indescriptiblemente.

—Ven aquí —le susurró mientras la abrazaba.

Sara no protestó. Se limitó a acomodarse en su regazo y rodearle con un brazo, consolándolo tanto como él la consolaba a ella. Lentamente, con pequeños movimientos de la cabeza, le abrió el cuello de la camisa y aspiró profundamente el masculino calor lleno de vida, agradecida de que hubiera sobrevivido a la guerra para poder estar allí con ella.

Jay sintió la dulce caricia del aliento de Sara contra el cuello y una tensión, diferente a la anterior, le recorrió por dentro, acelerándole el corazón. Le sujetó el rostro hacia arriba y sus bocas se rozaron, una vez, dos, de nuevo, saboreando la aterciopelada calidez de sus labios, que recorrió con la punta de la lengua. Percibió el temblor que recorría el cuerpo de la joven, y supo que debería detenerse.

Pero no lo hizo.

Había esperado toda la vida a alguien como ella, una mujer que temblara en sus brazos. Con un lento movimiento, repitió la caricia, sintió el aliento de Sara salir como un suspiro de los labios entreabiertos y se hundió en ella profundamente, con fuerza, regresando al hogar de un modo que no era capaz de explicar, solo de sentir.

El característico mugido de King Kobe rompió el silencio.

Jay levantó el rostro a regañadientes, a tiempo para ver a Lightfoot empujar al becerro de regreso junto a su madre.

—Si no tuviera el linaje que tiene —murmuró Jay con voz ronca—, estaría a punto de prepararme un buen chuletón.

—Y yo te acompañaría.

Jay estudió los ojos de Sara, la elegante curva de su nariz, las mejillas sonrojadas.

—Custer tenía razón —observó.

—¿Sobre qué?

—Desde aquí se consigue la mejor vista de todo el rancho.

CAPÍTULO 11

A Jay le costó un triunfo concentrarse en el ganado y en buscar el origen del cosquilleo en la nuca, de esa sensación de sentirse observado. Besar a Sara había revuelto sus pensamientos de un modo imposible. Aunque ella y Lightfoot estaban presionando a una mamá Angus para que permaneciera junto a la manada, habría jurado que olía el aroma a lavanda que desprendían sus cabellos, y que saboreaba el sabor a manzana de su boca.

El calor lo inundó a la velocidad del rayo.

El viejo mantra de JD resonó en su cabeza:

«Déjalo marchar. Sé una roca inmóvil mientras los problemas de la vida pasan».

Jay intentó dejar marchar los sensuales momentos que había compartido con Sara. El recuerdo de la sensación de sus labios al abrirse bajo los suyos era palpable, y la entrepierna se tensó aún más.

«Piensa en otra cosa», se ordenó a sí mismo, recolocándose sobre la silla hasta encontrar una posición más cómoda.

El ladrido de Lightfoot lo sacó de su ensimismamiento.

El collie contemplaba una pequeña cresta que había entre la manada y Fish Camp, aún a una hora de distancia. El perro estaba alerta, las orejas y el rabo tieso, el hocico olisqueando el viento que bajaba de la colina.

Por el rabillo del ojo Jay vio cómo Skunk temblaba por la tensión.

Sacó el rifle de la funda y esperó.

Desde su posición de ventaja, la tierra se extendía en todas direcciones, infinita, las sombras verdes punteadas de granito, manchas de nieve y los signos de exclamación plateados de los álamos cuyas hojas aún eran solo un sueño. A la izquierda un invisible arroyo murmuraba para sí mismo, soñando con el distante mar. Las fronteras desaparecían. Él era la tierra, y la tierra era él mismo, indivisible.

Los perros temblaban como si acabaran de salir del agua y reanudaron su labor de acoso ante las vacas rezagadas.

Jay respiró hondo y soltó la adrenalina, aunque no podía soltar el momento después de haber visto la tierra tan vívidamente.

«Y de que la tierra lo hubiera visto a él».

La sensación había sido la misma que besar a Sara. Se habían visto el uno al otro.

Ella se colocó a su lado y él fue consciente de que ya no sentía el frío de los malditos recuerdos que atormentaban sus silencios.

—¿Qué tal la nuca? —preguntó ella.

—Bastante tranquila. ¿Y la tuya?

—Sigo intentando subirme un inexistente collarín —admitió Sara—. ¿Has visto algo?

—A ti.

Ella intentó contestar algo, pero solo podía pensar en lo oscuro y vívido que era el azul de sus ojos. Aún sentía el cosquilleo en los labios cada vez que recordaba el beso.

—Hermosa, hermosa mujer —murmuró él.

—Mentirosillo —ella sonrió.

—Es la pura verdad.

La mirada oscura y cargada de deseo siguió al vaquero en cada movimiento.

—Ojalá pudiera tomar esta sensación y llevarla siempre conmigo, guardada en el bolsillo.

Sus miradas se fundieron, y Sara vio demasiado. La experiencia de Jay, su carga, su alegría al cabalgar por sus tierras. Con ella.

De repente Skunk se lanzó hacia las crestas donde las coníferas levantaban sus desastradas cabezas hacia el sol. El perro casi arrastraba la barriga contra el suelo cuando se paró tan repentinamente como había arrancado.

—Hay una Glock en la alforja de la derecha —le comunicó Jay—. Si tienes que usarla, aprieta fuerte el gatillo la primera vez. Después irá más suave. Y asegúrate a qué estás disparando...

—¿Qué es?

—Voy a averiguarlo.

Amble trotó hacia el lugar en el que Skunk se agazapaba en la hierba. Con cada paso que daba el caballo, Jay escudriñaba la tierra que se extendía ante el perro. El único movimiento perceptible era el nervioso movimiento de las orejas de Amble. Al igual que Skunk, el caballo había captado un olor que no le gustaba.

Skunk se arrastró hacia delante, rastreando algo con la nariz contra el viento. Aunque tenía el pelo del cuello visiblemente erizado, el animal no emitía ni un sonido.

Sin apartar la mirada de la dirección marcada por Skunk, Jay llevó a Amble hacia un lado. Pronto, hombre y caballo estuvieron a cubierto bajo los árboles.

La nariz de Skunk se retorció contra el viento. El perro alzó ligeramente la cabeza.

Jay estudió la cresta que tanto había llamado la atención del perro. La ladera que tenían enfrente era de granito con algunas manchas blancas de nieve. Pequeños grupos de árboles descendían por la empinada ladera hasta la hierba sobre la que Skunk aguardaba tumbado.

Jay sabía que la vegetación ocultaba senderos de ganado que la gente utilizaba en ocasiones. La cresta no estaba en tierras Vermilion, aunque disfrutaban de derechos de pastos y paso libre. Partes de la cresta se adentraban en un parque nacional, abierto a cualquiera que disfrutara con el terreno escarpado, y con un permiso del gobierno.

«Desde luego ahí fuera hay algo», pensó él. «Algo que no le gusta a Skunk. Algo que me hace cosquillas en la nuca casi tanto como esta mañana. No es lo mismo que esta mañana, pero sigue siendo una advertencia».

Su mirada estaba atenta a cualquier destello de la luz de sol al reflejarse sobre algún cristal o metal. Pero solo veía las ondulaciones que el viento provocaba en la hierba y los árboles.

Skunk se levantó y trotó de regreso junto al ganado, que avanzaba lentamente hacia Fish Camp. El olor que había puesto al perro en alerta, fuera lo que fuera, había desaparecido.

«Cómo me gustaría saber quién nos está siguiendo».

Lo que sí sabía era que si Skunk había abandonado, no tenía sentido seguir indagando. Con una última pasada visual, regresó junto a la manada.

Y Sara.

—¿Has visto algo? —preguntó ella.

—Solo la montaña —contestó él—. Durante un instante tuve la sensación de estar al alcance de alguien. Pero no como antes.

—¿Y en qué sentido ha sido diferente?

—No te lo puedo explicar. Lo era, simplemente.

Sara hizo visera con la mano contra el sol, pero él aún podía ver los chispeantes ojos marrones bajo la sombra de su mano.

—Creo que mi inquietud es contagiosa.

—No eres solo tú —contestó él.

—Los perros —ella asintió.

—No sé si son los perros los que están recibiendo mensajes

míos o al revés —Jay echó el sombrero hacia atrás y suspiró—. Aquí fuera, en ocasiones la mente te gasta una mala pasada. Como los sordos que a menudo oyen sonidos en su cabeza.

—¿Quieres decir que estás rellenando los espacios vacíos de este lugar con tu mente?

—Más o menos.

Las vacas continuaban su lento caminar, dejando atrás a las personas. Sara y Jay hicieron dar media vuelta a los caballos y las siguieron.

—El problema —continuó él—, es que una vez te pones en alerta, tu mente ya no quiere parar.

Ella lo miró. Jay seguía con la mirada fija en la cresta que el camino bordeaba lentamente.

Skunk emitió un ladrido seco y se quedó inmóvil, la vista fija en la cresta.

—Ya basta —Jay sacó de nuevo el rifle de la funda—. Skunk está convencido de que hay algo en la cresta —un débil silbido lanzó a Lightfoot hacia el flanco de la manada que se encontraba más próximo a la cresta—. Saca la Glock y quédate con la manada —le ordenó—. No apartes la vista de la cresta, donde se inicia la ladera de árboles. Skunk y yo nos vamos de caza.

—¿Cuánto tiempo…?

Pero Amble ya se había lanzado al galope, siguiendo a un ansioso Skunk a lo largo de un invisible rastro oloroso llevado por el viento. Sara hizo ademán de seguirlos, pero echó mano de la pistola que llevaba en la alforja.

—Muy bien —le dijo a Jezebel—. Solo estamos tú y yo y la Glock.

La yegua movió una oreja y observó el lado de la manada en el que no había ningún perro para mantener las vacas a raya.

Sara seguía a Jay con la mirada. No le gustaba que la hubiera dejado sola con el ganado, pero entendía que hubiera tenido que hacerlo. Hasta que supieran qué los seguía, no había manera de saber lo serio que podría ser.

«Cuando hice prácticas de tiro no iba montada sobre un caballo. Dudo que sea capaz de acertar a algo que no sea el suelo. Pero los animales se asustan de las armas, del olor y del ruido».

«Tendrá que bastar con eso».

Contempló la cresta que destacaba por encima de los árboles, donde las rocas abrían una franja gris en la tierra. La luz se filtraba por debajo de las nubes que habían aumentado de tamaño. No parecían lo bastante negras como para producir lluvia, pero sí como para no ignorarlas por completo. Las sombras se extendían por los rincones, grietas y barrancos, creciendo a medida que el sol descendía por el horizonte al oeste.

Sintió tensarse el cuerpo de Jezebel bajo su cuerpo y se sujetó con fuerza a la silla con la mano libre. La yegua corrió para interceptarle el paso a King Kobe antes de que este llegara a una zona de suculenta hierba tierna que crecía en las estribaciones del espeso bosque. El becerro mugió airado, pero regresó.

Al otro lado de la manada, Lightfoot trabajaba sin descanso. El ganado parecía haberse dado cuenta de que el equipo de pastoreo había quedado reducido a la mitad. Los terneros, en particular, estaban empeñados en marcharse, simplemente porque podían.

—Estas son las vacas que conozco y odio —observó ella sin dejar de agarrarse a la silla—. Siempre llevando la contraria y tozudas hasta la médula. Me pregunto si habrá algo de Holstein en el linaje de los Angus.

A Jezebel no podía importarle menos la raza de las vacas. Con las orejas tiesas bailaba y hacía requiebros, cortando todo intento de fuga, convenciendo a los terneros de que estaban mejor con sus madres. Al otro lado de la manada, Lightfoot tenía la batalla del control perdida. Los terneros y sus mamás parecían empeñados en largarse en todas direcciones.

El ganado seguía un sendero que se acercaba cada vez más al bosque. Lo único que separaba a las vacas de los árboles eran unas cuantas piedras dispersas que sobresalían de la tierra como un juego de construcción abandonado por algún niño. El sol iluminaba las rocas, reflejándose en las partículas de cuarzo y mica del granito.

Pero antes de que Sara pudiera disfrutar de las vistas, por no hablar de buscar a Jay con la mirada, Jezebel se lanzó de nuevo contra King Kobe.

Mientras Sara se agarraba con fuerza pensó en lo rico que estaría un buen chuletón.

De repente oyó un sonido, como si el viento estuviera barriendo la hierba, los arbustos y los árboles. La manada se detuvo y se arremolinó insegura, como si les hubiera inquietado algo que ella era incapaz de ver.

Mantuvo quieta a la yegua y miró hacia la fuente del sonido.

«Allí. En las hierbas altas donde no pueden crecer los árboles».

Algo se movía a gran velocidad, como el agua que desciende por una colina, rápida e imparable. Los tres terneros habían conseguido engañar a Lightfoot y se dirigían hacia pastos más verdes apartados de la manada.

Y entonces vio un destello de color ámbar.

Sara comprendió súbitamente por qué se movía la hierba. Desde niña no había vuelto a ver demasiados documentales sobre la naturaleza, pero la imagen de una leona cazando a una gacela había quedado grabada en su mente.

La distancia era excesiva para cubrirla con una pistola. Lo más probable era que acabara dándole a un ternero. Miró angustiada a su alrededor, buscando a Jay. Lo vio a unos veinte metros, ladera arriba, el rifle apoyado en el hombro, siguiendo el rastro de la hierba aplastada. Apuntaba en paralelo a la manada, pero más arriba. A no ser que una bala rebotara, el ganado estaba a salvo.

El puma arrancó para acortar distancias con el ternero que se había alejado más de la manada. Unos hombros color ámbar se alzaron, puro músculo y fuerza que hacía ondularse su cuerpo mientras arrancaba en una carrera extrañamente irregular.

El primer disparo de Jay sonó como si se hubiera producido junto a la oreja de Sara. En su vida había oído un sonido más fuerte, ni en las películas ni en las prácticas de tiro, donde siempre llevaba cascos protectores. La onda expansiva produjo un restallido en el aire.

Justo frente al felino, la hierba pareció saltar y retorcerse. El puma ignoró el estallido. El ternero elegido estaba muy cerca y nada podría impedir que lo matara. El puma saltó.

Un segundo y un tercer disparo resonaron por todo el valle.

El gato cayó como una marioneta sin hilos.

Las reses intentaron alejarse de la pequeña manada, dirigiéndose hacia donde sus pequeñas mentes les empujaban. Sara estaba demasiado ocupada sujetándose a la silla para ver a Jay acercarse al puma. Jezebel tenía trabajo y lo iba a hacer.

Skunk surgió de entre la hierba. Entre los dos perros y Jezebel, el ganado fue al fin reagrupado. Jay se acercó lentamente, no queriendo asustar aún más a las vacas.

—Dame la Glock —le pidió Jay—. El puma está muerto.

Sara le devolvió la pistola, pero, en lugar de guardarla en la alforja, él sacó una pequeña funda y se sujetó el arma al cinturón. La Glock encajaba a la perfección.

—Pensaba que los gatos monteses no cazaban reses.

—Los sanos no —contestó él mientras echaba un vistazo a la manada—. Este puma estaba medio muerto de hambre y lisiado, seguramente por alguna pelea. Me imagino que intentó cazar un ternero de alce y su madre se opuso violentamente. Los alces poseen unas pezuñas afiladas y el temperamento necesario para usarlas.

—Pobre puma. De no haber sido por ti, el animal habría sufrido una muerte lenta y dolorosa.

—Creía que estarías de parte del puma —Jay la miró.

—Y lo estoy. La madre naturaleza no solo es una zorra, es sobre todo muy cruel con los depredadores. Una presa enferma o débil no durará mucho en la naturaleza. Pero un depredador en las mismas circunstancias sufrirá una muerte larga y dolorosa.

Un suave viento acarició la hierba con sus gélidos dedos.

—No dejas de sorprenderme —observó él.

—¿Por qué? Soy como un libro abierto.

—Lo que tú digas, cariño —Jay sonrió—. Vamos a llevar a estas vacas a Fish Camp.

—¿Y qué pasa con el puma?

—Estamos en un parque nacional. Avisaré por radio a uno de los guardabosques en cuanto el ganado haya regresado al camino.

—¿Papeleo en plena naturaleza salvaje?

—¿La tierra bajo la supervisión de la burocracia? —contestó Jay con otra pregunta.

—Si necesitas un testigo —Sara resopló—, te vi hacer un disparo de advertencia a pesar de que era evidente que ese animal estaba pensando en un filete.

—Gracias, pero no me hará falta ningún testigo. El cadáver le dará al guardabosques suficiente información de lo sucedido —él la miró fijamente—. No reflexioné al dejarte aquí sola. ¿Estás bien?

Ella lo miró perpleja.

—Montar los dos juntos por aquí es como si fueras a la piscina —le explicó Jay—. Estar aquí sola con una amenaza desconocida es como si nadaras en el mar y te dejaras arrastrar por la marea.

—Bueno, debo admitir que en algunos instantes sí me pregunté qué demonios hacía yo aquí —Sara sonrió con ironía—. Pero entonces Jezebel arrancó tras un ternero y ya no tuve tiempo para preocuparme por nada que no fuera permanecer agarrada a la silla mientras cabalgaba con una Glock en la mano. Menos mal que utilizas riendas entrelazadas. De lo contrario, Jezebel las habría pisado.

—Las sujetaste bien. Eso es lo que importa.

Jay silbó a los perros y el ganado reanudó la lenta marcha hacia Fish Camp.

—¿De verdad estás bien? —insistió él.

—Yo… no sé cómo describirlo —contestó Sara lentamente mientras intentaba ordenar sus pensamientos—. Una parte de mí estaba encantada de encontrarse en un sitio en el que no puedo encargar sin más una comida o conectar con toda la sabiduría humana desde mi móvil. Y otra parte pensaba que estoy completamente loca. Y entonces el viento sopló desde la montaña y el aire empezó a oler a piedras viejas y a hierba tierna. Me sentí tan viva, tan real. Oía el latido de mi propio corazón y sentía el sol y el viento en mi piel. Y me pregunté desde cuándo había dejado de escuchar a mi cuerpo.

Sara se sumió en un profundo silencio, pero él la apremió con un gesto para que continuara. Necesitaba saber más de ella.

—San Francisco es un lugar extraordinario, emocionante y seguro —continuó ella—. Allí, formo parte de un enorme y complicado sistema construido por seres humanos. Soy una de las piezas de una multitud que ignora a todas las demás piezas que constituyen el todo. Hay muchísimas cosas que hacer, que ver, que probar.

—Y lo echas de menos.

Sara asintió.

—Pero aquí he descubierto que estoy conectada a un todo totalmente diferente y que ya había olvidado. Por eso monto a caballo siempre que puedo, para recordarme que hay muchos mundos. Mundos diferentes. En mi obsesión por huir de mi infancia, me olvidé de ello. Olvidé la parte en la que era una niña que iba descalza por la hierba de un risco desde el que contemplaba el océano Pacífico, respirando aire que no había tocado nada desde Japón.

Jay permanecía con la mirada fija en los labios de Sara mientras una emoción que no sabía nombrar se retorcía en su interior.

—Yo también me siento así. Son mundos diferentes. Solo tengo que averiguar el modo de vivir la vida de un crío descalzo en, al menos, uno de esos mundos.

—¿Y qué pasa con el adulto?

—No hay de qué preocuparse —contestó él con tristeza—. El adulto sabe que cada mundo se cobra su precio en sudor, sangre y sueños.

—No hay comida gratis —Sara buscó la mirada de Jay, pero halló poco consuelo en ella—. Maldita sea. Yo sigo buscándola.

—Y hablando de comida —observó Jay—. Tengo que llamar a los Solvang otra vez. No me contestaron hace unas horas.

Mientras él desabrochaba una de las alforjas, Sara observó a los perros correr tras las vacas. Había aprendido que los perros eran capaces de detectar los problemas antes que ella. Y era divertido verlos en acción.

Jay sacó la radio, sintonizó la frecuencia de Fish Camp y llamó.

—¿Ivar? ¿Inge? Contestad.

Esperó a que alguien respondiera.

—Vamos, Ivar —insistió Jay—. Ni siquiera tú eres capaz de pasarte todo el día pescando. ¡Contesta ya!

Esperó

Y siguió esperando.

—Maldita sea —exclamó mientras volvía a dejar la radio en

la frecuencia de espera—. Deben estar de pesca o cortando leña o arreglando el jardín, o algo así. Se supone que tienen la obligación de estar a una distancia que les permita oír la radio en todo momento, pero… —Jay se encogió de hombros—. Son bastante independientes. Por eso viven todo el año en Fish Camp.

—¿Crees que podrían estar pescando truchas? —preguntó Sara, sin molestarse en ocultar su ilusión.

—Es la mejor comida de la que disponemos, a no ser que nos volvamos locos y decidamos asar a King Kobe.

—Trucha, ternera, trucha, ternera. ¿Cómo decidirse?

—Si el joven Kobe no mejora su comportamiento, cenaremos las dos cosas —le prometió él.

—¿Cuánto queda para Fish Camp?

—¿Tienes hambre otra vez?

—Ya te digo. Como ejercicio, montar a caballo es mucho más que sentarse en una silla.

—Desde lo alto del camino allí arriba podremos ver la parte del lago de Fish Camp —le explicó Jay—. Desde allí, unos veinte minutos hasta llegar a las cabañas.

—Trucha. Ternera. Trucha. Ternera.

Jay sonrió antes de silbar a los perros para que aceleraran el ritmo. Pronto coronaron la cima del sendero y contemplaron las vistas que se extendían a sus pies. Las cabañas quedaban ocultas entre los árboles, pero el embarcadero dejaba ver la madera desgastada junto a la orilla del lago color zafiro.

—¿Ves alguna barca? —preguntó Sara, irguiéndose sobre los estribos mientras oteaba a lo lejos.

—No —Jay volvió a probar con la radio.

Sin respuesta.

Soltó un juramento y guardó la radio en la alforja.

—¿Algo va mal? —preguntó ella.

—¿Qué?

—Tienes el mismo aspecto que cuando sientes cosquillas en la nuca. Muchas cosquillas.

CAPÍTULO 12

Durante unos minutos, Jay se concentró en los perros y el ganado en lugar de en la pregunta de Sara. Pero al fin respondió.

—No es propio de los Solvang ignorar mis llamadas. Una, puede. Fish Camp es un lugar muy grande. Hay tres cabañas, un pasto vallado, un corral, un pequeño establo, el embarcadero, un pequeño edificio que Ivar transformó en su cuarto de herramientas y refugio. Después del invierno siempre hay mucho trabajo de reparación.

—Parece un rancho en miniatura —observó ella—, pero para divertirse, no para trabajar.

—Mamá solía referirse a él como rancho de juguete. Cuando vivía pasábamos mucho tiempo aquí en verano. Después de su muerte, yo pasaba casi tanto tiempo en Fish Camp como en el rancho.

—¿Problemas con la madrastra?

—Y con el padre también. A JD le costó mucho adaptarse a un hijo que era casi tan grande como él. Me seguía tratando como si aún llevara pañales. Ivar siempre me aceptó como era. E Inge —Jay sonrió—. Inge siempre estaba preparando galletas y tartas y me daba un trocito cuando no podía esperar a la cena —de repente, se volvió hacia los perros—. ¡Lightfoot, a por el ternero!

El animal ya había echado a correr detrás del ternero, pero el grito le permitió a Jay liberar parte de la tensión que sentía en la nuca.

—¿Supondrá un problema si aparecemos sin previo aviso? —preguntó Sara.

—No.

Si no era imprescindible avisar a los guardeses, Sara no entendía por qué estaba Jay tan preocupado. Pero no lo preguntó. Se notaba que estaba inquieto y no necesitaba que ella lo estuviera fastidiando con sus preguntas. En lugar de hablar, se sumió en el tranquilo silencio que con frecuencia habían compartido durante ese largo y perezoso día montando a caballo por las montañas. Normalmente, el sonido de los cascos sobre el camino de tierra, el viento cambiante y el rítmico balanceo montada sobre un buen caballo la relajaba.

Pero no ese día. Su mente iba del famélico puma al beso de Jay. Un beso que seguía produciéndole una sensación de cosquilleo.

«Hermosa, hermosa, mujer».

«Mentirosillo».

La habían besado muchas veces, pero nunca había compartido un beso como ese, dulce y a la vez apasionado, la necesidad y la aceptación impregnando su alma. Sabía que debería cuidarse mucho más de Jay. No era el hombre adecuado para ella, y ella no era la mujer adecuada para él.

Y aun así nunca le había parecido algo tan correcto.

«De acuerdo. Pórtate como una adulta. Lo deseas. Él te desea. Los dos estamos solteros. A por él. Disfrútalo. Que te disfrute. Saboréalo mientras dure».

«Y luego regresa a la vida real».

Un perezoso calor la inundó ante la idea de mantener una relación adulta, sin ataduras y sin remordimientos, con Jay. Lo observó, oculta bajo el ala del sombrero, y admiró la masculina elegancia montada a caballo. El sol le iluminaba los anchos hombros y descendía por la espalda en una larga caricia.

«Hermoso, hermoso hombre. No podré tenerte mucho tiempo, pero sí conservaré algunos recuerdos para caldearme bajo la fría niebla de San Francisco».

Perdida en sus pensamientos, Sara no se dio cuenta de que habían coronado la última colina hasta que Jezebel se detuvo y resopló prolongadamente. A su lado, Jay había sacado los prismáticos y recorría la tierra que se extendía a sus pies. Aunque no tuviera prismáticos, ella obtuvo una visión general de Fish Camp.

El pequeño lago tenía forma de círculo irregular, bordeado de coníferas altas y enmarañadas, y parches de hierba. Lo que se veía de la casa y las cabañas, escondidas entre los árboles, era poco más que una mancha aquí y otra allá de madera desgastada. El establo parecía tener una cuarta parte del tamaño del establo de la granja.

«No me extraña que Jay pasara aquí todo el tiempo que podía», pensó Sara. «Este sitio es precioso, y apenas tocado por la mano del hombre, con un lago en el que jugar y mucha tierra para pasear e imaginar todas las cosas que a los chicos les gusta imaginar».

Fish Camp parecía un Shangri-La al que no alcanzaban las preocupaciones del mundo exterior.

Y sin embargo Jay no parecía un hombre contemplando el paraíso. Estaba absorto, concentrado, mientras barría con la mirada las tierras, como un águila dorada en busca de la cena.

—¿Va todo bien? —preguntó ella con calma.

Jay hizo otro barrido más de Fish Camp, lento y concienzudo, con los prismáticos.

—No se ve humo, no se ve la barca, no se mueve nada salvo el viento —se detuvo unos instantes en las hierbas altas que crecían en pequeños claros entre el lago y la casa.

Sara miró en la misma dirección, pero no vio nada fuera de lo normal. El bosque convertía la luz del sol en agujas y sombras verdes. El viento movía las ramas de los árboles y la hierba. Las placas solares situadas sobre el tejado de la casa principal lanzaban destellos bajo el sol.

«Rústico, pero no anticuado», pensó ella con la mirada fija en los paneles.

—¿Hemos llegado tarde? —preguntó—. A lo mejor han salido a buscarnos.

—Podríamos haber llegado hace unas horas —admitió él mientras recordaba la tranquilidad con la que habían realizado el recorrido—. Pero, si estaban preocupados, podrían haber utilizado la radio.

Lo que Jay no le explicó era que no había ido mucho a Fish Camp desde que se había licenciado del Ejército. No había habido tiempo para visitas informales. Había demasiado trabajo que hacer en el rancho, muchas labores de mantenimiento que habían sido descuidadas. Y la enfermedad de JD lo había devorado todo, sobre todo el tiempo libre.

Se fijó más atentamente en el lago, buscando la estela de una barca motora. Después buscó a alguien que anduviera por el sendero bordeado de árboles, o por alguno de los otros senderos que comunicaban una cabaña con otra, y con el pequeño establo.

Nada.

—Puede que se hayan ido de pesca a First Pond —se le ocurrió—. El abuelo construyó una presa de piedra sobre la corriente que sale del lago y llenó de truchas el estanque resultante. Allí aprendí yo a pescar de niño.

Jay se sintió asaltado por el recuerdo de sus visitas a ese lugar con JD y un joven Barton. Había pasado mucho tiempo, pero los recuerdos seguían frescos y dulces.

«JD enseñaba a Barton a pescar, a hacer algo por sí mismo. Yo solía darle mis cebos preferidos. Cómo reía Barton cuando pescaba un ejemplar más grande que el mío. Y yo reía con él».

«Eran buenos tiempos».

Saber que esos tiempos ya habían pasado, y que jamás regresarían, era una pesada carga para Jay, una carga de la que no sabía cómo desembarazarse. No dejaba de pensar que podría haber hecho algo para ayudar a su hermano pequeño a tomar otras decisiones al llegar a adulto.

«Hiciste lo que pudiste», se dijo Jay a sí mismo.

«Pero no fue suficiente, ¿verdad?».

Y eso era algo que no podía cambiarse, como no podía cambiarse la lenta muerte de su madre, o la primera vez que vio morir a uno de sus soldados, que intentaba respirar a través de una herida de bala en el pecho.

—Oye, ¿estás bien? —preguntó Sara—. Pareces... —«perdido».

Pero, desde luego, no iba a decirlo en voz alta.

—Solo estaba recordando algunas cosas —Jay se quitó el sombrero y se lo volvió a poner bruscamente—. Me preguntaba cuándo cambió mi vida.

A la sombra del ala del sombrero, la mirada azul se veía sombría. Aunque la boca estaba iluminada por el sol, resultaba igual de prohibitiva. Levantó las riendas del caballo y siguió a la pequeña manada en su camino descendente hacia Fish Camp. La tensión del cuerpo aumentaba a cada paso que daban hacia la casa.

«¿Dónde demonios están los Solvang?».

El sendero conducía a la parte trasera de Fish Camp, donde estaba el pasto vallado, el corral y el pequeño establo. Los pastos estaban vacíos porque los guardeses habían cambiado los caballos por todoterrenos.

«A lo mejor se han ido a dar un largo paseo».

«Saben que deberían llevarse la radio. Conocen las normas. Y tendrían que estar endemoniadamente lejos de aquí para que yo no hubiera oído los todoterrenos».

—Guardaremos las vacas aquí —le indicó a Sara mientras señalaba el pasto vallado.

Ella no contestó. La tensión que emanaba de Jay había borrado cualquier idea de Shangri-La.

Los perros condujeron el ganado hasta el pasto. El abrevadero estaba lleno y había mucha hierba para mantener ocupadas a las vacas. Jay descolgó un viejo y maltrecho cubo de su gancho en la valla, lo llenó de agua del abrevadero y lo apoyó contra un poste de la valla para que bebieran los perros. Después les dio la orden para que vigilaran el ganado. Tras echar una última ojeada al pasto, cerró la puerta de la valla.

Sara quería hacer muchas preguntas, pero se contuvo. Si Jay tuviera alguna respuesta, se lo habría dicho.

Se dirigieron hacia el pequeño corral, situado cerca del establo. Los caballos sin duda habían percibido el estado de ánimo de Jay pues protestaron, resoplaron y se espantaron durante todo el recorrido hasta la destartalada estructura. Él abrió la puerta para que entrara Jezebel, y luego la cerró detrás de Amble.

—Suelta las cinchas y quita la brida —le indicó Jay ocupándose de su caballo con celeridad—. El abrevadero está lleno. La comida puede esperar hasta que averigüemos qué está pasando.

«Aquí solía encontrarme bien», pensó él. «Por mal que fueran las cosas con Liza, por mal que fueran con la familia, aquí arriba siempre encontraba un refugio».

Sin embargo, en esos momentos ya no le parecía ese refugio. Titubeó sobre el rifle, pero decidió dejarlo en la funda. La Glock debería bastar.

Después de ocuparse de su caballo, Sara se apoyó contra la valla del corral y absorbió el silencio. Lo poco que veía del cielo entre las nubes, y del agua del lago, era de un color azul tan brillante que le hacía daño a la vista.

Jay se acercó a ella, pero se detuvo bruscamente.

—¿Qué? —preguntó ella mientras se daba la vuelta.

Él alzó una mano, una señal para que se estuviera quieta y callada.

Le bastó una mirada para saber que el extraño se había apoderado nuevamente del cuerpo de Jay.

Y ya no era capaz de apreciar la tranquilidad de Fish Camp. En su lugar, veía el movimiento que el viento imprimía en los árboles y algunas manchas de hierba, y el puma lo bastante desesperado como para intentar cazar un ternero a pesar de los humanos y los perros guardeses.

«Pero no hay ningún puma al acecho entre las cabañas y la casa principal».

«¿O sí?».

«Contrólate. Lo único que hay aquí fuera es mi desbordante imaginación».

Sara siguió a Jay, que se dirigía por la parte trasera del establo hacia la casa, más alejada y cerca del lago que cualquiera de las cabañas. En cuanto tuvo a la vista la cabaña de los guardeses, echó mano de la Glock y la sujetó junto a un costado. La mano izquierda pasó de relajada a hacer una señal con la palma extendida para que Sara se quedara donde estaba.

Ella dudó antes de recular lentamente, sin perder de vista la cabaña. Bajo la sombra moteada de los árboles circundantes, la puerta trasera daba la sensación de estar abierta de par en par. O no. A esa distancia podría ser cosa de su imaginación.

—Cuando diga, «adelante», corremos rápidamente y en silencio hasta los árboles del extremo más alejado de la cabaña más grande —le informó Jay, sus palabras apenas audibles, sin alcanzar más allá de las orejas de Sara—. «¡Adelante!».

A Sara le sorprendió que alguien tan corpulento pudiera moverse tan silenciosamente, y tan deprisa. Ella se sentía torpe y ruidosa corriendo tras él. Le pareció que había transcurrido una eternidad hasta que alcanzó los árboles al otro lado de la cabaña de los guardeses.

Con una señal para que no se moviera, Jay se acercó sigilosamente a la cabaña.

«Me voy a sentir como un idiota cuando descubra que no pasa nada», se dijo a sí mismo.

«Mejor ser un idiota vivo».

Ignoró la engorrosa voz de la civilización y se alió con la mitad paranoica y pragmática de su mente. No sabría decir exactamente qué le había puesto en alerta. Lo único que sabía era que todos sus instintos de supervivencia gritaban que estaba pasando algo muy malo.

Alzó la mano izquierda y la cerró en un puño. Esperaba que Sara conociera lo suficiente de señales, o tuviera el suficiente sentido común, como para detenerse.

—Espera aquí —le ordenó en un susurro apenas audible—. Voy a echar un vistazo a la cabaña. No tardaré.

Ella empezó a decir algo, pero Jay ya se marchaba. De no verlo claramente, jamás habría asociado el ligero susurro que producían sus movimientos con un ser humano.

«Como el puma. Rápido. Invisible hasta que se lanza a matar».

Jay se deslizó y dobló la esquina sin soltar la Glock junto a la pierna derecha. No miró atrás para comprobar si ella se había quedado al resguardo de los árboles. Toda su atención estaba centrada en la cabaña.

Sara avanzó lentamente entre los árboles hasta que pudo extender una mano y tocar las planchas de madera de la cabaña de los guardeses. El tacto era rugoso y el frío le hizo estremecerse.

«Son los nervios», se dijo a sí misma. «No hace tanto frío».

O quizás fuera simplemente que el viento que soplaba desde el lago era especialmente cortante. Los dedos le dolían.

Al cabo de un rato comprendió que se agarraba con tanta fuerza a la madera que se le estaban quedando los dedos dormidos. Con delicadeza aflojó la presión. Respiró honda y lentamente y esperó a que sucediera algo.

Jay se detuvo al llegar a la parte trasera de la cabaña y escuchó. Pero lo único que oía era el latido de su propio corazón, uniforme y regular. Su cuerpo había sido entrenado para la quietud incluso cuando su mente gritaba que se moviera y rápido. De cerca supo qué había desatado las alarmas en su interior. La puerta estaba abierta de par en par, permitiendo que se escapara el calor proveniente de la cocina de leña.

Aunque tampoco era mucho ese calor. En realidad, más o menos como en el exterior.

«A Inge le va a dar un ataque. Aguanta muchas cosas de su hombre, pero enredar en su cocina es inaceptable».

Jay continuó por la parte exterior de las dos escaleras que había junto a la puerta trasera. Crujieron, pero no más que la propia cabaña bajo la intensa caricia del viento. Cuando se producía un remolino de viento, la puerta se movía, mostrando un poco más de la cocina de Inge. El viejo suelo de madera brillaba impoluto bajo la tenue luz.

Abrió la puerta del todo y esperó fuera con la espalda pegada a la fachada.

Si había alguien en la casa, él o ella, no se acercó a la puerta. Y Jay sabía, por experiencia, que la corriente que se producía cuando la puerta de la cocina estaba abierta se sentía en toda la casa.

Echó un vistazo a la antecocina, donde se dejaban los abrigos y el calzado sucio. En la cocina aguardaba una cazuela con pasta. Los espaguetis se habían hinchado hasta alcanzar grotescas proporciones. El fuego bajo la cazuela estaba tibio. A su lado, una sartén de hierro con una hamburguesa achicharrada. El fuego de la cocina había quedado reducido a cenizas.

«La cocina de leña podría haber estado funcionando durante horas, depende de cuánto la hubiera cargado Inge y de la posición del tiro. Imposible saberlo. Pero es otra cosa que no va bien, como la comida abandonada y la puerta abierta a merced del viento».

El acogedor salón estaba tranquilo, salvo por las repentinas ráfagas de viento y el ocasional crujido de la puerta delantera que no había sido cerrada con la fuerza suficiente para quedar encajada. La chimenea estaba fría.

«Estén donde estén, hace horas que se marcharon. Depende de si los espaguetis eran para anoche o para hoy».

No había manera de saberlo. Cuando Inge e Ivar estaban solos, ella solía cocinar para varios días.

Jay recorrió brevemente el resto de la cabaña. Los Solvang eran personas ordenadas, pero el desorden que encontró era tal que se preguntó si habría habido más personas en la cabaña.

Cuando salió por la puerta trasera se encontró con Sara. Se la veía tensa, pálida, y los ojos estaban casi negros. Quiso abrazarla, pero quedaba otra cabaña, y la casa principal, por inspeccionar. Además del establo.

—¿Qué has encontrado? —preguntó ella.

—Nada concluyente. No hay nadie en casa, ninguna nota, nada parece faltar o estar fuera de lugar —el tono de voz de Jay era seco, puramente informativo, sin emoción.

—¿Alguna vez se habían marchado sin avisar a nadie?

—No.

La palabra sonó como el hombre que la pronunció, distante.

—Ojalá pudiera cerrarme como haces tú, pero no puedo —observó ella—. Estoy nerviosa. Asustada.

Jay guardó la pistola en la funda y tomó las manos de Sara. Quizás los soldados estuvieran acostumbrados a la cruda realidad, pero ella no.

—Los dos estamos bien —la tranquilizó mientras le acariciaba las manos—. Averiguaremos qué ha pasado. Seguramente habrá alguna explicación sencilla y yo me sentiré como un imbécil. Pero, hasta entonces, tengo que inspeccionar el establo, y la cabaña de invitados y la casa principal, solo para estar seguro. Lo haré más deprisa si voy solo. ¿De acuerdo?

—No.

—¿No, en el sentido de que crees que iría más deprisa contigo? —preguntó.

—Me sentiré más segura contigo —contestó ella con franqueza.

—¿Qué te parece si silbo para que venga Skunk a hacerte compañía? —por mucho que quisiera negarlo, Jay tuvo que admitir que Sara estaba en lo cierto.

—¿Eso no nos delatará?

—Cualquiera que estuviera pendiente ya nos habría visto descender desde lo alto de la cresta hasta el pasto. No es fácil ocultar una treintena de vacas, dos perros y dos caballos con sus jinetes.

—Entonces, ¿por qué andamos a hurtadillas? ¡Oh! Crees que puede haber alguien escondido en uno de esos edificios.

—Es posible, aunque no probable. Pero me sentiré mejor cuando haya revisado los edificios.

—Yo también —Sara se frotó los brazos—. Dado que estamos trabajando con posibilidades, no con probabilidades, quiero quedarme contigo. Haré lo mismo que tú, no haré preguntas y, en general, no me portaré como la rubia tonta de las películas.

—No creo que pudieras mostrarte tonta aunque lo intentaras —Jay sonrió tímidamente.

—Tendrías que haberme visto de adolescente —susurró ella.

—Voy a dirigirme de aquí al establo —le informó él—. Tú espera hasta que yo te haga una señal para que vengas. ¿Entendido?

Sara apretó los labios con fuerza, pero asintió. No tenía ningún sentido discutir con él cuando había activado el modo militar.

Desde la cocina de la cabaña, Jay observó durante un minuto el establo. A continuación caminó entre los árboles, espaciados entre sí y que separaban las cabañas del establo. Siempre que podía, se mantenía a cubierto. Antes de llegar a la puerta lateral del establo, el cosquilleo de la nuca era evidente. No le había gustado tener que acercarse atravesando terreno descubierto.

«No ha habido disparos. No hay motivo para sudar».

El interior del establo estaba en silencio y olía más a máquinas que a caballos o vacas. La mitad de los boxes se habían reconvertido para alojar dos todoterrenos, dos motos de nieve y el Jeep Scout que los guardeses empleaban para ir a la ciudad.

«O bien han venido a buscarlos, o se han marchado a pie».

Los vehículos estaban estacionados de manera extraña y Jay se acercó más para poder investigar. Los neumáticos de los todoterrenos y del Scout estaban desinflados. Una mirada más de cerca le confirmó que las válvulas del aire habían sido cortadas. Era mucho más sencillo que rajar las ruedas, e igualmente eficaz. Echó una ojeada al viejo granero. Estaba vacío y también muy desordenado.

«O Ivar ha estado enfermo, o alguien tenía prisa por encontrar algo».

El pajar había sido desmantelado cuando los Solvang se habían pasado a la maquinaria, de modo que a Jay no le hizo falta subir para comprobar si alguien se ocultaba allí.

Salió del establo y tomó el sendero que llevaba a la cabaña de invitados, la rodeó y esperó. Lo único que se movía era el viento que amontonaba las nubes contra los Teton. Escuchó atentamente y le hizo una señal a Sara para que se acercara.

Como si se tratara de un velocista arrancando en una carrera, Sara se plantó en un abrir y cerrar de ojos en la cabaña de invitados, aunque no lo bastante rápido como para no darle a Jay tiempo de recorrer las pequeñas habitaciones. Completamente desordenadas.

Cuanto más veía, menos le gustaba.

Y menos sentido tenía todo.

—¿Has encontrado algo? —preguntó ella.

—Habitaciones desordenadas. Neumáticos desinflados.

—¿Qué?

—Los todoterrenos y el Scout en el establo —Jay no esperó a que le hiciera otra pregunta—. La casa principal es la siguiente. Quédate detrás de mí.

Cada vez estaba más convencido de que estaban solos en Fish Camp. De todos modos, se acercó a la casa principal con la misma cautela con la que se había acercado a la cabaña de los guardeses, prestando especial atención al pequeño cobertizo que albergaba los generadores.

Sara lo seguía a unos tres metros de distancia para no interferir en su camino.

Jay entró por la puerta trasera a la pequeña antecocina. El trazado era similar al de la cabaña de los guardeses, pero más espacioso. La cocina de leña estaba fría. Los armarios abiertos, al igual que la despensa. Parte de los alimentos enlatados estaban tirados por el suelo. Un saco de judías había sido rasgado y su contenido regaba el suelo de la despensa, llegando hasta la cocina.

Una radio de onda corta estaba destrozada en el suelo.

Jay apretó los labios con más fuerza. Todo lo que veía se sumaba a un conjunto que no quería ver.

Sara recorrió con él en silencio la casa. El salón y el comedor estaban vacíos, los muebles arrinconados sin ningún sentido. Subieron por las escaleras y encontraron lo mismo, un monumental desorden. Había ropa de invierno en el suelo, colchones de lado, un tocador volcado. El cuarto de baño al final del corto pasillo no estaba mucho mejor.

Se sentía como si estuviera de nuevo en la habitación del motel, juntando los enseres que le habían sacado de la maleta, y cada vez que giraba una esquina, la situación empeoraba. Un frío que no tenía ninguna relación con la temperatura la obligó a encajar la mandíbula para que no le castañetearan los dientes. Poco a poco tomó conciencia de las manos de Jay que le acariciaban los brazos con delicadeza, y que consiguieron que se calmara.

—Estoy bien —le aseguró con voz ronca—. Es que me recuerda a la habitación del motel. Tengo la sensación de que los problemas me siguen —respiró hondo una vez, y otra vez más—. Estoy bien.

Él le apretó el brazo antes de soltarla muy despacio y dirigirse a la planta inferior. Las pisadas de Sara sonaron a su espalda.

—Es como si alguien hubiera sufrido una rabieta —observó ella.

—Sí.

—¿Un drogadicto decepcionado?

—Es posible.

Jay se dirigió al cuarto en el que JD guardaba los papeles, las cartas de póquer y la bebida. La tapa del escritorio de persiana estaba abierta. A su lado en el suelo, otra radio de onda corta destrozada.

«Esto explica por qué Inge e Ivar no contestaban mis llamadas».

—Voy a echar un vistazo al embarcadero —anunció Jay—. ¿Por qué no te encierras aquí y me esperas?

Más que una pregunta era una orden.

Y ella les sorprendió a ambos accediendo.

Con la Glock de nuevo en la mano, él se dirigió hacia la puerta.

CAPÍTULO 13

Jay caminó por entre los árboles por el trillado sendero que conducía hasta el embarcadero. A cada paso que daba en el sendero de unos cuatrocientos metros, los recuerdos competían por ganar su atención, pero él los empujó a un lado. Ya se ocuparía de ellos más tarde. Debía permanecer centrado en lo que estaba sucediendo en esos momentos. El pasado podía esperar. De todos modos, ya no podía cambiarse.

A unos nueve metros del embarcadero, se parapetó tras los árboles y estudió lo que tenía frente a él. En las zonas resguardadas, el lago estaba en calma. El centro del lago presentaba pequeñas manchas de espuma blanca producidas por el viento. En las zonas menos profundas, allí donde las hojas y la tierra cubrían el pedregoso fondo, crecían juncos y otras plantas.

El embarcadero y el pequeño muelle presentaban un color gris por el desgaste y a la luz del atardecer tenían un aspecto casi aterciopelado. Las nubes habían descendido desde los Teton, devorando el sol. Las primeras gotas de lo que podría convertirse en un auténtico chaparrón empezaron a caer, brillantes bajo la intermitente luz del sol.

Los pájaros volaban y cantaban en los arbustos junto al lago. Los insectos zumbaban cada vez que el sol iluminaba la orilla. El agua siempre era como un imán para la vida. Y esas pequeñas vidas no habían sido molestadas desde hacía tiempo.

En cuanto Jay salió a descubierto, se hizo un profundo silencio, salvo por el viento y el sonido de las olas del lago.

Abrió la puerta del embarcadero. La luz del sol moteaba la entrada de la gran abertura que conducía al agua y arrancaba brillantes reflejos del techo y las vigas. Las bombillas desnudas y las sombras que se extendían entre ellas le recordaron la caja torácica de un enorme animal muerto desde hacía mucho tiempo.

Las hileras de herramientas ordenadas y lubricadas que colgaban de la pared y el mostrador que había a la derecha le indicaron que quien hubiera registrado los demás edificios, no se había molestado con ese. Lo único que llamó su atención fue un espacio vacío, resaltado con pintura más blanca, donde debía colgar uno de los destornilladores de Ivar en la cuidadosamente ordenada colección de herramientas. Unas marcas de grasa en la pintura blanca revelaban que alguien con mucha prisa había tomado el destornillador.

—¿Ivar? —llamó—. Sal, soy Jay.

Contuvo la respiración y aguardó.

«Adelante, sigue insistiendo en que solo han ido a dar un paseo. Hasta ahora no te lo habías creído, ¿no?».

Únicamente el viento respondió a su llamada.

Una pequeña colección de botes permanecía boca abajo en una fila, los cascos mirando al techo. Limpios y bien cuidados, esperaban pulcramente a que alguien los usara. Uno de los botes estaba desplazado de su puesto producto de un empujón o una patada, la mancha de suciedad subrayaba el desorden.

Jay levantó el bote por uno de los costados, pero no vio nada debajo.

Sin esperar encontrar nada más, salió al exterior. Junto al embarcadero estaba el depósito de combustible y cobertizo de herramientas en el que Ivar se había construido un refugio o una «guarida de hombre», tal y como lo definía Inge. El viejo a menudo decía que el secreto de su feliz matrimonio era que ambos estaban muy a gusto cada uno por su lado.

Más allá del refugio había un montón de leña.

«Casi han gastado toda la leña, como el montón que hay junto a la cabaña. Un largo invierno. Antes del próximo invierno habrá que cortar mucha leña».

Jay dio dos pasos antes de pararse en seco. Su mente insistía en que había algo fuera de lugar en la cubierta vegetal. Inmóvil, examinó el césped y las hierbas y pequeños arbustos que crecían pegados a los edificios. Las diferentes alturas y texturas daban al suelo una apariencia de mosaico.

Sentado sobre los talones, rebuscó en su mente lo que tanto le molestaba. Después de unos minutos se dio cuenta de que la hierba crecía de manera diferente en algunos lugares, indicando que alguien la había pisoteado, seguramente hacía varias horas. No conseguía detectar el comienzo del paso, pero se hacía más evidente conforme se acercaba al refugio de Ivar.

Jay siguió el rastro, pero acabó perdiéndolo. Regresó en círculo a la parte delantera. Había una pequeña puerta, más nueva que el resto del edificio. La puerta de madera tenía un color claro plateado.

«Está cerrada».

«Sin señales de haber sido forzada».

Y había sangre en el umbral.

«Si hubiera alguien esperando dentro, a estas horas ya me habría disparado o habría saltado por la ventana de atrás».

Jay desenfundó la pistola. Por si acaso se equivocaba, se hizo a un lado y hurgó el candado sin quitarse los guantes de cuero. Probó primero con la misma combinación que la del rancho Vermilion. Funcionó. Abrió el candado sin hacer ruido, apuntó con la Glock y le dio una patada a la puerta.

Se hizo a un lado para apartarse de la posible línea de fuego. Un rayo de sol iluminó la estancia, mostrando más sangre sobre la alfombra tejida por Inge. El estampado, dentado y diagonal, seguía un estricto orden.

«Marcas de botas. Parecen grandes para ser de Ivar, y desde luego no son de Inge».

La habitación estaba a oscuras salvo por un haz de luz que entraba por la puerta abierta. El olor le dijo todo lo que necesitaba saber.

Demasiado.

A medida que sus ojos se acostumbraban a la luz vio un pie medio cubierto por una zapatilla. El pie estaba torcido en un extraño ángulo. Inge adoraba sus zapatillas calentitas, pero jamás las llevaba puestas fuera de casa. Al menos no hasta ese momento.

Entró en la alargada y estrecha estancia. La adrenalina disparó su ira.

«Sin sentido. Inmoral. Creía haber dejado atrás todo esto».

Pero ahí estaba, inmóvil a sus pies, desprendiendo el hedor a muerte. Sin ser consciente de ello, Jay soltó un juramento con la violencia del líder en combate que había sido.

Lentamente se arrodilló junto a Inge. Su rollizo rostro esta flácido, los pálidos ojos abiertos, sin ver. Él se los cerró dulcemente, sorprendido de que no le temblaran las manos.

«Después. Ya tendré tiempo después para la ira y el dolor».

«Y para la venganza. De eso me pienso encargar».

Se alegró de que Inge no estuviera iluminada por la inmisericorde luz. La herida del pecho era muy grave, y la camiseta estaba tan empapada en sangre que parecía negra. Ya había visto heridas como esa con anterioridad. Demasiadas.

«Un cuchillo de combate. O de caza».

«En realidad es lo mismo».

Desvió la mirada hacia Ivar, tumbado boca abajo, completamente inmóvil sobre un enorme charco de sangre seca bajo la cabeza, como si fuera una oscura almohada. Con cuidado de no acercarse demasiado, Jay se agachó y examinó el cadáver.

«Solo un tajo en la garganta puede sangrar así. Si buscara a conciencia, vería marcas de salpicaduras».

Jay odiaba haber reconocido la causa de la muerte, conocerla tan bien. Odiaba estar empleando los conocimientos obtenidos en la guerra para entender la muerte en un lugar que siempre había sido un remanso de paz.

Pero ahí estaba Ivar, tumbado boca abajo, los brazos a los costados y los pies apuntando hacia fuera en un ángulo que habría resultado doloroso para alguien vivo. Llevaba puesta la ropa de trabajo, un par de pantalones vaqueros descoloridos y la camisa de franela verde y negra que siempre utilizaba, salvo el día en que Inge se la lavaba. La camisa estaba empapada en una sangre tan espesa que Jay sentía el sabor del cobre en la lengua.

Con una fuerza y elegancia propias solo de los vivos, se puso en pie y pulsó el interruptor de la luz con la mano enguantada. Las viejas bombillas incandescentes se encendieron tras unos instantes de duda.

«Vieja estancia, viejo cableado».

«Personas viejas».

«Solo la muerte es nueva aquí».

Una rápida inspección visual del suelo mostró una dispersión de huellas de botas.

«Podrían ser tres, aunque seguramente eran dos. Averiguarlo es tarea del sheriff».

Por primera vez en su vida, Jay lamentó la guerra particular que mantenía Inge contra el polvo y la suciedad. El polvo habría ayudado a distinguir las huellas, pero incluso el suelo de la guarida de Ivar estaba impoluto.

«Eso será problema de Cooke. El mío es intervenir lo menos posible».

La puerta del pequeño cuarto de baño estaba abierta,

como lo estaba la puerta del cuartito almacén en el que Ivar guardaba cualquier cosa que pensaba podría serle de utilidad alguna vez. Cosas que, Inge insistía, no tenían lugar en su casa.

Alguien había estado en el cuartito.

Evitando pisar las huellas de sangre, Jay miró en el interior. Rodeando los cachivaches del centro, unas grandes cajas de madera se apilaban a lo largo de las paredes, como un improvisado revestimiento. Todas las cajas habían sido abiertas y revelaban su contenido: cuadros sin enmarcar pintados por Custer. No había hueco en ninguna de las cajas.

«Fuera lo que fuera que buscaran los chacales, no eran los Custer».

Un brillo metálico atrajo a Jay al interior de la habitación. El destornillador de Ivar estaba tirado en el suelo, abandonado.

«Lo han usado para abrir las cajas».

Más tarde, estaba seguro, se sentiría furioso, dolido. Más tarde saldría de caza. Pero en esos momentos tenía que reunir todas las pruebas posibles, aunque sus ojos ardían llenos de lágrimas sin derramar.

El sonido de la lluvia retumbó sobre los trozos de tejado reparado con hojalata.

«Si se pone a llover en serio va a ser difícil seguir las huellas de cualquiera que entre o salga de Fish Camp».

«Los chacales que han hecho esto se han marchado».

«¿Consiguieron lo que buscaban? ¿O volverán?».

Consciente de que el sheriff lo desaprobaría, aunque también lo entendería, Jay sacó una vieja lona del cuartito y cubrió con ella los cuerpos de Inge e Ivar.

«Id con Dios, viejos amigos».

Apagó la luz y salió al exterior, echando el cerrojo tras él. Ya no podía hacer nada más por los muertos.

Caminó de regreso a la casa bajo la cada vez más fuerte lluvia. Al llegar al patio se detuvo a plena vista y gritó para que

Sara supiera que era él. La puerta se abrió tan deprisa que no le cupo duda de que había estado vigilando su regreso.

—¿Has encontrado algo? —preguntó ella.

Jay cerró la puerta y echó el cerrojo sin decir una palabra. Sara contempló más detenidamente su rostro y el corazón le dio un vuelco.

—¿Jay?

—Ivar e Inge están en el cobertizo de herramientas de Ivar, junto al embarcadero. Muertos.

—Cuánto lo siento —ella lo abrazó y repitió las mismas palabras una y otra vez, sin siquiera darse cuenta.

—Está empezando a llover —Jay aceptó el abrazo y lo devolvió antes de apartarse delicadamente de ella—. Voy a guardar las cosas y traeré las alforjas. Comprueba la despensa. Inge solía tener comida de perro para el verano. Después llamaré a Cooke.

—No te preocupes por la despensa —contestó Sara—. ¿Vas a traer a los perros?

Él sacudió la cabeza.

—Dejaré a Skunk con el ganado. Lightfoot guardará el cobertizo de herramientas de los animales salvajes. Si algo es demasiado grande para él, montará un escándalo.

A Sara no se le escaparon las implicaciones que cayeron sobre ella como un jarro de agua fría. Para un animal salvaje cualquier proteína servía.

«No sigas por ese camino», se dijo a sí misma con rabia. «No servirá de nada. Jay necesita a alguien con quien pueda contar, no una rubia tonta de una película más tonta aún, de las que no paran de gritar todo el rato».

El sonido de la lluvia que golpeaba los cristales rompió el silencio.

—Te ayudaré con los arreos —sugirió Sara—. Así iremos más deprisa.

Jay no discutió.

Con su colaboración, en poco tiempo todo estuvo almacenado en el establo. La lluvia era fría y refrescante.

«A lo mejor lo lavará todo», pensó Sara, aunque sabía que algunas cosas no podían arreglarse nunca.

Jay dejó a los caballos pastando con las vacas y tomó el rifle y las alforjas.

—Volvamos a la casa principal.

No llovía con mucha fuerza, era más bien un chaparrón de gruesas y heladas gotas que el viento dispersaba en todas direcciones. Cada gota les provocaba una sensación, recordándoles que estaban vivos.

—¿Alguna vez has utilizado una cocina de leña? —preguntó cuando regresaron al interior.

—Cada día de mi vida hasta que cumplí dieciocho años.

—Eres asombrosa, Sara —en los labios de Jay apareció un amago de sonrisa.

—Lo único asombroso aquí es que esperé hasta cumplir los dieciocho para dejar atrás esa granja.

Abrió la puerta y examinó la cocina. Todo estaba preparado para encender un fuego, y no había cenizas acumuladas que tuvieran que ser limpiadas. Al lado de la cocina había un cubo con leña. Una caja de cerillas descansaba sobre los ladrillos que rodeaban la cocina. Sara abrió el tiro, encendió el fuego y observó crecer las pequeñas llamas hasta convertirse en otras más grandes. En ese momento, cerró la puerta de la cocina.

Sin perderla de vista, aunque fuera por el rabillo del ojo, Jay dejó las alforjas en la antecocina, al lado de otro cubo de leña y sacó la radio de onda corta. Antes de que contestara la oficina del sheriff, ya olía el fuego que devoraba las ramas de pino.

—Aquí Jay Vermilion, ¿quién está de servicio?

—Buenas tardes, Jay —saludó el de la centralita—. Acaba de llegar Cooke. ¿Te sirve?

—Sí, gracias.

Segundos más tarde se oyó la voz del sheriff.

—¿Qué sucede?

—Dos asesinatos. Inge e Ivar.

Al oír la palabra, «asesinato», Sara dejó caer el trozo de leña que estaba a punto de meter en la cocina. Miró a Jay, pero lo único que veía era su espalda, los músculos tensos. La tensión irradiaba de todo su cuerpo.

Mientras él relataba el hallazgo, recogió el tronco y continuó atendiendo el fuego. Respiró hondo unas cuantas veces para controlarse y se dirigió a la despensa. Había mucha comida enlatada. Judías secas, azúcar, harina, café molido, comida para perros. Además de dos panes recién hechos y una tarta de limón y merengue.

Sara no se dio cuenta de que estaba llorando hasta que sintió las lágrimas en las mejillas. En silencio preparó un café y continuó alimentando automáticamente la cocina. Y todo sin dejar de escuchar el relato que hacía Jay del sangriento asesinato.

Él la miraba, deseando que no tuviera que oír sus palabras, pero aliviado de que estuviera allí con él.

—No hay sangre ni señales de lucha en ninguna de las cabañas —continuó—. O bien Inge se había jubilado como ama de casa o los edificios no fueron registrados a conciencia. Los todoterrenos y su Scout están inoperativos.

—¿Se han llevado algo?

—No parece. Podrían haberse llevado dinero, bebidas o armas. No lo he comprobado.

—¿Cuánto tiempo hace? —preguntó Cooke—. Una estimación.

—Ha sucedido en las últimas veinticuatro horas.

—¿Cómo fueron asesinados?

—Con un cuchillo de caza o de combate. Inge tenía el pecho rajado, de más de una puñalada. Ivar tiene la garganta rebanada.

Sara estuvo a punto de quemarse con la cocina.

—Hijo de perra —murmuró Cooke.

—Lightfoot está guardando los cadáveres.

—Tremendo —observó el sheriff—. Una situación tremenda.

Jay no pensó en ello. No podía. Había demasiadas cosas que hacer.

—No puedo comunicarme por móvil. Sus hijos y nietos tendrán que ser notificados. Henry tiene su número de contacto.

—Yo me ocuparé.

—Sara y yo nos quedaremos aquí hasta que envíes a alguien mañana —continuó Jay, con la misma voz impersonal con la que había hablado desde la primera palabra—. Estamos en la casa principal. No sé qué tiempo hará en la ciudad, pero aquí llueve bastante. Si la temperatura desciende mucho más, empezará a nevar.

—Enviaré a alguien a primera hora de la mañana, pero no llegarán hasta después del mediodía. La lluvia dificulta mucho ese camino.

—No hay prisa. No van a ir a ninguna parte.

—Lo siento, Jay. Los Solvang eran muy buena gente.

—Sí. Pero eso no ha evitado que los hayan asesinado.

Con rabia contenida, Jay sintonizó la frecuencia de radio del rancho. Henry contestó de inmediato.

—Inge e Ivar están muertos —le comunicó Jay—. Asesinados. Mañana por la mañana envía a los nuevos hombres con un remolque de cuatro ruedas para…

Sara hizo todo lo que pudo por no prestar atención, de nuevo desde el principio, al triste relato. Así pues se concentró en preparar la comida. Los vivos debían comer para poder ocuparse de los muertos. Gritar, llorar y maldecir no serviría más que para desperdiciar una energía necesaria para ocuparse de todos los detalles. Debían hacerlo por los muertos, y por los que aún quedaban vivos.

«Al menos no hay que ordeñar a las vacas, con esas miradas intrigantes y los rabos cubiertos de mierda esperando una oportunidad para sacudirme un golpe con el rabo en la cara».

Arrinconó los recuerdos del pasado y se concentró en lo que podía hacer en el presente.

El delicioso aroma a café empezó a llenar la habitación, mezclado con un toque de aceite para armas cuando Jay empezó a limpiar el rifle y la Glock. La Glock no lo necesitaba, pues no era la primera vez que se había caído en un charco de barro y luego había disparado con normalidad. El rifle era diferente. Necesitaba más cuidados.

En cualquier caso, necesitaba hacer algo con las manos. Una parte de él esperaba que regresaran los asesinos. Nada le haría disfrutar más que enfrentarse cara a cara con los cobardes que habían matado a dos buenas personas simplemente porque podían.

—Limpiar la pistola formaba parte de mi entrenamiento —le indicó Sara.

—Ya me ocupo yo. Pero gracias.

Ella lo observó unos instantes, dedos ágiles, hábiles, movimientos expertos, y se alegró de estar cocinando en lugar de manipulando torpemente un arma mientras la limpiaba.

Un vistazo más completo de la despensa reveló la presencia de cebollas, pimientos secos, ajo y aceite de cocina. Del grifo salía agua. Fría. Al parecer, los paneles solares estaban apagados o solo generaban la electricidad suficiente para encender la luz. Apretó los dientes y se lavó en un agua tan helada que le dolieron las manos.

El olor a cebolla cortada rápidamente dominó sobre el del aceite para armas y el de café. Jay terminó con la Glock y la dejó a un lado, cargada y preparada para disparar.

Sara le ofreció una taza de café.

—Hay leche enlatada en la despensa —le informó—, y también algo de azúcar. ¿Quieres?

—No, gracias. Lo tomaré solo —respondió él mientras tomaba la taza que ella le ofrecía—. ¡Hala!, qué manos tan frías. Voy a encender el generador. El agua debería estar caliente para cuando llegue el momento de fregar los platos.

—Eso sería estupendo —ella suspiró aliviada—. Estaba pensando en calentar agua para los platos, el baño y…

—Mamá era de la misma opinión —Jay sonrió tímidamente—. Siempre decía que soportaba con gusto el ruido del generador a cambio de disponer de agua caliente por la noche.

—Tu madre era una mujer sabia.

Minutos después de que Jay hubiera salido por la puerta, un generador diésel escupió, se atascó y tronó al regresar a la vida. Cuando volvió a la casa, Sara freía cebolla y cortaba unos ajos. Abrió una lata de chili, miró un instante al hombre que había vuelto a sentarse y se disponía a limpiar el rifle, y abrió cuatro latas más, vertiendo el contenido en la sartén con las cebollas.

—Las judías verdes de lata, ¿las quieres de acompañamiento o mezcladas con el chili? —preguntó.

—Por mí mezcladas. Menos sartenes que fregar.

—Buena observación.

Sara añadió más leña al fuego y removió la comida. Pasados unos minutos, probó un poco y decidió buscar un poco de guindilla. La encontró en la despensa, junto con otras especias que también le podrían servir.

Para cuando Jay hubo terminado de limpiar el arma, el chili cocía a fuego lento sobre la cocina. Tras despejar la pequeña mesa de cocina de los utensilios de limpieza, dispuso la vajilla para la cena.

—Llénate un plato —le indicó Sara mientras cortaba el pan en rebanadas.

Jay se acercó por detrás de ella, le rodeó la cintura con los brazos y le besó dulcemente el cuello.

—Gracias.

—No hace falta un talento especial para abrir unas latas —el corazón de Sara falló un latido.

—Me refería a gracias por ser tú, por estar aquí, por ser lo que necesito.

—Me siento tan inútil —ella se apoyó contra el fuerte torso y suspiró.

—Todos nos sentimos así al contemplar la muerte a la cara —Jay la abrazó con más fuerza—. Mantén mi cena caliente, voy a dar de comer a los perros y a comprobar que no falte nada importante en el almacén del cobertizo de herramientas de Ivar.

—¡Los Custer! —el cuchillo que tenía Sara en la mano aterrizó sobre la encimera de la cocina con un estruendo—. ¿Cómo he podido olvidarme de ellos? Deberíamos traerlos a la casa.

—Si lo crees necesario, me ocuparé de ello.

Tras darle otro dulce apretón, Jay la soltó. Sara se volvió rápidamente y le devolvió el abrazo.

—Apagaré el fuego y me reuniré contigo en el cobertizo de herramientas.

—Tú no…

—Necesito echar un vistazo a los cuadros —lo interrumpió ella, mirándolo a los ojos—. Y deberías abofetearme por no haberlo hecho antes.

—Para llegar a los cuadros tendrás que pasar por encima de los cadáveres —le advirtió Jay.

La mirada del vaquero era oscura y sombría, y a Sara le entraron deseos de llenarla de luz. Pero no estaba en su poder. Solo el tiempo podía hacer algo así.

—Pues entonces pasaré por encima.

Una sola mirada al rostro de Sara le indicó a Jay que discutir sería tarea inútil.

—Hay una linterna en el cajón a la derecha del fregadero,

y paños bajo el fregadero. Empápalos con el limpiador de pino y échalos en amoniaco. Mete los paños empapados en una cacerola cerrada con tapa y tráela contigo.

Ella lo miró extrañada.

—Cubrí los cuerpos con una lona —le explicó él—. Hará falta algún producto químico para tapar el olor.

Sara alzó la barbilla. «No puede oler peor que ese ternero muerto que saqué de su madre».

—Te veo en el cobertizo dentro de cinco minutos.

Sin decir una palabra más, Jay se apartó de ella. Revolvió en los armarios, encontró dos cuencos y los llenó con el pienso que había en la despensa. Después salió al lluvioso atardecer y cerró la puerta tras de sí.

CAPÍTULO 14

A Sara le llevó menos de cinco minutos llegar al embarcadero, pero Jay ya estaba allí, esperándola. Lightfoot meneó el rabo un vez al verla, antes de regresar a su puesto de vigilancia, sentado ante la puerta abierta del embarcadero frente al pequeño edificio anexo. La lluvia caía insistente y fría. Y Sara veía el vaho del aliento entre las gotas.

En cuanto Jay abrió la puerta del pequeño refugio de Ivar, alargó una mano hacia la cacerola que ella llevaba. El punzante olor hizo toser a Sara y la aturdió, cubriendo el olor a muerte. Lo siguió al interior, pisando las huellas mojadas de las botas, esforzándose por no vomitar.

«Vomitar no servirá de ayuda. Solo te debilitará, y aún habrá que hacer muchas cosas después de haber limpiado tu propia porquería».

No dejó de repetirse las palabras aprendidas en su infancia mientras seguía a Jay por la habitación que hedía a muerte.

La luz de la bombilla mostraba únicamente la deshilachada lona azul que cubría los cuerpos. La sangre sobresalía por debajo de la lona. Sara se apartó rápidamente, sin dejar de luchar contra sí misma hasta que sintió que el estómago dejaba de intentar salirse por la boca.

Ante ella se extendían paredes y estanterías con herramientas pulcramente colocadas. Ella se concentró en sus formas, agradecida de no haber comido desde hacía un buen rato.

—El cuarto trastero está por ahí —Jay señaló en una dirección con la linterna—. Iremos pegados a la pared para que, caso de dejar alguna huella, no se confunda con la de los asesinos. No toques nada con las manos desnudas.

Ella volvió a tragar con dificultad, aspiró el vapor que salía de la cacerola y respiró por la boca. Tuvo mucho cuidado en no pensar en la lona. Con rápidos pasos cruzó la puerta del cuarto trastero y encendió la luz con el codo antes de hacerse a un lado para que pasara Jay.

—¿Puedo mirar dentro de las cajas? —preguntó—. Puedo ponerme los guantes.

—Buena idea —él sujetó la linterna bajo el brazo, sacó los guantes de montar de la cazadora y se los puso antes de cerrar la puerta.

Sara respiró aliviada al ver una puerta cerrada entre ella y los cadáveres. Con cuidado rodeó el montón de cachivaches que había en el centro de la habitación para poder examinar la primera caja de embalaje. La caja había sido abierta sin ningún cuidado. Los bordes astillados y clavos sueltos parecían haber sido arrancados y arrojados a un lado.

Aunque la luz apenas alumbraba, Sara veía claramente que cada ranura de la caja contenía un lienzo sin enmarcar sobre el bastidor original, o tablero, o lo que utilizara Custer. No había señales de daño producido por el agua sobre la madera.

—¿Podemos llevarlos a la casa? —preguntó.

—No sin alterar aún más el escenario del crimen.

—Entonces sacaré una foto de cada uno, por delante y por detrás —contestó ella mientras sacaba el móvil de la cazadora—. Si me los sujetas iremos más deprisa.

Jay se acercó a la caja que ella había estado examinando y sacó un lienzo con cuidado. Sara casi se quedó sin aliento ante la belleza y la fuerza del trabajo que emergía de la polvorienta caja. Hizo varias fotos seriadas.

—Dale la vuelta, por favor.

El dorso del lienzo estaba garabateado con unas notas que indicaban la hora, el lugar y el título.

—¿Esta es la letra de Custer? —preguntó Sara.

—Eso creo.

—Muy bien. El siguiente.

Jay sacó otro lienzo para que ella lo fotografiara.

Enseguida establecieron un ritmo de retirar, fotografiar por delante y por detrás, devolver y retirar otro lienzo. No todos eran Custer. Al parecer, JD, o su esposa, habían comprado algunas obras de otros pintores.

Sara tuvo que obligarse a no demorarse en la contemplación de unas obras que solo habían visto unas cuantas personas.

—¿Cuántos lienzos hay en esa última caja? —preguntó.

—Nueve.

—Cincuenta y seis cuadros en total. Cincuenta de ellos, Custer —«y ni uno de ellos es un retrato».

Sara volvió a levantar la tapa de la cacerola y aspiró otra bocanada.

—Increíble.

Jay no preguntó si se estaba refiriendo a los cuadros.

—¿Qué hay en esas cajas de cartón apoyadas contra la pared? —ella tosió y tapó la cacerola—. Custer no era nada cuidadoso con sus obras. Era muy capaz de guardar parte de sus cuadros en cajas de cartón.

—Voy a ver.

Jay se acercó a la primera caja y con cuidado arrancó la cinta adhesiva que la mantenía cerrada.

—Parecen papeles —revolvió entre el montón de hojas—. Viejos registros de Inge.

Las dos siguientes cajas eran iguales.

—Sigue, por favor —le pidió Sara.

La cuarta caja contenía papeles de Custer. Y la quinta. La sexta estaba llena de estudios de campo que el pintor había dibujado sobre todo tipo de superficies, lienzo, tablero, incluso cartón.

Pero ningún retrato.

Hermosos paisajes, sí.

¿Gente? No.

—¿Podemos llevarnos las cajas de cartón? —aunque la voz de Sara era tranquila, sus ojos miraban suplicantes.

—De todos modos tenemos que salir a pie. No veo qué mal puede haber en llevar tres cajas que los chacales ni siquiera se molestaron en abrir.

—Gracias —ella dejó escapar un suspiro de alivio—. Los papeles guardados en cajas de cartón son mucho más vulnerables que en cajas de madera especiales. Cierto que estas cajas llevan años aquí, sin haber sufrido ningún daño, pero… —se encogió de hombros, incapaz de explicarse.

—Te entiendo. Ya se ha perdido demasiado —él cerró las tres cajas que contenían los papeles y dibujos de Custer y cargó con ellas, dos bajo un brazo y una bajo el otro—. Quita la tapa de la cacerola y déjala aquí. El adjunto al sheriff nos lo agradecerá.

Sara dejó la cacerola abierta sobre un banco, encendió la linterna y guio a Jay de regreso a la casa principal. El aire fresco resultaba asombrosamente bello. La lluvia seguía cayendo en gruesas gotas cada vez más frías. Al menos a ella le parecieron gélidas.

«Estoy cansada, y hambrienta».

En cuanto el hedor hubo desaparecido, el habitual y sano apetito de Sara regresó con renovadas fuerzas. Debería sentirse avergonzada, pero una chica de granja aprendía muy pronto que la muerte y el hambre formaban parte de la vida.

La antecocina estaba más caldeada que el exterior, aunque no mucho más.

—Dejaré las cajas en el estudio —le indicó Jay—, y también traeré más leña. El cubo está casi vacío.

Sara sacudió el agua de la cazadora y se dirigió a la cocina. El hecho de que apenas estuviera caliente le indicó el tiempo que habían dedicado a los cuadros. Su estómago también lo había registrado y emitía un casi continuo rugido de queja. Una ojeada al reloj le confirmó que hacía mucho tiempo, demasiado, que no comían nada. Rápidamente se puso manos a la obra con el fuego.

—La cena estará caliente dentro de quince minutos, o podemos comerlo frío ahora mismo —informó a Jay mientras regresaba a la antecocina.

—Que sea media hora —contestó él mientras apuraba la taza de café, que se había quedado helado, de tres tragos—. Necesitamos madera.

«Pero lo que más necesito es liarme a puñetazos con algo».

Jay evitó manifestar sus sentimientos en voz alta. Sara estaba siendo muy buena compañía y, si conseguía pensar en otra cosa que no fuera el asesinato, no quería ser él quien se lo recordara.

El chili borboteaba aromático sobre la cocina. El café estaba caliente. El estómago de Sara rugía sin parar. El rítmico sonido del hacha en el exterior era como el del generador. Incesante. Se oía a Jay trabajar incluso por encima de ruido que hacía ella mientras preparaba la comida, y por encima del ruido del generador.

Otro hachazo.

Y otro.

Otro

«¿Qué es, una máquina?».

Otro.

Y otro más.

«Bueno, pues yo no lo soy. Y necesito comer».

Sara se sirvió una taza de café, se puso la cazadora y salió con el propósito de alejar a Jay del montón de leña. La lluvia se mezclaba en el aire frío con el humo que salía de la cocina. Se arrebujó en la cazadora y giró la esquina de la casa.

Y se paró en seco.

Jay le daba la espalda, los músculos tensándose y relajándose a medida que el hacha subía y bajaba, prácticamente reventando los troncos. Tras apartar de un puntapié los trozos cortados, colocaba el siguiente tronco.

No llevaba puesta la cazadora, ni siquiera iba con manga larga. No le hacía falta. De la camiseta blanca salía una nube de vapor que se mezclaba con la lluvia. La linterna que había colgado del alero imprimía cada línea y curva de su cuerpo de un agudo relieve bajo la casi transparente tela de la camiseta.

Sara estuvo a punto de derramar el contenido de la taza. Lo miró fijamente, absorta en su elegancia y su hechizante fuerza.

«Cómo me gustaría frotarme contra ese cuerpo de pura masculinidad».

El montón de leña cortada ya le llegaba a Jay a la altura de la rodilla cuando por fin se detuvo para secarse el sudor de los ojos.

—¿Te importaría compartir ese café conmigo? —le preguntó mientras se volvía hacia ella.

—Toma lo que te apetezca. Lo que sea. —contestó Sara tras lograr despegar la lengua del paladar y aclararse la garganta.

—¿Lo que sea? —en el rostro del vaquero apareció un amago de sonrisa—. Lo tendré en cuenta. Pero ahora mismo me conformo con un poco de café.

Ella intentó con todas sus fuerzas no mirarlo fijamente mientras le acercaba la taza. Sin embargo, no mirar era prácticamente imposible. El vello del torso parecía humo contra la empapada camiseta. La mandíbula estaba iluminada por una oscura e incipiente barba.

«Hace que el David de Miguel Ángel parezca un niño. Haría falta por lo menos a Rodin para capturar la fuerza masculina de esa mandíbula».

—¿Café? —le recordó él, aunque sus ojos brillaban burlones.

—Me pasé años contemplando la forma masculina en clases de arte —le explicó ella mientras le entregaba la taza—. La tuya es… ¡madre mía! Intento buscar palabras cuando lo que debería hacer es cerrar el pico. Sí, eso sería una magnífica idea. Cerrar el pico ahora mismo.

Sara se volvió para dirigirse de regreso a la casa.

Jay la agarró de la cazadora, tiró de ella y le dio un beso con sabor a café.

—Gracias —susurró al apartar los labios.

—¿Por el café?

—Por transformar mi mal humor en otra cosa.

—Ha sido un placer. La cena está lista.

En opinión de Jay, la cena no era lo único que estaba listo.

—Estaré sentado a la mesa en diez minutos.

—No te apresures por mí —contestó ella mientras le dedicaba una apreciativa mirada.

—Nunca he tomado a una mujer bajo la fría lluvia. Pero, ahora mismo, tomarte me parece una idea realmente buena.

Sara alzó bruscamente el rostro para mirarlo a los ojos.

—Lo has dicho en serio.

—Desde luego.

—Prueba mejor en una noche cálida. La lluvia es opcional —dicho lo cual, Sara corrió hacia la casa antes de que él pudiera detenerla.

Jay seguía riendo cuando la puerta de la casa se cerró.

Sintiéndose mucho mejor, Sara colocó los platos sobre una sartén que se calentaba sobre la cocina. Removió el chili, comprobó de nuevo el fuego y decidió que podía echar una rápida ojeada al contenido de las cajas que aguardaban en el estudio. Se sirvió una taza de café y bebió con precaución el líquido caliente a sorbos mientras se dirigía al estudio.

—¿Por dónde empiezo? —se preguntó mientras estudiaba las cajas.

Se acercó a la primera y revolvió el contenido en busca de un cuaderno intacto o unos bocetos. No encontró nada. Daba la sensación de que la mitad de las hojas hubieran sido arrancadas de un cuaderno. La mayoría tenían garabatos o bosquejos. Unas cuantas eran caricaturas.

«Custer tenía una visión malvada y cruel. Dudo que nadie pagara por una caricatura hecha por él. Lo más seguro es que le sacudieran un puñetazo con un puño americano».

El constante murmullo del generador se detuvo de golpe. La puerta de la antecocina se abrió y se cerró, y a continuación unas pisadas se dirigieron escaleras arriba.

Sara se preguntó si Jay llevaría puesta la camiseta empapada, o si se la habría quitado.

«Céntrate», se reprendió. «Pero no en el sexo».

Oyó la ducha, y los pensamientos volvieron a escaparse hacia un cuerpo masculino desnudo con el agua caliente cayendo sobre él. Sacudió la cabeza con fuerza.

«Céntrate».

Nunca le había resultado tan difícil lograrlo.

La siguiente caja contenía estudios de campo y papeles varios, a menudo notas que Custer se escribía a sí mismo sobre algún aspecto del cuadro que tenía en mente.

«Impresionante».

«La gente devora esta clase de información personal. Espero que una gran parte de estos escritos puedan asociarse con los cuadros que tiene Jay. Y, si uno de estos estudios de campo resulta ser de *Wyoming Spring*, danzaré desnuda en la nieve».

«Sola», añadió apresuradamente. «Sin público».

Sacudiéndose mentalmente otra bofetada, Sara se inclinó

sobre la tercera caja. Más papeles, garabatos y bosquejos que podrían ser un fin en sí mismos o parte de un cuadro posterior. No había manera de saberlo, a no ser que alguno coincidiera con algún cuadro existente.

—¿Te apetece ducharte antes de cenar? —preguntó Jay.

Sara reprimió un grito. Cuando caminaba descalzo ese hombre era sumamente silencioso.

—¿Ducharme? —preguntó perpleja con la mirada fija en los pies desnudos.

Nunca había prestado demasiada atención a los pies de un hombre, pero esos parecían fuertes y... comestibles.

—Quizás debería comer antes —contestó al fin mientras apartaba la mirada del suelo y alzaba la cabeza para mirarlo a los ojos—. Me muero de hambre.

—Entonces vamos a comer —él asintió mientras la observaba erguirse.

—No te hagas demasiadas ilusiones. Salvo una de las latas, las demás eran de chili vegetariano —le advirtió mientras se estiraba—. Estuve tentada de ir a por King Kobe, pero llovía demasiado.

—A mí también se me ocurrió. Pero decidí descargar mi rabia sobre la leña.

—Bueno, siempre podemos abrir la lata de carne que encontré.

—No gracias —Jay se estremeció—. A JD le encantaba esa porquería, untada sobre una tostada. Yo preferiría comerme la porquería del suelo del corral.

—Pues ya somos dos. Mi abuelo lo llamaba SOS.

—Creo que así lo llamaban en el Ejército.

—Nunca me resultó apetecible la carne enlatada —ella asintió y se dirigieron hacia la cocina—, de modo que seguí untando crema de cacahuete en mis tostadas.

—Chica lista —Jay llevó la cacerola de chili a la mesa y le ofreció una silla.

Sara sonrió antes de servirse un buen plato. Jay se sentó y aguardó a que ella tomara el tenedor.

—Come —lo animó Sara—. Hay de sobra para repetir, de modo que no me preocupa si empiezas antes que yo.

Jay hundió el tenedor en el guiso y se lo metió en la boca.

—¡Toma ya! —exclamó.

—¿Eso es bueno o malo?

—Es el mejor chili que he comido jamás. Aunque no le iría mal un poco más de condimento —bromeó.

Sara señaló los botes de sal, pimienta y cayena que había sobre la mesa.

—Sírvete. Lo he preparado bastante suave porque no sabía cómo te gustaba.

—Estaba de broma.

—Pues yo no —aseguró ella mientras añadía un poco más de pimienta, roja y negra, a su plato.

Jay probó un poco del chili del plato de Sara y enarcó una ceja.

—Si nos quedamos sin leña, siempre podemos utilizar tu chili para calentar la casa.

—Suponiendo que sobre algo.

Durante los diez minutos que siguieron, no hubo más sonido que el de la lluvia y el ocasional tintineo de los cubiertos contra los platos de loza. Las gruesas rebanadas de pan desaparecieron tan rápidamente como el chili de la sartén.

Sara paró tras repetir dos veces. Jay no paró de comer hasta ver el fondo de la sartén.

—¿Quieres que caliente un poco más? —preguntó ella a la vista del plato vacío de Jay.

—No, gracias. Estoy guardando sitio para la tarta. Inge prepara la mejor... —su voz se apagó. «Malditos chacales, que se pudran en el infierno»—. Era una gran repostera. Ivar aseguraba que era capaz de cebar hasta un poste.

Sara posó una mano sobre el puño que Jay había cerrado y

lo acarició con dulzura. Lentamente, sus dedos se abrieron y se enroscaron alrededor de los de ella.

—¿Más café con la tarta? —preguntó en un susurro, aunque su mirada decía claramente que lo que le apetecía era abrazarlo para hacer desaparecer su dolor.

—Eso sería estupendo, gracias —Jay le apretó la mano.

Sara apartó la mano a regañadientes y se levantó de la mesa. Antes de que pudiera recoger los platos sucios, él ya lo estaba haciendo.

—Yo me ocupo de la cocina y de apilar más leña mientras tú te duchas —le sugirió mientras se acercaba al fregadero—. Arriba hay tres dormitorios. Elige el que quieras. El del centro está justo encima de la cocina. Es el más calentito.

Sara encontró un cuchillo para tarta en el cajón de los cubiertos y estudió los dorados picos de merengue como si hubiera en juego un premio para la porción mejor cortada.

—¿Qué dormitorio es el tuyo? —preguntó.

—El primero a la izquierda.

Sara asintió y cortó una porción perfecta. El merengue era esponjoso, el relleno de limón una brillante promesa, y la masa deliciosamente hojaldrada al entrar en contacto con el cuchillo.

—Yo no sé el poste —comentó—, pero, si comiera así habitualmente, me pondría gorda.

—Unos cuantos kilos no te vendrían mal.

—Y eso lo dice el hombre que no tiene un gramo de grasa en todo el cuerpo.

Ella dudó un instante antes de ceder a la tentación y deslizar el dedo por el cuchillo, recuperando cada pegajosa miga. Se chupó los dedos, cerró los ojos y emitió un sonido de sensual apreciación.

—Si vuelves a hacer ese sonido, voy a lamer mucho más que tu dedo —le advirtió Jay.

Sara abrió los ojos de golpe. Jay tenía la mirada fija en sus labios y la lengua que limpiaba el dedo a lametones. Ella estuvo a punto de hacerlo de nuevo para ver qué sucedía. Pero en ese instante le llegó el tufillo que emanaba de su cuerpo, cebolla, polvo del camino y humo de leña, mezclado todo con el olor acre del limpiador de pino. Y decidió que necesitaba una ducha. Fría.

Jay leyó el deseo en la mirada de Sara, y también su decisión de no provocarle. Y se dijo a sí mismo que sería mejor así. Aunque no lo creía.

Para evitar abrazarla, se entretuvo en sacar dos platos de postre del armario y ponerlos sobre la mesa junto a la tarta.

Sara se dispuso a servir dos porciones de tarta antes de recordar las veces que había chupado el dedo para luego pasarlo de nuevo por el cuchillo. Rápidamente se dirigió al fregadero.

—Por mí no hace falta que laves el cuchillo —le aseguró él.

Ella lo miró de soslayo y vio una maliciosa luz en los ojos azules. Feliz de haber podido hacer algo para mejorarle el ánimo, agachó la cabeza y sonrió.

—Mi madre se desmayaría —le aseguró.
—Pero no está aquí.
—Compórtate.
—Me estoy comportando… como un hombre.
—Uno de los dos tiene que mostrar sensatez —insistió ella.
—¿Por qué?
—No he traído preservativos.
—Yo sí.

Sara sintió que la temperatura del cuerpo le subía varios grados.

«Este hombre es todo problemas. Y Dios sabe cómo me gustan esta clase de problemas».

«Barton ya ha ensuciado mi reputación profesional al decir que practico el sexo con mi cliente. Si tengo que llevar el título, ¿por qué no hacerle honor? La vida es corta».

«Nunca sabemos lo corta que puede ser».

Con el cuchillo recién lavado, le sirvió a Jay una porción de tarta.

—Hubiera preferido que supiera a ti —observó él.

—Si no te lo comes tú, lo haré yo.

—¿Me dejas mirar?

Ella sacudió la cabeza, rio por lo bajo y se sirvió su propia porción de tarta mientras Jay llenaba las tazas con café. Al primer bocado, de sus labios escapó un murmullo de placer.

—Orgásmico —sentenció sin reflexionar.

Él la miró con los ojos entornados.

—Bueno, es que lo es —insistió Sara mientras alzaba la taza de café—. Por Inge, que preparó la mejor tarta que he probado en mi vida.

—Por Inge —tras unos instantes de duda, Jay chocó su taza con la de ella—. Que Dios la tenga, y a Ivar también, en su gloria.

CAPÍTULO 15

Sara permaneció tumbada en la cama del dormitorio que quedaba sobre la cocina. A pesar del día tan largo y duro, estaba completamente despierta. Y no por culpa del café. Habitualmente se dormía con media taza de café sobre la mesilla de noche. Por la mañana se lo tomaba, ya frío, mientras se preparaba uno nuevo. Piper la había censurado incansablemente, hasta que su socia al fin había renunciado a convertirla a las bondades del té verde.

Una rama golpeó la ventana.

Sara se sentó de golpe en la cama y reprimió un grito, el corazón latiendo al triple de la velocidad normal.

«No es el café».

«Es miedo».

Cada vez que cerraba los ojos, a su mente regresaban imágenes de los sucesos del día. La advertencia de Skunk, la deshilachada lona azul que no bastaba para ocultar el charco de sangre, el debilitado puma cayendo inerte, el olor a muerte, tan denso que podía saborearlo, los músculos de Jay flexionándose y moviéndose a medida que descargaba su ira cortando leña, el crujido de la hierba bajo el peso del depredador.

Sangre y muerte.

«No te comportes como un bebé», se dijo a sí misma. Por

enésima vez. «Duérmete. Mañana vas a tener que hacer otro completo ejercicio de supervivencia».

Se obligó a sí misma a tumbarse, pero relajarse estaba fuera de su alcance. En pocos segundos estaba dando vueltas en la cama, intentando encontrar la postura, intentando no pensar.

«Cuando tengo algo que me mantiene ocupada estoy bien. A lo mejor debería renunciar a dormir y ponerme a trabajar con los papeles de Custer».

La lluvia que habían llevado las nubes empujadas por el viento tamborileaba sin ningún ritmo, impidiéndole relajarse. Una ráfaga de viento volvió a proyectar la rama contra la ventana. El sonido era parecido al de un gemido camuflado. Sin poder evitarlo, Sara se sentó de golpe nuevamente.

«A la mierda».

Apartando las mantas a un lado, apoyó los pies en el suelo, sorprendentemente caliente.

«Jay tenía razón. Dormir encima de la cocina está muy bien».

«Suponiendo que tengas sueño».

Cosa que ella no tenía.

Procuró moverse lo más silenciosamente que pudo para no molestar a Jay. Sobre la camiseta y las braguitas se puso la camisa de franela que olía a sol y a lluvia, y a un tiempo anterior a aquel en el que había descubierto la brutalidad con la que la vida podía ser arrebatada.

Abrió silenciosamente la puerta del dormitorio. Descalza, caminó de puntillas por el pasillo hacia las escaleras. Pasaba frente a la puerta de Jay cuando esta se abrió, inundando el pasillo de luz.

—¿No puedes dormir? —preguntó él con voz ronca.

—No empieces a sermonearme sobre mi adicción al café.

—¿Café? —él deslizó la mirada lentamente desde la camisa de franela hasta los muslos desnudos—. Maldita mujer, haces que una camisa de franela parezca encaje español.

Ella miró hacia abajo. Pero no vio otra cosa que simple franela.

—Lo siento —se disculpó Sara—. No quería despertarte. Solo iba a hacer… algo. Me estaba poniendo nerviosa de estar despierta.

—Yo también.

Una rama golpeó el tejado.

Sara dio un respingo.

—Ven aquí, cariño —Jay la atrajo hacia sí en un dulce abrazo—. Ha sido un día horrible.

Ella respiró hondo y se dejó abrazar, envolviéndose en el calor de Jay y, al mismo tiempo, devolviéndole el abrazo.

—Estás más caliente que la cocina —observó mientras frotaba ligeramente una mejilla contra el vello que cubría la parte superior del masculino torso—. Y también haces más cosquillas que una cocina.

—Frótate con más fuerza —le aconsejó él mientras reía por lo bajo, los músculos del pecho moviéndose bajo la mejilla de Sara—. Así no hace cosquillas.

—No me estaba quejando —ella respiró hondo y se relajó contra él—. Hueles a humo.

—Será que no me he duchado bien —Jay hundió los dedos en los oscuros cabellos.

—Te has duchado estupendamente —ella rio—. No se puede atender la cocina sin que se te pegue el olor a fuego y leña. Me gusta.

—Mucho mejor que el del aceite de armas.

El cuerpo de Sara se tensó y Jay se censuró por haberlo dicho. Con sus fuertes manos masajeó la cabeza de la joven y siguió por la columna. Lentamente notó cómo su cuerpo se aflojaba de nuevo.

—Te has lavado el pelo —murmuró él—. Huele a lavanda.

—Y a humo, porque me lo he secado junto a la cocina.

—Tú tienes debilidad por el humo.

—Desde luego, aunque no tanto cuando soy yo la que huele.

Se mantuvieron abrazados en medio de un profundo silencio que les envolvió como un segundo abrazo. Al cabo de un rato, Sara volvió a frotar la mejilla contra el torso de Jay, respiró hondo y se apartó lentamente.

—Debes de tener frío —observó. Desde luego ella lo tenía en la parte del cuerpo que no estaba en contacto con él.

Los cálidos dedos de Jay le sujetaron la barbilla y la obligaron a levantar la cabeza bajo la íntima penumbra del pasillo.

—No estás acostumbrada a vivir días como este.

—¿Y tú sí?

—Lo cierto es que no. Pero ya no me sorprende. Vamos a la cama. Solo eso. Deja que te abrace hasta que se disipe tu adrenalina y te duermas. ¿Confías en mí hasta ese punto?

—En ti sí. En quien no confío es en mí.

Él ladeó la cabeza y la miró.

—No te preocupes —le aclaró Sara—, no pienso atacarte, pero acurrucarme contra ti suena muy bien. Llevo meses con ganas de estar cerca de ti. Por eso vine a Wyoming en lugar de regresar a San Francisco. Quería ver si el resto de ti hacía justicia a esa voz —el suspiro de la joven revolvió el vello masculino que, a su vez, le hizo cosquillas en los labios—. Y lo hace. Madre que si lo hace. Y estoy parloteando sin sentido. Hazme callar, Jay.

Jay agachó lentamente la cabeza y colocó su boca sobre los labios de ella, dándole la oportunidad de cambiar de idea. Pero Sara abrió la boca sin dudar ni un instante, compartiendo el dulce calor, rozando la punta de la lengua con la suya, saboreándolo igual que él lo saboreaba a ella. Sintió relajarse partes de su cuerpo que no se había dado cuenta de lo tensas que estaban. Su cuerpo se relajó contra el de Jay hasta que estuvieron tan pegados que ni siquiera circulaba el aliento entre medias. Se abrazaron, balanceándose lentamente, dejando que la fealdad del asesinato se esfumara hasta que solo quedó un hombre y una mujer saboreando el complejo calor de la vida.

El beso cambió con la misma suavidad con la que había empezado. La tímida exploración inicial se convirtió en una profunda búsqueda, en un duelo sensual en el que no había perdedores. Los brazos de Jay la rodearon con más fuerza, y más aún, hasta que ninguno fue capaz de respirar sin el otro. Jay le devoraba los labios, deseando más. Las uñas de Sara se hundieron en los atléticos hombros y ella intentó erguirse sobre él, como si pudiera meterse bajo su piel. Necesitándolo.

Él la levantó del suelo y la mantuvo pegada a su cuerpo para que sintiera lo mucho que compartía la desesperante necesidad. Al sentir la voluminosa dureza, Sara emitió un sonido de apreciación, y de fugaz duda.

—En Wyoming todo parece ser enorme —observó con voz ronca y temblorosa—. ¿Tienes permiso para esa arma, soldado?

—Desde luego —la risa de Jay también pareció un gruñido—. ¿Y tú?

—Empiezo a tener unas cuantas dudas —contestó ella, medio en broma, medio en serio.

—Encajaremos —le aseguró él mientras le mordisqueaba los labios—. Me mata pensar en lo ardiente que va a ser entre nosotros.

Sara emitió un suspiro entrecortado que casi fue una risa.

—Siempre que no esperes fuegos artificiales, todo irá bien.

Lentamente, Jay la deslizó por su cuerpo hasta depositarla en el suelo.

—Define fuegos artificiales —susurró con los labios pegados a los suyos.

—Soy más o menos del montón. Tú no. Quiero decir que me gusta el sexo tanto como a cualquier mujer, pero no es lo más para...

Sus palabras quedaron interrumpidas por la lengua de Jay

que la acariciaba con pasión, y las manos que se deslizaron por su espalda hasta la cintura. La caricia continuó bajo las braguitas hasta que las grandes manos se llenaron de su trasero, las puntas de los dedos hundiéndose, abriéndola hasta que de los labios de Sara escapó un sonido de sobresalto y su cuerpo se estremeció ante la fulminante sensación de placer. El calor de su reacción se extendió entre ambos.

—¿Del montón has dicho? —él rio—. Cariño, me muero de ganas de pasar una noche del montón contigo.

Sin previo aviso, deslizó una mano hacia la parte delantera hasta hundir un dedo profundamente en su interior.

—Húmedo —murmuró con voz ronca—. Suave. Y tan… malditamente caliente.

Jay retorció el dedo, frotándolo en el interior de Sara, que dio un respingo y tensó los músculos alrededor del dulce intruso. Los sedosos latidos del placer les arrancaron gemidos a ambos.

—Quiero que me exprimas así la polla cuando llegues —suplicó él con voz ronca—. La primera vez no sucederá porque no sabes lo bueno que va a ser y yo llevo demasiado tiempo con la única compañía de mi mano. Pero sucederá, Sara. Te lo prometo.

Jay movió la mano y, de repente, Sara sintió dos dedos abriéndose paso en su interior. La sensación era impresionantemente buena. Los dedos giraban y se retorcían, se abrían y cerraban, hasta que ella se estremeció y el aire se llenó del embriagador olor almizclado de su pasión. Su cuerpo se arqueó lleno de deseo y él hundió los dedos aún más en su cuerpo.

—Podría tomarte aquí ahora mismo, y gritarías de placer —un gemido escapó entre los dientes encajados de Jay—. Dios sabe lo que me apetece hacerlo. En realidad, haría cualquier cosa para proporcionarte la liberación que me estás suplicando. Pero no me fío de mí mismo y no sé si podré contener las ganas de abrirte esos pliegues sedosos y carnosos y hundirme mientras tú llegas.

—Hazlo —suplicó Sara casi sin aliento.
—No hay preservativos.
Frustrada, ella se mordió el labio.
—¡Por Dios! Vamos a incendiar la noche —exclamó.
Con hábiles movimientos, él la tomó en brazos. Sara dio un respingo, pues no estaba acostumbrada a ser llevada como un bebé. Antes de poder acomodarse, se encontró tumbada de espaldas en la cama de Jay, mirándolo con gesto de sorpresa.
—¿Demasiado rápido? —preguntó él.
—Nadie me había tomado en brazos desde... nunca.
—Pienso convertirte en parte de mi rutina de gimnasia —Jay sonrió con cierta ferocidad—. Sin duda sería más divertido que la tabla que hago habitualmente.

Sara lo observó abrir el cajón de la mesilla de noche, sacar de él algunos preservativos y arrojarlos sobre la mesilla. Alargó la mano hacia uno de ellos, pero Jay la apartó y la besó con tal fuerza que sintió sus dientes.

—Aún no —le advirtió mientras la miraba a los hermosos y oscuros ojos—. Existe una cosilla llamada juegos preliminares. Quiero desnudarte, acariciarte, sentir tensarse tus pezones bajo mi lengua.

Sara sintió sus pezones hincharse dolorosamente hambrientos, tanto que la sobresaltó.

—Y a mí me gustaría explorar cada centímetro de tu cuerpo con las manos, dientes y lengua —susurró ella, sorprendida por su propio deseo de saborearlo—. Esto es nuevo para mí.

Jay se estremeció y se puso aún más duro. Los dedos que empezaron a desabrochar la camisa de franela temblaban ligeramente. El hecho de que esa mujer estuviera admirando abiertamente su cuerpo, incluyendo el duro miembro que se había abierto camino entre la ranura de los calzoncillos, no ayudaba nada. De repente sintió el dedo de Sara tocándole la punta, deleitándose con las cálidas gotas que habían escapado fuera de control. Curiosa, se lamió los dedos.

—No eres la única para la que esto es nuevo —le aseguró él con dificultad—. Estoy a punto de despegar como un adolescente.

—Entonces no te contaré lo mucho que me gusta tu sabor —Sara le dedicó la más femenina de las sonrisas.

—Y tú dices que eres del montón. Por Dios santo —Jay apretó los dientes y se esforzó por no perder un control que, hasta entonces, siempre había poseído—. Llevo toda la vida esperando a una mujer del montón como tú —respiró hondo y contó hasta diez. Lentamente—. ¿Te gusta coser botones?

—No especialmente —ella parpadeó perpleja.

—Entonces será mejor que termines tú de desabrocharte la camisa. Estoy a un suspiro de arrancarte todo lo que llevas puesto. Con los dientes.

Sara contempló las mejillas encendidas de Jay y las arrugas producidas por la tensión del control que a duras penas mantenía. A regañadientes, apartó las manos de su cuerpo y se desabrochó la camisa.

—Quítate todo —insistió él—. La camiseta también.

Sin permitirse un instante de timidez, ella se sacó la camisa y la camiseta por la cabeza en un único movimiento.

—Un poco mandón... —sus palabras se perdieron al ver la expresión de admiración en los ojos azules.

—Perfecta —susurró él con voz ronca.

—No tanto —protestó Sara.

—Para mí eres perfecta.

Jay se agachó sobre la cama y tomó un oscuro pezón entre los labios. Bastaron unos segundos para que ella lo olvidara todo sobre su cuerpo imperfecto y empezara a retorcerse lentamente contra la boca que la estaba volviendo loca. Otros hombres la habían acariciado diligentemente antes del sexo, dejando bien claro con el ritmo y la velocidad que lo que deseaban realmente era lo que tenía entre sus piernas. Y las de ellos.

Pero Jay no era diligente. Enseguida descubrió qué la hacía gemir y retorcerse en una muda súplica de más. Al encontrarlo, se asentó y la volvió tan loca que Sara ni siquiera se dio cuenta de que le había deslizado las braguitas por los inquietos muslos. Los hambrientos dedos la separaron, retorciéndose igual que ella, llevándola cada vez más alto. Jay saboreó sus gemidos de placer. Con el pulgar acarició los sedosos pliegues, buscando el orgulloso botón que había despertado. Al principio con suavidad, después con más energía, describió círculos, dándole placer, excitándola y, sobre todo, evitando la presión que ella exigía con cada respiración entrecortada.

—Me estás torturando —ella jadeó.

—Sí —siseó Jay entre dientes—. Algo en ti saca el demonio que hay en mí.

—¿Así lo llamas? —la mano de Sara se cerró en torno a la erección y apretó.

—¡Oh, Dios! —exclamó él mientras rompía a sudar—. Piedad, cariño.

—¿Por qué?

—Preservativo —consiguió decir casi sin aliento. La abrazó con fuerza con un brazo mientras con el otro la hacía rodar sobre su estómago y empezaba a acariciarle las nalgas—. Sobre la mesa. Tengo las manos ocupadas.

Y segundos después, la boca también.

Sara apenas registraba sus palabras. El ataque combinado de la boca y las manos, y su cuerpo flexionado sobre ella la sobrepasaban. En un segundo se vio asaltada por un salvaje éxtasis. A pesar de sus continuos temblores de placer, consiguió agarrar un paquetito y ciegamente pasárselo a Jay.

Él se lo colocó en un tiempo récord y la volvió a girar sobre la espalda, le levantó las rodillas y se hundió en su palpitante núcleo. Tensó todo el cuerpo y luchó por no llegar. Deseaba más, mucho más que unas cuantas embestidas para alcanzar el orgasmo.

Pero no fue posible, pues su cuerpo decidió poner fin a cualquier idea de esperar. Ya había esperado toda una vida para conocer a una pareja como Sara. Se midió a sí mismo con ella una, dos, tres veces. Hasta que el éxtasis tensó su cuerpo y se estremeció. Gritando su nombre, se descargó profundamente en su interior.

Cuando al fin pudo moverse de nuevo, se obligó a separarse de ella. El pasillo que conducía al cuarto de baño estaba gélido comparado con el calor de Sara. Se deshizo rápidamente del preservativo y regresó al dormitorio sin saber si reír o soltar un juramento al recordar la descripción que ella había hecho de sí misma.

—Del montón —repitió al entrar en el dormitorio.

Sara abrió los ojos un segundo, pero rápidamente los cerró de nuevo y se hundió en una pura languidez.

—No hablaba de ti —murmuró—. Demonios, alguien debería esculpir tu polla en bronce y... —de repente abrió los ojos desmesuradamente y se cubrió la boca con la mano.

—¿En bronce? —Jay rio satisfecho—. Apuesto a que eso despertaría algo salvaje.

—Si tuviera fuerzas, me sonrojaría —ella gruñó.

—Pues guarda tus fuerzas —le aconsejó él.

—¿Para qué?

—La próxima te toca a ti.

—Ya me ha tocado —Sara volvió a abrir los ojos—. Desde luego, he tenido mi sesión.

—¿Y quién ha dicho que solo habría una?

El amanecer acarició a Jay con delicados dedos. Tumbado boca abajo, giró la cabeza hacia el centro de la cama.

«No ha sido el amanecer, sino Sara».

Abrió los ojos y arqueó la espalda bajo los dedos que se deslizaban por su columna, explorando sensualmente, acariciando cada vértebra.

—¿Están todas? —preguntó él con voz ronca de sueño y deseo.

—Veintidós, veintitrés, veinticuatro —murmuró ella—. De momento la cosa va bien. Las últimas nueve son más difíciles de contar, incluso con las cortinas descorridas y el sol entrando a raudales. Están fusionadas en dos secciones, las vértebras no las cortinas. Cinco en la parte baja de la espalda —los dedos se deslizaron con menos suavidad—, y cuatro en el coxis, también llamado rabadilla. A veces es más fácil contarlas si se tocan con suavidad.

El cuerpo de Jay se tensó cuando el dedo de Sara se deslizó entre las nalgas, y continuó bajando.

—Las treinta y tres, presentes y contadas —concluyó ella—. Además de dos maravillosos ejemplares de testículos, también llamados pelotas —su mano inició un lento masaje mientras ella admiraba cómo el cuerpo de Jay se tensaba, los músculos claramente definidos—. Y por último, aunque no menos importante —su mano se deslizó por debajo del cuerpo—, aquí tenemos un pene, que ya hemos concluido es una magistral obra de arte, merecedora de tener una escultura en bronce.

—No quiero saber cuántas costillas tengo —le advirtió él, tensando y relajando las nalgas para frotarse contra los dedos de Sara.

—¿Cosquillas?

—¿Y tú?

—De acuerdo. Nada de costillas.

Jay rodó de lado facilitándole a ella la labor de acariciarle, y a él el acceso a sus pechos.

—Podría acostumbrarme a despertar a tu lado cada mañana —admitió mientras admiraba el pezón erguido, producto de sus caricias.

—Lo mismo digo. Y pienso disfrutarte al máximo antes de regresar a casa.

Él se detuvo en mitad de una caricia, pero enseguida la reanudó.

—¿Cuándo tienes que volver?

—Llevo pensando en ello desde que me he despertado —admitió Sara.

—¿Y? —Jay le retorció un pezón.

—Creo que los Custer lucirán mejor en Jackson —contestó ella con la respiración entrecortada—. Allí hay mucho nivel, de la clase que se sentirá atraída hacia esos cuadros, y que puede permitirse el comprarlos. Por descontado que no los vamos a vender. Solo haremos saltar la liebre cara a una posible subasta en el futuro. Enfrente del parque de las cornamentas había un espacio para alquilar que…

—¿Parque de las cornamentas?

—Ese sitio en el centro que tiene unas entradas con forma de arco hechas con cornamentas.

—Parque de las cornamentas —Jay sonrió—. Me gusta. ¿Había alguna tienda con escaparate vacía?

—Sí. Si la alquilas, digamos por seis meses, yo podría montar una exposición con los Custer. Sé que no es fácil alquilar un espacio durante seis meses nada más, pero quizás podamos llegar a algún acuerdo.

—No hay problema, suponiendo que estemos hablando del mismo sitio —él deslizó las manos entre las piernas de Sara—. Propiedades Vermilion es la propietaria del edificio. Era una galería de arte moderno.

—Eso nos viene muy bien —contestó ella casi sin aliento.

—Desde luego —Jay hundió los dedos en su interior—. Dios, cómo me gusta tocarte.

—Se supone que estamos hablando de negocios.

—Multitarea —él le levantó la pierna y la descansó sobre su cadera, abriéndola para su placer. Y el de ella—. Considera el espacio alquilado. ¿Y luego qué?

—Conozco a dos de los mejores limpiadores y… —ella se

estremeció ligeramente— restauradores al oeste de Mississippi. Ellos… —la voz se le apagó—. No puedo pensar cuando haces eso.

—¿Esto?

Sus dedos, humedecidos por su flujo, resbalaron sobre su clítoris.

—Sí.

El líquido calor de su respuesta humedeció la mano de Jay.

—Solo quería asegurarme —él deslizó la mano hacia la oscura mata rizada de vello púbico y empezó a tirar suavemente de ella—. Limpiar, restaurar y, supongo, ¿enmarcar?

Sara sentía deseos de abofetearlo. La traviesa luz de sus ojos le decía que Jay sabía exactamente cómo se sentía. En venganza, empezó a arañar suavemente la gruesa vena del pene.

—Sí, enmarcar —contestó—. Es muy importante presentar los cuadros de un modo que afirme que tienen —apretó ligeramente— calidad de museo.

La mano de Jay se movió lo justo para hundir el dedo corazón en el cuerpo de Sara.

—Calidad de museo, desde luego. ¿Y cuánto llevará todo eso?

Sara mantuvo la mirada fija en su propia mano que acariciaba la punta de la erección.

—El tiempo que haga falta —deslizó la mano hasta tomar los cálidos testículos—. No se le puede meter prisa a la calidad.

Apretó delicadamente y sintió tensarse el cuerpo de Jay.

—¿Y luego qué? —preguntó él con voz ronca.

—Eso depende de cómo le vaya a la película —ella deslizó la mano hacia arriba y cerró los dedos en torno al miembro—. Para cuando los Custer estén limpios y restaurados, la película debería estar generando mucho ruido.

—El ruido es bueno —Jay cerró los ojos y se deleitó con las caricias femeninas que hacían vibrar todo su cuerpo—. Muy, muy bueno.

Ella presionó el pulgar contra la punta y lo giró, esparciendo la humedad.

—Para entonces ya tendré preparadas suficientes fotos para un catálogo y/o un libro. Lo mejor sería ambos.

—Buena idea —Jay asintió acariciando con los dedos mojados el inflamado clítoris—. Ambos, y a la vez.

—Desde aquí puedo hacer una gran parte del trabajo —continuó Sara antes de agacharse para deslizar la lengua por la zona que habían estado acariciando sus dedos—. El ambiente es impresionante —se lamió los labios—. De modo que estaré yendo y viniendo.

—Ir y venir es bueno —Jay alargó una mano en busca de un preservativo—. Creo que podré hacerlo.

—¿Estás seguro? —Sara le quitó el preservativo de la mano y se lo colocó con desesperante lentitud.

—Desde luego.

Él se acomodó y se abrió paso en su interior lenta y profundamente. Y del mismo modo se retiró. Y regresó. Y volvió a retirarse.

—Impresionante —observó ella casi sin aliento.

—Por supuesto, hay más de una manera de viajar —Jay rodó sobre su espalda, llevándola con él.

—Volar, montar —Sara se acomodó sobre él, tomándolo profundamente—. Cualquier modo sirve.

—Pues entonces móntame —le pidió él mientras le acariciaba los pezones—. Cabalga con fuerza.

Ella tensó los músculos en torno a su miembro y se irguió para luego deslizarse hasta abajo, hasta que no pudo bajar más. Basculó las caderas para encontrar la posición perfecta, se tensó, se irguió, cayó, basculó…

Y cabalgó hasta el salvaje y dulce olvido que ambos deseaban.

CAPÍTULO 16

El sonido distante de una hélice de helicóptero arrancó a Jay de su sensual relajación. Saltó de la cama de golpe.
—¿Qué sucede? —preguntó Sara, medio dormida.
—Viene un helicóptero.
Sin molestarse con la ropa interior, Jay se puso los vaqueros. En un gesto automático fijó la Glock en el cinturón por la espalda. Le siguieron las botas y, por último, sacó una camiseta negra de un cajón.
—¿Qué pasa con las vacas? —preguntó ella mientras intentaba desenredar la camiseta de la camisa de franela que había arrojado al suelo la noche anterior.
—Enviaré a Lightfoot para que ayude a Skunk. Los perros agruparán el ganado en un rincón del prado, lejos del helicóptero. No es la primera vez que las vacas ven un pájaro de metal. Y los perros saben qué hacer.
Antes de que Sara hubiera logrado ponerse la camiseta, Jay ya había salido por la puerta.
—¿Adónde vas? —le gritó.
—A buscar el rifle. Si se trata de algún turista que se divierte contemplando a granjeros paletos desde el aire, pienso darle algo sobre lo que hablar cuando regrese a su casa.
—¿Y si...? —la voz de Sara se apagó.

La idea de que pudieran volver los asesinos era aterradora.

—Sería un golpe de suerte conseguir ver a esos gilipollas al otro lado de la mirilla del rifle —las palabras de Jay resonaron con toda claridad en el pasillo.

Y el sonido de las hélices se hizo más fuerte.

—¡Suerte! —exclamó ella para sí misma—. Cielo santo.

Estaba terminando de abrocharse la camisa de franela cuando oyó el agudo silbido de Jay dando nuevas órdenes a los perros. Para cuando regresó a la carrera a su dormitorio y se hubo puesto los vaqueros, el helicóptero hacía vibrar la cabaña. Tiró de los calcetines, metió los pies en las botas de montaña y corrió escaleras abajo.

Jay estaba en la antecocina, llenándose los bolsillos de la cazadora con cajas de cartuchos.

—¿Qué quieres que haga? —preguntó Sara.

—Preparar café.

—¿Disculpa? —por la expresión tan sombría que reflejaba el rostro de Jay, ella se había esperado una retahíla de órdenes, pero no que se pusiera a preparar café.

—Café.

—Café —repitió Sara—. Entendido.

Ajustó automáticamente el tiro de la cocina, juntó las brasas, añadió más leña y esperó a que prendiera antes de meter trozos más grandes de madera.

El creciente estruendo provocado por el helicóptero le daba ganas de gritar. Sin embargo, optó por poner agua a hervir mientras preparaba la cafetera.

—Quédate dentro mientras yo no te diga otra cosa —ordenó él.

Porque no había ninguna duda de que se trataba de una orden. De ninguna forma podía confundirse con una amable solicitud. El otro Jay había tomado el mando.

Salió por la puerta de la antecocina y se puso a cubierto antes de que ella pudiera contestar.

Fuera hacía fresco, un día hermoso, salvo por el amenazador sonido del helicóptero que volaba en círculos por encima de Fish Camp. Jay aguardó entre los árboles, ocultando su presencia mientras contemplaba posibles zonas de aterrizaje para el aparato. De momento, el helicóptero estaba fuera de su vista, terminando de describir un círculo detrás de los árboles.

Y de repente apareció en su campo de visión un Bell 429 blanco. Sobre el fuselaje destacaba un letrero pintado con grandes letras: JACKSON COUNTY. El helicóptero descendió lentamente, como un niño que se mete por primera vez en una piscina. De detrás del establo se levantó una nube de polvo y acículas de pino, a más de noventa metros de los pastos.

Jay se relajó un poco. Dudaba que los asesinos mostraran tanta consideración hacia el ganado. Sin embargo, sacó los prismáticos del interior de la cazadora y enfocó la nave, por si acaso. La primera persona a la que reconoció fue el sheriff Cooke.

La segunda era Barton Vermilion.

«Maldita sea. Mis nervios está a punto de estallar», pensó Jay. «No quiero pagarla con Barton solo porque haya aparecido en mal momento».

Jay había disfrutado de su tiempo a solas con Sara. Sabía que tenía que terminar, pero aún era demasiado pronto.

Soltando un juramento para sus adentros, se acercó a la antecocina de la casa y la llamó.

—Es el sheriff Cooke. Si quieres puedes salir.

—Sí que quiero —contestó ella sin dudar.

Instantes después apareció abrochándose la cazadora para resguardarse de la fresca mañana.

Jay la atrajo hacia sí y la besó apasionadamente.

—Tenía otros planes para el resto del día —se quejó tras apartarse de ella.

—Yo también —Sara le mordisqueó la mandíbula—. Delicioso ese papel de lija que tienes.

—La culpa es tuya —contestó él mientras frotaba la barbilla contra ella—. Ahí estaba yo, durmiendo, inocente como un bebé y…

—Desnudo —lo interrumpió Sara.

—Y de repente te estabas aprovechando de mí a tu antojo.

—No me apetecía que esto terminara tan pronto —la sonrisa que lucía Sara se esfumó.

—Lo mismo digo. Pero lo ha hecho, y cuanto antes acabemos con esto, antes podemos pasar a otras cosas —él la taladró con sus ojos inmensamente azules—. He hecho una lista.

—Y yo también.

—Me muero de ganas de compararlas.

Juntos caminaron hacia el helicóptero, cuyos rotores reducían la velocidad perezosamente. Se detuvieron lo bastante cerca para observar detenerse las hélices, pero lo bastante lejos para evitar ser alcanzados por el polvo que levantaban.

El sheriff Cooke fue el primero en bajar, la barriga evidente bajo la cazadora abierta. Un oficial salió detrás de él y luego una persona vestida con flamantes vaqueros y una cazadora color crema. Los cabellos lanzaban destellos rojizos bajo el sol.

—Barton —dijo Sara.

Jay no contestó, se limitó a avanzar con ella a su lado.

—Sheriff, Barton —saludó, como si el hecho de que se hubieran reunido allí fuera lo más normal del mundo.

Barton asintió, las manos en los bolsillos.

—Buenos días, Jay. ¿Cómo estás? —preguntó Cooke mientras le estrechaba la mano—. Es duro perder a unas personas a las que conocías de toda la vida. Y el asesinato lo hace aún más difícil.

—He estado peor —contestó él—. Sara se ha portado como una campeona.

—Bien por ti —Cooke asintió hacia ella—. Lo último que uno necesita es un civil vomitando por toda la escena del crimen.

El sheriff hizo un gesto a los otros hombres que había en el helicóptero para que descendieran. Los dos primeros eran los nuevos peones del rancho Vermilion. El tercero un técnico criminalista.

—Hola, jefe —saludó Willets al desembarcar—. Rube y yo nos hacemos cargo —señaló a las vacas —tú ocúpate de lo demás.

—Me alegra veros en pie —contestó Jay—. Lo llamamos la iniciación de Penny. Advertimos a todo el mundo que se van a poner malos, pero no sirve de nada.

Willets sonrió con expresión culpable, al igual que Rube.

—Y yo que pensaba que mi tío tenía la mejor destilería del oeste —añadió el otro hombre—. Qué equivocado estaba.

—Si veis más de treinta y cinco cabezas de ganado —les advirtió Jay secamente—, volved a subir al helicóptero y marchaos de aquí.

—La vista está bien —lo tranquilizó Willets.

—La mía también —añadió Rube.

—Bien. El que monte a Jezebel, que tenga cuidado al cruzar los arroyos. El que monte a Amble, que permanezca en alerta sin más —Jay se volvió hacia Barton mientras los peones del rancho se dirigían hacia el ganado—. ¿Necesitabas algo?

—Tengo derecho a estar aquí —protestó su hermanastro.

—No lo pongo en duda. Pero ¿necesitabas algo?

—Yo… —Barton agachó la cabeza—, yo solo quería presentar mis respetos.

Jay apoyó una mano sobre el hombro de su hermano y apretó.

—Sus cadáveres están en el viejo cuarto trastero junto al embarcadero, bajo una lona azul.

—Preferiría que esperaras a que hubiésemos terminado —le pidió el sheriff a Barton—. Davis no tardará mucho.

El técnico criminalista asintió sin dejar de mascar chicle.

—Te agradecería que nos acompañaras tú también —el sheriff se volvió hacia Jay—. Puedes contarme los detalles de lo que viste antes de que empezara a llover.

—He de admitir que no esperaba un helicóptero —él asintió—, después de todo eso de la lluvia dificultando el camino y demás.

—Barton insistió. Y pagó —añadió Cooke—. Otro agente se llevará los cadáveres en un camión y los trasladará al depósito de cadáveres —consultó la hora—. Dentro de unas dos horas más o menos. Depende de lo embarrado que esté el camino. En caso de que no haya terminado antes que nosotros, Davis regresará con el agente.

—Esa idea me había hecho yo sobre el tiempo que tardaríais en llegar —Jay asintió— sin el helicóptero.

Sara fijó la vista en las botas para ocultar su sonrisa. Al igual que ella, Jay estaba fastidiado por el hecho de que su tiempo se hubiera acortado tanto.

—Bueno, dado que no había ninguna vida en juego, el condado no estaba dispuesto a pagar la factura —Cooke miró a Barton—, pero tu hermano, bendito sea, insistió en que el rancho Vermilion pagaría la gasolina y el sueldo del piloto.

Jay enarcó las cejas. Cuando el sheriff bendecía a alguien, nunca se trataba de un cumplido. Barton debía haber puesto al oficial de los nervios.

—Estas tierras son tan mías como tuyas —intervino Barton—. ¡Demonios!, una sección de Fish Camp está incluida en mi cuarta parte del rancho.

—Es nuestra tierra —Jay asintió mientras señalaba el helicóptero—. Pero el helicóptero supone un gasto inútil. No hay ningún rastro que seguir.

—Pero eso yo no lo sabía, ¿verdad? Nadie se molesta en mantenerme informado. Como si fuera invisible o algo así.

Sara estaba lo bastante cerca de Jay como para percibir su tensión. Lo último que necesitaba en esos momentos era una inútil disputa familiar. Pero, cualquier cosa que ella pudiera decir no haría más que empeorar la situación, de modo que mantuvo la boca cerrada.

Aunque no le resultó fácil.

«¿Por qué se muestran los hombres bajitos tan a la defensiva? Heterosexual, gay o indecisos, nunca falla. Si no reaccionaran así, a la gente le daría igual su estatura».

«Sé justa», se reprendió a sí misma. «Da igual el aspecto de Barton, Jay es un ejemplo muy difícil de imitar».

«Sobre todo en la cama».

Sara se mordió el labio y rezó para que ninguno de los presentes tuviera la capacidad para leer la mente, ni que hubiera visto esa sonrisita que se escapaba continuamente a su control. Ni siquiera tras un día en el spa se había sentido tan vital, limpia, simplemente bien.

Jay se volvió hacia el agente, bajito y de aspecto de novato, que portaba un maletín con material de investigación criminalista.

—El rastro se habrá borrado. No es fácil proteger una escena de los osos.

El hombre se encogió de hombros y asintió sin dejar de mascar un chicle con fuerte olor a menta.

—Por el informe, la causa de la muerte no parece muy misteriosa.

—La causa puede que no. El resto es toda una incógnita.

Davis asintió e hizo un globo con el chicle.

—Escucha una cosa, Jay —dijo Barton.

Sara se preguntó cómo iba alguien a tomarse en serio a ese tipo, vestido con vaqueros nuevos, una impecable cazadora de color crema y su camiseta de seda. En San Francisco pasaría totalmente desapercibido. Pero estaban muy lejos de la ciudad costera.

—Solo intento asumir responsabilidades —continuó.

—Pues la próxima vez, consúltalo conmigo —contestó Jay

sin ninguna emoción en la voz—. Si lo hicieras, ahorraríamos un montón de dinero.

—El dinero no es mi problema. Necesito saber qué está pasando.

—Para eso podrías haberte servido de la radio. El dinero levanta o hunde un negocio. Y el rancho Vermilion es precisamente eso, un negocio.

—Una cuarta parte es mi negocio —espetó su hermanastro.

—No pienso negarlo. Me alegra comprobar que te interesas por ello.

—Tenía que hacer algo —Barton desvió la mirada—. Inge, Ivar, Fish Camp... da igual lo que sucediera después. Tengo muy buenos recuerdos de este lugar.

—Es difícil cuando la vida cambia tan deprisa —Jay lo rodeó con un brazo—. Me alegra que estés aquí. Vamos a intentar acabar con esto cuanto antes.

—Me acuerdo de este sitio, ¿sabes? Aquí pasé unos cuantos veranos estupendos y descubrir de repente que los dos han sido asesinados... —unas lágrimas asomaron a sus ojos—. ¿Quién sería capaz de hacerles algo así?

—Lo averiguaré —le prometió Jay.

Barton pareció sobresaltarse.

Cooke taladró a Jay con la mirada, pero no dijo nada. El sheriff conocía la realidad: los asesinatos de Fish Camp ya llevaban la etiqueta de «caso sin resolver». Si sucedieran otros asesinatos similares, se liberaría una partida de dinero para lo que hiciera falta. Si no... pues no.

Pero Jay Vermilion no se iba a detener hasta obtener respuestas. No devolverían a los muertos, pero sí consolarían a los vivos.

—¿Prefieres esperar aquí o en la casa? —el sheriff se volvió hacia el piloto del helicóptero.

—Aquí estoy bien —afirmó la joven mientras se quitaba el

casco y dejaba ver una exuberante melena color castaño claro iluminada por el sol—. Tengo café y un libro.

—¿Quieres acompañarnos? —le preguntó Jay a Sara.

—Cuatro adultos y dos cadáveres son demasiado para tan poco espacio. Iré a echar un vistazo a las carpetas.

—¿Qué carpetas? —preguntó Barton.

—Encontré algunas cajas de cartón con antiguos archivos del rancho, que datan de la época de mi madre —contestó Jay antes de que Sara pudiera intervenir—. Le he pedido a Sara que les eche un vistazo y me dé su opinión sobre si bastarán para escribir la historia de la familia.

«¿De verdad?», se preguntó ella.

Sin embargo, no mostró su sorpresa, limitándose a asentir y a intentar no devorar a Jay con la mirada.

—¿De antes de Liza? —quiso saber Barton.

—Sí.

—Da igual —su hermano se volvió hacia el sheriff—. Terminemos con esto.

—Davis, ¿tienes todo lo que necesitas? —el sheriff se dirigió a su agente, aunque miraba a Jay de reojo.

—Sí, señor.

Cooke sí conversó con Jay mientras caminaban hacia el lago.

—Dijiste que veníais de camino cuando sucedieron los asesinatos…

—A no ser que Davis opine otra cosa, eso creo.

En cuanto los tres hombres se hubieron alejado lo suficiente, Barton abordó a Sara.

—Si crees que vas a agotar las reservas económicas del rancho en aras de una extraña biografía familiar, piénsatelo de nuevo. No voy a permitir…

—Tres cuartas partes es más que un cuarto. En cualquier circunstancia —lo interrumpió ella con frialdad.

—Escucha, tú…

—No me gustas —volvió a interrumpir Sara—. Y yo no te gusto. Supéralo.

Y sin más se dio media vuelta y se dirigió de regreso a la casa.

—Zorra —exclamó él.

—No te imaginas hasta qué punto puedo serlo.

El rostro de Barton enrojeció violentamente mientras contemplaba la espalda de la joven y los andares que la proclamaban como mujer. Dio media vuelta y corrió tras los hombres.

—… paramos para comer y llegamos aquí bien entrada la tarde —le explicaba Jay al sheriff cuando Barton los alcanzó.

—Deberías llevar reloj —protestó Cooke.

—Cuando abandoné el Ejército, lo primero que hice fue perder el reloj.

—Afortunado hijo de perra. Y después de ocuparte del ganado, ¿qué hiciste?

—Tardé bastante rato en acercarme al embarcadero —contestó Jay—. Tenía que descartar los demás edificios primero.

—¿Hubo algo que te hiciera sospechar que había algún problema? —preguntó el sheriff.

—¿A qué te refieres con «descartar los edificios»? —quiso saber Barton.

—Comprobar que todo estaba en orden —le explicó Jay.

—Ya sé lo que significa, pero ¿por qué? —insistió su hermano—. ¿Viste algo raro?

—Aparte de no conseguir contactar por radio con los Solvang, y no ser recibidos por ellos a nuestra llegada, no hubo nada más que me hiciera sospechar.

—Oh —Barton asintió—. Claro. No estoy acostumbrado a esta mierda.

—¿Y quién lo está? —intervino el sheriff—. Y ahora, déjanos en paz. Yo soy el que hace las preguntas aquí —se volvió hacia Jay—. ¿Encontraste algo?

Jay se detuvo ante la puerta, visiblemente más nueva que todo lo demás en el edificio de almacenaje.

—La cena estaba sobre la cocina en su cabaña —explicó—, pero solo parcialmente hecha. Podría haber sido la cena de ayer, pero por aquí ha hecho calor y los cuerpos no mostraban ninguna señal de descomposición.

—Qué asqueroso —Barton hizo una mueca.

—Los asesinatos no son bonitos —Cooke le dirigió una mirada cargada de impaciencia—. Quédate fuera. No quiero que mis hombres tengan que limpiarlo todo detrás de ti.

—El edificio es mío y yo…

—Antes de entrar —Jay lo interrumpió y señaló hacia el cobertizo de herramientas—, debo advertirte que saqué algunas cajas de cartón del cuartito. No sabía si iba a caer una tormenta y las cajas contenían importantes documentos familiares.

—Vaya una manera de guardarlos —observó Cooke.

—A JD no le iba mucho la historia. A mí sí.

—La historia es una pérdida de tiempo —masculló Barton entre dientes.

Cooke, o bien no lo oyó o bien ignoró las palabras. Golpeó el marco de la puerta con la bota y se dirigió de nuevo a Jay.

—No puedo culparte por querer preservar la historia, pero esto es la escena de un crimen. No te lleves nada más hasta que Davis haya terminado.

—Respira hondo unas cuantas veces antes de entrar —Jay asintió mientras se ponía los guantes para abrir el candado—. Ahí dentro no hay aire fresco.

Durante unos segundos sopesó el candado que colgaba de la hembrilla. Un recuerdo lo asaltó. La primera vez que había entrado en el viejo almacén, el cerrojo también había estado cerrado.

—Comprueba si alguna de las ventanas ha sido forzada —le sugirió al sheriff mientras abría el cerrojo.

—¿Por algún motivo en especial? —quiso saber Cooke.

—Lo encontré cerrado. Tuvieron que entrar de algún modo.

—¿Tuvieron? —exclamó Barton—. Estamos hablando de dos ancianos. Demonios, hasta un crío habría podido hacerlo.

—Hay huellas de botas en la sangre —le explicó él—. Al menos de dos clases. Y del tamaño de un adulto.

Abrió la puerta.

—Davis —llamó Cooke—. Dame un trozo de chicle.

Barton irrumpió mientras Jay entraba tranquilamente y retiraba la lona. Tres segundos después, Barton volvía a salir, empujando a Davis en su huida en busca de aire fresco.

—Ya le dije que se quedara fuera —observó Cooke—. No escucha una mierda, bendito sea. Que sean dos trozos de chicle, Davis.

El agente le entregó otro pedazo y se metió uno nuevo en la boca antes de seguir al sheriff al interior.

Jay salió, se detuvo junto a Barton y esperó a que terminara de vomitar lo que hubiera comido ese día. Los inmaculados vaqueros y la cazadora tenían salpicaduras de vómito por todas partes.

«El finolis se encuentra frente a frente con la realidad».

—Yo… no esperaba que fuera tan… —el estómago de Barton dio otro salto mortal.

—No te preocupes. A todo el mundo le pasa la primera vez, y la segunda también. Es tan normal como respirar.

—Tú no…

—¿Aquí? No. Pero ¿las primeras veces que vi a mis hombres saltar por los aires? Ya te digo que vomité. Sin embargo, vomitar no servía de ayuda para nadie y me dejaba agotado. Aprendí a tragarme lo que intentaba salir y a mantenerlo ahí abajo.

Después de unas cuantas arcadas más, Barton se irguió y se limpió la boca con el dorso de la mano. A continuación posó la mirada sobre la puerta abierta donde los cuerpos eran iluminados intermitentemente por el flash de la cámara del agente.

—¿Qué clase de bestia haría algo así? —preguntó.
—Una bestia de la clase humana.
—Pero...
—Alguien dijo en una ocasión que la civilización surgió del cañón de una pistola —lo interrumpió Jay—. Un hombre listo. Los Solvang no consiguieron alcanzar sus armas primero.

—En momentos como este desearía no haber dejado de fumar —el sheriff salió para respirar un poco de aire fresco y sacó el móvil del bolsillo—. Tienes razón sobre lo de la civilización. No hay medios, no hay ley. Es una maldita lástima, pero la gente es como es.

—¿Insinúas que hay mucha criminalidad por aquí? —preguntó Barton con voz ronca.

—Fabricantes de metanfetamina, traficantes, vendedores. Tanto para la hierba como para el alcohol sin licencia. Tabaco. Las reservas indias son las puertas giratorias para contrabandistas de cualquier cosa que los federales gravan con impuestos fuera de la reserva, o simplemente prohíben. Demonios, si hasta tenemos cuatreros, como en los viejos tiempos —se quejó Cooke—. Tenemos nuestra ración de serpientes, como en la ciudad, pero los delitos suelen girar en torno al dinero, no al asesinato por pura sed de sangre. En Fish Camp no había nada que pudiera atraer una carnicería como esta.

Jay sintió ascender la ira contenida, como si fuera un géiser a punto de estallar.

«Nunca se vuelve más fácil. El primer impulso es el de descubrir quién lo hizo y hacerles lo mismo a ellos. Ojo por ojo».

«Y más».

Se esforzó por arrinconar la sensación y habló con calma.

—Hay cincuenta y seis cuadros de Custer, además de algunos cuadros de otros pintores.

Los pulgares de Cooke se deslizaron por la pantalla del móvil.

—¿Falta algo? —preguntó Barton. Aparte de su palidez,

volvía a ser el mismo de siempre, jugando a su juego. Y ese juego era el del dinero.

—Todos los rieles de las cajas estaban ocupados —contestó Jay—. Podría ser que los chacales se llevaran toda una caja, pero no puedo demostrar ni que sí ni que no. Inge era un ama de casa muy concienzuda. No hay ninguna marca en el polvo que pueda indicar que allí hubiera antes una caja.

—Si tuvieras que apostar por una teoría, ¿cuál sería? —preguntó el sheriff.

—Que no falta ninguna caja. Esas cajas son de madera maciza. Miden metro y medio por metro ochenta, y tienen una anchura de más de cuarenta y cinco centímetros. Haría falta un camión para sacarlas de aquí. O un helicóptero —Jay sacudió los hombros para soltar un poco de tensión—. No vi ninguna huella reciente de neumáticos en el camino. Lo mismo digo de huellas de caballo. Había algunas huellas de todoterreno, pero tanto Inge como Ivar los utilizaban. De haber aterrizado un helicóptero, habría sido en el mismo Fish Camp, y no vi ninguna huella.

El sheriff no hizo más preguntas al respecto. Si alguien era capaz de reconocer huellas de helicóptero sobre la tierra, ese era Jay.

—¿Quién más sabía que veníais? —preguntó Cooke sin dejar de tomar notas.

—Henry. Los peones del rancho. Sara. Los Solvang. Y cualquiera que haya llamado preguntando por mí y al que se le haya informado de mi ausencia. No se trataba precisamente de una misión secreta.

—¿Alguna posibilidad de que os hayan seguido?

—Tuve la sensación de estar siendo vigilado por alguien, pero eso fue a primera hora. Skunk me alertó.

—¿Por qué no fuiste tras ellos? —preguntó Barton—. Se supone que eres un fiera rastreando y disparando.

—Seguramente —murmuró Cooke—. Pero Jay no querría dejar solos a Sara y el costosísimo ganado mientras perseguía lo que, con un noventa y nueve por ciento de probabilidad, sería un grupo de senderistas —se volvió hacia Jay—. ¿Algo más?

—Poco después, nos atacó un puma.

—¿Y cómo sabes que fue un gato? —preguntó Barton—. ¿Lo viste?

—Una vez. Cuando lo disparé poco antes de que saltara sobre un ternero. Maldita sea, se me olvidó llamar a los guardabosques. El puma estaba herido y famélico, pero no formaba parte de ningún estudio científico. No llevaba placa ni collar.

—Los guardabosques pueden esperar —espetó Cooke secamente—. Los muertos humanos tienen prioridad aquí, por mucho escándalo que armen las asociaciones en defensa de los animales. ¿Y lo que pasó antes? ¿También fue el gato?

—No.

—¿Cómo puedes estar seguro? —preguntó Barton incrédulo.

—He sido perseguido por hombres. Es diferente.

—A mí también me han perseguido hombres —observó su hermanastro—, y yo...

—Un estúpido montón de músculos contratados para golpear a morosos que no pagan préstamos no es lo mismo que una caza de verdad —intervino el sheriff sin levantar la vista de las notas que estaba tomando con el teléfono.

Jay enarcó las cejas. No tenía noticia de ese incidente del irregular pasado de Barton.

—Eso no pasó aquí —se excusó el joven—. Y no es asunto tuyo.

—Cuando el departamento de policía de Boston me pone en alerta sobre algún forastero de especial talento que se dirige hacia mi ciudad, se convierte en asunto mío.

—Ya me ocupé de eso —insistió Barton.

—Bendito seas —Cooke miró por encima del hombro hacia la puerta abierta—. Lo que creo es que un par de tipos vinieron a Fish Camp con la intención de robar. Quizás fueron sorprendidos por Ivar. Las cosas se torcieron y dos personas acabaron muertas. Has dicho que tenías la impresión de que esto había sido registrado.

—Superficialmente —Jay asintió—.Algunos cajones abiertos, armarios, muebles cambiados de sitio, esa clase de cosas.

—Parece un registro propio de unos gilipollas asustados antes de salir corriendo —opinó Barton.

—Hay mucho desgraciado en el mundo —observó el sheriff—.Y parece que una buena parte ha aterrizado aquí.

—Desde luego —afirmó Barton mientras contemplaba la puerta abierta.

—Muy bien, Jay —Cooke guardó el móvil en el bolsillo y se reajustó el cinturón—, vamos a investigar un poco. No hay muchas probabilidades de encontrar algo después de lo que ha llovido, pero hay que intentarlo. Barton, tú quédate aquí y espera a Davis mientras Jay y yo echamos un vistazo.

—Yo puedo… —Barton inició una protesta.

—¿Cuántos ciervos, alces, pumas y osos has cazado? —lo interrumpió el sheriff.

—Yo como carne de caza en los restaurantes de lujo, como un hombre civilizado.

—Bendito seas —repitió el otro hombre—. ¿A cuántas vacas extraviadas has seguido? ¿A cuántos senderistas has localizado y rescatado?

Barton se sonrojó violentamente.

—Eso pensé —Cooke asintió satisfecho—. Quédate aquí como te he dicho o multaré tu refinado culo por interferir en la escena de un crimen. ¿Entendido?

Barton dio una patada al suelo, levantando una nube de polvo que se acercó peligrosamente a las botas del sheriff. Después de un momento, el joven encendió un cigarrillo y se encaminó, la tensión marcada en el paso, al embarcadero.

—Si es más tonto no nace —Cooke sacudió la cabeza—. Bendito sea.

CAPÍTULO 17

Sara daba vueltas al guiso sobre la cocina mientras intentaba con todas sus fuerzas no pensar en lo que estaría haciendo el técnico criminalista mascador de chicle. El sonido de la puerta de la antecocina al abrirse la hizo saltar. Tres cajas de cartón cayeron al suelo.

—¿Encontrasteis algo? —preguntó ella.

Jay estaba demasiado ocupado devorándola con la mirada como para responder de inmediato.

—Si las preguntas cuentan, encontramos un montón —respondió Cooke.

—La lluvia arrastró la mayor parte del sendero —se quejó Jay.

Se quitó el sombrero y lo sacudió contra el muslo. Las gotas se esparcieron en todas direcciones. Los árboles seguían mojados tras la lluvia de la noche anterior.

Los dos hombres se limpiaron las botas y sacudieron las cazadoras antes de entrar en la cocina. La habitación estaba caldeada y olía a café y al guiso de picadillo enlatado y cebollas recién cortadas que hervía sobre la cocina.

—Qué bien huele —observó Cooke.

—No sabía si habíais comido antes de venir —explicó ella—. Aquí no hay gran cosa, salvo comida enlatada, pero al menos os llenará el estómago.

—Cualquier cosa que no haya cocinado yo mismo es una gran comida —contestó el sheriff—. Gracias. ¿Puedo servirme un poco de ese café?

—Voy a por él —Jay se ofreció—. Siéntate, sheriff. Has tenido que madrugar más que yo.

—Eso no lo voy a discutir —el otro hombre se acomodó en una de las sillas de madera, se frotó el rostro y suspiró.

Jay se acercó a la cocina, donde Sara añadía pimienta al guiso. Tenía el rostro enrojecido por el calor, y algo más, lo mismo que le había provocado a él un aumento en el ritmo del latido del corazón nada más verla. Deslizó los brazos a su alrededor y la abrazó con ternura.

—¿Estás bien? —susurró.

Ella asintió.

El limpio olor a lavanda le hizo cosquillas en la nariz.

—Has vuelto a ducharte —murmuró él en un tono demasiado bajo para ser oído—. En cambio yo debo oler como una cabra montesa.

—Hueles bien —Sara se echó hacia atrás—. A aire frío, coníferas y la lluvia de anoche.

—Mentirosilla.

Ella rio ante la usurpación de su frase.

Jay le rozó suavemente el cuello con los labios y sintió el estremecimiento de su respuesta. Y supo que tenía que apartarse antes de avergonzarlos a ambos.

—Lleva el café —le pidió Sara con la voz ligeramente ronca—. Yo llevo las tazas. ¿Dónde está Barton?

—Con Davis —contestó él.

—Pobre Davis —ella suspiró.

No había hecho más que terminar la frase cuando alguien golpeó la puerta delantera. Enseguida se oyó la voz de Barton.

—¡Dejadme entrar! Aquí hace frío.

—Entra por la antecocina —le gritó Jay mientras levantaba la pesada cafetera del fuego.

—Pero...

—Tú hazlo —insistió él con impaciencia—, como hemos hecho todos los demás.

—Bendito sea —exclamó el sheriff—. Lo intenta. De verdad que lo intenta.

Sara ahogó una carcajada con el ruido de las tazas que llevaba a la mesa. Al dejar una delante de Cooke, el hombre le guiñó un ojo.

Y ella le devolvió el guiño.

—Voy a calentar unos platos y podemos comer —sugirió.

La puerta de la antecocina se abrió con tal violencia que golpeó la fachada de la casa antes de volverse a cerrar. Como el niño egocéntrico que era, Barton corrió a calentarse en la cocina.

—Las botas —le advirtió Jay.

—¿Eh? —su hermanastro levantó la vista.

—Barro.

—Lo encuentro asqueroso. Por eso vivo en la ciudad.

—Que te limpies las botas —le aclaró Jay mientras servía el café.

—Maldita sea, siempre me olvido.

Barton se limpió las botas antes de regresar junto a la cocina.

—¿Qué hay de comer?

—Picadillo de carne enlatada —contestó Sara.

—Odio esa mierda.

—Pues caliéntate una lata de chili —sugirió ella mientras sacaba los platos de la alacena.

Cooke se atragantó con el café.

Y Jay intentó no hacer lo mismo.

—Tráete una taza. El café está caliente.

—Yo no bebo café —le explicó Barton.

—En Fish Camp tienes que conformarte con lo que hay.

De modo que Barton sacó una taza de la alacena y aguardó a que Jay se la llenara. Tomó un sorbo e hizo una mueca.

—Bueno, una cosa está clara: no la has traído aquí por su talento culinario.

—Esto no ha sido sencillo para nadie —Jay miró a su hermanastro como un puma miraría a su presa—. Piénsalo antes de volver a abrir la boca.

—Solo intentaba aligerar el ambiente. ¿Es que no hay nadie con sentido del humor por aquí?

—Cuando digas algo gracioso, lo comprobaremos —el pensamiento en voz alta de Sara resonó claro como el aire de la montaña. E igual de gélido.

—Esto, señora, es un café de primera, propio del oeste —el sheriff alzó la taza a modo de saludo—. Justo lo que necesita un trabajador como yo.

—Gracias. El picadillo está listo.

—Pues adelante con él —contestó Cooke—. Siéntate, yo me serviré.

—Te lo agradezco, pero no es ninguna molestia —Sara sonrió—. Lo más agotador que he hecho últimamente es abrir latas y preparar café.

El sheriff le devolvió la sonrisa, pura apreciación masculina en la curvatura de sus labios.

—Le he preguntado a la piloto si quería entrar —continuó ella—, pero la encontré profundamente dormida.

—Reg tuvo dos emergencias antes de traernos aquí.

—¿Y aguantará? —preguntó Jay.

—Como cualquier chica, mujer, que haya sido abandonada por su marido mientras estaba destinada en ultramar.

—A lo mejor debería haberse quedado en casa —opinó Barton mientras se sentaba.

Sara se mordió el labio y removió enérgicamente el picadillo. Cuanto más tiempo pasaba cerca de Barton, más irritada se sentía. Tomó tres platos calientes y puso uno delante de cada comensal, salvo del hermanastro de Jay.

—¿Y yo qué? —protestó él.

—Dijiste que no te gustaba el picadillo.

Sara regresó a la cocina en busca de la cacerola. Al volver, encontró su plato delante de Barton. Las especias que había colocado ordenadamente en el centro de la mesa estaban dispersas, junto con los tenedores y las servilletas.

En un gesto automático, Jay deslizó su plato hasta el hueco frente a la silla de Sara. En cuanto Barton había aprendido a caminar, y a hablar, Jay había empezado a dedicar una gran parte de su tiempo a evitar que su hermanito molestara a JD.

El vaquero se puso en pie, pero la mano de Sara sobre su hombro lo detuvo.

—No me cuesta nada traer otro plato. Le toca fregar a Barton.

—Y una mierda —exclamó el aludido.

—Lo vas a hacer —Jay miró a su hermano con severidad—, y lo harás bien, y mantendrás la boca cerrada mientras lo haces.

El rostro de Barton se volvió del color del tomate maduro. Pero se mantuvo en silencio.

Jay recordó tantas comidas que habían terminado del mismo modo, con un Barton enfurruñado y todos los demás irritados. Levantó la taza, tomó un sorbo de café y se dirigió a Sara.

—Gracias, Sara. Con esto aguantaré el resto del día.

—No hay de qué. ¿Te apetece un poco más antes de que traiga el guiso?

El estómago de Jay rugía implacable.

—Guiso —Sara sonrió.

Minutos después, dejó la cacerola sobre la mesa y un cucharón al lado.

—Sírvete, sheriff —lo animó—. Hoy nos regimos por las normas del internado. Y eso significa que es una grosería pedirle a alguien que te alcance algo si eres capaz de llegar a ello tú mismo sin tener que despegar más de un pie del suelo.

El sheriff hundió el cucharón en el guiso y le acercó la cacerola a Barton que hizo una mueca de desagrado ante el olor. No obstante, se sirvió un plato y pasó el cucharón a Jay, que llenó el plato de Sara antes de hacer lo propio con el suyo. Ella llevó a la mesa pan cortado en rebanadas y unos melocotones en almíbar caseros que había encontrado en la despensa.

—Postre o acompañamiento, como gustéis —señaló mientras dejaba el tarro junto a una cuchara.

Barton alargó una mano hacia los melocotones. Giró el tarro, pero lo único que se movió fue su mano sobre la tapa. Tras unos cuantos intentos más, se rindió.

—¿Dónde está el abridor?

Jay tomó el tarro, giró la tapa con un golpe seco y fuerte, y consiguió abrirlo.

Barton recuperó el tarro y empezó a servirse unas suculentas mitades de melocotón.

—¿Encontrasteis algo ahí fuera?

El sheriff consultó con la mirada a Jay, que se encogió de hombros.

—Alguien voló con un helicóptero hasta una zona de aterrizaje en un pequeño claro al otro lado del risco.

—¿El que está en dirección a la ciudad? —preguntó Barton con la boca llena de melocotón.

—El otro —Cooke sacudió la cabeza—. Hay huellas de aterrizaje y bastante destrozo como para hacerme pensar que el aparato rompió algunas ramas en su descenso. Un aterrizaje complicado.

—Pero que te proporciona unas estupendas vistas de Fish Camp —apuntó el joven—. Desde allí casi se pueden contar las briznas de hierba de los pastos.

—¿Cuándo has estado ahí arriba? —preguntó Jay.

—Yo... —la segunda mitad del melocotón escapó del tenedor de Barton y aterrizó en medio del guiso de picadillo. Tras murmurar algo entre dientes, volvió a pincharlo con el tenedor—. Di una vuelta en helicóptero con un tipo de la empresa minera de la que te hablé. Creo que fue a finales del verano pasado.

El sheriff engullía el picadillo como alguien acostumbrado a tener que interrumpir sus comidas en cualquier momento.

—Esas huellas eran mucho más recientes —intervino Jay—. De ayer más o menos. También hay unas huellas menos marcadas de un todoterreno en dirección a Fish Camp. O desde Fish Camp. Si le sumamos las huellas de los dos pares de botas, parece que alguien aterrizó un helicóptero, descargó un todoterreno biplaza y perpetró su carnicería en Fish Camp.

—Muy gráfico, hermano —Barton hizo una pausa antes de pinchar otro trozo de melocotón—. Acabo de recuperar el apetito, en parte.

—Y puede que todo sucediera en una hora, máximo —añadió el sheriff mientras se servía más guiso—. No hay señales de tortura o violación en la cabaña de los Solvang.

—Estoy comiendo —protestó Barton.

—Fuera lo que fuera que robaran —continuó Cooke, colocando ante él un plato lleno—, si es que robaron algo, tuvo que ser lo bastante pequeño como para poder llevarlo en el vehículo.

—Los todoterrenos hacen mucho ruido —observó Sara—. ¿No habrían alertado a los Solvang?

—A Fish Camp llegan visitantes después del deshielo —le explicó Jay—. No muchos, pero sí los suficientes. Uno de los problemas de poseer tierras dentro de los límites de un parque nacional. Además, el todoterreno podría camuflar el ruido, o incluso ser eléctrico. En Afganistán disponíamos de ambos.

—¿Eléctricos? ¿Es lo que utilizan los cazadores? —preguntó Barton.

—Los cazadores utilizan un caballo y sus dos pies —contestó su hermano.

—Esto no fue una excursión casual que terminó mal, ¿verdad? —aventuró Sara.

—Cada vez tiene más pinta de que no —Cooke dejó escapar el aire y soltó un juramento—. Parece algo planeado. Y yo que pensaba que iba a ser algo sencillo. Desagradable, pero sencillo.

—Espera, espera, espera —intervino Barton—. ¿Dices que fue planeado? ¿Una especie de golpe? ¿Como en las películas?

Sara se preguntó qué aspecto tendría ese hombre con vómito de picadillo por encima. El asco que sentía debía reflejarse en su rostro, porque él se puso en pie y se inclinó hacia ella.

—Viví aquí. Conocía a Inge y a Ivar —le espetó con el rostro pegado al suyo—. Tú eres una turista.

Jay le soltó una colleja a su hermanastro, obligándole a sentarse de nuevo en la silla.

—Ella vio mucho más de la escena que tú. A no ser que te apetezca regresar ahí y ayudar a mover los cuerpos, cierra la boca.

—Pero es que estáis diciendo que alguien planeó todo esto —la voz de Barton se quebró—. Inge y… ¡Esto es una locura! —las lágrimas inundaron sus ojos—. ¿Por qué iba alguien a hacer algo así?

—Porque podían —contestó Jay con calma—. Lo único que podemos hacer ya es enterrar a los muertos y asegurarnos de que esos chacales no queden libres para volver a matar.

—¿Insistes en que no os siguieron? —preguntó Cooke—. Esto cada vez se parece menos a un robo y más a una emboscada.

Sara miró a Jay con los ojos muy abiertos, demasiado oscuros sobre la repentinamente pálida piel. Él le apretó el muslo por debajo de la mesa en un gesto tranquilizador.

—Debería haberte dejado en la ciudad, lejos de todo esto —murmuró.

—¿Y cómo sabes que no lo he provocado yo? —preguntó ella.

—¿A qué te refieres? —la interrogó el sheriff.
—Mi habitación fue saqueada, ¿recuerdas?
—¿Y? —insistió el sheriff.
—Nada. Simplemente eso —Sara respiró hondo—. Me siento como una especie de imán para los problemas.
—Siempre podrías regresar a tu casa —sugirió Barton.
—Esa es la idea, gracias.
—Barton —le advirtió su hermano.
—Solo intentaba ayudar —él levantó las manos en el aire.
—Pues empieza por fregar los platos —le aconsejó Jay—. Eso sí que sería de gran ayuda.
—Lo que tú digas.
Antes de llevar su plato al fregadero, engulló otra mitad de melocotón.
—Mete en bolsas cualquier cosa que pueda atraer a los osos —le aconsejó Jay—. Nos lo llevaremos con nosotros. Cuando el sheriff haya terminado con la cabaña de Inge e Ivar, puedes hacer lo mismo allí.
—¿Tengo pinta de hombre de la basura?
—¿Tengo pinta de que me importe?
Ante la mirada de Jay, su hermanastro optó por cerrar la boca.
Cooke suspiró ante la palidez de Sara. Siempre eran los inocentes quienes resultaban lastimados y, en ocasiones, tenía la sensación de que su trabajo consistía en mantenerlos con vida para que pudieran sentir el dolor.
—Podrían haber preparado una emboscada para ti —insistió el sheriff, pero mirando a Jay.
—De ser así, debió agotárseles la paciencia.
—¿Os demorasteis en exceso en el trayecto?
—Un poco —admitió Jay—. Yo disfrutaba volviendo a cabalgar en un hermoso día de primavera. Llevaba demasiado tiempo encerrado.
—¿Harto de papeleo? —preguntó Cooke con simpatía.

—Hasta la médula.Y ahora que he dejado de pagar abogados, estoy pensando en contratar a un gestor.

«¿Cómo pueden hablar con tanta ligereza?», se preguntó Sara a sí misma. «Si hubiésemos llegado antes, podrían habernos asesinado también a nosotros, junto a Inge e Ivar».

—¿Has hecho algún enemigo desde tu regreso? —preguntó el sheriff.

—Liza estaba lo bastante furiosa al terminar el juicio —comenzó él.

—Mamá jamás…

—Cálmate.Ya sé que no es una asesina. Lo que buscó fue más abogados, no una pistola —Jay se volvió a Cooke—. Mis enemigos están a mis espaldas, esparcidos por todo el mundo.

A su lado, absorbiendo su fuerza, Sara quiso creerlo. No se imaginaba estar viva y saber que algún loco de sangre fría aguardaba escondido en el bosque, esperando la oportunidad para matarla.

—¿Y qué dices del montañero loco? —preguntó ella.

—Loco no significa asesino —le aclaró el sheriff—. Los ermitaños descerebrados que pululan por ahí fuera huyen al ver gente. ¿Y qué me dices de tus enemigos? ¿Pudieron seguirte hasta aquí?

—No conozco a nadie en San Francisco al que le importe tanto como para cruzar la calle para atosigarme, mucho menos subir a un avión.

—Ya lo había imaginado, pero tenía que preguntar.

—¿Todo el mundo ha terminado de comer? —preguntó Barton desde su puesto frente al fregadero.

Un coro de asentimientos surgió de la mesa, con Sara a la cabeza.

—Algo te reconcome —Cooke miró a Jay.

—Acabo de tener una idea. No me gusta, pero no puedo ignorarla.

—Te escucho.

—Durante estos últimos meses he tenido algunos problemas personales en el rancho —comenzó Jay tras dudar unos segundos—. Henry me advirtió de que los dos hombres nos crearían problemas después de que los atara en corto por beber en el trabajo. Pero no los despedí. Eran buenos trabajadores cuando se mantenían sobrios, y uno de ellos tenía un hijo a su cargo. La segunda vez que los pillé borrachos en el trabajo sí los despedí.

—Como solía decir JD, la compasión es de imbéciles —intervino Barton mientras retiraba de la mesa la cacerola vacía.

—También solía decir que las segundas oportunidades a menudo ocupaban el primer lugar. JD tenía un gran repertorio de dichos y echaba mano del que más le interesaba en cada ocasión.

—Nombres —el sheriff había vuelto a sacar el móvil del bolsillo.

—Jimmy Duggan y Monty Valentine. Afirmaban ser de Montana, pero los trabajadores como ellos suelen moverse mucho. Podrían haber llegado de cualquier punto del oeste en el que haya ganado.

—¿Y qué dijeron cuando los despediste? —quiso saber Cooke.

—Un montón de basura. Después se fueron a la ciudad y empezaron a armar jaleo en el Boot. Terminaron en el calabozo.

—Lo recuerdo. Esos chicos tenían una lengua muy sucia. Teníamos la esperanza de que alguien pagara su fianza.

—Pues yo no iba a hacerlo —aseguró Jay secamente.

—¿Crees que bastaría para que quisieran vengarse? —preguntó Barton.

—Duggan y Valentine tenían un punto de maldad. Buenos con el ganado, infernales con las personas. De no haber sido por la bebida, seguramente habría terminado por despedirlos por provocar peleas con los demás trabajadores en los barracones.

—¿Y dónde están esos dos ahora? —preguntó Cooke.

—Seguro que abandonaron Jackson —contestó Jay—. Quizás fueran a Cody. No dejaron su dirección para que les enviara una felicitación en Navidad.

Sara escuchaba atentamente mientras intentaba no pensar en la soltura con la que hablaban de dos posibles asesinos.

—Echaré un vistazo al registro para ver si hay algo —sugirió el sheriff.

—¿Conoces a alguien que pueda hacer lo mismo en Cody? —preguntó Jay.

Cooke asintió y escribió una nota para sí mismo.

—¿Qué me dices de los otros vaqueros?

—Llevan años con nosotros. No hay ningún problema con ellos. Sus esposas e hijos los mantienen demasiado ocupados.

—Ya sé a qué te refieres —el otro hombre sonrió.

Jay miró por la ventana. El sol ya había alcanzado el cénit.

—¿Cuándo esperas que llegue el agente a recoger los cuerpos?

—Dentro de una hora, más o menos, quizás dos —contestó Cooke—. Pero, aunque sea el rancho Vermilion el que pague el helicóptero, no voy a perder el tiempo aquí. Me marcharé en cuanto pueda.

—¿Tienes sitio para seis cajas de cartón?

—Debería. El helicóptero es grande.

—¿Tú te vas con él? —preguntó a su hermanastro.

—¿Para que Sara y tú podáis disfrutar de algún tiempo a solas? Ñaca, ñaca —Barton acompañó sus palabras del gesto adaptado para los sordos.

Sara sintió cómo Jay se ponía tenso.

—¿Qué? —Barton frunció el ceño ante el gesto de su hermano—. Hay que ser ciego para no verlo, hermanito. Y me alegro por ti. Quiero decir que ya era hora de que tuvieras un poco de acción, ¿verdad?

—Sé que solo quieres lo mejor para mí y que tú y yo vi-

vimos en mundos diferentes y todas esas tonterías —masculló Jay entre dientes—. Pero, si no dejas de manifestar tus inmaduras ocurrencias, te voy a dar una paliza que no olvidarás jamás. ¿Entendido, hermanito?

—Sí. Desde luego. Madre mía, ¿desde cuándo eres tan susceptible?

—Enséñame esas cajas —Cooke echó la silla atrás.

—Te ayudaré a cargarlas —se ofreció Jay—. Sara y yo regresamos contigo.

—Estaremos un poco apretados, con Barton y los demás —el sheriff se mostró dubitativo.

—Él no viene.

—¡Eh! ¿Y cómo voy a regresar?

—Ese no es mi problema. Ñaca, ñaca, hermanito.

CAPÍTULO 18

Henry observaba, junto a Jay y Sara, cómo el helicóptero despegaba desde el prado que, hasta hacía poco, había albergado las treinta y cinco cabezas de ganado trasladadas.

—Somos capaces de llegar a la luna, pero no de fabricar un helicóptero silencioso —observó el capataz del rancho mientras se sujetaba el sombrero y sus cabellos plateados le tapaban las orejas.

—Sí que somos capaces de hacerlos bastante más silenciosos —le aclaró Jay—, pero resultan caros.

—Pues merece la pena —murmuró el otro hombre.

Sara suspiró a medida que el aparato se convertía rápidamente en un puntito en el cielo nublado.

—Ha sido un viaje precioso. Las vistas me han recordado a algunos cuadros de Custer. ¿Sabes si se dio alguna vuelta en helicóptero o en un avión pequeño?

—Seguramente —contestó Jay antes de recoger dos de las cajas de cartón que se habían llevado con ellos—. Antes de que mamá enfermara, a JD le encantaba sobrevolar el rancho. Si Custer y él no estaban peleados, es probable que les acompañara alguna vez.

Sara sacó el móvil del bolsillo y empezó a tomar notas.

—¿Qué es todo esto? —preguntó el capataz mientras señalaba las cajas.

Sara estuvo a punto de contarle que contenían papeles de Custer, pero recordó la reacción de Jay ante la pregunta de Barton.

—Viejos registros del rancho de la época de su madre —contestó, sin faltar excesivamente a la verdad—. Jay mencionó algo sobre escribir la historia del rancho.

—Una estupidez, y una maldita pérdida de tiempo —Henry recogió una caja y se dirigió con ella hacia la camioneta.

Ella tomó unas cuantas notas más y recogió otra caja.

Jay ya estaba de vuelta y cargaba con las cajas restantes. Sara no pudo por menos que admirar la fuerza de esos músculos y recordó algunas de las maneras, sorprendentes y sensuales, en que los utilizaba.

—Henry me preguntó qué contenían las cajas —le informó a Jay tras cerciorarse de que nadie podía oírles—. Le di la misma respuesta que le diste a Barton.

—Bien.

—¿Por qué no quieres que lo sepa?

—Es un cotilla —contestó Jay—. No hace falta que todo el mundo sepa que hemos encontrado algo que podría ser valioso y mucho más pequeño que las pinturas de Custer.

—¡Oh!

—Pásame una de esas —Henry regresó a por más cajas—. A no ser que quieras presumir delante de la bonita dama.

Jay le pasó una caja.

Durante el corto trayecto hasta la camioneta, y el trayecto aún más corto hasta la casa, los dos hombres hablaron de asuntos del rancho, sobre lo que necesitaba ser reparado primero, qué vacas eran demasiado viejas para criar, y si los viejos toros podrían aguantar como sementales alguna temporada más. Sara hizo un rápido repaso de las fotografías que había tomado con el móvil, agrupando mentalmente los cuadros por temas como distancia y espacio, cielo y montañas. Se moría de ganas de echarle mano a la tableta y empezar a elaborar una lista de los cuadros por título, tema, y su calificación personal como «correcto», «bueno», «mejor» y «el mejor». Después...

—¿Prefieres trabajar aquí o en la casa?

Sobresaltada, Sara levantó la vista y se encontró con la mirada burlona de color azul. Miró a su alrededor. Henry había desaparecido y Jay se apoyaba contra la puerta abierta de la camioneta.

—Lo siento —se disculpó ella—. Hay mucho trabajo que hacer con los Custer, y con los papeles, y planificar un libro, y hacer correr la voz, y...

Jay se agachó y cubrió los labios de Sara con su boca en un largo y sensual beso. Cuando apartó el rostro fue a regañadientes.

—Deja un poco de tiempo para nosotros también.

—Desde luego —Sara se pasó la lengua por los labios antes de soltar una carcajada—. ¿Y cuándo dormimos?

—Cuando ya no podamos aguantar despiertos.

—De acuerdo.

—Y no contestes ninguna llamada a no ser que conozcas al que te llame —añadió él.

—¿Cómo?

—Periodistas. Puedo mantenerlos alejados de mis tierras, pero no puedo hacer nada con los teléfonos. Un doble asesinato en el rancho Vermilion pondrá en marcha a todos los sabuesos sedientos de noticias.

—Es verdad —el recuerdo de la sangrienta muerte le provocó un escalofrío a Sara—. Nada de teléfonos.

—Siento que te hayas visto mezclada en esto —Jay le acarició la mejilla.

—Yo también. Sobreviviremos —ella emitió un suspiro—. Trabajar ayuda. Y también ayuda hacer el... practicar sexo.

—Ya había practicado sexo antes —le aclaró él—. Esto ha sido mucho mejor. Y ahora entra en la casa antes de que vuelva a besarte y Henry decida hacer de niñera y soltarme un sermón.

Sara intentó imaginarse a Henry de niñera, pero no lo consiguió.

—¿Dónde has dejado las cajas?

—En tu dormitorio.

—De acuerdo. Yo...

—¿Quieres que cure a esa vaca con los cortes de alambre? —preguntó Henry desde la parte trasera de la casa.

—Ya voy yo —contestó Jay.

—Niñera —observó ella—. Nunca lo hubiera dicho. ¿Se preocupaba tanto por JD?

—Solo al final. A pesar de mi edad y mi experiencia, Henry me sigue viendo como el chico que se fue a la academia militar y tardó demasiados años en regresar. A veces me fastidia, pero le debo mucho. Mantuvo el rancho a flote cuando JD ya estaba demasiado enfermo para hacerlo y yo estaba en ultramar.

—¿Significa eso que hoy duermo sola?

—¿Tú qué crees?

—Creo que te estás ganando un sermón de la Niñera Henry.

—Mientras el sermón no incluya «ñaca, ñaca», lo aguantaré con gesto serio mientras recuerdo cómo es tumbarte sobre...

La puerta trasera se cerró de un portazo. El capataz se dirigía hacia ellos.

—Yo me voy —anunció ella—. Que os divirtáis con la vaca.

Pasó por delante de Henry al que saludó con un gesto de la cabeza y se dirigió escaleras arriba para abrir las cajas. Pero antes descargó las fotos del teléfono a la tableta, junto con las notas que había tomado.

El delicioso aroma de la comida alcanzó su conciencia. Sara no debería tener hambre, pero de repente se sintió hambrienta. Las cajas le parecieron menos urgentes que encontrar el origen de ese apetitoso olor. Siguió el rastro hasta la cocina, donde una mujer vestida con vaqueros y una camiseta de manga larga añadía distintos ingredientes a una enorme y burbujeante cacerola.

—Hola, soy Sara. ¿Si robo un poco de eso que estás cocinando, me sacudirás con el cucharón de madera?

Una carcajada surgió de la robusta mujer. Sonriente, se dio la vuelta y sacó una cuchara de un cajón.

—Me llamo Elena. Mi hija, Ria, está trabajando arriba.

—Por eso tenía mi habitación tan buen aspecto —Sara aceptó la cuchara, que hundió en el guiso y sopló—. Tendré que darle las gracias.

—No hace falta. Es nuestro trabajo.

—Un buen trabajo merece agradecimientos tanto como dinero —insistió ella mientras lamía la cuchara—. Qué rico. Chili cargado de proteínas. Hermoso, hermoso chili. En la ciudad es imposible conseguir un buen plato de esto —se lamió los labios y sonrió a Elena—. ¿A qué hora es la cena?

—Comida —le corrigió la mujer mientras señalaba la cacerola—. Para cenar tenemos el plato preferido de Jay, costillas asadas, patatas asadas y judías verdes frescas. Y como Inge, que Dios la guarde, siempre preparaba tarta para Jay, de postre hay pastel de frutas del bosque y helado.

—Buena comida de primera. Lo aprecio realmente. Y en caso de que te lo estés preguntando, estoy aquí para ayudar a Jay con los cuadros de Custer, durante el tiempo necesario.

—Eso había oído en la ciudad. Menudo hombre ese Custer —Elena sacudió la cabeza—. Cuando no pintaba, siempre estaba causando algún problema.

—¿Te acuerdas de Custer?

—Yo era una niña de catorce años, y ya me preocupaba de no quedarme nunca sola con él en una habitación después de que Virginia, la señora Vermilion, muriera. Fue un alivio que se marchara. Siempre corría tras la señorita Neumann, aunque sabía que estaba prometida a JD.

—Eso seguramente formaba parte del atractivo —observó Sara secamente—. Por lo que sé, Custer era un bufón y un mujeriego de primera que despreciaba la mano que le daba de comer. Y no tuvo la menor oportunidad con Liza. A esa mujer solo le importa el dinero.

—Aprendes muy deprisa —Elena la miró de soslayo.

—De donde yo vengo, no aprender lo bastante rápido significaba que una vaca lechera te pisoteaba dos veces.

—Esas vacas —Elena hizo un gesto de desagrado—, siempre esperan la menor oportunidad, con ese rabo duro y apestoso. Recuerdo cuando yo ordeñaba a nuestra vaca lechera de niña.

—Bestias peludas. Claro que casi merece la pena por la mantequilla.

La puerta de la antecocina se abrió y a continuación se cerró de golpe empujada por el viento. Segundos más tarde, Henry entró en la cocina.

Sara subía las escaleras de vuelta a la planta superior. A diferencia de Jay, no tenía años de buenos recuerdos que la ayudaran a aguantar sermones.

Abrió la primera caja sobre la que posó sus manos y empezó a sacar papeles. Sorprendentemente, parte de los papeles de los Solvang mencionaban a Custer. Abrió las seis cajas y se centró en las que incluían notas del pintor. Enseguida se encontró clasificando papeles sobre la cama recién hecha. El montón que más le interesaba era el que contenía las reflexiones de Custer acerca de cuadros que había pintado, que quería pintar, y que había quemado. Sus observaciones sobre el rancho las colocó en otro montón, los comentarios sobre la gente y la política formaron un tercer montón, y el resto fue apilado sin un título concreto.

Rebuscó en el bolso y sacó varios clips, suficientes para sujetar los montones más importantes.

En la planta inferior sonó el teléfono. Y sonó. Y sonó.

O bien el rancho no disponía de contestador automático o alguien lo había desconectado. Conociendo a Jay, apostaría a que había inutilizado el aparato.

«Me pregunto cómo recibe las llamadas».

«O si le importa».

—Seguramente hace lo mismo que yo —murmuró mientras devolvía los papeles a la caja—. La gente que me conoce me llama al móvil. Los demás, se desesperan.

Como si lo hubiera invocado, su móvil comenzó a sonar. Sara lo sacó del bolsillo del pantalón y se dispuso a contestar, antes de darse cuenta de que no conocía el número entrante y dejar que saltara el buzón de voz. Alguien de la oficina del sheriff estaba facilitando su número.

—Le habla el señor Satler, del *Jackson Gazette*. Me gustaría hablar con usted sobre la desafortunada muerte de…

Sara eliminó el mensaje. Viendo que tenía poca batería, enchufó el cargador antes de abrir la siguiente caja. Era la que contenía los estudios de campo de Custer. Aunque se moría de ganas de esparcirlos sobre la cama y contemplarlos bajo la luz, no lo hizo. Cerró la caja y la dejó a un lado. En cuanto se metiera a fondo con los cuadros, sabía que no saldría de ese cuarto en semanas.

«¿Cuándo recibiremos el resto de lo que había en Fish Camp?».

La imagen de esos Custer almacenados de manera tan precaria la atormentaba.

«Llevan allí décadas. Aguantarán hasta que Jay y yo los recojamos mañana».

El móvil de Jay vibró en el bolsillo. Soltando un juramento para sus adentros, lo sacó y se dispuso a ignorar el enésimo mensaje de los periodistas. Pero, cuando vio quién llamaba, contestó.

—¿Qué hay, Reg?
—Barton dice que el rancho me paga por ir a recogerlo. Dado que estás localizable, pensé que mejor sería hablar primero con la persona que firma los cheques.
—Mi dulce y bendito hermano se pagará el viaje de su bolsillo.
—Eso había pensado.
—Gracias por verificarlo. Te debo una.
—No me debes nada. Es mi manera de agradecer a tu dulce y bendito hermano por deslizar la mano por mi muslo cada vez que el helicóptero cambiaba de rumbo o de altitud.
—¿Te metió mano delante del sheriff?
—No me metió mano exactamente, pero lo bastante como para que vaya a disfrutar dejándolo tirado. Gracias, Jay. Tú sí que eres un buen tipo.
—¿Lo dices porque no le meto mano a mi piloto?
—Eso también. Tengo tres peticiones para sobrevolar Fish Camp. Las he rechazado.
—¿La prensa?
—Sí.
—Dales un paseo —sugirió Jay—. Cóbrales el doble. El triple. Y luego cómprate algo que te apetezca, pero que no te puedas permitir.
—¿Lo dices en serio?
—Sí. Alguien va a forrarse con esos chicos de la ciudad. Mejor que sea alguien que me caiga bien.
—Gracias, Jay. De verdad que eres uno de los buenos.
—Tú también.
Jay colgó la llamada y guardó el móvil en el bolsillo.
«Es agradable oír de nuevo la voz alegre de Reg. Su ex es un imbécil. Gracias a Dios que no tuvieron ningún hijo al que destrozar».
Jay se acercó a su caballo y montó antes de pasearse con el botiquín entre el ganado disperso en busca de algún ejem-

plar que necesitara atención. Echaba de menos los andares de Amble, y su irritante personalidad, pero la corpulenta y huesuda yegua que montaba en esos momentos tenía un buen instinto para las vacas y una naturaleza apacible. En poco tiempo había revisado a todas las vacas y se dirigía de regreso al rancho.

Y a Sara.

«Calma, vaquero», se dijo a sí mismo. «Sabes que no podrás retenerla aquí, como no pudiste hacer que tu madre mejorara a base de oraciones. La vida es como es, y la justicia no tiene nada que ver con ella»

Y como para subrayar su afirmación, el móvil volvió a vibrar.

—Santo cielo, cualquiera diría que han aterrizado unos extraterrestres aquí —murmuró mientras sacaba el teléfono del pantalón.

Era Barton.

Jay suspiró y contestó la llamada. Antes de poder decir una palabra, su hermanastro ya estaba hablando.

—La piloto dice que estará ocupada durante los próximos tres días.

—Contrata a otra persona —sugirió Jay—. Hay muchos servicios de helicóptero que hacen la ruta entre Jackson y Yellowstone.

—¿Tienes idea de lo que cuesta un helicóptero? —preguntó Barton con voz crecientemente aguda.

—Hasta el último centavo. Si no estás dispuesto a pagar, vente con los agentes de la oficina del sheriff.

—Se burlaron de mi ropa.

—Si te deshaces de la cazadora color crema todo irá mejor.

—Pero...

Jay colgó.

Aunque sabía que debía ser paciente con su hermano pequeño, una parte de él estaba sencillamente harta de las exigencias de ese niñato malcriado. Aun así, su mala conciencia no lo dejaba en paz.

«No es culpa de Barton ser hijo de Liza».

«¿Y qué excusa tiene Liza? ¿Tuvo unos padres horribles? ¿Y qué excusa tienen sus padres? ¿Tuvieron ellos unos malos padres? Y así podríamos continuar hasta el mismísimo Edén».

«¿Dónde se detiene la bola?».

«Mira Sara. Nada de lo que ha contado haría pensar que haya tenido una infancia apacible, pero arrima el hombro como la que más y no se queja de la vida».

«Reg lo ha pasado mal en más de una ocasión, pero tampoco se queja de lo injusta que es la vida».

«He tenido que aguantar un montón de excusas, la mayoría de Barton».

Jay trotó de regreso al establo donde se guardaban los caballos que iban a ser montados al día siguiente. Se ocupó de la yegua y la soltó en el corral antes de llevarse los aparejos al establo y dirigirse a la casa.

«Sara está allí».

Al fin renunció a intentar convencerse a sí mismo de que no le importaba. La vida era inesperada. La muerte era lo mismo, y definitiva. Sara estaba allí y pensaba disfrutar de ella el tiempo que durara. Si a Henry le ponía nervioso, que comiera en los barracones como solía hacer cuando Liza vivía en el rancho.

Minutos después, Jay subía las escaleras hacia la habitación de Sara. La puerta estaba abierta, de modo que la empujó. La encontró sentada sobre la cama con las piernas cruzadas, leyendo uno de los papeles que había sacado de la caja que tenía junto a ella. Había más papeles esparcidos sobre la cama en una disposición que solo tenía sentido para ella.

—¿Puedo ayudar? —preguntó él.

—¿Sabes algo de las abreviaturas de Custer?

—¿Te refieres a esa escritura, como en los antiguos cuadernos de taquigrafía?

—Me refiero a «IP» —leyó ella de un papel.
Jay extendió la mano y, sin dudar, ella le entregó la hoja. Con el ceño fruncido él contempló las enigmáticas letras. La fecha situaba las notas en los últimos meses de la larga enfermedad de su madre.
—¿Aparece IP en otras notas? —preguntó él.
—A menudo. A menudo precedido de MJD.
Jay cerró los ojos y recordó a su madre. Alta, morena, deslumbrante, con una risa que iluminaba el mundo. Cálida y amable, pero exigente hacia los buenos modales y mejores notas, sonriente mientras comprobaba si empezaba a crecerle esa pelusilla que tanto ansiaba todo preadolescente montado en su montaña rusa particular.
Todavía la echaba de menos, y le provocaba un dolor que no desaparecería jamás porque ya formaba parte de él.
—Veamos algunas notas más de estas fechas —sugirió—, y de los años precedentes, si hay alguna.
—Estas van desde antes de que tú nacieras hasta unos cinco años después —Sara alargó la mano hacia un montón de hojas sujetas con un clip.
—¿Cómo sabes cuándo nací?
—Está escrito en las hojas que tienes en la mano.
Jay repasó las notas rápidamente, a conciencia, permitiendo que las palabras despertaran recuerdos largo tiempo enterrados. Se paró ante la frase que anunciaba su nacimiento: *MJD loco de contento. PMJD al fin.*
Jay soltó una carcajada.
—Esta es fácil. JD estaba contento de haber tenido un hijo al fin.
—¿En serio? —Sara se inclinó hacia delante y leyó las notas—. Yo no lo veo —miró de nuevo la hoja, frunció el ceño y miró a Jay—. Traduce, por favor.
—¿Recuerdas que te conté que JD y Custer se peleaban mucho?

Ella asintió.

—De niño, a menudo me preguntaba por qué Custer repetía tanto «MJD». Le pregunté a mamá qué significaba y ella se echó a reír. Dijo que Custer estaba lanzando una maldición sobre JD.

—¿Maldito JD? —preguntó ella con cierta ironía.

—Ya te he dicho que se peleaban como dos perros por el mismo hueso, aunque nadie consiguió averiguar de qué hueso se trataba.

—¿Y «PMJD»?

—Pequeño Maldito JD.

—No me extraña que Custer empleara abreviaturas. ¿Tus padres tuvieron problemas para concebir?

—Nunca lo mencionaron. Por algunas cosas que contaba JD, me imaginé que era ella la que tenía problemas. El hecho de que Barton naciera tan pronto lo confirmó.

—Y sin embargo, Liza y JD solo tuvieron un hijo —observó Sara.

—Era lo único sobre lo que discutían Liza y JD. Él quería más hijos. Ella no.

—Ya lo había cazado. ¿Para qué necesitaba tener más hijos? —Sara dio un respingo ante sus propias palabras—. Eso ha sonado fatal. Lo que quería decir era que…

—Lo has clavado a la primera —la interrumpió Jay—. Tenía a un hombre rico atrapado, marcado y colgado de la pared de su dormitorio. Había llegado el momento de disfrutar de los resultados de todos sus esfuerzos.

La gélida y distante voz le provocó escalofríos a Sara.

—No te gusta ni un poquito, ¿verdad?

—Pero a JD sí. Eso era lo único que importaba.

—¿Fue una buena esposa?

—Nunca se lio con otro hombre, si es eso a lo que te refieres. Tampoco resulta sorprendente. No tenía una gran necesidad de hombres.

—Ni de mujeres —observó Sara.

—Punto para la bonita dama. Lo único que necesitaba Liza era dinero y admiradores. Pero eso no nos ayudará con estos papeles. Échate a un lado, ¿quieres?

Sara le hizo sitio sobre la cama de matrimonio antes de continuar leyendo los papeles que Jay sujetaba en la mano, intentando ver lo mismo que veía él en las hojas cubiertas de caricaturas y descontrolados garabatos que reflejaban los pensamientos, igualmente descontrolados, de Custer.

—De modo que «M», es maldito.

—Depende del contexto. «M», también podría ser «maravillosa». Custer solía referirse a mi madre, Virginia, o Ginny, como «Maravillosa Ginny», por aguantar a JD.

—¿Y lo repetía delante de tu padre?

—Ahora que lo dices, lo mencionaba todo el tiempo —Jay sacudió la cabeza—. Cuántas cosas tenía almacenadas en mi memoria sin darme cuenta. La abuela, la madre de mi madre, solía llamar a Custer y a JD, «Mutt y Jeff», como los personajes de los dibujos animados. Custer, desde luego, podría muy bien haber salido de un psiquiátrico. JD era bastante más listo que Jeff, salvo cuando se enfadaba, entonces era tan estúpido como cualquier hombre.

Sara tomó la tableta y empezó a introducir notas.

—De manera que «MG», podría ser «maravillosa Ginny». ¿Alguna idea sobre «IP»?

—Podría ser «ir a pintar».

—Mucho mejor que mi primera idea: «ira palpitante».

—Creo que tu argot está un poco desfasado —Jay sonrió.

—Simples detalles —Sara se inclinó de nuevo sobre el brazo de Jay—. ¿Y qué es todo eso de comprarse un crío?

—Mamá quería adoptar. JD se negaba en redondo. Hay un antiguo dicho Vermilion, tan viejo que debió venir en el mismo barco que el primer Vermilion, que dice «Mejor un pollo que diez cucos».

—¿Y significa?

—Mejor un hijo de tu propia sangre que diez de la semilla de otro hombre.

—Típico patriarcado —observó ella—. Lo que importa es la sangre, no el niño.

—Cuando la propiedad está ligada a la sangre —le explicó Jay mientras alargaba la mano hacia otra hoja—, la cosa se complica. Al parecer, mi tataratatarabuelo descubrió que dos de sus cinco hijos no eran suyos en realidad.

—Uy…

—Se puso furioso. Fue el que redactó el primer testamento Vermilion. Desheredó a su esposa y a esos dos hijos. Desde entonces, todos los varones Vermilion añaden la cláusula «solo la sangre hereda», en sus testamentos. Por supuesto, hasta que se inventaron las pruebas genéticas, nadie estaba seguro al cien por cien de una cosa o la contraria.

—¿A ti te hicieron la prueba?

—Antes de heredar, sí.

—Qué fuerte —opinó Sara—. De manera que un hijo solo cuenta cuanto comparte tu misma sangre. ¿Era JD aficionado a los cinturones de castidad?

—Mamá se lo habría colocado a él.

—Creo que tu madre me habría caído bien —ella soltó una carcajada.

—Y tú le habrías encantado. Siempre quiso tener una hija para enseñarle a participar en carreras de barriles, a cocinar y a cantar viejas canciones de amor, corazones rotos y muerte.

—Muchas canciones actuales tratan de lo mismo.

—Las personas no cambian mucho —observó él—. Es a la vez bueno y malo.

—Es evidente que no crees en la perfección humana.

—De ser posible, ya se habría logrado. Como no se ha logrado, no es posible —Jay soltó el papel que tenía en la mano.

—No me extraña que no te gusten las ciudades —Sara

continuó leyendo por encima de su hombro—. La gente de ciudad suele tener muchas normas destinadas a hacerte mejor de lo que serías de no practicarlas.

—¿Y cómo funciona?

—Más o menos como tú esperarías —ella rio.

—Si funciona, será mérito de la gente, no de las normas. He estado en lugares donde la única norma era sobrevivir. Allí había buena gente. Las normas no tuvieron nada que ver con eso.

—¿JD opinaba lo mismo?

—No. Mamá era la pragmática. JD era JD. Era culto, pero no aficionado a los libros. Sin embargo, le leía poesía a mi madre cada noche mientras ella estaba enferma.

—Y justo cuando creo empezar a comprender al hombre —musitó Sara—, descubro algo que lo arroja todo por la borda.

—Mis padres eran seres humanos, cariño —Jay sonrió y le robó un beso—. Cometieron errores, aprendieron de ellos, lucharon, rieron, lloraron, hicieron el amor, toda la experiencia de ser humano. El hecho de que fueran mis padres no significa que vivieran únicamente para mí. Tuvieron vidas al margen de su hijo. En su momento yo no lo veía así, pero eso no lo convierte en menos cierto.

Sara reflexionó sobre sus propios padres, personas que vivían día a día lo mejor que podían.

Como ella.

«Salvo que yo tomé decisiones que mi madre nunca pudo tomar, porque la única decisión que tomó: casarse con un pobre granjero la dejó sin más posibilidades de elegir».

«Yo tuve suerte. ¿Voy a permitir que sus decisiones gobiernen mi vida?».

Sara contempló, inmóvil, los papeles que tenía en las manos, sin verlos realmente. Su mente jugaba al ping-pong con el tema de las decisiones.

—¿Hola? —Jay le quitó delicadamente los papeles de las manos—. ¿Hay alguien ahí?

—Lo siento —ella soltó las hojas distraídamente—. Estaba pensando.

—Pues por tu expresión, no eran pensamientos alegres.

—Tampoco tristes. Simplemente inesperados.

Jay se levantó de la cama y tiró de ella. Antes de que Sara recuperara el equilibrio, la había atraído hacia sí y la besaba como si fuera agua en medio del desierto. Para cuando apartó el rostro de ella, Sara se aferraba a él con todas sus fuerzas, absorbiéndolo, dándole a cambio su aliento y su deseo.

—Vamos —sugirió él con voz ronca—. Ya basta de hurgar en el pasado. Ha sido un día muy largo. No sé tú, pero a mí me gustaría echarme una siestecita antes de cenar.

—¿Una siestecita? —ella sonrió—. No sabía que ahora se llama así.

—Espera a que me oigas roncar.

—¿Recuerdas que no querías que te contara las costillas?

—Y sigo sin quererlo.

—Pues entonces nada de ronquidos.

Sara no supo cuánto tiempo había transcurrido antes de quedarse dormida. Lo único que sabía era que estaba en brazos de Jay, envuelta en el cálido y masculino aroma. O a lo mejor era ella la que lo envolvía a él. Quizás fueran como las sábanas, enredadas y calientes. Se sentía floja, saciada, completamente relajada en las postrimerías de un sexo lento e intenso. Y porque podía, lamió el protuberante bíceps, disfrutando del calor y el sabor salado de su piel.

Entonces se dio cuenta de que el músculo estaba tenso y duro, como si la mano estuviera cerrada en un puño.

—¿Jay?

—Duérmete, cariño. Aún falta por lo menos una hora para la cena.

—¿Pasa algo?

Jay sabía muy bien que se refería a si le preocupaba algo más, aparte de los asesinatos. Tras unos instantes de duda, le mostró el mensaje de texto que acababa de recibir en el móvil. Era de Liza.

Urgente. Reúnete conmigo en Roth's, a las afueras de Jackson. Mañana a las nueve de la mañana. Querrás oír lo que tengo que decir antes de que lo oiga tu abogado. Tráete a tu «invitada».

—Y yo que pensaba que el mundo del arte era el más cotilla de todos —observó Sara—. Da la impresión de que los viñedos de Wyoming son más activos. Por supuesto, Liza tiene una fuente interna. ¿Se estará vengando Barton de ti por lo del helicóptero?

—Lo sabré mañana —Jay apagó el móvil y lo dejó sobre la mesilla de noche.

—Lo sabremos los dos. Me ha incluido a mí en el pequeño numerito.

—Eso no significa que tenga que exponerte más a su lengua viperina. La elección del lugar me dice que no va a ser agradable.

—¿Por qué?

—Roth's es un bar de carretera al que Custer y JD solían acudir con regularidad. Para serte sincero, es la clase de lugar en el que alguien con la lengua de Liza encaja perfectamente.

—Ya soy mayorcita —protestó Sara—. Sé comportarme como una zorra como la que más. Pero, ¿a qué viene el mensaje? ¿Por qué no te ha llamado sin más?

—No querría oír mi respuesta.

—Para eso están los abogados. Claro que, ahora que paga ella, puede que haga parte del trabajo legal ella misma.

—Un mínimo de dos mil dólares a la semana en abogados le va a hacer un agujero bien grande en el bolsillo —Jay sonrió con cierta amargura.

—¿Dos de los grandes por semana? ¡Madre mía! No me extraña que haya organizado ella misma la reunión.

Jay se estiró e intentó soltar parte de la tensión que le había provocado el mensaje de Liza.

Unos dedos, sorprendentemente fuertes, empezaron a masajearle los hombros.

—Podría odiar a Liza solo por el dolor que te causa.

—No malgastes tus energías —contestó él mientras se giraba bajo los hábiles dedos.

—Boca abajo, soldado.

Sara continuó por la espalda, admirando la línea de la columna y los musculosos y abultados glúteos. Lentamente el cuerpo empezó a relajarse hasta que ya no tuvo la sensación de estar masajeando una roca. Sonriente, deslizó un dedo por la columna hasta el coxis, y luego mordisqueó delicadamente uno de los cachetes.

—¿A qué ha venido eso?

—Solo quería mantenerte despierto —le explicó ella.

Jay se volvió y, sin saber cómo, Sara se encontró tumbada de espaldas, las piernas separadas y él torturándola con tanta fuerza que apenas fue capaz de formular la pregunta que tenía en la punta de la lengua.

—¿Qué pasa... con... la cena?

—Por aquí, lo típico es empezar por el postre.

CAPÍTULO 19

El bar de carretera cuyo cartel rezaba: ROTH'S ABIERTO LAS 24 HORAS, estaba abarrotado de restos de bólidos, los restos de cientos de carreras que habían terminado mal, piezas recuperadas y pulidas hasta hacerlas brillar. Por encima de la caja registradora colgaba una maraña de tubos de escape cromados, como un nido de serpientes, brillantes bajo la luz de la mañana que se reflejaba en ellos. La camarera llevaba un vestido que parecía el de la fiesta de la noche anterior. A diferencia de lo que sucedía con los despojos cromados, la luz del día no les hacía ningún favor a las personas. Había un televisor en cada esquina y todos retransmitían algún deporte a un volumen atronador. Los únicos que miraban las pantallas eran los bebedores tempranos, o tardíos, sentados a la barra del bar.

—Apuesto a que hay una o dos salas de juego en la parte de atrás —adivinó Sara mientras sostenía la taza de café con una mano. La otra estaba firmemente sujeta por Jay.

—Tú ganas —él asintió.

—¿Son partidas legales?

Desde la parte trasera de la sala principal llegaba el sonido de bolas de billar entrechocando y los juramentos de los perdedores. Por sus voces, no habían estado en sus casas desde el día anterior.

—Si la cosa se pone fea, el sheriff interviene —le explicó

Jay—. De lo contrario, prefiere esperar a que los buenos ciudadanos se quejen. Muchas de las mujeres que hay aquí son semiprofesionales, lo cual, al igual que las partidas ilegales, son un buen reclamo.

—¿Semiprofesional es una prostituta a tiempo parcial?

—Sí. A la hora de comer tienen mucha clientela entre los camioneros.

—¿Y dices que Liza pertenece a este ambiente?

—JD y Custer la conocieron en un lugar igual que este, pero en Nevada —Jay consultó impaciente el reloj—. Si no viene en tres minutos, nos vamos.

Sara volvió a mirar a su alrededor. No había nada que hubiera mejorado el ambiente.

—Extraña elección para un punto de reunión. No me imagino que Liza pueda sentirse muy cómoda regresando a este lugar. A no ser que la comida sea mejor que el café.

—Lo único que le interesa masticar de aquí es a ti y a mí.

La puerta se abrió y el inmisericorde sol iluminó la oscura sala. Sara contempló a Liza. La otra mujer llevaba unos vaqueros negros, una cazadora color turquesa y un jersey, también color turquesa, a juego. Las botas de cuero negras, que le llegaban a la altura de la rodilla, golpeaban el suelo de piedra con un taconeo que recordaba al crujir de pequeños huesos. Había optado por dejar los diamantes en casa y se había conformado con unas joyas indias, antiguas, exquisitas y muy caras. Los labios y las uñas estaban pintados de un color rojo chillón.

—Ese conjunto que lleva puesto podría pagar varios meses de abogados.

—Lo sé. El rancho ha pagado cada trocito de tela. Las joyas llevaban tres generaciones en la familia. Mamá las adoraba. Se las ponía siempre que podía y hablaba de esa nieta que algún día las disfrutaría —Jay se encogió de hombros—. A veces se gana y a veces se pierde.

—Lo siento —susurró Sara.

—Yo también. Liza solo quería «esas cosas indias», porque la primera esposa de JD las había convertido en su seña de identidad. Y hoy se las ha puesto para recordarme quién ganó esa batalla en particular.
—Zorra.
—Y que lo digas.
Jay observó atentamente cómo el enemigo número uno del rancho Vermilion se detenía ante su mesa. Hasta él llegaba claramente el olor a alcohol rancio de su aliento y no pudo evitar preguntarse si ella ya habría llegado al estadio de sudar licor porque su hígado ya no aguantaba más.
—Buenos días, Jay —saludó Liza sin apartar la mirada de la mano que sujetaba la de Sara—. Señorita Medina.
Él asintió a modo de saludo, pero no se levantó.
Sara se limitó a contemplar a Liza. Si Jay había aparcado sus buenos modales, ella también lo haría.
Tras unos instantes de duda, Liza se sentó como si estuviera en casa.
—Zumo de tomate —pidió sin siquiera mirar a la camarera que tenía a su espalda—. Sin nada más.
La camarera miró expectante a Jay.
—Ya hemos comido en casa —le informó él—. Tenemos suficiente con el café.
La camarera deslizó las manos por las caderas de la ajustadísima, y corta, falda, llamando la atención sobre un inusualmente bonito trasero.
—Como quiera, señor. No se cobra el café… ni nada más. El jefe dice que hacía demasiado tiempo que no entraba un Vermilion aquí.
—Bendito sea —exclamó Jay en tono indiferente.
Sara reprimió una carcajada ante la expresión tan típica del sheriff.
Tras mirar un buen rato por encima del hombro, la camarera se alejó en busca del zumo de tomate de Liza.

—¡Bueno! —exclamó Liza en tono alegre—. ¿De qué hablamos?

Su mirada echaba chispas mientras aguardaba, totalmente inmóvil, a que alguien reaccionara.

—No tenemos tiempo para jueguecitos —contestó él al fin—. Tengo un rancho que dirigir.

—Tú convocaste la reunión. Al grano —la frialdad en la voz de Sara no hacía nada por disimular lo poco que le gustaba la otra mujer.

Liza permitió que el silencio se prolongara hasta que la camarera depositó sobre la mesa un vaso alto que contenía el líquido rojo. El efecto de un color natural, sin artificios, convertía a Liza en alguien artificioso. Sin la altura de los tacones, se la veía pequeña, casi frágil.

«No piques», le advirtió silenciosamente Sara a Jay. «Al igual que las lágrimas, es el truco más viejo del libro de trucos femeninos».

—¿Este es el agradecimiento que recibo por hacerte un favor? —preguntó la mujer con su voz ronca.

Tomó un trago del zumo, dejando una marca de carmín, más rojo que el tomate, sobre el borde del vaso, y luego se limpió la boca con una servilleta de papel, dejándola también manchada.

Jay la contemplaba como a la serpiente venenosa que era.

—¿No tienes ninguna pregunta? —insistió Liza—. Qué desilusión.

El silencio fue su única respuesta.

Liza le clavó una mirada vidriosa, vaga, y aun así escalofriantemente intensa.

—Mis abogados me informan de que tenemos muchas posibilidades de anular el veredicto sobre los Custer.

—¿En base a qué? —quiso saber Jay sin dejar de juguetear con la cucharilla del café.

—Conflicto de intereses —Liza sonrió como una niña,

pero la mirada que dirigió a Sara era cualquier cosa menos inocente.

—¿Qué conflicto? —Sara sintió un escalofrío en la nuca.

—Tú. Es evidente que mentiste en tu valoración de los cuadros para complacer a tu amante.

—Chorradas —exclamó Jay—. Nos conocimos después de que el juez dictara sentencia.

—Barton habló con tus últimos clientes, los Chen —continuó Liza, la mirada ávida sobre el rostro de Sara—. Aseguran que tenías mucha prisa por venir a Wyoming.

—Llevaba meses en Atlanta. Al grano —Sara hablaba con voz tranquila, pero lo que veía reflejado en la mirada de la otra mujer le hacía querer salir corriendo.

«¿Sabrá Jay que la ex de su padre está más que desquiciada?».

—Se suponía que debías quedarte en Atlanta dos semanas más —añadió Liza con la voz crecientemente chillona—. Pero corriste aquí para disfrutar de un poco de tiempo para follar con tu cliente. ¿Era ese el sueldo o esperabas también un buen pellizco del dinero Vermilion?

Sara cerró los dedos suavemente en torno a la mano de Jay, en una silenciosa súplica para que la dejara encargarse de todo.

—No me juzgues por lo que habrías hecho tú en mi lugar —contestó Sara con calma.

—¿También sisea como un gato en la cama? —le preguntó Liza a Jay.

—¿Qué quieres exactamente? —preguntó él con voz calma y mirada asesina—. ¿Más dinero?

—Lo quiero todo —contestó Liza sin molestarse ya en ocultar la ira que la alimentaba—. JD me dejó tirada como una bolsa de basura.

—¿Envuelta en diamantes y trajes de alta costura? Inténtalo otra vez.

—Quiero todo aquello que JD amaba más que a mí. El rancho, los Custer, todo.

—¿Y luego qué? —intervino Sara—. ¿Esperas con eso que el agujero negro que tienes por alma se llene como por arte de magia? Te voy a dar una primicia, hermana. No funciona así. No serías más feliz que…

—¡Cállate! No necesito oír la sabiduría de una zorra.

—Si las zorras fueran sabias, tú no estarías aquí —espetó Jay a Liza—. Pero tú no lo eres y nosotros sí. Puedes dedicar el resto de tu vida a intentar despertar mi ira, o puedes reducir tus pérdidas y disfrutar de la buena vida que tienes.

—Aprenderás —contestó ella—. Te lo aseguro. Tal y como hizo JD.

—Ya averigüé por qué se divorció de ti —le indicó él—. No necesito aprender nada más.

—¡Exijo que se me trate con respeto! —la aguda voz de Liza llenó el repentinamente silencioso bar.

—No hasta que madures —contestó él con una voz lo bastante gélida como para quemar—. Y ahora, dime, ¿hay algo más sobre lo que quieras hablar?

—Borra esa mirada de tu cara —le ordenó ella mientras sujetaba el vaso con manos temblorosas.

—¿Mejor así? —Jay le dedicó una sonrisa perezosa.

No, no era mejor.

Sara apretó la mano del vaquero en una silenciosa advertencia. Provocar a una loca no iba a conseguirle nada, salvo una monumental escena.

«A lo mejor por eso eligió este bar de carretera», pensó Sara. «Cualquier cosa menos grave que un cuchillo pasará inadvertida».

Pensar en cuchillos le despertó el recuerdo de los Solvang, apuñalados y sangrando, esperando en silencio algo de justicia.

De repente sintió un inmenso hartazgo de Liza y su constante búsqueda de un camino para llegar al fondo de la billetera Vermilion.

—Aumentarás mi asignación en un cien por cien.

—Ya recibes más de lo que puede permitirse el rancho —le aseguró Jay.

—Te lo puedes permitir. Tengo una idea bastante aproximada de cuánto ingresa el rancho.

—¿Te suena el cuento de la gallina de los huevos de oro? —preguntó él en tono sardónico—. Su dueño la mató porque creía que así lograría un tesoro mayor.

Liza aferró con fuerza el vaso de zumo.

Por primera vez Sara se fijó en el detalle de que la uña del pulgar de la otra mujer estaba mordida hasta la cutícula. La sangre seca era más oscura que la laca de uñas que llevaba.

—Barton recibirá el control de su cuarta parte del rancho ahora mismo.

—No.

—Y hay una cosa más —continuó Liza.

—Dado que lo único que haces es lanzar globos sonda, de acuerdo, adelante.

—Quiero *La musa*.

—No está demostrado que exista —intervino Sara—. Jay no puede darte lo que no existe.

—Custer pintó ese cuadro para una amiga mía —insistió la otra mujer—. Yo le vi pintarlo. O me das el retrato o no hay acuerdo.

—Ya hemos mantenido esta discusión antes y siempre la has perdido —Jay se colocó el sombrero—. La respuesta sigue siendo la misma. No.

—Eso fue antes de que estuviera Sara —espetó Liza con dureza—. ¿Qué crees que opinará un nuevo juez del término «experto», cuando lo que está haciendo es abrirse paso hasta la fortuna Vermilion a base de follar?

—El veredicto del juez no va a cambiar —le aseguró él—. Está basado en la ley, no en chismorreos.

—Quizás. Pero —añadió la mujer con expresión astuta— ¿sobrevivirá al chismorreo la reputación de tu puta?

Ahí estaba, el motivo de la insistencia de Liza para que ella estuviera presente. Creía que con eso conseguiría sacarle más dinero a Jay.

—Mi reputación está estupendamente —le aseguró Sara—. Tengo una lista de clientes satisfechos que me mantienen ocupada.

—Cuando Guy Beck termine contigo —la sonrisa de Liza parecía más el rictus de un cadáver—, tus clientes no volverán a llamarte.

—Mis clientes ya conocen a Guy. Lo que él tenga que decir no les preocupa —mintió ella sin dudar.

«No pienso ser la causante de que esta mujer arruine el rancho Vermilion».

—El cuadro existe —insistió Liza—. Se menciona en los recibos.

—Solo se menciona un retrato —le rectificó él—. No hay ningún título.

—Si no encuentras *La musa*, será porque lo estás ocultando.

—O porque Custer lo quemó antes de marcharse —sugirió él.

—¡Él jamás habría hecho algo así! Tienes una semana para encontrar ese cuadro. Pasado ese tiempo voy a contratar a varios abogados y soltar a Guy Beck para que destroce la reputación de nuestra pequeña señorita Medina.

Por el rabillo del ojo, Sara vio el destello de luz que escapó de la cucharilla de café con la que seguía jugueteando Jay, girándola una y otra vez en su mano.

—Tu, así llamado, caso de conflicto de intereses no se sostiene como para abrir un nuevo caso —le aseguró a Liza.

—Se sostiene igual que todas las apelaciones que alargaron el juicio todos estos años —contestó ella—. Qué felicidad saber que pagaste a mis abogados para que acorralaran a los tuyos. Una lástima que no pudiera sangrarte hasta obligarte a vender el rancho.

—Me malinterpretaste desde el principio —aseguró Jay.

Sus ojos lanzaban destellos desde debajo del ala del sombrero, al igual que la cuchara que seguía entre sus dedos.

—Y una mierda. Tú quieres todo el rancho para ti, pero tu hermano tiene sus propias ideas sobre lo que vale ese rancho y cómo conseguirlo. Se merece esta oportunidad.

—Y la tendrá dentro de siete años.

—No. ¡Ahora!

La cuchara hizo un último giro antes de que Jay la arrojara a un lado.

—Estoy harto —se dirigió a Sara—. Nos vamos.

—Espera —se apresuró Liza—. Puedo mantener a mi hijo lejos de tu precioso rancho. Es un chico realista. Tú eres un romántico. Pero dado que Barty es el realista, puede ser dirigido mejor que tú —cruzó los brazos por encima de la mesa y se inclinó hacia Jay—. Dobla mi asignación y dame *La musa*. Me ocuparé de que no se corten más vallas ni se caven más hoyos junto al arroyo, ni se esparzan productos químicos. No te pediremos nada más. Nunca.

—Los chicos adoran a sus madres, ¿verdad? —Sara apretó los labios.

—Puede amarme u odiarme, pero si quiere dinero para sus gastos sabe que tiene que escucharme.

—Lo quiero por escrito —se aventuró Jay, curioso por averiguar hasta dónde llegaría esa mujer—. Obtendrás el doble de tu asignación y *La musa*. Y yo consigo el final de las prospecciones de los ingenieros en el rancho, que no presentes más exigencias y que me des tu palabra de que no mancillarás la reputación profesional de Sara.

—No —intervino Sara furiosa—. ¡No le permitas utilizarme en tu contra!

Los dedos de Jay se cerraron con delicadeza en torno a los de ella por debajo de la mesa.

Ella lo miró y vio el sutil movimiento de negación de su cabeza.

—Pero...

Él le apretó la mano con más fuerza. Murmurando por lo bajo, Sara se reclinó en la silla.

—No obtendrás nada por escrito —contestó Liza—. Lo calificarías de chantaje.

—Porque lo es. Y por eso no llegará hasta el señor Abrahamson Esquire y el señor Wilkie Esquire, de Abrahamson y Wilkie Abogados, dos de los abogados más caros de Wyoming. Esta reunión te habría costado unos cinco mil dólares, y no incluiría el café.

—¿Te he mencionado que eres tú el que pagas la minuta de todos los abogados implicados? —preguntó Liza con los ojos muy abiertos.

—A no ser que te olvides de que yo pague a los abogados, entre nosotros no habrá nada más que este horrible café.

—Puedo permitirme ser generosa con el tema de los abogados —ella agitó una mano en el aire y el enorme anillo de compromiso emitió un destello.

—Ahora mismo no pienso acceder a nada —le advirtió Jay.

—Te doy un día o dos para que te lo pienses. Ya comprobarás que no merece la pena luchar por causas perdidas. Otra vez. Decidas lo que decidas, la fecha límite es dentro de dos semanas —la mujer se apartó de la mesa y se levantó—. Avísame cuando encuentres el retrato. Hasta entonces, todas las piezas están en juego.

Liza se dirigió hacia la puerta.

—¿Te has enterado de lo de Fish Camp? —preguntó él con aparente desinterés.

—Horrible, sencillamente horrible —Liza se detuvo y se volvió.

—Supongo que no sabrás nada de eso, ¿verdad?

—No puedes pensar que yo haya tenido algo que ver con un asunto tan sórdido. Deberías avergonzarte.

—El cuadro que tanto anhelas podría haber sido robado de Fish Camp. ¿No se te ha ocurrido?

—Barty dijo que no habían robado nada.

—Creemos que no han robado nada —la sonrisa de Jay estaba cargada de amargura—. Pero no podemos asegurarlo.

—Eso es problema tuyo.

—¿Igual que los asesinatos? —preguntó Sara—. Nada es problema tuyo, ¿verdad?

—No necesito matar a nadie para conseguir lo que quiero —contestó ella con impaciencia—. Solo necesito conocer los puntos débiles de los demás para que hagan todo lo que yo quiera. Como tú, Jay Vermilion. Harás lo que yo quiera y me estarás agradecido por darte la oportunidad de hacerlo —se volvió de nuevo hacia la puerta—. Avísame cuando encuentres el retrato.

Los tacones resonaron por toda la sala mientras dejaba atrás los cromados, los televisores y los malos recuerdos.

Por primera vez en su vida, Sara comprendió que algunas personas sintieran el deseo de matar.

—No digas nada hasta que lleguemos a la camioneta —le aconsejó Jay.

—No soporto que me esté utilizando para fastidiarte —masculló ella entre dientes. Las manos le temblaban de pura rabia y las cerró en un puño—. De no ser por mí, le habrías podido decir bien claro que se fuera a la…

—En efecto —la interrumpió él mientras se levantaba de la silla y la arrastraba con él—. Nos vamos.

Para cuando llegaron a la camioneta, Sara había recuperado el control. Casi.

Jay se sentó al volante y arrancó el motor con toda tranquilidad, como si acabara de salir de la ferretería.

—Piensa un poco —le aconsejó mientras maniobraba para salir del aparcamiento—. Liza está disparando a ciegas con sus amenazas, pero mientras crea que me tiene agarrado por las pelotas, estará tranquila durante las próximas dos semanas. Tenemos que comportarnos como si estuviésemos realmente preocupados.

—¿Disparando a ciegas? —preguntó Sara.

—Un anillo de compromiso en tu dedo y se acabarían todos los cotilleos.

Sara sopesó la información.

—¿Crees a Liza con respecto a los Solvang? —preguntó.

—Esa mujer puede ser un montón de cosas, y la mayoría me desagrada. Pero ¿contratar a un asesino a sueldo? Hacen falta contactos para llegar a esa clase de gente. Y ella no los tiene. ¿Chantaje? Desde luego, de eso sí es capaz y también de caminar hacia el banco con una sonrisa en los labios, sin el menor remordimiento.

—¿Por qué desea tanto *La musa* como para intentar extorsionarte? —Sara frunció el ceño.

—¿Recuerdas lo que dijiste sobre el prototipo del Spyder? —él se encogió de hombros y salió del aparcamiento.

—Sí.

—Puede que para Liza *La musa* sea lo mismo. También es su manera de clavarme el cuchillo y retorcerlo en la herida. En cuanto yo diga basta, ella se queda con el cuadro más valioso.

—Si le das la oportunidad, desangrará el rancho hasta la muerte, y se reirá en el proceso —observó Sara—. Y todo por culpa mía.

—Chorradas. Sobreviviré a esta batalla. La guerra Vermilion—Neumann se lleva librando desde mucho antes de que tú entraras en escena, y seguramente seguirá mucho después de que te hayas marchado.

Lo que Sara estuviera a punto de contestar quedó borrado de un plumazo ante la veracidad de las palabras de Jay.

Porque ella se marcharía.

Y él se quedaría.

En el interior de la camioneta se hizo el silencio, roto únicamente por el sonido del intermitente mientras avanzaban por la calle principal.

—Tenemos al menos una semana antes de que Liza empiece a impacientarse —continuó él. «Al menos eso espero»—. Hay un recibo de un retrato de metro y medio por metro ochenta, y debemos asumir que es el que ella busca.

Sara cerró los ojos y se esforzó por intentar asumir la pérdida, algo que Jay había encontrado en lejanos campos de batalla. Aunque había dicho que debían fingir seguir adelante, ella se preguntó si esa sería toda la verdad, siquiera una parte de la verdad.

—Porque sé que Custer no se llevó ningún cuadro suyo a Roanoke —comenzó Jay.

—¿Y cómo puedes estar tan seguro de eso? —preguntó ella rápidamente.

—Custer dejó atrás cuadros, brochas, caballetes, todo salvo la ropa que llevaba puesta cuando se marchó. Hizo autoestop hasta Roanoke. No lo veo haciendo algo así con un enorme retrato bajo el brazo.

—¿Y qué pasó con todas sus cosas?

—Seguramente estarán almacenadas en alguna parte. O fueron quemadas. Custer no era el único que sabía encender una hoguera. JD hizo unas cuantas también —Jay miró a Sara. La joven tenía el rostro tenso, sonrojado, y la mandíbula encajada—. Piensa que si encuentras ese retrato será una victoria para el arte y para tu carrera. Y cualquiera de los dos motivos es suficiente para buscarlo. Olvídate de Liza.

—¿Has conseguido olvidarla tú?

—¿A qué te refieres?

—Bajo esa aparente calma estás que ardes.

De nuevo el silencio.

—No es solo por Liza —aceptó Jay al fin—. Me sentiría mucho más feliz si no tuviera la sensación de que Fish Camp está involucrado en todo esto.

—Has dicho que no creías que Liza tuviera algo que ver.

—Y no lo creo —él se aferró con fuerza al volante—. Pero

tengo la sensación de estar luchando en demasiados frentes como para ganar en alguno de ellos. De modo que voy a dedicar unos cuantos días a eliminar ese frente llamado *La musa*, y luego pasaré a la batalla más importante: encontrar a los asesinos.

«Y», pensó con rabia, «si todo esto tiene algo que ver con Fish Camp, estaré mucho más cerca de encontrar a esos asesinos hijos de perra».

—Los chantajistas nunca se cansan —puntualizó ella—. Lo sabes, ¿verdad?

—Liza está forzando tanto la situación porque cree que, cuando tú te marches, su ventaja se marchará contigo.

La realidad le supo tan mal a Sara como el café del bar de carretera, pero la aceptó. Lo que Jay y ella compartían no duraría mucho.

—Le he llamado muchas cosas a Liza, pero estúpida no es una de ellas —continuó él—. Creyó tener el arma y la posibilidad, y atacó. ¿Por qué no? Para ella son todo ganancias. Más dinero y, quizás, un Custer, y la dulce venganza para calmar lo que la esté reconcomiendo. ¿Qué más podría desear?

—Estoy segura de que lo averiguaremos.

CAPÍTULO 20

Sara apenas se fijó en la belleza de la luz del sol que se colaba entre las nubes mientras el vehículo se acercaba a la casa. Estaba demasiado ocupada pensando en un cuadro perdido y un doble asesinato.

—Me marcho —anunció.

¡No!

Jay mantuvo la reacción violenta para sí mismo.

—Liza intentará arruinar tu reputación simplemente porque puede hacerlo.

—¿Y cómo sabemos que Beck no ha empezado ya a alimentar los chismorreos? —preguntó Sara.

—¿Ha llamado alguien? —Jay apagó el motor de la camioneta.

Sara no necesitaba consultar el móvil. Lo seguía llevando en la mano desde la última vez que había comprobado sus mensajes.

—No —contestó.

—Entonces tu reputación sigue intacta. Uno de tus competidores ya te habría llamado para jugar a eso de «lo horrible que debe de ser todo esto para ti».

Sara no podía discutir contra eso. Contaba con la naturaleza humana para hacerle saber cuándo comenzaban los cotilleos.

«¿Será ese el momento elegido por Jay para entregarme un anillo de compromiso con la esperanza de que Liza se ahogue al verlo?».

La idea inquietó a Sara excesivamente.

Jay se inclinó sobre el salpicadero y besó a Sara en la comisura de los labios. Los pensamientos que habían originado el ceño fruncido se esfumaron. Ella le acarició la mejilla, aún suave después del afeitado de la mañana.

—Recuerda —insistió Jay—, solo fingimos estar preocupados.

—De acuerdo. Dejaré de preocuparme —«por ahora». Sara le mordisqueó el labio—. Me distraes con demasiada facilidad.

—Cariño, y tú me distraes solo con respirar. Y, si no salgo ahora mismo de esta camioneta, la demostración de mis palabras resultará visible en mis pantalones para que cualquiera lo vea.

—¿Te he dicho ya lo mucho que me gustan tus vaqueros?

—No me estás ayudando.

Sara aún sonreía, con mucho cuidado de no mirar, cuando él le abrió la puerta del coche.

—¿Ha sido horrible? —Henry los esperaba dentro de la casa.

La pregunta le recordó a Sara lo que Jay le había contado acerca de que el capataz era un chismoso.

«De manera que pondré cara de preocupación. Porque, además, estoy preocupada».

—Bastante —admitió Jay—. ¿Tienes la caja con los papeles del juicio? Con todo el jaleo de ayer se me olvidó preguntar.

Henry empezó a formular otra pregunta antes de mirar a su jefe a los ojos y cambiar de idea.

—Está en el despacho, sobre el escritorio. El sheriff Cooke llamó. Duggan y Valentine están presos en Cody. Embriaguez y alteración del orden.

—¿Cuánto tiempo llevan allí? —quiso saber Jay.

—Demasiado para haber matado a los Solvang.
Jay se quitó el sombrero y lo golpeó contra el muslo.
—Era una posibilidad desesperada. Gracias, Henry. No te alejes de la casa, ¿quieres? Puede que necesite tus recuerdos sobre Custer.

—Iré a echar un vistazo a los caballos que montaremos mañana —el capataz se colocó un sombrero con manchas de sudor—. Se acerca la temporada de herrar.

—Algunas herraduras ya están bastante desgastadas —Jay asintió mientras añadía mentalmente al herrador en su lista de tareas.

—Sí —Henry salió por la puerta delantera y se recogió unos largos mechones grises detrás de las orejas—. Rube y Willets están de regreso. Deberían llegar hacia el mediodía.

—Deben haber tomado el camino empinado.

—Sí —el capataz cerró la puerta y desapareció. Su voz les llegó desde lejos—. Lo comprobaré cuando haya terminado con los caballos.

—¿El camino empinado? —preguntó Sara.

—Un atajo —le explicó Jay—. Demasiado empinado para las vacas, pero perfecto para caballos.

—Y yo que pensaba que estaba en medio de la naturaleza salvaje. Y resulta que hay más caminos que en Central Park.

—La idea de un pedazo de suelo que no haya pisado el hombre —él le acarició una mejilla mientras sonreía— es solo eso. Una idea. La gente ya se había instalado en el Nuevo Mundo mucho antes de que Colón tropezara con él camino de la India. Donde quiera que vayas, alguien habrá estado antes que tú.

—Mientras no dejen basura, no me importa.

—Hablando de basura, vamos a echar un vistazo a esa caja de las pruebas.

—¿Es lo bastante grande para que quepa *La musa*? —preguntó ella en tono travieso.

—No a no ser que esté doblado hasta alcanzar el tamaño de un documento legal.

—Otro sueño que muere.

—Necesitas sueños más sólidos —Jay le tomó una mano y entrelazó los dedos con los suyos.

—Estoy en ello —Sara le apretó la mano.

Y luego lo siguió hasta la habitación que había convertido en su despacho. Una caja de cartón, medio descompuesta, descansaba encima del escritorio. Varias pegatinas, destinadas a los custodios de las pruebas, decoraban la superficie.

Cuando Jay abrió la caja, saltaron pedazos de papel. La caja estaba, literalmente, abarrotada de documentos.

—Las pegatinas me habían hecho pensar que los documentos estarían ordenados —observó ella.

—Lo que consideraron importante para el juicio fue escaneado.

—Y el resto abandonado. Entendido.

—En alguna parte debe haber un libro de cuentas —le aseguró Jay mientras revolvía con cuidado. Encontró el libro y lo sacó—. Todo tuyo.

Sara lo tomó, se sentó y empezó a repasar líneas y columnas.

Jay fue en busca de un café que mereciera la pena beberse y descubrió que tendría que prepararlo él mismo. Cuando regresó con dos tazas humeantes, Sara no se había movido del sitio.

Más allá de la cocina la puerta de la antecocina se abrió y cerró. Henry había vuelto.

—¿Qué es esto? —Sara deslizó un dedo bajo una línea que había sido tachada—. Cinco de mayo de 1993. ¿Celebráis alguna fiesta el cinco de mayo?

—Cuando yo era niño, no.

—¿Y bien? —ella le tomó una mano y tiró de él.

—No lo sabré hasta que no me dejes leerlo.

—¿A qué viene tanto jaleo? —preguntó Henry desde la puerta. Miraba a Jay del mismo modo que Skunk solía mirar a King Kobe—. Creía que ya habías terminado de hurgar en cajas polvorientas. ¿En qué está metida ahora la zorra de Liza?

—Estamos en la parte extraoficial del juego —contestó Jay.

—Esta —Sara reclamó su atención—. Está escrito y luego tachado a conciencia. El importe es de cinco mil dólares. No puede ser un error casual.

—Está anotado en la columna de «al contado» —él lo leyó atentamente.

—Es mucho dinero —observó ella.

—No si es para comprar ganado. ¿Alguna idea, Henry? —preguntó Jay sin levantar la vista del libro.

El otro hombre se inclinó hacia delante y sacó del bolsillo unas gafas con montura metálica antes de leer la anotación señalada.

—La fecha la recuerdo, desde luego. Fue cuando Custer dejó de ser bienvenido aquí. Cuando empezó a cortejar a esa zorra, JD se hartó de que Custer estuviera siempre en medio. Podría ser un regalo de despedida.

—O un dinero para que pudiera empezar en otra parte —opinó Jay.

—Viene a ser lo mismo.

—Pero no es lo que estamos buscando —Sara suspiró y volvió a golpear la línea en cuestión con la uña.

—No, a no ser que fuera el pago por el cuadro —sugirió Jay.

—Sin ninguna nota al margen no hay modo de saberlo con certeza —contestó Sara con evidente decepción—. Es la misma cantidad que JD pagó por otros cuadros de Custer, pero no basta para convencerme.

«Mucho menos a Liza».

Jay tamborileó con los dedos sobre la mesa. El sonido llenó

todo el despacho y fue absorbido por los libros centenarios y las estanterías de madera, talladas a mano.

—Esa tachadura no es propia de JD —insistió ella mientras pasaba varias páginas—. Todo lo demás está bien anotado, tanto si se debía a un asunto profesional como si era personal. Su estilo de mantenimiento era idiosincrático, pero no caótico.

—Cierto —el capataz asintió—. Estaba empeñado en llevar estos registros privados, seguramente para que Ginny nunca supiera cuánto se gastaba en arte.

—Pensaba que era a ella a quien le gustaban las obras de Custer —observó Sara.

—Gustarte y gustarte pagar grandes sumas por ello son dos cosas diferentes —le aclaró Henry.

Jay empezó a organizar el contenido de la caja. Buscaba el recibo de un retrato.

—¿Exactamente qué buscáis vosotros dos? —preguntó al fin el capataz—. A lo mejor yo os puedo ayudar.

Sara miró a Jay, que asintió.

—Estamos buscando un retrato pintado por Custer, *La musa*. Por lo que sabemos data de antes de que JD y él se enemistaran.

—Que fue por la época en que JD volvió a casarse —añadió Jay—. Y no puedo evitar tener la sensación de que ambos sucesos están relacionados.

—¿Un retrato? —el otro hombre asintió y reflexionó unos instantes—. Por el título, supongo que se trata de una mujer. A no ser que ahora existan también musas masculinas.

—Que yo sepa no —le aseguró Sara.

Jay se pellizcó el puente de la nariz para aliviar un poco la tensión de la cabeza. Quería hacer algo en lugar de limitarse a quedarse sentado y cambiar papeles de sitio, fingiendo estar muerto de preocupación.

—Hombre o mujer —intervino—, necesitamos ese retrato. Tiene que haber algún motivo por el que Liza está empeñada en tenerlo.

—Esa mujer no se rinde —Henry parecía tener ganas de escupir.

—¿Liza? —preguntó Sara.

Henry asintió.

—Cuando lo único que te queda es una belleza marchita y astucia —comenzó ella—, rendirte no es una opción —hundió la mano en la caja y encontró una carpeta llena de papeles. La abrió y echó un rápido vistazo a unas cuantas hojas—. ¿Qué es esto?

—Algunas de las porquerías que Custer se dejó —explicó el capataz—. JD maldijo a diestro y siniestro por tener que guardar esas cosas hasta que Custer enviara su nueva dirección.

—Cosa que nunca hizo —puntualizó Jay—. Encontramos un montón de recibos en esa carpeta. En todos, salvo en el retrato, figura «regalo para Ginny».

Sara dejó la carpeta y leyó algunas hojas al azar para hacerse una idea del contenido.

—Recibo, recibo, recortes de periódicos. No sabía que Custer montara toros en rodeos. Segundo premio, sin silla. Mis clientes van a devorar esto.

—También prensaba flores —Henry señaló unos pétalos aplastados entre dos páginas—. Un tipo raro.

—¿Tenía alguna flor preferida?

—Desde luego no eran las del jardín de Ginny —el capataz rio—. Una primavera lo pilló arrancando tulipanes y saltó sobre él como una mamá oso.

Sara reflexionó unos instantes antes de devolver su atención a la carpeta. Había un montón de hojas pegadas, seguramente por culpa de la pintura al óleo que las salpicaba. Se imaginaba a Custer interrumpido en pleno proceso de creación, llamado para que firmara un recibo o algo. La hoja de encima era una factura de pinturas al óleo y brochas. El importe ascendía a varios miles de dólares.

Pagados por JD.

—Aquí hay información suficiente para un libro —anunció ella—. Pero nada sobre un cuadro llamado *La musa*.

Con movimientos ágiles e impacientes, Sara intentó meter todas las hojas en la carpeta.

El taco de hojas pegadas se le escapó de las manos y aterrizó en el escritorio con un crujido. Varias hojas se despegaron. Curiosa, fisgoneó entre ellas. Una de las hojas, atrapadas entre otras más grandes, estaba doblada por la mitad.

Al desdoblarla, vio un bosquejo pintado a lápiz de un rostro, dibujado con trazos afilados y curvados.

—¡Bah! —exclamó Henry—. Parece obra de un niño.

—Un niño con un gran talento —aseguró ella distraídamente—. Este es el comienzo de un primer borrador. En realidad casi un garabato. Mirad la salvaje libertad que posee. La forma principal es elegante, casi etérea, pero…

—¿Qué? —preguntó Jay con dulzura.

—Bueno, los trazos principales están hechos con facilidad, pero los detalles debieron resultarle agónicos. Los ojos apenas están presentes, aunque son el alma y el corazón de todo retrato. Custer experimentó problemas para verlos. O quizás lo que le costaba era plasmar lo que veía.

El fantasma del rostro de una mujer los contemplaba desde el papel.

—¿La conoces? —le preguntó Sara a Jay, la mirada cargada de dudas y esperanzas.

—Lo único que te puedo decir con toda certeza es que no se trata de mi madre —contestó él—. Las cejas están mal.

—¿Henry? —insistió ella.

El capataz se quitó las gafas y se inclinó sobre el dibujo.

—No se parece a nadie que yo haya conocido jamás. Custer estaría demasiado borracho, o colocado, para hacer bien su trabajo.

—¿Colocado? —ella miró a Jay.

—Colocado —afirmó él—. Yo creía que era la pintura lo que impregnaba su cabaña de ese extraño olor. Cuando llegué al instituto, descubrí la verdad.

—¿A JD no le molestaba la afición de Custer por la hierba? En aquella época era totalmente ilegal.

—Y sigue siéndolo —puntualizó Jay.

—JD le dijo a Custer que le daría una zurra si alguna vez lo pillaba fumando algo que no fuera tabaco —recordó Henry—. Y después de aquella primera vez en la leñera, él supo que era verdad.

—¿JD zurró a Custer? —preguntó Sara, perpleja.

—No se puede considerar zurra cuando hay un cinturón de cuero implicado —contestó el capataz—. Fue más bien una tunda de azotes en el culo.

—Recuérdame que tenemos que sentarnos tú y yo con una grabadora de por medio —Sara lo miró con expresión de admiración—. Sabes más sobre Custer que cualquier otra persona viva.

—Lo que un capataz no ve personalmente —Henry se encogió de hombros—, lo oye en los cotilleos que abundan en los barracones.

Ella le dio la vuelta a la hoja con la esperanza de encontrar alguna anotación en el dorso. Pero lo que encontró fue la explicación a la presencia de ese retrato en la caja de los recibos. La escritura de Custer, pequeña y retorcida estaba medio borrada, pero aún legible.

Jay se inclinó sobre ella, tan cerca que Sara sentía su calor. El aliento del vaquero le hacía cosquillas en la mejilla mientras leía en voz alta:

—«Recibo oficial por la venta de *Emerald Solitude*, mi último y trabajo de mierda, un paisaje para el idiota de JD Vermilion, que lo escondió de tal manera que no pude quemarlo tal día como hoy, en mayo de 1993» —Jay rio por lo bajo—. Custer parece realmente enfadado. Y seguramente también borracho. Y mirad aquí: «Regalo para Ginny», escrito por JD.

Sara volvió a darle la vuelta a la hoja y contempló el retrato sin terminar.

—Hay muchas probabilidades de que este sea un borrador de *La musa* —aseguró—, pero no la prueba de que realmente pintara el cuadro. Un borrador no es más que eso, el comienzo, pero no el final.

—Al menos es algo con lo que empezar, cielo —Jay frotó su mejilla contra la de ella—. Es más de lo que teníamos hace un rato —miró a Henry—. Por todos esos ladridos que se oyen, Rube y Willets deben haber vuelto con los perros.

—Yo me ocupo de ellos. ¿Quieres que los envíe de regreso a Fish Camp para que se traigan todos esos cuadros mañana?

—No —respondió Sara sin vacilar antes de volverse hacia Jay—. Me gustaría supervisar el transporte, si no hay inconveniente. Cualquier deterioro bajará el precio de venta potencial.

—¿Los vas a vender, entonces? —preguntó Henry.

—Me lo estoy pensando seriamente —contestó Jay.

El capataz asintió, se colocó el sombrero y se dirigió hacia la puerta trasera.

—¿Por qué no le has contado el resto? —susurró Sara.

—¿El resto de qué?

—Que el futuro del rancho pende de esos cuadros. Sobre todo de *La musa*.

—Él no puede hacer nada al respecto —le explicó él—. ¿Por qué añadirle más preocupaciones a las que ya tiene? Liza es impredecible. Tarde o temprano hará algo grave.

«¿Sería eso lo que sucedió en Fish Camp? ¿Liza perdió el control?».

—Aunque tú y yo no nos hubiéramos conocido jamás, Liza

habría encontrado alguna otra cosa —continuó él—, un pequeño detalle del pasado que pudiera utilizar como chantaje, y Barton seguiría intentando vender las tierras a cualquiera dispuesto a cortar vallas. Y de todos modos, nada de eso importa.

—¿A qué te refieres?

—Aunque yo hubiera sabido todo lo que se me iba a venir encima por conocerte, de todos modos habría corrido hacia ti. Demonios, habría corrido más deprisa de saber qué me aguardaba.

Ella lo abrazó con fuerza.

—Yo... —sacudió la cabeza y volvió a intentarlo—. Yo...

—No llores —murmuró Jay—. Creí haber sobrevivido intacto a todo, pero entonces llegaste a mi vida y comprendí cuánto de mí dejé en ultramar. Liza podrá denunciarme y chantajearme hasta que el infierno se congele, y aun así jamás lamentaré haberte conocido.

Agarrada a él, sintiéndose envuelta en la luz del sol, Sara al fin suspiró y aceptó sus palabras.

—Eres un buen hombre, Jay Vermilion. Tan bueno. Dios, lo que daría por estrangular a esa zorra.

—No merece la pena ir a la cárcel por ella. Y por eso sigue por ahí suelta.

—Tú también has pensado en ello —algo en el tono de voz de Jay había alertado a Sara.

—Cuando regresé, desde luego. Los abogados se llevaban tanto dinero que el rancho se caía a pedazos. Y conozco muchas maneras de matar.

Se abrazaron durante largo rato antes de que él se apartara y le sujetara la barbilla para que alzara el rostro.

—Se nota que estás pensando —le aseguró—. Huele a humo

—Puede que sea Henry quemando la basura.

—Maldita mujer —Jay soltó una carcajada—, qué bien me sientas. Hasta que llegaste, casi se me había olvidado reír.

—Me gusta tu risa —Sara acarició el hoyuelo de la mejilla del vaquero—. A lo mejor debería hacerte cosquillas.

—No olvides que la venganza es una zorra.

—¿Crees que podría estar en el desván? —ella suspiró.

—¿La venganza?

—*La musa*.

—A lo mejor, si tuviéramos un desván… —contestó él—, echaría un vistazo. Registré el rancho cuando Liza comenzó la guerra. Si *La musa* estuviera aquí, la habría encontrado. Lo mismo digo de Fish Camp. Pero podemos volver a buscar cuando regresemos a por los cuadros.

—Y si no está en Fish Camp… —Sara se mordió el labio.

—No te preocupes —susurró Jay—. No pienso desperdiciar más que unos pocos días en la estupidez de Liza. Empezaré por los edificios que el rancho posee en la ciudad, y que no se mencionan en la reclamación de Liza, por lo que nunca los registramos. En esta casa, JD colgó cuadros de Custer por todas partes, salvo en los cuartos de baño. Cuando se hartaba de contemplar los mismos cuadros, los llevaba a sus edificios en Jackson o a Fish Camp, donde los dejaba almacenados.

—¿Y crees que habrá más cuadros de Custer en la ciudad?

—Custer llevaba viviendo en el rancho una década cuando yo nací, y cuando se marchó yo tendría unos trece años. Es tiempo suficiente para pintar un montón de paisajes. Y para quemarlos.

—Y algunos de ellos seguramente se lo merecían —observó Sara—. Ningún artista acierta siempre, ni siquiera muchas veces. Hay cuadros pertenecientes a colecciones privadas con un pedigrí de primera, pero resultados muy normalitos.

Jay echó un vistazo al reloj que tanto odiaba llevar, a no ser que fuera a la ciudad. Con un gesto de impaciencia se lo quitó y lo tiró sobre el escritorio.

—Vamos a acabar con Fish Camp.

Sara se quedó helada. Una idea la atormentaba sin parar, pero no quería preocupar a Jay con ella.

—¿Qué? —preguntó él.

—El sheriff Cooke habló de una emboscada —a regañadientes, compartió al fin con él sus inquietudes—. ¿Y si ellos…? ¿Y si…?

—Es posible que vuelvan a intentarlo —concedió Jay—, en el rancho, en Fish Camp, en la ciudad. En cualquier parte.

—No estoy acostumbrada a que me persigan —ella se estremeció.

—Yo sí. Por eso voy siempre armado.

CAPÍTULO 21

El paisaje del atardecer se recortaba a la vez desolador y hermoso contra el cielo gris. Las nubes se enroscaban oscuras, pero se movían con demasiada rapidez como para dejar mucha lluvia o nieve a su paso. Sujetándose al borde de la montaña, la enorme camioneta Ford tiraba de un remolque negro y cerrado, y bajaba lentamente por la escarpada carretera.

—Da más miedo bajar que subir —aseguró Sara mientras contemplaba la caída a su lado.

—De regreso, el asiento del copiloto queda del lado exterior mirando hacia abajo —contestó Jay mientras conducía la camioneta y el tráiler con experta facilidad.

—Y hay una gran caída —ella asintió—. ¿Quién construyó esta... supongo que es una carretera?

—Los hermanos Weiss la abrieron para los Vermilion hará unos doscientos años. No me puedo imaginar llevar vacas por aquí, pero las camionetas no tienen problema.

—Las furgonetas no sufren vértigo —espetó Sara mientras contemplaba una ladera de piedras caídas que parecían dientes arrancados.

El teléfono de Jay mugió como King Kobe. Jay lo sacó de uno de los bolsillos del pantalón de faena, un pantalón del ejército que prefería llevar, cuando no montaba, en lugar de los vaqueros. El sonido del velcro al abrirse casi se perdió entre los baches y los mugidos del móvil.

Sara sujetó el volante con la mano izquierda.

—Gracias —Jay por fin logró sacar el teléfono—. Hola, Henry. ¿Qué hay?

—Maldita sea, Jay, te llevo llamando sin parar y...

—Hola, Barton. La próxima vez prueba con la radio. La cobertura es mala a no ser que estés sobre una cresta, lo cual sabrías de sobra si hubieras pasado algún tiempo trabajando en el rancho.

—¿Dónde demonios estás?

—En la vieja carretera Weiss. ¿Qué pasa?

—Alguien ha entrado en el almacén de Jackson —aulló su hermanastro.

—¿Qué? —Jay levantó el pie del acelerador y frenó con suavidad, deteniendo la camioneta mientras Barton seguía hablando.

—Reventaron el candado y entraron como Pedro por su casa. Después recorrieron todo el lugar y se llevaron lo que quisieron.

—¿Qué se llevaron? ¿Y cuándo sucedió?

—Esta mañana temprano —Barton seguía gritando—. Y aún no sabemos qué han robado. El sheriff quiere que vengas a la ciudad y lo compruebes, que hagas un inventario.

—Me dirijo por un camino de tierra y estoy muy lejos de la ciudad. Encárgate tú de Cooke.

—¿Fish Camp otra vez? ¿Disfrutando de un poco de ñaca, ñaca?

—Si consiguieras un poco para ti mismo, a lo mejor no te interesaría tanto el mío —contestó Jay—. Y ahora ponme a Henry al teléfono antes de que olvide que estamos emparentados.

—Está calentando el motor del coche para que nos pongamos a trabajar en serio. A lo mejor deberías plantearte hacer algo parecido. No tengas prisa en volver.

La llamada se cortó. Jay masculló algo entre dientes y guardó el móvil en el bolsillo.

—Era Barton.

—Ya lo he oído. ¿Ese chico no venía con control de volumen?

—Yo desde luego no lo he encontrado. Nuestro almacén en Jackson ha sido robado.

—También lo he oído —Sara asintió con expresión compungida—. Nos persigue la mala suerte.

«O la mala gente», pensó, aunque no lo dijo en voz alta.

—Por eso no vas a ir a ninguna parte sin mí —le aseguró Jay.

Por el tono de voz, ella supo que el capitán había vuelto.

—¿Es una orden?

—Hasta que averigüe qué está pasando, sí.

Sara se inclinó hacia él en el asiento corrido de la vieja camioneta. Más cerca de él, tanto como le permitía el cinturón de seguridad, deslizó la mano izquierda entre la cazadora y la camiseta de Jay, disfrutando de su calor.

—El robo del almacén no es una coincidencia, ¿verdad?

—Dos veces pueden ser coincidencia —contestó él—. Tres es la guerra.

Lo que de verdad le preocupaba era que esa guerra en particular estaba siendo librada por aficionados. Impredecibles como las avalanchas en primavera, pero igual de propensos a matar. Como habían sido asesinados los Solvang, con una crueldad gratuita, la sangrienta certeza de que la vida era frágil, y la muerte el final.

Jay levantó el pie del freno. La pesada camioneta empezó a trepar por la carretera. En la cima, con precipicios a ambos lados, tuvo la sensación de estar conduciendo por encima de los restos rocosos de un animal que hubiera muerto al principio de los tiempos.

Tras unos cuantos kilómetros llenos de baches, pulsó el botón para bajar la ventanilla. El aire frío entró de golpe.

Sara lo miró de reojo y se subió el cuello de la cazadora.

—Voy a comprobar el enganche del remolque —anunció mientras detenía el vehículo y apagaba el motor—. He oído un ruido extraño.

—¿Puedo ayudar?

—Quédate aquí al calor. No me llevará más de un minuto.

Antes de bajarse del coche, quitó el seguro del rifle, aunque lo dejó apoyado en su soporte de la ventanilla trasera.

Sara se quedó muy quieta, tan tensa que el cuerpo le temblaba. Al fin se obligó a sí misma a respirar. «También llevaba el rifle en Fish Camp, y no nos pasó nada. Fish Camp ha quedado atrás. Los cuadros de Custer están bien empaquetados, y dando brincos en el interior del remolque».

«Todo va bien».

Jay regresó a la camioneta y volvió a poner el motor en marcha. Continuaron por la carretera llena de baches, con la ventanilla bajada.

—¿Está bien el enganche? —preguntó ella.

—Bien —él titubeó antes de continuar—. Me pareció oír un helicóptero. Pero el viento sopla fuerte y en todas direcciones, y con tanto traqueteo, no es fácil saberlo. Podría ser mi imaginación.

Sara intentó no estremecerse con el viento helado. Las palabras de Jay habían surgido desprovistas de emoción. Pura información.

El capitán Vermilion había regresado y tomado el mando.

—Pero no crees que sea tu imaginación.

Jay no contestó. Su rostro no cambió de expresión, pero el radar interno se había puesto en marcha, haciendo un barrido a su alrededor para intentar captar al enemigo. Sus ojos azules brillaban a la vez inquietos y desafiantes.

De repente inclinó la cabeza y escuchó con suma atención.

Sara solo oía el traqueteo del remolque y el viento que aullaba a las nubes.

—Hay que estar muy loco, o desesperado, para subirse a un helicóptero en un día como este —observó él—. Las ráfagas de viento y las bolsas de aire frío son mortales cuando vuelas en la zona oscura.

—¿La zona oscura?

—Lo bastante bajo para no ser detectado por el radar. No te permite saber de dónde proviene el sonido, rebota en los riscos y se repite como el eco en los cañones.

—A lo mejor el helicóptero está en apuros —Sara se acercó a la ventanilla de su lado y miró hacia arriba.

—Puede ser. Hazme saber si lo ves antes que yo.

La carretera viraba hacia abajo y el paisaje a su alrededor empezó a cambiar, la rocosa cresta daba paso a una empinada e inclinada pradera salpicada de álamos y coníferas. Las nubes habían adquirido un tono acerado contra el cielo azul que se vislumbraba en su parte inferior. El viento azotaba hierbas y árboles por igual.

Sara se irguió en el asiento y abrió la ventanilla.

—Oigo... —comenzó.

—Yo también lo oigo —la interrumpió él—. Las hélices. ¿De dónde crees que viene el sonido?

—De detrás de nosotros —ella titubeó y frunció el ceño—, quizás un poco más hacia mi derecha. No sabría decirlo. Suena raro, no es el mismo sonido que el del helicóptero del sheriff.

—Es por el eco —contestó Jay—. El sonido rebota en la ladera de la montaña. Se oye muy bajo, y se acerca deprisa.

Mientras hablaba, su mirada buscaba incesante algún lugar donde guarecerse. Lo único lo bastante grande para ocultarse era un grupo de árboles que se encontraban a más de kilómetro y medio. A la velocidad a la que circulaban, esos árboles podrían encontrarse en la luna, tanto daría.

Jamás los alcanzarían antes de que el helicóptero los alcanzara a ellos.

Aceleró lentamente. La carretera le dificultaba el avance a cada paso, lanzando la camioneta a un traqueteo de un extremo a otro de la carretera. Aun así, Jay aceleró hasta que Sara tuvo que agarrarse a cualquier cosa para no caerse.

El sonido les alcanzaba.

—A lo mejor es un helicóptero medicalizado —sugirió ella—. Solo porque asocies el sonido con malas noticias no significa…

—Un helicóptero médico salvó la vida de muchos de mis hombres —admitió él—. La mía también.

Jay miró durante un segundo por el espejo retrovisor del lado del copiloto. Algo verde y blanco lanzó un destello contra el espejo rectangular. Un zumbido les pasó por encima y una ráfaga de balas se estrelló el suelo justo delante de ellos. Una alcanzó el retrovisor haciéndolo añicos.

—¡Agáchate!

Sara lo miró antes de empezar a tumbarse sobre el asiento.

—Abajo del todo —insistió él—. ¡Vamos, vamos, vamos!

Ella se desabrochó el cinturón y se arrojó bajo el salpicadero.

—¿Y tú qué?

—Quédate ahí abajo —ordenó él—. Esto se va poner feo. Los blancos móviles son más difíciles de alcanzar.

—Pero…

—Mi teléfono está en el bolsillo de la derecha —la interrumpió Jay.

Sara buscó el bolsillo a lo largo de la pernera del pantalón.

—Llama al 911 —le indicó—. Si no funciona, utiliza la radio.

—¿Y por qué no utilizarla directamente? —preguntó ella mientras sacaba el móvil del bolsillo.

—La oficina de Cooke rastrea todas las llamadas de móvil al 911.

Mientras él hablaba, el helicóptero pasó ruidosamente por

encima de ellos a gran velocidad. Jay dio un fuerte volantazo hacia la izquierda y luego otro a la derecha, lanzando la camioneta a una errática y zigzagueante carrera.

A pesar de las sacudidas, Sara consiguió marcar los tres números.

El helicóptero ascendió y dio media vuelta para alejarse de la ladera de la montaña, describiendo un arco en el aire.

Jay calculó la trayectoria al mismo tiempo que el piloto. Giró bruscamente a la izquierda, apenas capaz de controlar el volante.

—Vamos a salirnos de la carretera —le advirtió a Sara mientras intentaba sujetar el volante—. ¿Has conseguido comunicar?

—Una vez, pero se cortó. Lo estoy intentando de nuevo.

La camioneta dio un brinco tan fuerte sobre el irregular terreno que el trasero de Jay apenas rozó el asiento. Sara se sujetaba lo mejor que podía. Y justo en el instante en que la operadora del 911 contestaba, el teléfono salió despedido de su mano. Estaba a punto de alcanzarlo cuando un golpe de la camioneta contra una piedra la alejó de un fuerte tirón.

—¿Puedo sentarme? —preguntó con la voz tensa, como el resto de su cuerpo.

—Quédate ahí abajo —insistió él—. Por el sonido me ha parecido una Uzi .22, automática.

—¿Y eso qué significa?

—El cargador se vacía muy deprisa, y tendrán que acercarse más para matarnos.

Sara se preguntó si eso sería bueno o malo, pero, en lugar de preguntar, buscó el teléfono a su alrededor.

—Tenemos que ponernos a cubierto —dijo Jay—. Hasta que alcancemos esas rocas, nos llevarán ventaja.

—¿Has reconocido el helicóptero?

—No. Pero apuesto a que encontramos su rastro en Fish Camp.

Jay dio otro volantazo y manejó hábilmente freno y acelerador para mantener la camioneta firme mientras se acercaba lo más deprisa posible a la zona rocosa.

El sonido del helicóptero atronaba sobre ellos.

—Acércate a mí todo lo que puedas sin ponerte en medio —le ordenó.

Sara se arrastró por el suelo. Ya no solo oía el helicóptero, también lo veía, el ruido le provocaba ganas de gritar y se acurrucó para sujetarse en el oscilante vehículo.

—Prepárate —gritó Jay por encima del ruido del aparato—. Vamos a girar bruscamente a la derecha.

El sonido del helicóptero se hizo aún más fuerte, engullendo implacable el del motor, las hélices proclamando el fin del mundo.

Con el corazón acelerado y las manos resbaladizas por el sudor, Sara observó el rostro de Jay en busca de una pista de lo que estaba a punto de suceder. Pero, a tenor de la expresividad que mostraba, podría estar esculpido en granito. La camioneta se inclinó peligrosamente sobre una pequeña roca y el teléfono se deslizó hacia Sara, que lo agarró y, tras sujetarse con los pies y los codos, volvió a marcar los tres números.

El teléfono estableció conexión, pero se cortó de inmediato.

Volvió a intentarlo.

—¡Ahora! —gritó Jay mientras giraba violentamente el volante sin disminuir un ápice la velocidad.

En el mortífero silencio, las balas cosieron un tatuaje metálico sobre la parte trasera de la camioneta. La ráfaga empujó el vehículo como una mano gigante que los aplastara contra el suelo.

—¿Podemos escapar? —gritó ella sin apartar la vista de su rostro.

—Ni aunque pudiéramos soltar el remolque —contestó

él—. Este trasto fue construido para carreteras malas, no para la velocidad.

La camioneta se quejó mientras el remolque tiraba del enganche y la parte trasera se balanceaba. El helicóptero ascendió bruscamente, la cola hacia abajo y virando justo antes de alcanzar la ladera de la montaña.

—Hay más probabilidades de que ese tipo se mate a sí mismo antes que a nosotros.

—Eso es bueno, ¿no? —Sara volvió a marcar los tres números.

—Solo si se da prisa en ello. O si su tirador se queda sin munición.

Con una rápida ojeada, Jay comprobó que el rifle seguía en su sitio, apenas sujeto por una correa.

—No me gusta depender de que ellos la fastidien para salvarnos —observó Sara—. Maldita sea, la conexión no para de cortarse. ¿Cuánto nos falta para estar a cubierto?

—La buena noticia es que están tardando mucho en hacer este giro. La mala es que no tardarán el tiempo suficiente para permitirnos alcanzar los árboles.

Ella volvió a marcar y rezó para que la conexión se mantuviera.

Pero no lo hizo.

¡BUM! Un fuerte crujido, que surgió junto al oído de Sara sacudió la camioneta. La hizo caer con tanta fuerza que el teléfono volvió a salir despedido. Por suerte pudo recuperarlo. Miró a Jay.

—¿Estás bien? —se preocupó él sin apartar la mirada del camino—. Hay demasiadas rocas, imposible esquivarlas todas.

—¿No iríamos más deprisa corriendo que en este trasto? —preguntó ella. La voz le resultaba extraña para sus maltrechos oídos.

—No. Y la carrocería ofrece más protección que tu cazadora. ¿Estás bien? Hablas raro.

—Lo que sea que golpeara la camioneta estaba justo al lado de mi cabeza.

—Lo siento —los ojos de Jay hicieron un rápido barrido del paisaje, el resultado fue desalentador. Las leyes de la física seguían en vigor y era evidente que no iban a alcanzar los árboles a tiempo.

—Tenemos que separarnos. El helicóptero me seguirá a mí. Tú llévate el teléfono y ocúltate entre las rocas.

—No voy a ir a ninguna parte sin ti, ¿recuerdas? —el móvil temblaba en sus manos y lo sujetó con tanta fuerza que los huesos le dolieron.

—Están terminando de virar —observó Jay—. De repente, el piloto se ha vuelto cauteloso.

Sara volvió a marcar el 911 y pegó el teléfono a su oído.

Jay observaba el helicóptero volar en círculos, como si esperaran una emboscada.

«Algo en el último viraje les ha asustado. O no intentan realmente matarnos, solo aterrorizarnos».

«O quizás quieren jugar con nosotros antes de matarnos».

Por el espejo retrovisor vio de nuevo el helicóptero. Volaba más bajo que antes.

«A tiro de pistola. Sin embargo, un rifle haría un mejor trabajo».

Mientras sopesaba las bondades del rifle frente a la pistola, oyó a Sara facilitar la información precisa a la operadora del 911.

—¿Dónde estamos? —gritó ella por encima del creciente rugido de las hélices.

—Diles que saquen las coordenadas del teléfono.

El rugido engulló lo que ella estuviera transmitiendo por el móvil.

Jay contempló el aparato y supo lo que estaba haciendo, como si se encontrara allí dentro. Volaban bajo y despacio, apuntando con más cuidado y precisión.

Una ráfaga de ametralladora acribilló la parte delantera del remolque. La ráfaga terminó con la misma brusquedad con la que había comenzado.

—¿Qué ha pasado? —preguntó Sara.

—A lo mejor no estaban conformes con el tiro.

—¡El remolque! Está...

—Está mejor que nosotros —interrumpió él—. Si lo alcanzan será por accidente, lo cual no dejará de ser una sorpresa. Ese tirador parece haber aprendido a disparar viendo la televisión.

—Los cuadros. Sin duda lo saben.

El helicóptero volvió a sobrevolar la camioneta. El viento les golpeaba con fuerza mientras el aparato se situaba del lado de Sara.

—Levántate lo suficiente para sujetar el volante —le ordenó Jay—. Muévete.

Ella respondió a la orden antes siquiera de haberse dado cuenta de que había cambiado de posición. El volante giró y saltó en sus manos como un toro salvaje.

«¿Cómo consigue conducir así?», pensó Sara mientras se esforzaba por sujetarse al volante.

La camioneta aminoró y Jay abrió la puerta.

—¿Qué estás...? —la pregunta de Sara quedó en suspenso.

El tirador del helicóptero volvió a abrir fuego, apuntando a la parte delantera de la camioneta. Los primeros impactos acribillaron la parte inferior del parabrisas delantero, convirtiéndolo en un amasijo de grietas. Una irregular serie de agujeros se abrieron en el capó. De alguno de ellos empezó a salir vapor.

—¡Aquí arriba! —gritó Jay.

Sara subió del todo y se sentó en el asiento, agarrando el volante con una mano y sujetándose contra el salpicadero con la otra.

Antes de poder preguntarle qué hacía, él ya había salido

por la puerta y se sostenía de pie en el estribo. La Glock, en la mano, apuntaba hacia el cielo. Quitó el seguro con firmeza y aguardó. El helicóptero los sobrevolaba a unos treinta metros, siguiéndoles.

«El helicóptero ya es un buen blanco en sí mismo», pensó Jay, «pero elegir un punto concreto es el mejor camino hacia el fracaso».

Disparó tres veces con su calibre 45. Las balas eran lo bastante grandes para atravesar cualquier pared interior y, seguramente, las puertas laterales en caso de estar cerradas. Jay estuvo seguro de haber acertado con el primer tiro. Los otros dos fueron un rápido aviso para que los atacantes supieran que su víctima iba armada.

El tirador había estado en proceso de armar la Uzi cuando habían recibido la primera bala. Ante el sonido de la pistola, estuvo a punto de dejar caer el arma.

«No estás acostumbrado, ¿verdad?, gallina hijo de perra», pensó Jay con satisfacción.

El helicóptero se apartó como un perro vapuleado, virando bruscamente y describiendo una amplia curva hacia la derecha.

«Precipitación. Un error de aficionado que podría matar a todos a bordo. Y qué maravilloso sería... si no se estrellaran encima de nosotros».

—¡Jay! —gritó Sara—. Estamos perdiendo potencia.

Él ya había notado el cambio en el movimiento de la camioneta. Algo más importante que el radiador había sido alcanzado.

—Tenemos que abandonar la camioneta —gritó él a su vez.

Con un ágil movimiento enfundó la pistola y le ofreció una mano a Sara. La camioneta había reducido la velocidad hasta la de un humano corriendo.

—Tú primero —le indicó en tono de voz lo bastante elevado para superar el ruido del moribundo motor del camión y el del excesivamente vivo helicóptero—. En cuanto aterrices en el suelo, rueda. Y luego corre hacia las rocas y encuentra un lugar en el que estés protegida desde arriba y por delante.

—¡Estás loco! —gritó ella—. ¡Seguimos moviéndonos!

—Rueda y corre hacia la colina. Vamos.

Jay unió las palabras a la acción y tiró de ella hasta arrancarla del asiento. Luego la soltó.

Sara voló por delante de él con un agudo grito. Cuando aún se encontraba en el aire, se acurrucó hasta formar una extraña bola y aterrizó con dureza, lejos de la camioneta.

—Vamos, vamos. ¡VAMOS! —le gritó Jay totalmente metido en su formación militar.

Ella se puso en pie, se orientó y empezó a correr hacia las rocas.

La camioneta había reducido la velocidad a la del caminar humano, cada bache ralentizándola un poco más. Él volvió a desenfundar el arma y rastreó el helicóptero, que realizaba una lenta y cautelosa maniobra de regreso hacia ellos, desconfiado después de comprobar que su presa poseía la habilidad para devolver el fuego.

«No tengo mucho sitio donde esconderme si el helicóptero desciende sobre el coche. Pero, si Sara está en lo cierto, han evitado disparar al remolque».

Sopesó los riesgos y soltó el rifle. «No se acercarán tanto a un calibre 30».

El sonido del helicóptero se hizo de repente más fuerte. Alguien había decidido pasar a una rápida y rugiente carrera. Jay sintió un golpe de viento en la cara y sonrió. El aparato estaba siendo castigado por un fuerte viento en contra.

Miró hacia donde había huido Sara. Hubo un destello de verde y oro antes de que la camisa de franela saltara hacia arriba y desapareciera de la vista bajo el elevado montículo de granito.

«Bien. Y ahora quédate ahí, y no asomes la cabeza».

El helicóptero se acercaba con el morro inclinado hacia abajo, colgando de las hélices como un mortífero adorno. Jay no tenía espacio para usar el rifle, de modo que dejó el arma sobre el asiento de la camioneta y desenfundó la Glock. De pie en el marco de la puerta, protegiéndose el cuerpo todo lo que podía, apuntó y esperó. Necesitaba un disparo que hiciera algo más que ruido. Aunque llevara los bolsillos de los pantalones llenos de munición, no estaba dispuesto a desperdiciar más balas.

Una ráfaga de disparos provenientes del helicóptero dibujó un irregular surco en la hierba y siguió por el techo de la camioneta, atravesándolo y acribillando el asiento del copiloto.

Jay devolvió los disparos a un ritmo uno-dos, uno-dos. Los primeros tiros salieron desviados. Corrigió la dirección y entonces sí oyó el ruido metálico del acierto. Antes de poder apuntar mejor, el sonido de las hélices y un intenso olor a humo lo golpeó con fuerza, junto con algo suelto del suelo que había sido succionado por las hélices.

A medida que su vista se aclaraba, el helicóptero pasó rugiendo. El aparato giró en redondo, balanceándose en el fuerte viento de cara. Mentalmente, Jay midió sus posibilidades de correr hasta Sara.

«Imposible. El helicóptero vuelve. Lo único que haría sería llevarlos hasta ella».

Agarró el rifle y se sujetó a la parte exterior de la camioneta mientras reculaba hasta situar el remolque entre él y el helicóptero.

«Deben valer un montón esos cuadros. Ni siquiera les habéis disparado, a pesar de que os estaba apuntando con mi 45».

El viento rugía furioso, aplastando la hierba. Jay esperaba que Sara hubiera tenido el buen sentido de atarse el pelo y sujetar la camisa de franela para que no la delataran. Era demasiado tarde ya para gritarle, demasiado tarde para cualquier cosa salvo para el helicóptero que se precipitaba hacia él.

«Vamos. Vamos, hijo de perra».

De repente el pájaro se dio media vuelta, balanceándose hacia la ladera de la montaña. Y empezó a delimitar la zona como un perro siguiendo un rastro. El helicóptero iba de caza.

Pero no iba tras él.

¡Sara!

CAPÍTULO 22

El martilleante rugido del helicóptero se acercaba cada vez más en cada pasada por la ladera de la montaña. Cuando el viento de las hélices golpeó a Sara, ella intentó meterse bajo el granito. Sintió un extremo de la camisa de franela prestada soltarse por el efecto de succión de la estela del aparato y el viento que le azotaba el cuerpo. El polvo y la tierra la ahogaban. El sonido que rebotaba en el interior de su refugio de piedra era tan fuerte que sintió ganas de acompañarlo con sus gritos.

Pero, a pesar de todo el ruido, no conseguía averiguar en qué dirección estaba el aparato.

«¿Dónde están?».

«¿En qué dirección debería correr?».

Se inclinó hacia delante hasta que consiguió ver por un agujero del borde del rocoso alero bajo el que se escondía. El hueco natural no era lo bastante profundo para protegerla por completo, pero era lo mejor que había encontrado. Estaba lleno de trocitos de piedra que se le clavaban cuando la estela del helicóptero la golpeaba de lleno.

Pero lo que de verdad le preocupaba era que no había oído más disparos. El temor a que Jay estuviera herido, o peor, tendido sobre la fría ladera de la montaña, aullaba en su interior más que cualquier ruido mecánico.

«Seguramente se ha puesto a cubierto, como yo», se dijo a sí misma a la desesperada. «No te pongas histérica. No servirá de nada. Ya gritaste hasta quedarte ronca cuando el Camaro se estrelló y viste morir a Kelly lentamente, y, ¿de qué te sirvió tanto grito?».

«Haz lo que te ha dicho Jay».

«Quédate quieta».

El rugido era cada vez más fuerte.

«El helicóptero no persigue a la camioneta. ¿Por qué?».

Ya no volvió a pensar en Jay. No podía. Si lo hacía, correría gritando montaña abajo.

Volvió a echar un vistazo al exterior y vio que el helicóptero enfilaba hacia ella. De repente, el refugio le pareció demasiado pequeño, demasiado endeble. La urgencia de salir corriendo hacia un lugar más seguro casi la ahogaba mientras luchaba por desestimarla. No había tiempo para encontrar un escondite mejor. Lo único que podía hacer era apretarse al máximo en la pequeña zanja y rezar para que el saliente de granito la ocultara lo suficiente.

El gélido viento la golpeó antes que el helicóptero. El cielo se volvió negro y el sonido retumbó. Sara intentó hacerse más pequeña, delgada. Invisible. Pero si ponía la cabeza a cubierto, las botas sobresalían. La apertura era demasiado estrecha para que pudiera acurrucarse en su interior, mucho menos doblar las rodillas contra el pecho.

El golpeteo de las hélices era como el latido del corazón de un alienígena que intentara tomar posesión de su cuerpo, sacudiéndola. Las piedras se clavaron en sus dedos mientras intentaba esconderse mejor. No pensaba. No podía. El ruido la consumía. Apenas notó la gravilla que le mordía la piel que quedaba al descubierto.

El helicóptero se cernía, lanzando pequeñas piedras y palos en todas direcciones. Una violenta tormenta atravesó su escondite.

Y el sonido de los disparos atravesó la tormenta. Parecían hechos al azar, buscando.

«Intentan hacerme salir gritando como una loca en una mala película».

El aleteo de la camisa de franela hacía que el sol iluminara intermitentemente la entrada a la zanja junto a sus pies. No tenía ninguna protección frente a una bala perdida. Apretó los dientes para no gritar y encogió las piernas todo lo que pudo en un intento de no dejar nada de ella expuesto.

Pero no había sitio suficiente.

«Vamos, vamos, ofréceme un blanco humano», pensó Jay enloquecido de rabia.

Si disparaba al rotor de cola el helicóptero podría muy bien virar bruscamente y caer sobre Sara. Siguió la trayectoria del aparato, sin dejar de apuntar con el rifle, pero no tenía un disparo claro. El helicóptero se cernía muy cerca de las piedras y los arbustos de la parte inferior de la ladera, aplastando la vegetación y desperdigando restos.

«No te muevas, cariño. Por favor no te muevas. El ruido no te matará, pero las balas sí».

Sabía que el instinto de Sara la empujaría a huir de la amenaza. Por valiente que fuera, todo el mundo tenía un límite de aguante.

«Tengo que alejarlos de ella».

El helicóptero de repente cayó y quedó oculto tras el remolque, que había servido de escudo a Jay. Su refugio se interponía entre el aparato y él. Tenía que salir a campo abierto para derribar el helicóptero.

Apartándose de la protección del remolque, se quedó de pie con los pies separados, inmóvil como si le hubiesen crecido raíces. No notaba el peso del rifle, como no notaría los casquillos al apretar el gatillo. Soltó el aire y suavemente tiró del gatillo hacia atrás.

Los disparos del helicóptero se detuvieron.

«Está recargando», pensó Jay. «Si ese trasto apartara su culo de mi cara, podría…».

El viento levantó la cola del helicóptero y lo hizo girar.

Jay apretó el gatillo.

«Uno».

La bala salió del cañón y entró en el compartimento del pasajero. A través de la mirilla, él vio saltar al piloto y el helicóptero virar hacia la izquierda.

«Dos».

Jay se apoyó en la culata y volvió a apuntar al piloto. Una chispa arrancó una esquirla de metal de la parte trasera de la puerta lateral, que estaba abierta. No esperó antes de volver a disparar.

«Tres».

El helicóptero volvió a su posición, pero no lo bastante rápido. Por encima del sonido del disparo del rifle, Jay oyó un prolongado y salvaje estallido proveniente de la ametralladora Uzi. Todas las balas salieron de golpe, pero no apuntaban a nada en concreto.

«Cuatro».

Jay había bajado ligeramente el cañón del rifle para ver mejor la puerta abierta. Ya no se veía a los tiradores. El siguiente disparo impactó en el compartimento de los pasajeros, pero un poco más desviado. A través de un claro entre las nubes, el sol iluminó furioso la carcasa metálica del aparato mientras el piloto giraba para reorientarlo.

Jay disparó los últimos cartuchos.

«Cinco».

«Seis».

Mientras el helicóptero se lanzaba contra él, Jay pasó la correa del rifle sobre la cabeza y desenfundó la Glock. A la velocidad a la que se acercaban, la pistola era mejor elección. Tenía más balas y se recargaba con mayor rapidez.

El aparato prácticamente estaba sobre su cabeza, a menos de veinte metros. Una nube de polvo, suciedad y piedrecillas le golpeó el rostro mientras el helicóptero se acercaba cada vez más. Un punto borroso se formó sobre el cristal de la cabina de mando justo en el instante en que la onda expansiva de un balazo lo convirtiera en un amasijo opaco de grietas.

Jay no veía nada al otro lado, pero tampoco lo harían los atacantes. Se tumbó sobre el suelo en el instante en que los patines del helicóptero pasaban por encima de él, lo bastante como para poder tocarlos. Para cuando el aparato levantó el vuelo y giró en un ángulo cerrado, él ya estaba de pie y con la pistola preparada.

Pero no se oyeron más disparos.

«El bastardo cobarde de mierda seguramente está agazapado en lugar de disparando por la puerta».

Jay se volvió y corrió a toda velocidad en dirección contraria al lugar en el que había visto a Sara por última vez. Si los atacantes iban a volver a disparar, no quería señalarles su posición. Mientras corría cambió el cargador de la Glock. Si tenía tiempo, lo siguiente sería recargar el rifle.

El helicóptero pasó rugiendo frente a él, tambaleándose mientras se volvía para interponerse en su camino. De repente se dio de nuevo media vuelta. Un delgado halo de humo se transformó en un dibujo helicoidal mientras el aparato se retiraba.

No hubo más disparos.

Jay no dejó de correr, pero cambió de dirección cada zancada acercándole al lugar donde se escondía Sara.

El sonido del motor del helicóptero cambió mientras este giraba y tomaba la dirección por la que había llegado.

«No salgas, cielo. No des por hecho que no van a regresar».

Esquivando piedras y maleza, Jay se tumbó sobre el suelo y se arrastró detrás de un amasijo de rocas, demasiado alto para saltarlo. Antes de tocar el suelo se giró para aterrizar rodando de manera controlada. Y antes de poder parpadear para aclararse la vista y ver dónde se había escondido, sus oídos le dijeron que el helicóptero ya había tenido bastante y se marchaba a toda máquina.

La huida no iba a ser sencilla. El piloto y el viento luchaban entre ellos por el control del aparato.

«Morid, bastardos. Estrellaos contra la montaña y morid».

—¡Sara! ¿Me oyes? —gritó.

El único sonido era el cada vez más débil rugido del motor del helicóptero.

—¡SARA!

Un sonido sin definir llegó hasta sus oídos.

El nombre de él.

Al instante se arrastró sobre las piedras hasta un terreno menos escarpado desde el que podría correr hacia el sonido. Oyó de nuevo su nombre, y volvió a llamar a Sara, corriendo hacia su escondite. Cuando lo alcanzó, cayó de rodillas y se agachó para sacarla.

Y tocó sangre.

—¿Jay…?

—No te muevas, cariño, te tengo.

«Dios, cámbiame por ella. Permite que sea yo el herido y ella la que esté intacta».

Pero, si no había sucedido en Afganistán, mucho menos lo haría allí.

—¿Dónde te duele? —preguntó con una voz mucho más calmada de lo que se sentía.

—Yo… —la frase terminó en un gemido de dolor cuando ella intentó levantarse.

—Tranquila, amor mío. Tranquila. Háblame. ¿Dónde estás herida? ¿Puedes mover los brazos y las piernas?

—Sí. Aquí no hay espacio.

—Voy a deslizar mis manos bajo tus hombros y sacarte de ahí. Dime si te duele.

—Hazlo —contestó ella con voz ronca—. Sácame de este ataúd.

Jay tensó los muslos y los hombros mientras la sacaba lo bastante del alero de piedra para ver dónde estaba herida. Una herida en el cuello sangraba profusamente.

Sin ser siquiera consciente de ello, arrojó el rifle y la cazadora a un lado y se arrancó la manga izquierda de la camisa.

—Sácame —suplicó ella mientras intentaba moverse.

—Tranquila, amor mío. Primero voy a vendarte el cuello —él se arrancó la otra manga para formar con ella una compresa y le vendó el cuello lo mejor que pudo—. Ahora voy a dar un fuerte tirón y... ¿qué demonios es eso?

Sara sentía tanto alivio de poder ver el cielo más allá del rostro de Jay que estuvo a punto de desmayarse. Pero logró respirar hondo varias veces e intentó adivinar de qué le estaba hablando.

—...la naturaleza de la emergencia. Repito. ¿Cuál es la naturaleza de la emergencia?

Incrédulo, Jay soltó el móvil que seguía firmemente sujeto en la mano de Sara.

—¿Es el 911? —preguntó.

—¿Cuál es la naturaleza de la emergencia? —la voz de la mujer resultaba irritantemente tranquila.

—Una mujer ha sido disparada. La hemorragia está controlada, pero no se ha detenido.

Mientras hablaba, Jay presionaba el vendaje en un intento de interrumpir la marea roja. La manga de la camisa ya estaba empapada en sangre.

«Mantén una presión constante. No te preocupes por la suciedad. Ya la limpiarán en el hospital».

—Entendido. ¿Cuál es su localización?

—Me encuentro en la vieja carretera Weiss, en la base de Satler Ridge. Necesitamos un helicóptero medicalizado de inmediato —él hablaba con calma, con claridad—. Deprisa o se va a desangrar.

Sin embargo, por dentro aullaba.

—¿Podría ser más preciso sobre su localización, por favor? —preguntó la mujer.

—Estamos en medio de la naturaleza salvaje. ¡Localice el maldito teléfono!

—Estamos en ello. Ya está. El Medevac está casi preparado para sacudir el polvo.

Jay sintió un alivio inmenso al escuchar el familiar término.

—¿Ha servido en el Ejército?

—Media misión. Fui herida. ¿Quiere que permanezca en línea hasta que llegue el helicóptero?

—No hará falta. Gracias por su ayuda.

Jay mantuvo la línea abierta y se fijó en los dedos manchados de sangre mientras mantenían la presión constante. Sara respiraba con calma, pero superficialmente, demasiado.

Un lejano trueno ascendió por la ladera.

«Mierda. El Medevac no soporta volar en medio de una tormenta».

Pero volaría siempre que hubiera alguna posibilidad de salvar una vida.

Jay acarició dulcemente la mejilla de Sara. Estaba muy fría.

La envolvió con su cazadora, le levantó los pies, los apoyó sobre una roca y esperó.

—Mira el lado bueno, cariño —con su brazo izquierdo le improvisó una almohada—. No voy a tener que controlar la zona de aterrizaje yo solo mientras intento poner vendajes a los pocos supervivientes. Así conseguí el nombramiento de capitán. Fui el último hombre que quedó en pie.

Oyó su propia carcajada histérica y la controló. Sin dejar de presionar la herida, memorizó su rostro, acariciándola con dulzura, manteniendo la salvaje ira a buen recaudo en su interior.

Y mientras escuchaba atento su respiración.

CAPÍTULO 23

Sara despertó en una habitación de hospital. Lo único que llevaba puesto era un camisón de papel. La habitación estaba pintada de color verde menta, demasiado chillón. La sensación era de llevar allí toda una semana.

—¿Jay? —su voz surgió como un seco graznido.

—Tranquila, cielo. Aquí estoy.

Ella sintió su mano apretarle el hombro derecho. Le dolía el cuello, y la vía intravenosa fijada a su mano izquierda le tiraba.

—Tengo sed —anunció mientras intentaba sentarse.

—¿Zumo o agua? —Jay levantó el cabecero de la cama hasta una posición más erguida—. El médico dijo que bebieras todo lo que quisieras y luego un poco más. Estabas casi desangrada cuando llegamos.

De repente todo volvió a su mente, el insistente helicóptero, los disparos y ese horrible ruido, Jay sacándola de debajo del saliente de la roca que creyó iba a convertirse en su tumba.

—¿Estás bien? —preguntó mientras buscaba alguna herida visible en Jay.

—Ni un rasguño. Ojalá pudiera decir lo mismo de ti.

—¿Por qué estoy en el hospital? —Sara aceptó el zumo

y apuró el vaso hasta la última gota—. Aparte de la sed y el deseo de arrancarme esta vía, me siento bien.

—Te hirieron.

—¿Dónde?

—En el lado izquierdo del cuello. Una bala perdida. Llevabas mucho tiempo sangrando cuando el helicóptero te sacó de allí.

—¿Los mismos bastardos que nos dispararon fueron los que me rescataron?

—No —le aclaró él mientras le animaba a beber agua—. Un Medivac. Estamos en Jackson.

—¿Qué pasó con el otro helicóptero? —preguntó Sara antes de beber.

—Le gustaban más los blancos que no devolvían los disparos —Jay sonrió débilmente al recordar la caótica retirada del helicóptero—. ¿Más agua?

—No. Necesito hacer pis.

—Eso es bueno —él asintió—. Significa que te estás rehidratando.

La cortina que rodeaba la cama fue descorrida y un hombre que parecía tener la misma edad que ella se asomó. Su piel era de color chocolate, casi tan hermoso como la sonrisa que exhibía.

—Soy el doctor Burnham —saludó—. ¿Cómo te encuentras? Aparte de las ganas de hacer pis.

—Tengo hambre.

—Excelente. Haré que traigan algo de comer.

—Preferiría comer fuera —contestó ella—. No es que no les esté agradecida, pero…

—Quieres irte —Burnham terminó la frase—. ¿Estás segura? No estabas muy bien cuando llegaste. Un fragmento de bala se había incrustado en tu cuello y cortaba la vena occipital, no la carótida ni la yugular. Pero había mucha sangre, un desastre, una imagen que haría entrar en pánico a cualquiera.

Por suerte, el señor Vermilion sabía qué hacer para ralentizar la hemorragia hasta que llegaras aquí.

—Es muy útil tenerlo cerca —observó Sara mientras acariciaba la mano que Jay seguía teniendo apoyada en su hombro—. Pero, por mal que estuviera cuando llegué, ahora me encuentro bien, si no fuera por el hecho de que me habéis metido tanto líquido que necesito seriamente mear.

—¿Cuña? —le ofreció Burnham mientras consultaba los monitores.

—Aseos —afirmó ella con rotundidad.

Burnham la miró a la cara, comprobó la vacía bolsa intravenosa y le quitó la aguja del dorso de la mano, todo sin dejar de hablar.

—Aparte de la pérdida de sangre, estás muy sana. Ojalá viésemos a más como tú por aquí. Y ahora veamos si estás tan bien como te sientes —el médico le quitó el manguito para medir la presión arterial—. Muévete despacio.

—Yo la ayudaré —intervino Jay.

—Solo hasta la puerta —le advirtió ella.

—Ya hablaremos de eso cuando lleguemos.

—Permítele hacer todo lo que pueda ella sola —Burnham reprimió una sonrisa.

—Eso espero —sentenció Sara con firmeza.

Dejó colgar las piernas a un lado de la cama y se sentó erguida del todo. Tras un momento de mareo, todo pareció ir bien.

—Tranquila, cariño —Jay la observaba fijamente—. Tienes cuatro puntos en el cuello.

—Lo sé. Noto como si se hubieran dejado la aguja dentro.

—Déjame ver —el doctor se acercó.

Tras levantar el apósito, deslizó un dedo con suma delicadeza sobre la herida, a pesar de los cual Sara dio un respingo. Tenía toda la zona muy sensible.

—No hay aguja —sentenció Burnham—. Solo está dolorido. Los rebotes de bala provocan las peores heridas, pero la limpiamos muy bien.

—¿Tiene experiencia con heridas de bala? —preguntó Jay.

—En Chicago trabajé cuatro años en urgencias. Y descubrí que me gustaba más Jackson —el doctor volvió a colocar el apósito—. Si aún tienes fuerzas, el lavabo está a unos tres metros y medio.

Ella se levantó y caminó con pasos cada vez más firmes hacia el cuarto de baño. Aunque Jay no la tocaba, tampoco se alejaba más de unos pocos centímetros de ella.

La puerta del baño se cerró con fuerza en su cara.

—Una dama muy decidida —observó Burnham—. No le permitas excederse cuando salga de aquí.

—Refrescaré mis conocimientos para inmovilizar terneros a lazo —contestó él secamente.

—Me gustaría verlo. Cambia el vendaje cada dos días y volved en una semana y media para quitarle los puntos. Voy a prescribirle antibióticos como medida de precaución. Os darán el medicamento junto con el alta. Asegúrate de que se lo toma con calma. Que repose o, como mucho, realice alguna actividad sentada ante un escritorio. Durante las próximas veinticuatro horas, que no haga nada más. Después, que lo vaya viendo día a día.

—Gracias, doctor, le debemos una.

—Si no hubieras ralentizado la hemorragia, dudo que lo hubiera conseguido. Es muy tozuda, pero todos tenemos un límite. A partir de ahí, la gravedad toma el mando.

La puerta del baño se abrió y volvió a cerrarse.

—He llamado a la enfermera —explicó el doctor—. Las normas del hospital exigen que te lleven en silla de ruedas hasta la calle.

—¿Puedo marcharme? —preguntó Sara con evidente entusiasmo—. Y yo que pensaba que me esperaba una semana entera en una habitación privada con servicio y todo.

—Hoy en día las transfusiones se tratan como el cambio de aceite en un taller —Burnham rio por lo bajo—. Es un procedimiento ambulante —se quitó los guantes quirúrgicos con un chasquido—. Si cambias de idea en los próximos minutos, esta noche hay pastel de carne.

—Paso —contestó ella—. Pero, gracias, doctor.

—Puedes agradecérmelo no volviendo a aparecer por aquí.

Antes de que ella pudiera añadir nada más, el médico había salido por la puerta.

—Un hombre muy ocupado —observó Jay—. Y buen profesional. Tus puntos parecen hechos por un cirujano plástico.

—Espero que sepas dónde está mi ropa. ¿Y por qué tiene tu camisa las mangas arrancadas?

—Son la última versión de vendas instantáneas —Jay intentó no mirar allí donde el camisón de papel no le tapaba nada.

Tenía un trasero realmente bonito.

—Henry envió a uno de los peones con ropa para los dos, y también trajo esa mochila que tú llamas bolso —le explicó él—. Nos quedamos aquí.

—¿Aquí? —ella contempló desolada la habitación del hospital.

—En la ciudad. Pasaremos unos cuantos días en la civilización mientras te recuperas.

—¿Y qué pasa con la reunión de los noruegos? —preguntó Sara.

—Se marcharon ayer.

—¡Oh! —todavía un poco mareada, ella intentó sentarse en la cama.

Mientras su estómago rugía. Ruidosamente.

—Bebe esto mientras voy a buscar la ropa —Jay hundió una pajita en otro brik de zumo y se lo entregó.

—Quien hubiera dicho que ser disparado te provoca hambre —Sara prácticamente aspiró el zumo.

—Tu cuerpo está enviando órdenes. Come, come y come hasta que hayas repuesto toda la sangre. Y bebe también. Un montón.

—Creía que la transfusión ya se había encargado de eso.

—Te mantuvo viva. Seguir así depende de ti.

—¡Cuánto tacto con una enferma! —murmuró ella.

—No hay de qué.

Sara lo miró. Por primera vez notó lo cansado y adusto que se le veía. Sobre todo adusto.

—Lo siento —Sara le tomó el rostro y lo obligó a acercarlo a ella—. Gracias por salvarme la vida.

—Querrás decir por hacer que casi te maten.

—Eso es cosa del tirador, no de ti —ella lo besó, primero con dulzura y luego con un poco menos de dulzura.

—Si seguimos así, cuando venga la enfermera con el alta me encontrará dentro de ti —fue Jay quien interrumpió el contacto—. Casi te perdí, cielo. Y ahora te deseo como un demonio.

—Lo mismo digo —Sara alargó una mano hacia él.

Pero Jay la mantuvo apartada.

—¿Necesitas ayuda para vestirte?

Sara miró la ropa ensangrentada que él aún llevaba. Ropa que no hacía nada por ocultar su evidente deseo.

—Creo que podré manejarlo —al darse cuenta de qué parte del cuerpo de Jay estaba mirando fijamente, se apresuró a aclararlo—. Me refiero a lo de vestirme.

Él soltó una carcajada y le dejó la ropa sobre la cama.

—Vas a ser mi muerte, Sara —«o mi salvación».

Ella tomó la ropa que había sobre la cama. Era ropa propia de una mujer de granja, vaqueros, una camisa, un jersey, una cazadora y un pañuelo que tenía la intención de mantener alejado de su cuello.

—Todo está pasado de moda, pero da más calor que ese papel —se excusó él mientras se daba la vuelta para no ceder a la tentación de verla desnudarse.

—Mientras no pertenecieran a Liza —observó ella.
—Papá quemó su ropa. Esta era de mi madre.
—Gracias a Dios —murmuró Sara, que se estremeció al sentir el algodón sobre su piel desnuda, endureciéndole los pezones. Nadie había pensado en incluir un sujetador entre toda la ropa, aunque sí braguitas. Se las puso y rápidamente comenzó a abrocharse la camisa.
—¿Cómo vamos a salir de aquí? —preguntó ella—. No recuerdo haber visto muchos taxis cuando llegué.
—He alquilado una camioneta.
—Por supuesto —contestó Sara—. Y la siguiente pregunta estúpida es, ¿ha encontrado el sheriff el helicóptero? Y, ¿ya es seguro para nosotros andar por ahí?

Jay se volvió y recibió el regalo de la visión de unas larguísimas piernas, delgadas y cálidas, y vibrantes contra las austeras blancas sábanas.

«¿Seguro? Por Dios, mujer, me estás matando».

—Aún no se sabe nada del helicóptero —contestó él con voz inusualmente gutural.

Sara se había equivocado al abrocharse la camisa. Cuando se dio cuenta, sus dedos se enredaron hasta que se rindió indignada.

—¿Quieres que te la abroche yo? —se ofreció Jay.
—Yo de... debería ser capaz de hacerlo por mí misma.

Estaba llorando.

—¿Cariño? —él se agachó para que sus ojos estuvieran a la misma altura.

—No... no sé por qué lloro —su voz se quebró y sus brazos se apoyaron en los hombros de Jay.

—Es por la adrenalina —le explicó Jay mientras la abrazaba con fuerza y se deleitaba con el cálido aliento contra el cuello—. No vuelvas a darme otro susto como este. No creo que pudiera soportarlo.

Sara percibió claramente la angustia en la voz del vaquero,

y de repente lo comprendió todo. Los fuertes brazos que la sujetaban temblaban. Jay sacaba tanta fuerza de ella como ella la sacaba de él. Estaban unidos más allá de la piel, más profundamente que la carne, más de lo que hubiera sentido jamás.

Las lágrimas no cesaban de rodar por su rostro, lavando el miedo que se agazapaba bajo su determinación. Y lo que quedó después era mucho más fuerte.

Para los dos.

La cafetería era pequeña, de las que ignoraban los turistas y adoraban los locales. Era tarde para una cena entre semana en una ciudad obrera, de modo que había pocos parroquianos. A pesar de ello, Jay había elegido una mesa al fondo y escudriñaba a cada persona como si él o ella fueran un potencial agresor.

—Dime que no vas armado —suplicó Sara.

—De acuerdo, no voy armado.

—¿Es legal?

—¿Ir desarmado?

Ella le dedicó una sonrisa torcida y posó una mano, bajo la mesa, sobre su muslo.

—¿Qué voy a hacer contigo?

—Podrías deslizar la mano hacia arriba, luego un poco a la derecha y…

—Buenas tardes, Jay. ¿Qué te trae por la ciudad? —preguntó el camarero.

—Hola, John. ¿Qué tal Millie y los chicos?

—Ahora mismo, Millie le está gritando al ayudante de cocina —John le guiñó un ojo a Sara—, que también es nuestro hijo mayor.

—Como de costumbre —Jay sacudió la cabeza—. Pero ella es una chef de primera.

—Es verdad. El plato de hoy es vieiras en salsa de vainilla y judías, o si se prefiere con una reducción de vodka sobre lecho de citronella. El marisco ha llegado hoy en avión.

Sara se sentía transportada a una realidad alternativa. Salvo por la decoración, la cafetería y sus especialidades podrían ser dignas de San Francisco.

«Pero yo casi he muerto en medio de la nada, donde el animal más terrorífico era un humano».

—¿Queréis beber algo mientras decidís? —preguntó John.

—¿Sara? —preguntó a su vez Jay.

—Ya estoy bastante aturdida, gracias —ella sacudió la cabeza—. Un té helado con limón será estupendo.

—Yo tomaré lo mismo —contestó Jay—. Yo ya estoy listo para pedir, si Sara lo está también.

Ella tomó el menú y leyó su breve contenido.

—Chuletas en su punto. Nada de ensalada. Estoy demasiado hambrienta para conformarme con comida para conejos.

—Bistec para mí. Poco hecho —Jay sonrió—. Nadie lo aderaza como Millie.

—¿Ensalada? —sugirió John.

—No gracias. No voy a interponerme entre una mujer hambrienta y su cena.

John asintió y se encaminó hacia la cocina.

—¿Estás bien? —preguntó él—. Pareces algo… perpleja.

—Como Alicia, acabo de descubrir que todos los espejos tienen dos lados, ambos inesperados.

—¿A qué te refieres?

—Pescado hawaiano en Jackson? ¿Vieiras frescas? —ella sacudió la cabeza—. Debería haberme vestido para cenar.

—Este es el típico lugar en el que es la comida la que se viste para ti, no al revés —Jay le acarició la mejilla con el dorso de la mano—. Hermosa mujer.

—Mentirosillo —Sara le besó los dedos.

Unas pocas mesas más allá una ráfaga de aguanieve se estrelló contra el escaparate.

—¿Estás lo bastante abrigada? ¿Quieres mi cazadora? —preguntó él—. La pérdida de sangre te hace sentir frío.

—Estoy bien. Deja de preocuparte.

—Difícil. Me llevará un tiempo olvidar la imagen de tu sangre empapando las mangas de mi camisa.

—Yo también tengo unos cuantos recuerdos —Sara dio un respingo y suspiró—. Tú al descubierto, disparando contra ese maldito helicóptero. Hablando de David y Goliat…

El móvil de Jay vibró con la llegada de un mensaje. Lo sacó del bolsillo, miró la pantalla y volvió a guardarlo.

—¿Alguna noticia? —inquirió ella.

—Es Liza. Dice que no piensa concedernos ni un minuto más porque hayamos tenido un «problemilla».

—Menuda zorra.

—Eres demasiado amable. La palabra en la que estoy pensando es más incisiva.

Durante varios minutos se hizo el silencio. Jay sujetaba la mano de Sara contra su muslo, ambos necesitados de contacto físico.

—Lo logramos —aseguró él al fin—. Eso es lo que importa. Hazme saber si necesitas algún analgésico. Traje algunos conmigo.

—No gracias. Como mi compañero «desarmado», prefiero mantenerme bien despierta —las imágenes de Jay disparando al helicóptero llenaron a oleadas la cabeza de Sara, alterándole el pulso. Decidió ignorarlas y centrarse en el presente—. ¿Qué opina el sheriff Cooke de todo esto?

—Le di el número de matrícula del helicóptero. No dio ningún resultado.

—¿Ninguno?

—Matrícula falsa. Ahora está buscando algún helicóptero que haya sido alquilado, empezando por el aeropuerto local. Ese pajarraco tuvo que salir de alguna parte y ser pilotado por alguien. Los nombres en los registros serán falsos, pero será un lugar por donde empezar. Los planes de vuelo deben entregarse antes de despegar. No hay muchos pilotos de helicóptero por aquí. Se trata de un juego de eliminación.

—Si yo hubiera pilotado ese helicóptero, ahora mismo estaría camino de México —observó ella.

—Yo también.

—Si el piloto y sus amigos asesinos han huido, ¿por qué estás sentado en una encantadora cafetería, *desarmado*?

—Paranoia —contestó él, sintiendo el peso de la munición extra que Henry había incluido en el envío—. Tengo la esperanza de que el helicóptero se estrellara contra la ladera de la montaña. El viento iba colina abajo cuando nos fuimos, y el piloto no era nada del otro mundo —«ojalá hubiera matado a esos bastardos».

—¿Y qué hay de los cuadros?

—Henry y Billy subieron con una segunda camioneta. Deberían estar ya a medio camino de la ciudad. Le dije a Henry que dejara los cuadros en el cuarto trasero de la galería.

—¿Qué galería?

—La que te he alquilado —contestó Jay.

—¡Oh! Gracias —Sara parpadeó, perpleja—. Contando eso y la factura del hospital. ¿Cuánto te debo ya?

—El rancho pagó la factura del hospital, guárdate las fuerzas y no intentes hacerme cambiar de idea. Ya hablaremos del alquiler cuando las cosas se hayan calmado. Si es que se calman.

—Esperas que haya más problemas —sentenció ella.

—Dudo que el piloto del helicóptero y su amiguito de la Uzi entraran en el almacén antes de venir a por nosotros. Y eso significa que fueron otros los que cegaron las cámaras con pintura, rompieron los cerrojos y se llevaron lo que quisieron. Solo entraron en el almacén Vermilion.

—¿Los cuadros? —preguntó ella de inmediato.

—No. Solo había cosas que no queríamos guardar en el rancho, ni regalar en su momento.

—Se nos están agotando los posibles lugares en los que JD podría haber guardado un retrato como *La musa* —Sara reflexionó en voz alta—. Suponiendo que Liza esté en lo cierto y que lo tuviera JD. Es solo una suposición suya. Y aquí viene John. ¿Tienen un replicante ahí dentro?

—Solo a Millie —le aseguró Jay—. Lejos de la zona turística, y esto queda lejos, es tarde y quieren cerrar.

John les sirvió la comida y desapareció.

El cuchillo de carne de Jay lanzaba destellos bajos la luz de las velas. Su rostro quedaba iluminado desde abajo, lanzando sombras que se movían al unísono con las llamas, haciéndolo parecer tan peligroso como había sido ese día.

—Todavía faltan por registrar las oficinas —continuó él mientras hundía el cuchillo en el filete—. JD dejó un montón de documentos privados en su despacho de la ciudad que aún no he tenido tiempo, ni necesidad, de revisar. A lo mejor encontramos algo allí.

—Podemos comprobarlo antes de ir al hotel, o al motel, o donde quiera que vayamos a alojarnos —sugirió ella mientras se lanzaba con entusiasmo sobre la comida—. ¡Vaya! —exclamó tras el primer bocado—. Está sazonado de un modo muy sofisticado. Millie podría conseguir un empleo en cualquier restaurante de San Francisco.

—De ahí vinieron —Jay sonrió—. Les gusta más el ritmo de vida de aquí. En cuanto a nuestro alojamiento, el rancho tiene un apartamento en la ciudad, en la última planta de uno de los edificios Vermilion. Les avisé mientras estábamos en el hospital para que nos lo prepararan. Y vamos a ir directamente allí.

—¿Y qué pasa con los documentos de JD?

—Olvídate de los documentos. Lo único que vas a revisar esta noche es a mí.

—Eso le da un nuevo significado al concepto de reposo en cama —Sara sonrió.

—Es una suite con dos dormitorios.
—Lástima que vayamos a desperdiciar un dormitorio.
Jay decidió que era más sencillo comer que discutir.

A pesar de la cazadora forrada de lana que llevaba puesta, Sara temblaba mientras esperaba a que Jay encontrara la llave del edificio Vermilion entre todas las que llevaba. La tormenta había arrancado el invierno de su poco profunda tumba y dejado una capa de nieve, mezcla de trozos de hielo y aguanieve que se congelaba en cuanto tocaba el gélido suelo. El cielo presentaba un color gris acerado que reflejaba las luces de la ciudad. De vez en cuando aparecía una estrella entre las nubes.

Al fin la puerta se abrió y una ráfaga de aire cálido salió del interior. Unas maletas estaban apiladas en la habitación.

—¿Son nuestras? —preguntó ella.

—Sí. Entra. Hace un frío que pela aquí fuera. Y es mucho peor por el viento.

—Creía que había pasado el invierno —se quejó Sara con la nariz enterrada en el forro de lana de la cazadora.

—Aquí tenemos cuatro estaciones —contestó él mientras cerraba la puerta tras ellos—. Y tres de ellas llevan la palabra «invierno». Ahora mismo estamos en la estación de «todavía invierno», justo a punto de comenzar la estación de la construcción. ¿El sol de la semana pasada? Fue una pequeña broma. Por aquí no esperamos al buen tiempo para construir. En cuanto el suelo se deshiela, empiezan las obras.

Mientras hablaba, Jay la condujo hasta el ascensor pasado el vestíbulo. A la luz de los fluorescentes del techo, la piel de Sara parecía excesivamente pálida. Aun así, su belleza le oprimió el corazón. Sus rasgos eran los de una mujer, pero que conservaba el dulce recuerdo de la juventud.

«¿Cómo voy a poder dejarla marchar?».

La respuesta al grito angustiado le llegó de inmediato. «No

es tuya. No lo olvides. Disfrutemos de lo que tenemos ahora. En ocasiones, el mañana nunca llega».

—Mark Twain dijo que nunca había vivido un invierno tan frío como el verano en San Francisco —observó Sara mientras el ascensor se deslizaba suavemente hacia arriba.

—No creo que Twain pasara mucho tiempo en los Teton en todavía-invierno-debería-ser-primavera.

Salieron del ascensor y él la condujo hasta la suite. No se encontraron con nadie. La moqueta del pasillo había sido limpiada recientemente y sus huellas eran las únicas visibles. Aun así, tras abrir la puerta, Jay y su Glock hicieron un rápido recorrido de la suite.

Vacía.

Enfundó la Glock y regresó al pasillo.

—¿Despejado? —preguntó Sara.

—Despejado. Elige un dormitorio.

—Aquel en el que estés tú.

—Necesitas dormir —Jay cerró la puerta y se volvió hacia ella.

—Te necesito a ti.

—Pues aquí estoy —él la atrajo hacia sí y la abrazó con dulzura.

«De momento».

El teléfono vibró en el bolsillo de su camisa. Sin soltar a Sara, pechos contra torso, lo sacó.

Ella sintió su cuerpo tensarse al mirar la pantalla.

—Es Cooke —pulsó la tecla para contestar—. Hola, sheriff. ¿Alguna novedad?

Ella se acurrucó contra su pecho mientras el sonido de la voz de Jay vibraba contra su rostro. Él hundió los dedos en sus cabellos y le acarició la cabeza.

—A no ser que te apetezca darte un paseo hasta aquí esta noche —le comunicó Cooke—. Voy a enviarte unas fotos.

—Mándalas. Hace un frío que pela ahí fuera.

—A mí me lo vas a decir —contestó el otro hombre—. Estoy hundido hasta los tobillos en un barro helado, contemplando los restos de un helicóptero.

—¿Nuestros atacantes se estrellaron?

—Al menos alguien lo hizo. Blanco con una franja verde diagonal, con número de matrícula falso, y siete agujeros de bala que hayamos encontrado por ahora. Sabes muy bien cuál es el punto débil de un helicóptero.

—El mayor de todos es el piloto —observó él.

—A ese también le alcanzaste. El helicóptero se estrelló con fuerza.

—¿Y qué pasa con el tirador?

—Lo mismo que con el helicóptero —le explicó el sheriff—. No hace falta pedir otro Medivac. Estos muchachos están muertos del todo. Creo que es el primer tiroteo con helicóptero en el condado de Jackson. Felicidades.

—¿Estoy metido en un lío? —preguntó Jay.

—Necesitaremos tu declaración, pero eso será todo. Personalmente, creo que le has hecho un favor a la comunidad.

—El único favor que pretendía hacer era sobrevivir. ¿Hay algo aparte de pruebas circunstanciales que asocien este ataque con lo de Fish Camp?

—Un cuchillo Paul Basal Shadow, treinta y cinco centímetros de hoja. Seguro que la usaba un hombre que temía que su polla fuera demasiado corta.

—Ya no tendrá que preocuparse de eso —observó Jay.

—No, desde luego que no —Cooke rio—. La punta está serrada. Debería dejar una marca distintiva en los cuerpos. Te haré saber si la comparación con las heridas arroja algún resultado. Y, si no tengo noticias tuyas en breve, asumiré que las fotos que te voy a enviar pertenecen al mismo helicóptero que os atacó.

—Lo comprobaré en cuanto cuelgues.

—Vosotros dos descansad un poco. Os veré mañana y, espera, casi me olvido. Mi técnico criminalista mascador de chicle encontró tres rastros de pisadas en la escena del crimen. El piloto y el tirador encajan con dos de ellas. El tercer rastro tenía algo de pintura encima y seguramente es más antigua que las demás. No concuerda con ninguna de las botas de los Solvang. Henry solo utiliza botas de vaqueros, y el rastro tampoco se parece a tus viejas botas militares.

—Supongo que es buena idea que vaya armado —sentenció Jay.

—Sigue así. No tengo ni un agente de sobra para protegeros. Y ahora a dormir los dos.

CAPÍTULO 24

—No pongas esa cara de decepción —le pidió Jay a Sara a la mañana siguiente—. Casi hace sol, tenemos un edificio entero que registrar y más recepcionistas a los que atemorizar. El día es joven —bostezó—. Mucho más joven que yo. Aunque no me quejo.

—Es culpa tuya. Decidiste que yo estaba demasiado débil y que debías tomarte tu tiempo. Pero, ¡qué coño!, ninguna queja en ese aspecto.

Jay soltó una carcajada tan fuerte que tuvo que apoyarse contra el edificio.

—¿Qué? —preguntó ella.

—Creía que ibas a decir «¡qué demonios!».

—¿No fue eso lo que dije?

—No realmente.

—Entonces, ¿qué dije?

—Te lo explicaré cuando estemos a solas —él reprimió otra carcajada—. Pero ahora que lo dices, creo que tienes razón. Para mí fue la mejor parte de la noche. Acurrucados, calentitos y...

—Ya he captado el mensaje —interrumpió ella—. Hablas de parte de la anatomía femenina, ¿verdad?

—Desde luego. Muy femenina.

Ella sacudió la cabeza y deseó poder reír también. Pero el edificio Vermilion en el que se habían alojado la noche anterior, y registrado tras el desayuno, no albergaba ningún retrato. Habían encontrado más paisajes, algunos bastante valiosos, pintados por diversos artistas, pero nada que se pareciera a *La musa*.

El segundo edificio que iban a registrar estaba construido en ladrillo rojo-amarillo, tenía tres plantas y su fachada de hormigón, modesta aunque amplia, poseía una antigüedad de un siglo. La luz de la mañana la iluminaba de costado. La palabra «Vermilion» destacaba en un arco de letras mayúsculas.

—El gerente dice que hay una llave maestra para nosotros aquí —le explicó Jay.

La condujo lentamente escaleras arriba, rodeándole la cintura con un brazo por si necesitaba ayuda.

Y, mientras, sus ojos buscaban al enemigo en cada sombra.

—Te estás pasando —se quejó ella cuando prácticamente la elevó en el aire para que subiera el siguiente peldaño—. Un encanto, pero ridículo.

—No voy a arriesgarme —«y tampoco quiero que ninguno de los dos acabemos formando parte de la colección de fotos del sheriff, aplastados y cubiertos de sangre, con expresión de terror»—. Cuéntame exactamente qué estamos buscando. En el otro edificio había un retrato al que prácticamente no le prestaste atención.

—Custer pintaba rasgos angulosos, pinceladas atrevidas, mucho contraste, sobre todo al elegir los colores. Pero también escribió en una de esas notas que encontré que, «para ella», pintaba como Monet. Impresionista, líneas suaves, romántico.

—Custer, romántico. Lo creeré cuando lo vea.

El interior del edificio era sólido y austero, con apenas un guiño a la modernidad con sus líneas limpias y falta de ornamentación. Los pasillos estaban iluminados con lámparas que colgaban del techo y que seguían utilizando bombillas incandescentes.

En todas las paredes, entre puerta y puerta, había colgada alguna obra de arte.

—¡Dios santo! —exclamó Sara mientras comprobaba la batería de su móvil. Las tres cuartas partes están llenas.

—Por lo visto la gente que trabaja aquí suele llamar a este edificio «el museo» —le explicó él.

—Mejor que «el mausoleo». Así llamaba yo a la primera oficina en la que trabajé.

Jay recogió la llave en recepción e iniciaron la búsqueda. Sara intentó hacerle justicia a cada cuadro, haciendo fotografías y tomando notas, pero después de una hora todas habían sido catalogadas como «no *La musa*».

Ella se apoyó contra una pared y suspiró.

—¿Estás bien? —preguntó Jay.

—Cansada.

—Sabía que esto sería demasiado.

—Hay que hacerlo. Y lo tengo que hacer yo —añadió Sara con firmeza.

—Pero no hace falta que lo hagas de pie, ¿no?

Jay entró en un despacho vacío y regresó con una silla con ruedas. La apoyó contra las corvas de Sara en una silenciosa orden.

Aliviada, ella se sentó.

—Solo nos quedan otras dos estancias en esta planta —le indicó—. La buena noticia es que la mayor parte de las obras de arte se exhiben en la planta principal, para que el público pueda contemplarlas. Las escuelas locales organizan excursiones todos los años.

—Y la mala noticia —continuó Sara—, es que se nos están agotando los lugares en los que buscar. ¿Estás seguro de que JD no guardaba cuadros en el almacén?

—De haberlo hecho, no lo anotó en la hoja de inventario que tenía en el rancho.

Las dos últimas estancias les obsequiaron con dos Custer cada una.

Paisajes.

—Muy bien —anunció ella—. Empújame hasta el ascensor y comprobaremos las otras plantas.

Jay la contempló muy serio y adusto, como alguien que se enfrenta al último tramo de una extenuante escalada.

—Descansemos primero, y luego…

—Te prometo que no voy a andar más —lo interrumpió ella—. Acabemos con esto.

Minutos después, las puertas del ascensor se abrieron como la antigualla que eran. Sara contempló la cabina, casi tres centímetros por encima del pasillo. Ningún problema para una silla de ruedas normal, pero una silla de oficina podría lanzarla por los aires al primer tropezón.

Empezó a ponerse de pie cuando se sintió transportada en el aire al interior del ascensor, con silla y todo.

—Quizás no seas David —observó—. Puede que seas Goliat.

—Demasiados ojos.

—Estás pensando en ogros —ella sonrió débilmente y le acarició la mejilla.

Jay la besó con dulzura y pulsó el botón de la segunda planta. La cabina inició el ascenso. Cuando las puertas se abrieron, resultó ser el suelo del pasillo el que estaba más alto que la cabina. Jay tuvo que levantar la silla para salir.

La segunda planta parecía especializada en fotografías históricas, además de en unos cuantos cuadros de eventos históricos. La búsqueda no llevó demasiado tiempo y pronto estuvieron de nuevo en el pasillo. Cuando la puerta del ascensor se abrió, la sensación de verse elevada en el aire ya no le produjo ninguna sorpresa a Sara, pero sí le dio una idea de hasta dónde llegaba la fuerza de Jay.

«Siempre me trata con tanta delicadeza que olvido lo fuerte que es».

El ascensor se elevó.

—Las fotografías históricas están viviendo un resurgir —le contó ella—. Algunas de esas eran de una gran calidad. Ese cuadro de DiMaggio sobre la presa Hoover en construcción haría feliz a más de un coleccionista. Si quieres vender, podría recomendarte a los expertos adecuados.

—Lo tendré en cuenta cuando llegue el momento de la liquidación —Jay la miró de reojo. Sara estaba demacrada y pálida, pero no sabría decir cuánto era debido a los acontecimientos del día anterior, y cuanto a la decepción que, sin duda, sentía—. Aquí arriba solo hay un despacho que registrar. JD lo utilizó hasta que estuvo demasiado enfermo. Entonces regresó al rancho a morir. Los demás despachos están arrendados, y cada inquilino los decora a su gusto.

«¿Solo un despacho?», pensó Sara horrorizada ante la posibilidad de que el registro hubiera terminado. Cerró el puño contra el brazo de la silla.

Sin decir una palabra, Jay le abrió los dedos y le besó la palma de la mano.

En esa ocasión, el ascensor se detuvo a la misma altura que el suelo del pasillo. Jay la empujó hasta una puerta, la abrió y la empujó al interior.

La pared frente al escritorio estaba dominada por un precioso lienzo de Jackson Hole, una potente puesta de sol en tonos rosados, magenta y violetas. Estaba firmado por Weekly.

—Es impresionante —exclamó ella—. Nunca he entendido por qué Weekly no adquirió más fama.

—A lo mejor sus obras fueron adquiridas por gente que no estaba interesada en las críticas.

—Creo que tienes razón —Sara sonrió.

Las demás paredes estaban cubiertas de la obra de Custer. Paisajes.

—Más tierras baldías con un enorme cielo acechando por arriba —se quejó ella—. Fíjate —continuó—. Hasta hace poco nunca tenía bastante de su obra, y ahora me decepciona porque ningún cuadro es el mítico retrato.

—Apuesto a que Ahab sentía lo mismo —contestó Jay—. Otra maldita ballena.

La aparcó frente al enorme escritorio de JD y Sara pasó una mano sobre la inmaculada superficie.

—Se podría aterrizar un helicóptero aquí —observó antes de hacer una mueca—. Lo siento. Supongo que todavía me obsesiona un poco.

—A mí también —él asintió mientras pensaba en el tercer juego de pisadas.

—Seguramente porque nos han perseguido.

Jay se encogió de hombros y devolvió su atención al escritorio.

—Por debajo hay mucho espacio también —lo golpeó con un nudillo y sonrió—. Cuando yo era niño y mamá estaba demasiado enferma para cuidar de mí, JD me traía al despacho y me dejaba ahí abajo con unos cuantos tebeos. Después se dedicaba a hablar por teléfono mientras paseaba por la estancia, sin siquiera prestar atención a los cuadros colgados de las paredes.

—No hay ninguna *Musa* —sentenció Sara con toda su crudeza—. Es probable que no existiera jamás. ¿Por qué está Liza tan convencida de lo contrario? Se comportó como si hubiese estado allí mismo cuando la pintó, como si la hubiera tenido en sus manos.

Bajó la vista hacia algunos documentos.

—Todo sobre las tierras del rancho y cuentas, pero nada sobre cuadros —se mordisqueó el labio y pareció fijarse en algo que solo ella veía.

Jay le tomó una mano entre las suyas. Estaba caliente. No febril, simplemente viva.

—Relájate, cariño. Aún nos quedan seis días.

—¿Para hacer qué? —preguntó ella—. ¿Para alquilar una

furgoneta y recorrer viejas casas, mercadillos y galerías a trescientos kilómetros a la redonda? Podríamos organizar un Reality.
Él rio.
Sara apoyó ambas manos en la silla, como si intentara ponerse en pie.
—¿Qué te crees que haces? —preguntó él.
—He visto un servicio pasillo abajo.
—Buena idea. Yo también necesito ir.
Jay la empujó por la puerta y pasillo abajo, deteniéndose ante la puerta con el letrero de «Señoras». El de «Caballeros», estaba al otro lado del pasillo.
—Con calma —le ordenó él mientras la sujetaba para que se pusiera en pie.
—No estoy hecha de algodón de azúcar —gruñó ella.
—Pues quién lo diría —Jay se humedeció los labios.
Sin hacerle caso, Sara abrió la puerta y la cerró en sus narices.
—Busca uno para ti.
Evidentemente la estancia estaba a oscuras. Sara empezó a palmear las paredes en busca del interruptor.
«Bienvenida a Wyoming. Retrasen todos los relojes hasta el tiempo en que los sensores de movimiento aún no existían».
«Y sin embargo la cena de anoche era tan sofisticada como la que más».
Al fin encontró el interruptor y lo accionó. La luz inundó la estancia. Pasó por un pequeño saloncito y se dirigió al aseo propiamente dicho. Al dirigirse por el pasillo entre las cabinas, se paró en seco. Estupefacta.
Una mujer la contemplaba desde la pared al fondo. Su rostro gélido estaba pintado en tonalidades rosas y moradas, con un toque verde en las sombras.
La musa.
En un cuarto de baño.

Perpleja, solo fue capaz de sacudir la cabeza.

La musa no era lo que se había imaginado. Si se suponía que era un retrato romántico, sin duda representaba el lado oscuro del romanticismo. Enigmático, temperamental, vibrante, con una distancia y unas emociones tan complejas como el mismo retrato. Aunque la representación y la técnica distaba de lo que ella estaba acostumbrada a ver en los Custer, había suficientes ecos de su obra más familiar como para que no albergara ninguna duda acerca de la autoría.

Esa mujer se mostraba encantada, casi exultante. Sara lo veía alrededor de los ojos y en la enigmática sonrisa. Había triunfo, pero nada de calidez, ni generosidad, nada compartido. Era la victoria de la mujer exclusivamente.

Sara permaneció allí de pie, contemplando el cuadro, el rostro femenino casi perdido en las sombras, de un sombrío tono gris y pálido, salvo por el índigo y violeta del cielo sin estrellas que entraba por la ventana. El cuadro no resultaba en absoluto reconfortante, y por eso era inconfundiblemente Custer.

Mientras estudiaba *La musa*, Sara tuvo una sensación de sueños perdidos y desesperados anhelos.

También tuvo la sensación de que el cuadro en sí mismo estaba exasperantemente incompleto, incluso en contradicción consigo mismo. La disonancia en el lienzo le inquietaba.

—¿Sara?

La voz de Jay la arrancó del cuadro.

—¿Estás bien? Ya sé que las mujeres tardáis más, pero ¿siete minutos?

—Ven aquí —lo llamó—. Corre.

Antes de que terminara la frase, él ya había entrado por la puerta, atravesado el cuartito, y caminaba hacia ella.

—¡Mira! —exclamó Sara—. *La musa*.

Jay se detuvo y contempló el cuadro, inmóvil las emociones surcando su expresión, desde la confusión hasta la incredulidad, pasando por el alivio y algo más, algo mucho más difícil de nombrar.

—En el baño de señoras —murmuró—. Para que JD nunca tuviera que verlo. Hijo de perra.

—¡Lo hemos encontrado!

Ella se arrojó en sus brazos, abrazándolo con tanta fuerza que los puntos de sutura del cuello se resintieron. Él la levantó en vilo y la hizo girar antes de dejarla con cuidado en el suelo.

—Descuelga *La musa* —le pidió ella—. Te ayudaré a llevarla.

—Yo puedo…

—No es seguro que la lleve una sola persona. Este cuadro no se alejará de mi vista hasta que esté en un lugar seguro.

—Algún lugar que Liza no descubra. Ni Barton. Ni…

—¿No vas a decírselo? —interrumpió ella.

—No hay prisa. Ahora tenemos la carta ganadora —con la mandíbula encajada, él contempló el rostro de la mujer—. ¿Quién demonios es esta musa y por qué le importa tanto a Liza?

CAPÍTULO 25

Cuando Jay regresó de puntillas al dormitorio, el sol del atardecer estaba en lo más bajo. Instantes después, se estaba desnudando.

—Estás frío —murmuró Sara mientras se subía las sábanas.

—Y tú caliente —contestó él mientras se metía, desnudo, en la cama y se acurrucaba contra ella hasta que sus labios encontraron un pecho—. Aquí hay muchas posibilidades.

—¿Dónde estabas? —ella se estiró perezosamente contra él.

—Comprobando algunas cosas, el rancho, los cuadros, hablando con los Solvang para organizar el funeral.

—¿Qué hora es? —de repente Sara estaba completamente despierta.

—Más de las cuatro.

—Deberías haberme despertado —exclamó ella, horrorizada de que una simple siesta se hubiera alargado varias horas.

—Necesitabas dormir. Además, tenía ganas de despertarte desde dentro.

—Bueno, en ese caso…

Ella les cubrió a ambos con la manta y en la sensual penumbra se amaron hasta no saber dónde empezaba uno y acababa el otro.

Un móvil sobre la mesilla vibró.

—Es el tuyo —le indicó Sara.

—Sí —Jay salió de debajo de las sábanas, tomó el teléfono y contestó—. ¿Qué?

—Hola a ti también —sonó la voz de Cooke al otro lado de la línea—. ¿Desde cuándo duermes de día?

—Desde que hay algo por lo que merece la pena quedarse en la cama —él activó el altavoz y atrajo a Sara hacia sí—. ¿Alguna novedad?

—Hemos encontrado un móvil que no vimos en nuestra primera inspección del accidente del helicóptero. Pertenece al piloto. El del tirador estaba hecho trizas, demasiados pedazos para juntarlos de nuevo. Destrozado por lo que parece un calibre 45. Pero el del piloto estaba en una carcasa de las buenas, por lo que las tripas están casi intactas.

—¿Contiene algo interesante?

—Velma, nuestra técnico residente está trabajando en ello. La he visto resucitar móviles en mucho peor estado, pero lleva su tiempo.

—Espero que no sea mucho.

—La esperanza es buena —observó el sheriff—, siempre que no la confundas con la realidad.

Jay se rascó el torso e intentó no bostezarle en la oreja al sheriff.

—¿Algo más? —preguntó.

—Trabajaban por libre.

—¿De por aquí?

—Si consideras de por aquí a Wyoming, Idaho y Montana —contestó Cooke—. Sus motes eran Sky High e Hilo...

—¿Hilo? —Jay se sobresaltó.

—Un surfista. Da igual, el caso es que no es la primera vez que aparecen estos nombres. Se dedicaban a un poco de todo, pero sobre todo al dinero fácil que les proporcionaba el contrabando y transporte de drogas. Han cometido algunos hechos bastante feos, pero puede que no sean más que habladurías de los convictos que intentan que les recorten las condenas facilitando información.

—De manera que eran más o menos locales, gracias al tráfico de drogas —Jay se frotó la cabeza—. Eso explica el quién y el cómo, pero no el porqué. ¿Tienes alguna pista sobre eso?

—Ninguna. Solo más información sobre el quién y el cómo. De los dos cadáveres, el piloto era el pez gordo. Su nombre ya había surgido en el pasado como una especie de organizador criminal, ponía en contacto a malhechores para formar bandas, trasladaba bienes robados, esa clase de cosas. Y por eso nos interesa tanto su móvil.

—¿Sabes qué probabilidades hay de que salga algo útil de ese teléfono?

—Define útil.

—El porqué.

Sara miraba fijamente a Jay mientras se acariciaba la cicatriz del cuello y recordaba el horror de la visión de los cuerpos de los Solvang, el terror al sentirse perseguida por un helicóptero y la sensación de su propia sangre, caliente sobre la piel helada.

«¿Por qué?».

«¿Para qué?»

—Lo siento. No tengo nada sobre la persona que los contrató —contestó el sheriff—. A no ser que suceda algo, el fiscal tiene muchas ganas de cerrar este caso y enterrarlo en lo más hondo. Los asesinatos recientes y sin resolver no son un buen reclamo turístico.

—¿Y qué hay del tercer juego de huellas de botas?

—El criminalista no puede asegurar que fueran hechas al mismo tiempo que los otros dos, de modo que al fiscal no le interesa. Francamente, lo entiendo. Esas huellas podrían ser de hasta hace tres meses.

—¿Nos necesitas para firmar una declaración? —preguntó Jay.

—Sí, podemos tomaros declaración jurada aquí cuando estéis preparados. Y hoy sería un buen momento para estar preparados.

Jay miró a Sara con expresión interrogante y ella asintió.

—Después podríamos trabajar un poco en la galería —susurró ella.

—Llámame cuando os pongáis en camino —le pidió Cooke—. Cuidaos.

—Bueno, pues no nos ha llevado demasiado tiempo —observó Sara mientras salían de la comisaría—. Se nota que tienen mucha prisa por cerrar este caso.

—Cooke no dejará de trabajar en él siempre que tenga un momento.

—Y tú también —afirmó ella.

—No pararé hasta que tenga las respuestas.

—No esperaba menos de ti. Pero… ten cuidado. Si el fiscal se equivoca, y el tercer juego de huellas de botas tiene alguna relación con todo esto, entonces no ha acabado.

—Cooke sabe lo que voy a hacer. Me ofrecerá toda la ayuda que pueda sin perder su trabajo.

—Es bueno tener al sheriff de tu parte —Sara miró a ambos lados de la carretera, bajó de la acera y estuvo a punto de resbalar sobre una placa de hielo negro.

—La suite queda por ahí —señaló Jay.

—La futura galería Custer está por ahí. Y no me digas que necesito descansar. Ya me conozco tus pequeños trucos sexuales.

—¿Y si te digo que el que está cansado soy yo?

—No te creería.

Jay la siguió hasta el local. A varios inmuebles de distancia les llegó el sonido de una obra. Estaban lejos de la zona turística, pero seguramente la obra estaba relacionada con esa

actividad. En Jackson, el turismo era la única industria en crecimiento.
—El bloque está en el lado malo de tu «parque de las cornamentas» —le explicó él mientras contemplaba el escaparate vacío—. Este edificio no es demasiado moderno. En realidad hay un proyecto de construir un garaje a unos cuantos bloques de aquí. Hace falta sitio para guardar todos esos coches elegantes de los turistas mientras sus dueños dejan a Jackson más rico de lo que lo encontraron.
—Este edificio está en una zona de transición —concluyó Sara—, pero sigue teniendo el tufillo de la frontera del oeste. Como el propio Jackson.
—Espera a que veas la entrada trasera por la que vamos a entrar. Esa sí que es vieja.
Jay se detuvo y rebuscó en los bolsillos. En lugar de los guantes que ella esperaba que sacara, lo que sacó fueron unos protectores antideslizantes que acopló a las suelas de las botas.
—No había visto unos así desde el invierno que pasé en Chicago —observó ella.
—Salvo en verano, la gente de aquí los lleva todo el tiempo. Son como guantes. Tendremos que conseguirte unas mañana.
Él la condujo por un callejón empedrado donde la nieve se acumulaba en los rincones sombreados, y los cubos de basura esperaban para ser recogidos. Por acicalada y despejada que estuviera la fachada que daba a la calle, la parte trasera de los edificios, ya fueran de ladrillo o de madera, no habían cambiado mucho en cien años. Los montones de nieve sucia permanecían bajo los más recientes. El olor a comida y aceite caliente inundaba el callejón. Sobre una puerta trasera, frente a la de la galería un cartel rezaba «Susie's Kitchen».
La puerta trasera de la galería estaba cerrada, pero no era ninguna cerradura de seguridad. Llevaría dos segundos y una palanca abrir el candado y el cerrojo. «Una cosa más para aña-

dir a la lista de tareas», pensó Jay. «Demasiadas cosas se fueron al garete mientras yo estuve fuera y JD enfermo».

Bajo la luz del atardecer, Sara contempló el candado, recordando otro parecido en Fish Camp. Todavía veía a Jay abriéndolo: 9, 2, 7, 0.

Y lo vio repetir los mismos movimientos. Sin cambiar ni un número.

—¿La clave es la misma que en Fish Camp? —preguntó ella.

—Cuando la memoria de JD empezó a apagarse, hizo que todos los cerrojos Vermilion pasaran a tener el mismo código —tiró del candado para abrirlo—. Tengo pensado solucionarlo, pero no había ningún motivo para que estuviera en los primeros puestos de mi lista de tareas.

—Huele a minestrone —exclamó Sara, sorprendida, tras respirar hondo.

—Susie's es un buen lugar para comer cuando tienes prisa —le confirmó Jay—. La sopa al menos no sale de una lata. El horario, sin embargo, es algo impredecible. Si no hay bastantes clientes, cierran sin más —encendió una luz interior—. Cuidado por donde pisas. Lo dejé todo revuelto cuando abrí las cajas antes. Las tapas de las cajas, con los clavos que sobresalen, están apoyadas contra las paredes del despacho.

—¿Los cuadros están bien? —quiso saber Sara de inmediato.

—Yo no vi que nada estuviera dañado. Un pequeño milagro, considerando los sucesos.

—Quiero verlos —ella lo agarró de la muñeca con impaciencia y sintió la Glock bajo la cazadora.

—Adelante —Jay se hizo a un lado—. Encenderé las otras luces.

—¿Dónde está *La musa*?

—En una de las cajas vacías.

—Escondida a plena vista —ella soltó una carcajada.

—Más o menos. Hasta que averigüe por qué siente Liza tanta fijación por ese cuadro, no quiero que vuelva a «desaparecer».

Jay avanzó entre las largas mesas cubiertas de sábanas, los estantes y los atriles vacíos que el anterior inquilino había dejado atrás. Sobre una de las mesas estaba el martillo de carpintero que había utilizado para abrir las cajas. Había apartado la sábana, que descansaba arrugada sobre la mesa.

—Cuidado con las sábanas —le advirtió—. No te tropieces con ellas.

Sara se mantuvo a un lado mientras las luces se iban encendiendo en la sala principal. Tuvo la idea de protestar por tener que trabajar en una pecera hasta que recordó que los escaparates tenían pared a los lados y en la parte de atrás para tener más espacio para exponer las obras del inquilino anterior. Nerviosa, casi sin aliento, sacó del enorme bolso los guantes blancos y empezó a sacar los cuadros de las cajas.

Algunos de los cuadros seguían teniendo sus marcos. La mayoría no. Ninguno de los marcos era gran cosa. En realidad eran de los más baratos.

—¿Todos estos cuadros estuvieron enmarcados alguna vez? —preguntó.

—La mayoría. Cuando JD los guardó en las cajas y los llevó a Fish Camp, dejó los marcos en el almacén de aquí o en el establo del rancho. Los utilizamos para hacer fuego. ¿Es importante?

—Solo si el artista eligió o aprobó personalmente esos marcos.

—A Custer le importaban una mierda.

—Podría habérmelo imaginado —contestó Sara mientras apoyaba un cuadro contra la pared.

Intentó no fijarse en cómo las pinceladas prácticamente saltaban del lienzo, exigiendo toda su atención y al mismo tiempo subrayando la fuerza de las montañas. Daba igual la clase de persona que hubiera sido Custer, como artista era un genio.

Jay la ayudó a disponer todos los cuadros, apartando las sábanas y organizando las pinturas de acuerdo con una lógica inexplicable para él. Pero tampoco le importaba. Le bastaba con verla tan excitada y sonreír ante determinado aspecto de algunos cuadros que él jamás apreciaría del mismo modo.

Pero a ella la apreciaba, y de muchos modos.

—De acuerdo —anunció ella al fin sin dejar de contemplar los cuadros—. ¿Podrías traer *La musa*? Quiero verla en el contexto de sus obras más tempranas. Colocaré un atril en el taller. Allí la luz es mejor.

—A cambio de un beso.

—¿Qué?

—Te traeré *La musa* a cambio de un beso —le explicó Jay.

—Tres besos, y es mi última oferta.

Sonriente, él la atrajo hacia sí y reclamó el pago antes de ir en busca del cuadro. En cuanto colocó *La musa* sobre un atril, las luces del techo convirtieron los ojos de la mujer en el centro del lienzo. Había algo en ellos, algo a la vez ordinario y fuera de su alcance. Sus ojos reflejaban tormento por algo que él ya había visto antes, pero que no esperaba encontrar atrapado en un marco barato.

Desesperación

El teléfono de Jay empezó a cantar la famosa canción de R.E.M: *It's the end of the world as we know it.*

—Cuelga —le ordenó Sara.

—No puedo, es el sheriff. Le tengo asignado un tono de llamada especial —Jay sacó el móvil del bolsillo—. ¿Qué hay? ¿Olvidamos firmar algo?

La implicación de que Cooke y Jay se llamaran con tanta frecuencia como para justificar un tono de llamada especial hizo que Sara frunciera el ceño.

«Quiero que esto acabe».

Pero aún no había acabado.

En el fondo, allí donde los instintos primitivos susurraban cosas como emboscada y muerte sangrienta, ella lo sabía. Aunque hubiera sido capaz de engañarse a sí misma, de convencerse de que todo iba bien, allí estaba Jay, relajado, pero en alerta, comprobando automáticamente la Glock que llevaba a la espalda mientras escuchaba al sheriff Cooke.

—¿Estás sentado? —la voz de Cooke era grave.

Jay apoyó la cadera contra la mesa más cercana.

—Más o menos —contestó—. Adelante.

—La buena noticia es que conseguimos que Velma trasteara con el móvil del piloto y lo hiciera regresar de entre los muertos. Al menos durante un tiempo.

—Muy bien. Ahora dame la mala.

—Hemos encontrado no una, sino dos llamadas hechas desde un número de la ciudad —Cooke le leyó el número, incluyendo el código.

—No me suena —contestó Jay.

—Está a nombre de Liza Neumann.

El corazón de Jay falló un latido y se quedó helado mientras la incredulidad y la certeza libraban una batalla en su mente.

«¿Cómo he podido juzgarla tan mal?»

—¿Estás seguro? —pregunto.

—Sí, estoy seguro. Voy a acercarme a casa de Liza a ver qué tiene que contarnos. ¿Te apetece reunirte conmigo allí?

—Dame diez minutos de ventaja.

—¿Podré fiarme de ti? —preguntó Cooke con franqueza.

—¿Durante diez minutos? Sí.

¿Piensas llevar a Sara contigo?

—No —contestó Jay de inmediato.

«Aunque no se derrame ni una gota de sangre, no va a ser agradable».

—Entonces que espere en algún lugar público. A salvo.

—¿Qué es lo que no me estás contando?

—Puede que el fiscal no esté preocupado, pero ese tercer juego de huellas de botas no me deja dormir por la noche.

—Te entiendo.

Jay colgó la llamada y se acercó a la parte trasera donde Sara seguía inmersa en el estudio de *La musa*, con una lupa y una pequeña linterna que habían salido de ese bolso sin fondo. Jay se acordó de la linterna que siempre llevaba consigo y se preguntó si no debería dejársela.

—Jay —anunció ella en cuanto lo vio llegar—. Creo que hay…

—Lo siento —la interrumpió él—. Tengo que irme.

—¿Vas a verte con Cooke?

—Tiene una buena pista. Tú vas a ir a Susie's a tomarte una sopa. Te veré allí cuando vuelva. No debería tardar mucho.

—Entonces me quedo aquí.

—No —sentenció Jay—. Sola no. En Susie's estarás acompañada.

—Preferiría quedarme y seguir estudiando *La musa* —insistió ella—. Creo que he…

—Cuando vuelva, podrás estudiar ese cuadro hasta que te quedes bizca —volvió a interrumpirla Jay mientras agarraba la cazadora forrada de lana de Sara—. Si quieres, hasta podemos dormir en la galería.

—¿Qué pasa con las luces? —preguntó Sara mientras salían del taller y se dirigían hacia la puerta trasera.

—Después —contestó él apresuradamente.

Tras empujarla al exterior, cerró la puerta y echó el candado en unos pocos y ágiles movimientos.

Testaruda, Sara plantó los pies en el suelo del callejón, donde las corrientes de aire durante las tormentas escupían lluvia o nieve.

—¿Cuál es esa pista tan importante que no puede esperar ni un segundo?

El primer impulso de Jay fue tomarla en brazos, abrir la

puerta trasera de Susie's y meterla en la cafetería. Pero lo que hizo fue tomarla del brazo y sacarla del callejón para rodear la parte delantera del edificio.

—El móvil del piloto había recibido dos llamadas de un número de Jackson —le explicó mientras.

—¿Dónde en Jackson? —ella se dio media vuelta. De repente se sentía vigilada de nuevo.

—Un número a nombre que Liza Neumann. Por eso vas a quedarte en Susie's Kitchen. Liza conseguirá que la reunión sea lo más desagradable posible. Y no quiero que estés allí.

—Ya somos dos.

Sara se cerró la cazadora mientras avanzaba a saltitos para mantener el paso de las largas zancadas de Jay. A pesar de llevar las botas de montaña, se resbaló un par de veces sobre placas de hielo producidas por unas nubes que habían amenazado con nieve, pero que al final se habían conformado con escupir aguanieve helada. La misma que caía sobre ellos en esos momentos, clavándoseles en la piel que quedaba al descubierto.

—¿Y dices que en Susie's hacen una buena sopa? —preguntó ella.

—Nada sofisticado, pero está buena.

—Pues gana la sopa —Sara asintió antes de continuar—. Espera un momento. He dejado *La musa* a plena vista.

—Nadie podrá verla desde fuera. Todo estará bien hasta que yo regrese.

—No te entretengas mucho —le pidió ella, deseando estar de vuelta en la galería—. *La musa* me llama. Creo que he encontrado un modo de revelar sus secretos. Hice un foto y...

—Muy bien —la interrumpió él, la mente en Liza y lo que tuviera que decir—. Le echaré un vistazo cuando vuelva. Media hora como máximo.

Jay abrió la puerta de la cafetería, arrastró a Sara al interior y buscó un reservado al fondo.

—Aquí te quedas —la sentó, arrojó un billete de veinte sobre la mesa y la besó—. El apartamento está a menos de dos kilómetros de aquí. Si voy a tardar más de media hora, te llamaré.

Antes de que ella pudiera insistirle en que preferiría quedarse estudiando *La musa*, él ya se había marchado. Mientras lo veía irse, Sara tuvo la sensación de haber caído del cielo en ese lugar, entre coquetos reservados y la charla de los clientes que disfrutaban de la comida.

Una camarera apareció y Sara pidió lo primero que se le ocurrió. Después se acomodó en el asiento e intentó recomponer sus pensamientos.

«No tiene ningún sentido perder el tiempo. Estudiaré la fotografía que tomé de *La musa*».

Sara alargó la mano hacia el bolso para sacar el móvil, y entonces descubrió que se había dejado ambas cosas con las prisas de Jay por salir de la galería. El teléfono se había quedado sobre una mesa en el cuarto trasero donde había fotografiado *La musa*. Y el bolso estaría en algún rincón.

Al menos Jay le había dado dinero suficiente para pagar la comida.

«¡Maldita sea!», pensó. «Tenía tanta prisa por dejarme aquí tirada, y yo estaba tan concentrada en *La musa* que ni siquiera pensé en lo que me estaba dejando».

Sus pensamientos seguían torturándola, más que nunca al no tener el cuadro para distraerla.

«¿Cómo demonios va a poder llamarme si el teléfono está en la galería?».

«¿Conocía Liza la piloto? ¿Y por qué iba a conocer a una persona como esa?».

«Si Jay moría, no sería Liza la heredera, sería Barton. Y ese sí sería un motivo a tener en cuenta, aunque odiaría tener que depender de su generosidad para sobrevivir».

«Pero ¿por qué asesinar a los Solvang?»

«Y sobre todo, ¿por qué ahora? ¿Por qué no hace años cuando JD estaba enfermo y Jay en la otra punta del mundo?».

Sara tamborileó con los dedos sobre la mesa, apenas consciente de que la camarera le había servido la sopa.

«Menudo lío sangriento y mortífero».

Todavía sumida en un mar de preguntas sin respuesta, hundió la cuchara en la sopa de minestrone y sopló. Una ojeada al reloj le indicó que llevaba menos de diez minutos en el restaurante.

«Al menos quince minutos antes de que llame Jay».

Tenía tiempo de sobra para comer y recuperar el teléfono del interior de la galería.

CAPÍTULO 26

La luna jugaba al pilla-pilla con los jirones de una tormenta. Cuando se libraba de las nubes, su luz iluminaba las ramas desnudas de los árboles, que parecían venas negras dibujadas sobre la luz blanca azulada.

Una mirada al cielo le indicó a Jay que hacía frío, y más que iba a hacer en breve. Cerró la puerta de la camioneta de alquiler que había aparcado en un lugar prohibido y subió las escaleras hasta el vestíbulo del edificio de apartamentos. Estaban a menos de dos kilómetros de la galería, en la extensión de la ciudad que había crecido junto a la autopista, lejos del parque nacional.

«Otra pieza de modernidad construida sobre lo viejo», pensó.

«Si algo está vivo, cambia», señaló la parte crítica de su mente. «Así se sabe que está vivo».

«Aunque no hace falta que te guste».

Las placas de hielo brillaban sombrías en la oscuridad, al acecho de un pie descuidado.

Probó con la puerta del vestíbulo, por si acaso.

Cerrada.

«¿Me dejará entrar?».

La parte pragmática de su mente soltó una carcajada. Si le mencionara *La musa*, correría a abrirle la puerta.

—¿Sí? —la voz de Liza surgió vacilante y ronca.
—Soy Jay, déjame pasar.
—¡Por Dios! ¿Y ahora qué? —exclamó ella, cada sílaba cargada de resignación.
El interfono quedó en silencio.
Jay contó los segundos hasta que oyó el zumbido que le franqueaba el paso.
Catorce segundos.
Toda una vida.
Descartó el ascensor y corrió escaleras arriba hasta el apartamento de Liza, en una esquina de la segunda planta, y llamó a la puerta.
—Sigo siendo yo —anunció al ver descorrerse la mirilla.
Liza abrió lentamente las cerraduras, dejando claro sin palabras lo mucho que se alegraba de verlo. La puerta se abrió a cámara lenta. Jay no esperó a recibir una invitación verbal. Antes de que su antigua madrastra pudiera pestañear, ya estaba dentro y cerrando la puerta tras de sí.
En la estancia hacía tanto calor como en una playa tropical. El aire olía a algún perfume floral, a comida quemada y a alcohol rancio.
Mientras se desabrochaba la cazadora, contempló a la una vez joven mujer con la que se había casado su ya viejo padre. Liza llevaba una bata de satén rojo, más apropiada para pasar la mañana en la cama que para la tarde en cualquier otra parte. Las esponjosas zapatillas rojas que llevaba podrían haber pasado por sexis tiempo atrás, pero en esos momentos solo podían calificarse de andrajosas. Su pelo estaba despeinado, salvo por el mechón color platino que tapaba el lado derecho de su cara. Se tambaleaba ligeramente.
Tenía el aspecto de un mal día en el infierno.
—¿Chantajear a la gente te mantiene despierta por las noches? —preguntó Jay.
—Que te jodan.

—No gracias.

Liza le dio la espalda y se dirigió hacia una silla junto a la mesa donde descansaba un vaso lleno de ginebra, o vodka, o agua.

—¿Estás borracha? —preguntó él.

—¿Qué quieres? —preguntó ella, ignorando la pregunta.

—¿Te acuerdas del helicóptero estrellado?

—¿El que atacaste estilo Rambo? Difícil de olvidar —Liza tomó un trago de su bebida, como si eso pudiera ayudarla a olvidar—. Se estrelló. ¿Y qué?

Jay se sintió invadido de una sensación de futilidad y de ira, pero consiguió guardar la compostura.

—Resulta que el piloto era un tipo de cuidado.

Ella se encogió de hombros.

—Los hombres del sheriff encontraron su teléfono —continuó Jay—. Tu número estaba en el registro de llamadas.

Liza tomó otro trago. Por la expresión de su rostro, Jay podría haberle estado hablando en suajili.

«Tengo que simplificarlo», comprendió él. «Hay algo en ella que, o bien no está, o si está, está roto».

—Puedo ayudarte, o puedo hacerte mucho daño —le explicó—. Tú eliges.

—¿De qué demonios estás hablando? —Liza lo miró inexpresiva—. Yo nunca he llamado a nadie a bordo de un helicóptero. ¿Para qué iba a hacer algo así? Llevan puestos cascos o lo que sea.

Él apenas daba crédito a sus oídos.

—Escúchame, Liza. Ya está. Se ha terminado. Fin.

Mirando más allá de donde él estaba, la mujer se mordisqueó una uña que ya estaba en carne viva. Le temblaba la mano.

Jay se tragó la rabia. Acusar a una vieja dama rota no iba a ayudarlo a encontrar las respuestas que necesitaba.

—Cooke sabe que estuviste en contacto con los hombres

que nos dispararon a Sara y a mí —continuó en tono más calmado—, los mismos hombres que dejaron sus huellas de pisadas de botas en la sangre fresca de los Solvang.

Ella parpadeó como una niña adormilada, esperando oír algo que le resultara al fin comprensible.

—¿Por qué, Liza? ¿Por qué me odias tanto?

Durante largo rato, Liza lo miró como si estuviera colocando las piezas del puzle de la realidad, prácticamente moviendo los dedos como si arrastrara las piezas. Después, sus manos cayeron sobre el regazo.

—Nunca se trató de ti —contestó al fin—. Tú solo estabas en medio.

No lloraba, pero los labios le temblaban. Distraídamente se apartó los cabellos del rostro y Jay vio un moretón que iba desde la sien hasta debajo del ojo hinchado.

«¿Quién la ha golpeado?», se preguntó Jay. «Ese golpe es muy reciente».

—Y a lo mejor él tiene razón —Liza suspiró—. A lo mejor todo fue idea mía y él solo hacía lo que yo era demasiado débil para hacer —respiró hondo y de manera temblorosa.

—¿Él? ¿De quién estás hablando? —Jay se agachó frente a ella y le rozó delicadamente la mejilla, sujetándole el rostro hasta obligarla a mirarlo a los ojos—. ¿Te has metido en un lío?

—Tú tienes el cuadro y no me lo quieres dar —contestó ella.

—¿Por qué quieres *La musa*?

—No era para ti. No es tuya —el cuerpo de Liza se tensó e intentó ponerse en pie.

Chocar contra Jay fue como chocar contra una pared.

Liza volvió a caer sobre la silla y le agarró una mano.

—Tú no lo entiendes. Necesito recuperar *La musa*. Si me la das, todo esto podría terminar.

Jay la trató como la niña en la que se había convertido,

acariciándole el pelo con dulzura, evitando rozar el moretón que seguía avanzando, devorando su rostro.

—Ya ha terminado —le aseguró—. Los hombres que contrataste están muertos. Yo tengo *La musa* y me la voy a quedar.

—La reputación de Sara —un eco de la antigua determinación de Liza volvió a surgir.

—Un anillo de compromiso acallaría cualquier chismorreo.

—No —ella sacudió la cabeza de modo que sus cabellos volaron salvajes.

—Ya ha terminado todo, Liza. Si intentas hacerle daño a Sara, te echaré de Jackson. Puedo hacerlo y ambos lo sabemos. Tendrás que vivir en un lugar donde nadie te conozca y no importes a nadie.

—No. No. No —Liza sacudió la cabeza—. No debería acabar así. Se lo dije, pero él se rio y me insultó y me amenazó con…

Su voz se apagó y la habitación se llenó de un silencio que acabó siendo tan sofocante como el calor tropical.

—¿Quién está matando gente y echándote a ti la culpa? —preguntó Jay.

La pregunta surgió de ninguna parte, sorprendiéndola, enviándola de regreso a su escondite de la infancia.

—No —fue lo único que contestó.

—¿Tienes alguna deuda por culpa de otro de los pufos de Barton?

—No. No. No. No.

No era una respuesta, sino la negación de que aquello pudiera estarle sucediendo.

—¿Por qué, Liza, por qué? —la voz de Jay, al igual que la mano que agarraba el brazo de la mujer, era suave. E incansable.

La sintió frágil, y temblaba tan violentamente que en cualquier momento podría venirse abajo. Los ojos, de un color azul más oscuro que los de su hijo, se llenaron de lágrimas que se desbordaron y corrieron sobre el maquillaje del día anterior.

—Me lo debe todo, pero ni siquiera eso basta. Más, más, más. Siempre quiere más.

—¿Barton? —preguntó Jay—. ¿Él te hizo esto? ¿Te golpeó?

Las lágrimas que salían de los ojos hinchados fueron la única respuesta.

—¿Dónde está ahora? —preguntó él.

Más lágrimas.

Un zumbido surgió del interfono.

—Señora Neumann, aquí el sheriff Cooke. Podemos hablar en privado en su casa, o en una entrevista formal en mi comisaría.

La única respuesta seguía siendo la del incesante fluir de lágrimas. Era lo único que quedaba vivo en esa mujer.

—Cooke, soy Jay —él se acercó al interfono junto a la puerta—. Sube. Liza está en estado de shock.

—Voy.

Jay abrió la puerta y esperó impacientemente a que el ascensor llegara.

—Cuéntame —le pidió Cooke en cuanto lo vio.

—Creo que Barton la ha golpeado. El moratón tiene menos de una hora. Sigue hinchándose.

El sheriff enarcó las cejas.

—Sé que es Barton el que atosiga a Liza para que le dé más y más dinero —continuó él—. No entiendo cómo se traducen las muertes de los Solvang en dinero para Barton, pero todo está relacionado de algún modo. Y el cuadro de *La musa* también. Pero nada tiene sentido. Barton no es más que un niño mimado. ¿Cómo pudo ser capaz de esto? Qué sangriento...

—¿Dónde está Barton? —lo interrumpió Cooke.

—Tiene un apartamento abajo. Empezaré por ahí.
—Déjamelo a mí. Vete a buscar a Sara y cenad un poco. Ya te llamaré.
—No puedo simplemente... —empezó Jay.
—Déjalo en manos de la ley. Es una orden.

Jay tenía la mandíbula encajada, pero consiguió asentir una vez antes de salir por la puerta y bajar las escaleras de largas y rápidas zancadas que rompían el silencio con el crujir de sus botas.

Sara estaba tan ansiosa de ver de nuevo *La musa* que se equivocó con la combinación del candado dos veces. A la tercera, el candado congelado se abrió reticentemente. Antes de entrar en la galería, miró por encima del hombro para asegurarse de que estaba sola.

En el callejón solo se veía el espeluznante brillo del hielo enterrado en las sombras creadas por la luz de la luna. Un desconsiderado viento sopló por el estrecho callejón, buscando algo suelto con lo que jugar.

Entró en la galería justo antes de que el viento la encontrara. La puerta crujió y volvió a cerrarse. El bolso estaba en la esquina, donde lo había dejado. El móvil, junto a la lupa y la linterna. Se quitó la cazadora forrada de lana y la dejó sobre el bolso.

«Solo unos minutos con *La musa*. Tengo que asegurarme». Consultó el reloj.

«Cinco minutos. Después regresaré a la cafetería y esperaré a Jay».

Con pisadas ansiosas se acercó al cuadro que descansaba sobre el atril. Estuvo a punto de tropezar con las sábanas que los anteriores inquilinos habían esparcido por todas partes para la última exposición, una celebración de lo ordinario.

Como siempre, los atormentantes y atormentados ojos de *La musa* fueron lo primero en llamar la atención de Sara.

Lo segundo fue el hecho de que estaba convencida de que el rostro, y quizás el resto de la figura desnuda, había sido pintado encima de otra cosa.

«Podría ser simplemente una rectificación. Ni siquiera los más grandes consiguen que siempre les salga bien a la primera, y tenemos imágenes de rayos X que lo demuestran».

Pero una rectificación daba mucha información sobre el proceso artístico.

Metió el móvil en el bolsillo trasero del pantalón y se puso a trabajar con la lupa y la linterna. Cuanto más miraba, más segura estaba de que todo lo encuadrado por el marco era una rectificación, incluyendo la modelo.

—Impresionante —se dijo a sí misma—. En cuanto pase esto por rayos X sabré lo que hay debajo. Si es más que la corrección de un error, sacaré una copia giclée de esta versión, restauraré el original y los mostraré uno junto al otro. Podría ser todo un reclamo, una extraña visión del proceso creativo.

Sara suspiró.

—O podría no ser más que un desastre, el motivo más frecuente para tener que repetir un cuadro. Pero yo...

El crujido de la puerta trasera al abrirse lanzó las pulsaciones de Sara hasta la luna. Sin pensárselo dos veces, sacó el móvil del bolsillo y marcó los tres números que conocía demasiado bien. Sujetando el teléfono a sus espaldas, el pulgar sobre el botón de llamada, esperó.

«Solo es Jay».

«O el viento».

«O...»

—¡Barton! ¿Qué haces aquí?

CAPÍTULO 27

Barton salió de entre las sombras, sus cabellos rojos despeinados por el viento y salpicados de nieve.

—Dado que fuiste demasiado egoísta como para enseñarle *La musa* a mi madre, se me ocurrió venir a verla por mí mismo.

Sara no habría sabido decir qué iba mal, pero estaba segura de que algo iba mal. Barton tenía las mejillas rojas, y no solo por el frío de la calle. Su mirada saltaba de un lugar a otro, sin posarse realmente en nada.

«¿Drogas?», se preguntó ella. «¿Alcohol?».

«¿Ambos?».

Tenía una mano a la espalda y la otra hundida en el bolsillo.

Y de repente ya no estaba en el bolsillo.

En cuanto vio la pistola, Sara pulsó la tecla de llamada y se metió el móvil en el bolsillo.

—¿Qué haces? —exigió saber él.

—¿Con el cuadro? Míralo tú mismo. Está aquí.

—911 —llegó la voz amortiguada de la operadora—. ¿Cuál es su emergencia?

Sara rezó para que él no lo oyera.

—¿Qué haces con una pistola, Barton Vermilion? —preguntó en voz alta y muy clara—. ¿Se trata de una nueva moda?

Él la miraba como si se hubiera vuelto loca.

—Una pistola, Barton Vermilion. ¿En serio? ¿Y qué clase de pistola es? Parece pequeña. ¿Es un calibre 22? Apunta a otra parte con eso. Esto es una galería de arte en el centro de Jackson, no una galería de tiro.

La voz amortiguada seguía surgiendo del bolsillo de su pantalón. Sara tosió ruidosamente para taparla.

«¿Me oirá la operadora?».

«¿Me entenderá?».

—¡Cállate! —gritó Barton—. ¡Hablas demasiado! Igual que mi madre, lloriqueando y lloriqueando, y nunca haciendo nada. Bueno, pues ahora mando yo. Y es mi culo el que habrá que besar a partir de ahora.

La única respuesta que se le ocurrió a Sara sin duda le haría acreedora de un balazo, de modo que continuó con su interrogatorio a voz en grito.

—¿Qué quieres, Barton Vermilion? ¿Por qué me estás apuntando con una pistola en una galería de arte del centro de Jackson?

«Vamos, operadora», pensó histérica. «Tienes un nombre y un lugar, y ya sabes de qué clase de emergencia se trata. ¿Qué más necesitas?».

La voz camuflada surgió en tono más elevado, haciéndole preguntas que no podía contestar sin que le disparara.

—¡He dicho que te calles! —aulló Barton—. Ya sé cómo me llamo y dónde estoy y… ¡mierda! ¿Hablabas con alguien por teléfono antes de que yo entrara? ¿Dónde tienes el teléfono?

—Me lo he dejado en mi habitación —mintió ella.

«Jay, ¿dónde estás? Los ojos de mirada inquieta de Barton parecen los de un loco».

—Ven aquí —le ordenó él girando la cabeza bruscamente—. Ahora. Y rapidito.

El bolsillo del pantalón estaba en silencio.

«¿Eso es bueno, malo o indiferente?», pensó Sara.

Siguió las indicaciones de Barton, pero al mismo tiempo buscó cualquier cosa que le sirviera como arma. Las tapas de las cajas con sus clavos sobresaliendo llamaron su atención, pero no vio el modo de poner sus manos sobre ellas sin recibir un balazo.

«El martillo de carpintero. Está sobre la mesa, muy cerca de Barton».

«¿Lo habrá visto?».

—Barton, ¿por qué haces esto? ¿Por qué me amenazas y…?

—Cállate y ven aquí o te disparo ahora mismo.

Sara empezó a caminar hacia él. Lentamente. Y se aseguró de que sus pasos la acercaran también a la mesa y el mango del martillo que sobresalía por debajo de la sábana.

—Más deprisa o te disparo.

—Me hice daño en el pie al huir de un helicóptero —volvió a mentir—. No puedo ir deprisa.

—Por eso Jay te empujaba en una silla. Estúpidos bastardos —observó él mientras sacudía la cabeza—. Me cobran cincuenta de los grandes y terminan muertos. Desperdician todas esas balas y ni siquiera le hacen un arañazo al Rambo después de haber matado a los Solvang solo porque se aburrían de esperar a que llegarais. Qué desastre, y todo porque mi querida madre fue demasiado estúpida y no pudo ganar un juicio presidido por una jueza paleta. Porque, si tuviésemos el maldito cuadro, estaríamos a salvo y nadie lo habría sabido nunca, pero ya no importa porque voy a quemar a esa zorra después de quemarte a ti.

Sara no le encontraba ningún sentido a tanto desvarío, salvo por unas cuantas palabras que sí había entendido perfectamente. El corazón se le paró antes de iniciar una loca carrera.

«Barton envió el helicóptero tras Jay».

La idea rebotó en su mente haciendo cada vez más ruido.

Y le siguió la total certeza de que Barton estaba sufriendo alguna clase de brote psicótico.

«Estoy sola con un loco armado con una pistola».

Se acercó un poco más al martillo de carpintero.

«Jay, date prisa. No me vendría mal un poco de ayuda».

—Todo es culpa de Jay —insistió Barton mirándola con unos ojos que prácticamente solo tenían pupila.

Sara dio un respingo, preguntándose si habría pensado en voz alta.

—Todo esto es culpa suya —decía Barton mientras agitaba la pistola en el aire—. No quiso darme lo que era mío y, ¿qué se suponía que debía hacer yo? ¿Besarle el culo otros siete años más y luego hacer un test de ADN con su sangre?

Barton respondió a sus propios desvaríos con una retahíla de blasfemias que aseguraban que era un hombre tan bueno como cualquier otro hombre, sobre todo Jay.

Sara miró con desconfianza al hermanastro de Jay, sin dejar de avanzar lentamente hacia él. Ya casi tenía el martillo al alcance de la mano. Un paso más…

La mano derecha salió disparada y agarró el mango del martillo. El extremo se enganchó en la sábana, arrastrándola con él como una gigantesca bandera mientras ella lanzaba el inmanejable enredo contra Barton.

—¿Pero qué…? ¡Uf! —él se quedó sin aire cuando el martillo impactó contra su estómago.

La sábana ondeó hacia arriba y sobre su cabeza como una nube antes de desinflarse, cegándolo.

A Sara se le ocurrió que quizás podría intentar quitarle la pistola, pero luego optó por lo más sensato y corrió hacia la puerta trasera, tirando tablones y sillas a su paso para ralentizar la persecución de su enemigo.

—¡Voy a matarte! —rugió Barton, que seguía peleándose con la sábana que lo amortajaba.

«Primero tendrás que atraparme», pensó ella con decisión.

Se paró en seco, chocó contra la puerta y tiró del picaporte. Se movió, pero la puerta no se abrió.

«El candado. Lo ha cerrado».
Trasteó con el candado hasta que se abrió. Un segundo más tarde, se lanzó por la puerta, derrapó sobre la nieve recién caída, se giró y cayó de culo con tanta fuerza que el teléfono salió volando del bolsillo y se deslizó hasta las sombras. Se puso en pie y echó a correr.

El aire de la noche se estrelló contra ella como pedacitos de hielo, atravesando la fina camiseta de algodón. La nieve caía intermitente, la última tormenta deshaciéndose y dejando paso a manchas de estrellas.

Al principio, Sara apenas sentía el frío. Estaba demasiado ocupada corriendo a toda velocidad por el callejón mientras rezaba para no resbalar sobre otra placa oculta de hielo. Estaba convencida de dirigirse de vuelta a la cafetería cuando se dio cuenta de que había girado en la dirección equivocada tras levantarse del suelo.

«El bar queda a mis espaldas. ¿Habrá algún otro negocio abierto por aquí?».

Frente a ella no se veía ninguna luz, y sabía que Barton no estaba muy lejos. Había oído el estruendo de sillas y tablones en la galería, el golpeteo de sus zapatos de cuero contra el suelo, y sus juramentos cuando al fin consiguió salir al callejón.

«Con suerte se partirá el cuello al resbalar sobre una placa de hielo».

Oyó el sonido de un cuerpo cayendo al suelo y sonrió. Pero no confiaba en que se quedara tirado sobre el suelo.

Instantes después, Sara alcanzó el final del callejón y giró a la izquierda, corrió una manzana, y luego otra y otra más, sintiendo en todo momento a su perseguidor pisándole los talones. A su alrededor, todos los edificios estaban a oscuras. Comprendió que corría hacia una parte de Jackson rara vez frecuentada por los turistas, y los negocios cerraban a las cinco de la tarde. No había ningún lugar donde ocultarse.

Y Barton la seguía de cerca.

Ya no le oía soltar juramentos, pero sus zapatos hacían mucho ruido. Producían un extraño sonido metálico que no había oído en la galería.

«Debe haberse puesto protectores antideslizantes en los zapatos después de caerse».

Sara deseó tener unos para ella también. Las botas eran siempre mejor que zapatos de tacón, pero no disponían de dientes metálicos. Resbaló sobre una placa de hielo cuando llevaba recorrida media manzana más y pasó frente a una puerta con una luz amarilla de seguridad. Su sombra se retorció y alargó.

Todo brillaba con la nieve recién caída.

El siguiente bloque, al otro lado de la calle, estaba a oscuras, salvo por unas cuantas potentes luces de construcción en el centro, que cortaban la noche en extraños fragmentos. El esqueleto a medio construir de un edificio se alzaba un poco más adelante. Montones de material de construcción, o de nieve cubierta de basura, estaban esparcidos al azar, junto con escombros y placas de hielo allí donde antes había habido unos charcos poco profundos. Las zanjas para la fontanería y las zanjas de desagüe para proteger la zona de obras atravesaban la construcción, creando un extraño circuito de obstáculos.

«A lo mejor puedo esconderme en alguna parte».

«Y morir congelada».

No se hacía ilusiones sobre cuánto tiempo duraría si se paraba y el sudor se le congelaba sobre la piel, robándole el calor del cuerpo.

Más allá de la zona en construcción se alzaba un edificio nuevo de tres plantas de apartamentos. Las luces que lo rodeaban eran un silencioso grito de bienvenida. El edificio no estaría a más de una o dos manzanas de distancia.

«Alguien habrá allí».

El sonido de la respiración de Barton se acercaba y Sara

supo que no tendría tiempo para rodear la zona de obras. El frío ya hacía mella en su cuerpo. Su aliento salía de la boca en estallidos de calor blanco, y volvía a entrar gélido. Procuró hacer caso omiso tanto de eso como del ardor que sentía en la nuca, allí donde los puntos se quejaban por la caída.

Ignorar el frío que la devoraba viva y la entumecía resultaba más complicado, pero no tenía elección.

Corrió hacia el edificio de apartamentos como si allí estuviera su hogar. Había conseguido evitar la mayoría de los obstáculos de la zona de construcción hasta adentrarse en una zona oscura donde la suciedad y la nieve se amontonaban a cada lado de la zanja de desagüe.

«No podré saltarla», comprendió. «Y no me fío de la luz de la luna para calcular las distancias».

El sonido de la respiración de Barton se acercaba cada vez más.

«¿Por qué no se le han soltado los malditos protectores?», pensó a la desesperada. «En Chicago se me caían todo el tiempo».

Sara trepó hasta lo alto del terraplén. Mantenerse en pie ladera abajo era misión imposible, y medio se deslizó, medio rodó al interior de la zanja. Algo que parecía nieve en el fondo resultó ser en realidad una fina placa de hielo que se había formado sobre una corriente de agua. Sara cayó en la zanja sobre el costado izquierdo. La profundidad del agua era de unos pocos centímetros, y también la cosa más fría que ella hubiera experimentado jamás.

Estaba empapada. Su piel registró el frío durante un instante antes de adormecerse. Al borde de la parálisis, sintió el ardor donde el frío se encontraba con el calor de la vida. Pero el frío ganaba. Por encima de ella solo había una mancha de oscuridad iluminada por la irónica sonrisa de la luna.

La nieve caía del cielo en un tranquilo silencio.

—¡Mierda! —gritó Barton.

Su juramento y el sonido de su caída devolvieron la concentración a Sara. Con torpeza se obligó a ponerse en pie. Tenía el tobillo izquierdo entumecido, pero respondió a regañadientes a sus órdenes. La única parte de su cuerpo que aún conservaba el calor era una pequeña zona en su nuca.

«Los puntos. Están sangrando otra vez».

«Y eso significa que estoy viva. ¡Muévete!».

Trepando, clavando las uñas, consiguió salir de la zanja y subir por el montículo de suciedad y nieve. Las luces doradas del edificio de apartamentos parecían demasiado lejanas, imposibles de alcanzar con su cuerpo medio entumecido.

Pero no había otro lugar al que ir.

—Se marchó hará unos veinte minutos —le informó la camarera.

Jay contempló el restaurante casi vacío y luego las puertas batientes que conducían a la cocina. Sin pronunciar una palabra, se dirigió por esas puertas, sus largas piernas devorando la distancia.

—Señor, no puede...

Pero Jay ya había atravesado las puertas. Ignorando las miradas de sobresalto, cruzó la cocina y salió al callejón por la puerta trasera. Lo primero que vio fue que la puerta de la galería estaba parcialmente abierta. Llamó a Sara, pero una certeza, aprendida de la manera más dura, le ordenó que atravesara el callejón rápidamente, en silencio, y con la pistola en la mano.

Recorrió la galería del mismo modo. Las mesas y sillas derribadas transformaron sus labios en una fina línea. No había nadie allí, pero Sara había estado hacía poco.

«No podía dejar *La musa* sola», pensó preso de la ira, «y yo no podía darle cinco minutos con el maldito cuadro antes de arrastrarla al interior de la cafetería para poder reunirme con Liza».

Si tuviera otra oportunidad, le daría a Sara todo el tiempo que le hubiera hecho falta. Pero Afganistán le había enseñado que esperar una segunda oportunidad era de tontos.

El martillo de carpintero y la sábana enredada en el suelo lo interrumpió.

Pero lo que le hizo detenerse fue *La musa*. Esos ojos lo miraban en una muda condena.

Jay salió de nuevo al callejón y llamó a Sara.

Su única respuesta fue el eco.

Tampoco había esperado otra cosa. Tomó la linterna que llevaba enganchada del cinturón y la encendió. Recorrió el callejón con la fuerte y sorprendentemente brillante luz, buscando alguna señal de lucha, sangre, o cualquier cosa que no fuera el vacío.

Un brillo rectangular llamó su atención.

Se agachó y recogió del suelo un móvil. De inmediato reconoció la carcasa.

«Sara».

Repasó las últimas llamadas y su corazón falló un latido al ver el 911. Guardó el móvil de Sara en el bolsillo y sacó el suyo. Una tecla de marcación rápida lo puso en contacto con el sheriff Cooke. Mientras sonaba la señal de llamada, Jay siguió barriendo el callejón con la linterna, buscando huellas sobre la nieve recién caída. La temperatura y los helados copos de nieve le mordían la piel.

—Cooke —contestó el sheriff.

—Soy Jay. ¿Has localizado a Barton?

—No. Su casa estaba vacía, y el coche tampoco está. Un BMW negro *coupé*, según los datos de tráfico. He activado una orden de búsqueda.

Jay ignoró sus emociones y habló con frases entrecortadas.

—Sara no está. Estoy en la parte trasera de Susie's Kitchen, que da a un callejón justo enfrente de una galería de arte vacía donde guardamos los cuadros de Custer. Sara no estaba en la cafetería, y no está en la galería. He encontrado su teléfono en el callejón. El último número al que llamó fue al 911.

—No cuelgues.

Mientras Jay esperaba, repasó concienzudamente el callejón, buscando huellas lo bastante recientes como para atravesar la nieve y la aguanieve recién caídas. Un poco alejado de la galería había pruebas de que alguien había resbalado y caído, y justo delante una huella en la nieve de un calzado con suela de cuero que podría pertenecer a una mujer o a un hombre de baja estatura.

«¿Barton?».

«Llevar calzado con suela de cuero con este tiempo es la clase de estupidez que él haría. Pero para mí son buenas noticias».

El extremo del callejón más próximo a la galería disponía de una pequeña zona de aparcamiento al otro lado de la calle. El único coche aparcado allí era un BMW negro.

Jay cruzó la calle a la carrera y posó una mano sobre el capó del coche.

Estaba caliente.

—¿Jay? —llamó Cooke.

—Aquí estoy —contestó él secamente sin dejar de observar todas las sombras en busca de alguna señal de Barton.

Pero lo único que se movía allí era el viento.

—Una mujer llamó al 911 hará unos seis minutos. El mensaje es poco claro, pero es la voz de Sara y se entiende algo sobre una galería, una pistola y un nombre que podría ser Barton.

—He encontrado un BMW negro *coupé* aparcado al otro lado de la calle frente a la galería —le informó Jay al sheriff tras soltar un juramento—. El capó aún está caliente.

—¿Fue Sara en coche hasta el restaurante?

—No. Ambos van a pie. Voy hasta el otro extremo del callejón, lejos del BMW. Si Barton hubiera tenido la posibilidad de tomar su coche, lo habría hecho.

—¿Crees que Sara escapó de él?

—Sí. En la galería no hay sangre y el camino hasta la puerta que da al callejón está sembrado de mesas y sillas. Creo que Sara está ahí fuera, corriendo para salvar su vida.

—Pondré en ello a cada hombre que tenga disponible.

—Diles que estoy aquí fuera y que voy armado.

—No. Tú quéda...

Jay colgó la llamada y empezó a correr. Al llegar al otro extremo del callejón se detuvo dubitativo, antes de que la linterna iluminara una huella fresca de bota sobre la crujiente aguanieve junto a un edificio a la izquierda. Giró en esa dirección y siguió las huellas sobre una acera que pocas personas habían pisado desde el último chubasco de nieve.

Casi había pasado tres manzanas cuando vio la zona en obras. Dos juegos de huellas iban en esa dirección. Uno de ellos se correspondía con protectores metálicos.

«Debe de ser Barton. Sara no tiene protectores antideslizantes».

Jay apagó la luz y permaneció quieto oculto entre las sombras que rodeaban la calle. Soltó aire y escuchó.

Pero el único sonido que captó fue el del viento, y el de su propio latido de corazón, profundo, rítmico, alerta, su cuerpo respondiendo a órdenes de un hombre que durante demasiados años había cazado y sido cazado por otros hombres.

Iluminado únicamente por la débil luz de la luna que surgía entre las nubes, siguió los dos juegos de huellas, uno casi encima del otro. Las huellas atravesaban la costra de hielo y nieve congelada en la zona en construcción y resultaban muy fáciles de seguir.

Corrió a grandes zancadas, como un lobo, silencioso y concentrado.

A su alrededor, la noche brillaba bajo la luz de la luna. Vio donde los dientes de metal del segundo par de huellas habían tropezado, resbalado y caído, dejando una desgarbada marca humana dibujada sobre la nieve. A unos nueve metros surgió otra figura humana en la nieve, los bordes recientes brillando bajo la luna.

«Bien por ti, Sara. Incluso sin tacos antideslizantes, te mantienes en pie mejor que Barton».

La luz de la luna se hizo más débil y la nieve empezó a caer en remolinos mientras el viento empujaba una nueva tormenta hacia ellos.

La tenue luz reveló un pequeño terraplén cubierto de nieve, un lugar donde incluso unas buenas botas, y mejores reflejos, perdían la tracción. Jay vio señales de que Sara había resbalado, caído, agitado los brazos para ralentizar su caída.

Derrapó por el borde de la zanja. Cubrió la lente de la linterna con la mano y rebuscó en el fondo. Lo primero que vio fue una huella negra allí donde alguien había roto la fina capa de hielo y caído al agua. Lo segundo que vio fue que había dos pares de huellas que salían de la zanja por el extremo más alejado de él.

Y lo tercero que vio fueron unas brillantes gotas de sangre congelada entre las huellas.

—¡Sara!

No fue consciente de haber gritado su nombre hasta que oyó el eco de su voz que resonaba en la noche.

Y de repente un sonido llegó hasta él, empujado por el viento. La voz de un hombre que lanzaba una promesa de muerte.

CAPÍTULO 28

Sara patinó sobre un charco escondido, saltó una pila de tablones y se resbaló violentamente al aterrizar. Por fin había abandonado la zona en construcción. Las luces amarillas que rodeaban el edificio de apartamentos hacían que todo pareciera plano, casi unidimensional, engañando al ojo humano. Las suelas de sus botas estaban llenas de la nieve y el hielo de la obra, convirtiendo la acera en una pista de patinaje.

Respirando aceleradamente comenzó a girar, sin tracción, sin nada para mantenerse en pie. Sus manos golpearon la helada acera. Con el impulso rodó y chocó contra un banco de nieve. Al menos sobre la nieve conseguía pisar. En poco tiempo estaba de pie y corriendo de nuevo.

Pero casi de inmediato su cabeza dio un fuerte tirón hacia atrás y volvió a caer.

—Ya te tengo —Barton jadeó, su mano agarrándola del pelo y tirando de ella para que se pusiera de nuevo en pie—. Te dije que no corrieras o...

El codo de Sara no alcanzó el pecho de Barton, pero sí lo golpeó con fuerza en las costillas. Con el pie le propinó una fuerte patada en la rodilla, arrastró ese mismo pie por la espinilla y terminó con un pisotón en el empeine.

Él gruñó desconcertado, presa del dolor, y dio un paso

atrás. Tropezó con uno de los cables que sujetaban un árbol recién plantado. Los botones de su abrigo saltaron mientras él caía, pero no soltó los cabellos de Sara.

Si bien era más bajo que ella, Barton también era más fuerte simplemente por ser varón. Sara se retorció y aprovechó el impulso de la caída para propulsarse contra él, recordando los sucios trucos que le habían enseñado sus hermanos.

—¡Qué demo…! —comenzó a exclamar Barton.

Sara empotró el puño con todas sus fuerzas en su entrepierna.

Él aflojó la mano mientras soltaba un grito ahogado.

Aprovechando la tracción del torso y las piernas, Sara se puso en pie sin dejar de propinarle varias patadas.

Y empezó a correr. Fue vagamente consciente de que la luna había desaparecido y que el cielo estaba cargado de nieve. A pesar del ritmo que llevaba, su cuerpo estaba demasiado frío para sentir la nieve sobre su piel.

Respirando agitada y aceleradamente, y aun así sin conseguir aire suficiente, corrió hacia el edificio rodeado de luces amarillas. Se atrevió a mirar hacia atrás y vio que Barton se ponía lentamente en pie, sujetándose la entrepierna. El abrigo aleteaba al viento como si intentara escapar de él.

—¡Te mataré! —aulló.

El viento engulló sus palabras, pero Sara no necesitaba oírlas para saber que estaba locamente furioso. O simplemente loco.

Tampoco le importaba. Sentía simultáneamente frío y calor, tenía la espalda rígida y los pulmones se llenaban de un fuego alimentado por su agónica respiración. El cuello seguía sangrando lentamente, como un tozudo llanto. Presionó la herida con una mano en un intento de detener el flujo, pero su piel estaba demasiado fría para saber si estaba teniendo éxito.

Algo arañaba el suelo a sus espaldas. No eran zapatos sino algo metálico.

«Los protectores antideslizantes de Barton», pensó ella agotada.

Tenía la sensación de que ya no tenía piel ni músculos, que todo había sido sustituido por un plástico rígido e insensible. Únicamente los dedos en contacto con la herida del cuello sentían algo, el frío pegajoso de la sangre helada y seca.

En su mente seguía corriendo, pero en realidad sus pies se movían torpes y lentos. El mundo se volvía cada vez más oscuro. No conseguía aire suficiente. Contempló las luces amarillas alrededor de la entrada a los apartamentos, las luces que se habían convertido en su talismán.

«No está tan lejos».

«Solo a un millón de kilómetros».

«¡Deja de lloriquear y corre!».

Y entonces, por primera vez fue consciente de la nevada que estaba cayendo. Los gruesos y húmedos copos se acumulaban sobre los coches y corrían por sus mejillas como heladas lágrimas. Todo a su alrededor tenía el aspecto de un congelado Halloween, todo era amarillo y negro, acompañado de la fantasmagórica y silenciosa caída de la nieve.

«¿Cuánta nieve hará falta para seguir las huellas de alguien sobre la acera? ¿Y para cubrir esas huellas? ¿Y cuánto tarda?».

Su vida dependía de unas respuestas que ella no tenía.

El viento aulló y se clavó en su rostro, arrancándole lágrimas y tirando de sus cabellos mojados. A través de los ojos entornados, vio a Barton sujetándose furioso el abrigo mientras la seguía.

«Frío», comprendió ella mientras corría. «Me estoy muriendo de frío aquí fuera».

A trompicones corrió hacia la entrada de los apartamentos.

Siguiendo el cono de luz de la linterna, Jay abandonó a la carrera la zona en construcción. Ya no le importaba si Barton lo veía llegar.

«Mejor yo que Sara».

Recorrió con la mirada el asfalto de la calle, pero no encontró nada. La nieve aún no había caído en cantidad suficiente para mostrar las huellas. Pero en la acera y sobre los pequeños montones de nieve, vieja y nueva, que el viento acumulaba contra cualquier tope, era diferente. Allí las huellas se veían claramente.

Las huellas de pisadas de Sara ya no estaban. En su lugar solo había un remolino de nieve apilada por el viento.

Las huellas de los protectores antideslizantes de Barton se veían con mortífera claridad.

Así como las frecuentes gotas de sangre congelada.

Jay siguió las pistas a la carrera mientras la nevada se intensificaba y el gélido viento le mordía la cara. Entornó los ojos y miró hacia los árboles recién plantados y las ocasionales farolas.

Un poco hacia adelante y a su derecha, un abrigo aleteaba al viento como si fuera la vela de un barco que se hubiera soltado.

«Barton», pensó Jay mientras sonreía con crueldad.

Corrió más deprisa hacia la extraña figura, hasta que su pie izquierdo pisó una placa de hielo que ni siquiera los protectores podían controlar. El mundo se derrumbó a su alrededor mientras aterrizaba pesadamente sobre un hombro, rodaba, y volvía a ponerse en pie. Durante todo el proceso, iluminado por la linterna, había visto más sangre, una brillante prueba de vida.

Corrió de nuevo hacia las farolas, el círculo amarillo no iluminaba nada.

El grito de una mujer rasgó la noche.

Sara no fue consciente de haber gritado al descubrir a Barton a unos pocos pasos de ella. Reía. Podía haberla atrapado de haber querido, pero disfrutaba más viéndola correr.

Las luces amarillas de la entrada al edificio estaban por fin lo bastante cerca para ver el telefonillo en la parte externa de la recién acondicionada entrada.

—Ríndete —jadeó Barton—. Ya... te tengo.

Su respiración sonaba como si estuviera pegado a la oreja de Sara. El pie izquierdo de la joven aterrizó con dureza contra el suelo, el tobillo se torció, pero consiguió mantenerse en pie. La nieve se le clavaba en los ojos como si de diminutas agujas se tratara. Sintió unos dedos intentar agarrar los cabellos que se había metido por dentro de la ropa.

Todo su ser estaba centrado en el telefonillo de la entrada del edificio. Veía un auricular, como los teléfonos antiguos de cabina, y se arrojó contra él. Los entumecidos dedos se movían con torpeza, pero al fin consiguió agarrar el auricular con la mano.

—¿Hola? ¿Hola? —gritó—. ¡Ayúdenme!

Y entonces vio el letrero que cruzaba las puertas cerradas.

Próxima apertura en mayo
Apartamentos Windsor en Jackson
apartamentos de lujo a pocos minutos del barrio del arte

Sara dejó caer el teléfono y corrió hacia la sombra más próxima, sin saber, ni importarle, hacia dónde la llevaría.

Barton intentó cortarle el paso, pero estaba sin aliento y lo más que lograba era mantenerla a la vista. Apretando la mano contra el costado, la siguió mientras rodeaba el vacío edificio de apartamentos. Sara giró hacia un aparcamiento vacío y se adentró en la zona oscura que rodeaba el núcleo iluminado por las luces de seguridad de la zona en construcción.

Al pensar en las zanjas heladas que iba a encontrarse a su paso, Barton sonrió. Envolviéndose en el abrigo, trotó tras ella. Cuanto más corriera, menos distancia tendría que arrastrar su cuerpo.

Pero de repente se dio cuenta de que le estaba ganando ventaja y que podría escapar. Unos salvajes juramentos salieron de su boca.

Sara oyó los insultos, pero no le importaron. Se limitó a correr obstinadamente, más sola de lo que había estado en su vida, en medio de la oscuridad y la nieve que se le clavaba. Intentó gritar, pero solo le quedaba aire para un ronco gemido.

Una mano se aferró a su brazo, girándola. Barton le hizo un barrido con el pie y Sara sintió que ambos pies se despegaban del suelo. Se encontró tirada de espaldas, incapaz de verle el rostro, aunque olía la menta y el alcohol de su aliento. Su voz estaba cargada de desprecio. Sara intentó gritar de nuevo, y de nuevo solo pudo gemir.

Él le soltó el pie y le agarró la mano, tirando de ella. Antes de que ella pudiera moverse, le agarraba de nuevo el pelo y la arrastraba fuera del helado aparcamiento. La nieve le arañaba bajo la fina camiseta de algodón.

Sara intentó clavar las uñas en la mano hundida en sus cabellos, intentó alzar las piernas para propinarle una patada, pero solo consiguió manotear desesperada. Entre el ruido metálico de los zapatos que aplastaban la nieve helada, le pareció oír otro sonido, el del agua en movimiento.

De repente Barton la alzó y al mismo tiempo la lanzó hacia delante con tanta fuerza que sus pies abandonaron el suelo.

Y se sintió caer.

El agua, poco profunda, pero mortalmente helada, la esperaba.

CAPÍTULO 29

Como si de un niño se tratara, el viento jugaba con la nieve que caía, lanzando ráfagas a diestro y siniestro, revelando y ocultando las luces de las farolas y las dos figuras que corrían. Respirando con dificultad, Jay miró fijamente hacia el punto en que le había parecido ver movimiento.

«Allí. A la derecha».

La pálida mancha borrosa de la blusa de Sara se había dirigido hacia la oscuridad en los límites de la zona en construcción. Pensó en utilizar la linterna para iluminar el camino, pero no lo hizo. La luna aparecía lo bastante a menudo entre las nubes de tormenta y no quería estropear su visión nocturna.

Además, si había que pelear, prefería tener las dos manos libres.

Alargó la zancada, saltó sobre pequeños obstáculos y buscó con la mirada las traicioneras zanjas de alcantarillado. Resbalándose, patinando, el corazón acelerado, acortó la distancia con las dos figuras que habían desaparecido en medio de un remolino de nieve a menos de una manzana de distancia.

El viento sopló con fuerza, revelando a una sola persona con un abrigo que aleteaba.

«Barton».

«¿Dónde está Sara?»

A pesar del miedo que se clavaba en su pecho tanto como el frío, Jay estaba seguro de no haber oído ningún disparo.

«Debe haberse resbalado y caído al suelo».

Aumentó la velocidad, desesperado por atrapar a Barton antes de que pudiera hacerle más daño a Sara. A medida que se acercaba, vio un contorno de color índigo y un rostro muy pálido. Los rasgos eran pequeños, delicados como los de una niña y se retorcían con odio. De repente Barton se volvió y empezó a correr en dirección a la galería, el perseguidor convertido en perseguido.

Jay le hizo un fuerte placaje a su hermanastro, hueso crujiendo contra hueso, pero asegurándose de que fuera Barton el primero en tocar el suelo. Alzó el puño y giró a Barton.

—Adelante —jadeó su hermano—. Siempre quisiste hacerlo. Golpéame mientras ella se muere de frío en la zanja.

Jay soltó un juramento y le propinó a Barton una patada antes de echarlo a un lado y correr hacia donde había visto a Sara por última vez.

Sesenta metros, y toda una vida, después se encontró en lo alto de un terraplén. El agua que corría más abajo parecía una herida negra y fea, promesa de una muerte helada. Corrió ladera abajo, saltando con largas zancadas hasta que su pie derecho se enganchó con algún obstáculo. El tobillo cedió, lanzándolo hacia la derecha. Retorciéndose, contuvo la caída con el hombro, deteniéndose justo antes de alcanzar el agua.

Se sentó y desenganchó la linterna del cinturón, encendiéndola. Durante infinitos y aterradores segundos, la brillante luz LED no encontró nada salvo la cegadora nieve y el agua negra y vacía. De repente un blanco diferente quedó atrapado en la luz.

«Sara».

Estaba tirada de espaldas, la cabeza y los hombros en el

agua. En el borde del haz de luz de la linterna, la sangre que manaba del cuello era como un reguero de pintura oscura. Y era la cosa más hermosa que hubiera visto jamás.

Los muertos no sangraban.

En un torbellino de movimientos, la sacó del agua y le arrancó la blusa empapada. De haber tenido fuerzas, ella podría haberse resistido, pero lo más que pudo hacer fue retorcerse instintivamente para intentar apartarse.

—Tranquila, cielo, soy Jay.

Rápidamente se quitó la cazadora forrada de lana y la envolvió con ella, cubriéndole hasta la cabeza para mantener sus cabellos empapados a resguardo del viento. Después se puso en pie y la llevó a caballito, sujetándola con un brazo mientras buscaba el teléfono en el bolsillo.

No estaba.

«Mierda. Debo haberlo perdido en una de las caídas».

Comprobó si llevaba la Glock. Seguía en su sitio. Mojada, fría, preparada.

«Una lástima que no sirva para hacer llamadas».

Valiéndose de la linterna para evitar los obstáculos, Jay empezó a desplazarse a grandes zancadas hacia el calor. El restaurante, la galería, la camioneta, tanto daba. Lo único que importaba era que Sara recuperara el calor.

Redobló la velocidad sin dejar de buscar a Barton. Pero o bien su hermano seguía tirado en el suelo, o había conseguido desaparecer de su vista mientras él buscaba a Sara.

«Te volveré a encontrar, hermanito. No lo dudes».

—¿Ja... Jay? —la voz camuflada surgió del interior de la cazadora.

—Soy yo. ¿Sientes las manos y los pies?

—Frí... frío.

Jay percibió los violentos escalofríos que la sacudían. Y sintió un inmenso alivio ante la señal de que su cuerpo regresaba a la vida.

—Que… quema —protestó ella cuando habían recorrido dos manzanas.

—Eso es bueno. Significa que la sangre vuelve a circular —le explicó él mientras llegaba a la calle—. Duele endemoniadamente.

No se veía un solo coche.

Jay se sacudió la mayor parte de la nieve y el hielo de los protectores y corrió hacia la galería. El tobillo le ardía cada vez que el pie aterrizaba en el duro cemento de la acera. Pero ignoró el dolor. Había sufrido heridas peores, y llevado a cuestas a un soldado herido de vuelta al campamento. La experiencia le había enseñado que, a veces, el dolor era un mensaje sin significado.

—Pu… puedo caminar —protestó Sara mientras su cabeza se balanceaba contra él.

—Así vamos más deprisa.

—Pe… pero…

—Conserva tu aliento para calentarte.

Para cuando llegaron al edificio en el que se encontraba Susie's Kitchen, la señal del escaparate le indicó que habían cerrado.

—Galería —dijo Sara.

—La camioneta será más cómoda.

—Ga… galería —insistió ella.

Recordando la última vez que había ignorado sus deseos, Jay giró hacia la galería. Al menos allí funcionaría el teléfono. De eso estaba seguro, pues él mismo lo había conectado.

—A la galería pues. Aguanta, cariño. Ya casi estamos.

Pasó junto al aparcamiento y vio que el BMW negro seguía allí. No sabía adónde había ido Barton, pero no se había llevado el coche.

—*La musa* —continuó ella con claridad.

La primera palabra que pasó por la mente de Jay fue un improperio, de modo que se calló.

Sara le agarró el brazo con fuerza. La cabeza le daba vueltas, pero algo que Barton había dicho cobraba de repente un horrible sentido.

—El cuadro —continuó con dificultad—. Barton quiere quemarlo.

«Yo lo ayudaría», pensó Jay con amargura.

—Ese cuadro encierra un secreto —insistió Sara mientras entraban en el callejón.

—Me alegra que te estés recuperando, pero lo que dices no tiene demasiado sentido. Y ahora cuidado, voy a bajarte al suelo.

Apoyándose en la puerta de la galería, la depositó suavemente sobre sus pies, sujetándola con las manos. Y durante todo el proceso, el instinto martilleaba en su cabeza, gritándole que algo se le había pasado por alto.

«Huellas».

«Dirigiéndose hacia la galería».

De repente la puerta se abrió y la mano de un hombre agarró a Sara, arrastrándola al interior de la galería.

—Entra aquí o la mato.

—¿Henry? ¿Qué demonios haces aquí?

Y de repente Jay temió conocer la respuesta.

El capataz reculó hasta que Sara y él estuvieron fuera del alcance de Jay.

—Cierra la puerta —le ordenó Henry—. Hay coches patrulla por todas partes.

«Pues ojalá hubiera visto alguno», pensó Jay mientras cerraba la puerta sin perder de vista al otro hombre.

—Y para contestar a tu pregunta, estoy limpiando lo que Barton se ha dejado atrás —su voz, al igual que su expresión, estaba cargada de desprecio—. Ese chico es incapaz de mear sin mojarse.

La voz de Barton surgió de detrás de Henry y un poco hacia la derecha. Era una voz distinta, grave donde antes había sido llorona.

—He hecho mucho más que tú, viejo. Hace dos meses intenté sacar los cuadros de Fish Camp yo solo, pero ese viejo se enfureció cuando derramé una lata de pintura. Me dijo que no volviera por allí sin Jay.
Henry parecía aburrido.
—Incluso robé la habitación de Sara para que se marchara a su casa —continuó Barton—. Y ahora devuélveme la pistola.
—Cualquier idiota podría entrar por una puerta abierta. En cuanto a la pistola que le robaste a Liza... —el capataz contempló fugazmente la pistola con la que apuntaba a la cabeza de Sara—. Un calibre 22. Una pistola femenina para un chico femenino. Aunque si te acercas lo suficiente no habrá problema. Y yo estoy lo bastante cerca.
Cuando Henry levantó la vista unos segundos después, lo que vio fue el cañón de otra pistola, aunque más grande, la calibre 45 de Jay que describió un arco y se apoyó en su cabeza.
—Cielos, qué rápido eres —observó Henry—. Más rápido de JD, y él desenfundaba a la velocidad del rayo.
—Suéltala —le ordenó Jay sin emoción alguna —«o aparta la mirada otra vez»—. Esto no tiene nada que ver contigo.
—Baja el arma —contestó el capataz mientras apretaba el cañón de la pistola contra la mejilla de Sara.
—No lo hagas, Jay —suplicó Sara con voz ronca, suplicando también con sus hermosos ojos oscuros—. Te matará, y luego me matará a mí.
—Nadie tiene por qué morir —aseguró Jay. «Un aficionado que se esconde detrás de un rehén siempre acaba por cometer un error. Solo hace falta saber cuándo».
«Y si disparará antes al rehén».
Henry fijó la mirada en los fríos ojos azules y deseó que Sara fuera lo bastante alta para taparlo un poco más.
—No deberías haber regresado —le advirtió Barton a Jay—. Teníamos un buen negocio montado. Laboratorios de metanfetamina, cultivos de hierba. Nuestras ganancias eran su-

periores a la ridícula asignación que le dabas a mamá, pero ella no lo sabía. Ella nunca lo supo. Y entonces vas y empiezas a comportarte como un Rambo contra las operaciones de cultivo de marihuana, y yo tuve que volver a recibir sus órdenes.

—Cállate —rugió Henry.

—¿Por qué? —quiso saber Barton—. Jay no hará nada mientras apuntes a esa zorra con la pistola. Llámame estúpido, pero fue él quien se enamoró. Y eso lo ha vuelto débil.

Sara miró histérica de Jay a Barton, que sujetaba un paño ensangrentado contra su cara.

Los ojos de Jay no se apartaban de Henry. Bastaría con un segundo de despiste por parte del capataz para que todo terminara.

—Se sabe cómo es una persona por sus socios —observó—. ¿Has pensado en ello, Henry?

—Barton no es mi socio. No en ese sentido.

—Y una mierda que no lo soy —intervino Barton con frialdad—. Fui yo el que cerró el trato con los cultivadores y los que procesaban la droga. Era yo el que recogía el dinero todos los meses y lo repartía.

—Y eres tú al que engañaban todos los meses —contestó Henry.

—No, viejo. Ese eras tú. Yo me quedaba dos tercios. Manejaba los hilos mientras todos pensaban que manejaban los míos. Esas clases de arte dramático que me pagó Jay merecieron cada centavo. Engañé...

—¡Cállate! —lo interrumpió el capataz.

—¿Por qué? Vas a matarlos a los dos, yo heredaré y...

—No heredarás nada —lo interrumpió Sara, encajando la mandíbula para que no le castañetearan los dientes—. No eres hijo biológico de JD.

Jay se sintió inundado de una oleada de sorpresa, pero siguió sin perder de vista su objetivo.

«Eso explica muchas cosas», pensó. «Demasiadas».

—De modo que lo descubriste —observó Henry en tono de fastidio—. Ya temía yo que lo hicieras, pero pensé que te llevaría más tiempo.

—Debajo de ese retrato, está el retrato de Liza —anunció Sara con voz firme.

—La maldita musa de Custer —Henry asintió con amargura—. Su amante. Pero Liza ama el dinero, y Custer estaba arruinado. Así pues, se casó con JD, que era rico. Barton es hijo de Custer.

—Qué bonito, ¿verdad? —observó Barton. Se había movido en la silla, inclinándose tanto hacia delante que su rostro casi chocaba con las rodillas. Seguía sujetando el paño torpemente con la mano izquierda contra el lado derecho de su rostro—. Me habrían birlado la herencia, pero ahora es Jay el que se quedará sin ella.

—Eso es una locura —contestó Jay con calma—. Tengamos la misma sangre o no, eres mi hermano. Lo que cuenta es el roce, vivir juntos como una familia.

—San Jay —se mofó su hermanastro con frialdad—. Y no me cabe duda que cumplirías tu palabra. Me darías la cuarta parte del rancho.

—Eres mi hermano.

—Eres un imbécil —continuó Barton—. Mírame, imbécil.

Pero la atención de Jay seguía sin apartarse de Henry y la pistola que apuntaba a la cabeza de Sara.

Y ella solo lo miraba a él. Se le ocurrió fingir un desmayo para romper la concentración de Henry, pero temía que le disparara en cuanto se moviera.

«Nunca pude decirte que te amo, Jay».

—Henry, si crees que Barton va a darte un centavo de lo que sea que consiga, estás más loco que él —le aseguró Jay.

—Deberías haberte leído el testamento de JD —fue la respuesta del otro hombre—. Si soy el capataz cuando se venda el rancho, me corresponderá el cuatro por ciento.

Jay se limitó a escuchar y esperar a que el capataz cometiera un error.

—Ve a por el maldito cuadro, Barton —ordenó Henry—. En su momento no pude evitar que JD se metiera en la cama con Liza, pero ahora sí puedo proteger mi porcentaje.

—¿Qué quieres decir con lo de Liza? —preguntó Sara.

Cualquier cosa serviría para distraer la atención de ese hombre de la pistola que apretaba contra su mejilla.

—JD le dijo a Liza que no se casaría con ella hasta que no la dejara embarazada —explicó Henry—. Dijo que Ginny era prácticamente estéril. Y no estaba dispuesto a tener una segunda esposa estéril.

—Mamá se quedó preñada enseguida, pero no de JD —la sonrisa de Barton era tan fría como la persona que siempre había sido bajo la máscara con la que se cubría—. Lo engañó a base de bien.

—JD lo descubrió años después, viendo que no llegaban más hijos —continuó el capataz—. Y se divorció de ella. Después la amenazó con el veinticinco por ciento del rancho que le correspondería a Barton para asegurarse de que no le contara nunca a nadie que no había sido Ginny la mitad estéril del matrimonio Vermilion —sin apartar la mirada de Jay, preguntó—. ¿Aún no has preparado ese lienzo, Barton?

—Tranquilo, viejo —contestó Barton—. No me gustaría que la cagaras y te murieras antes de que comience la diversión.

Mientras hablaba, Barton terminó de arrastrar y apoyar sobre una mesa un lienzo más alto que él mismo. Sonriente, saboreando cada momento de poder, sacó del bolsillo de su abrigo una lata de gas para encendedores y empapó el cuadro con el líquido. Para cuando arrojó la lata sobre el lienzo, la sonrisa se había convertido en una carcajada.

—No —exclamó Sara con voz ronca—. *La musa* no tiene precio.

—Ojalá se tratara de mi madre —Barton seguía riendo—. Con sus quejas continuas era capaz de conseguir que una estatua cayera de rodillas.

Sara emitió un sonido de protesta, y el cañón de la pistola se hundió más profundamente en su mejilla.

Barton encendió un cigarrillo con el encendedor de bolsillo y sonrió al cuadro.

—Hazlo —le ordenó Henry con impaciencia.

—¿A qué tanta prisa? He esperado años para ver a mi hermano mayor impotente. Es tan imbécil. Solo tiene que disparar a través de la zorra y matarte a la vez, pero es demasiado débil para hacerlo. ¿Cómo se siente uno al ser tan débil, hermano?

—El amor no es una debilidad —contestó Jay—. Es la mayor fuerza que puede existir.

—Y dices que yo soy el loco —Barton volvió a encender el mechero y lo acercó a una esquina del lienzo que goteaba líquido.

—No —suplicó Sara—. ¡No! Estás quemando algo que nunca…

Con un suave siseo, una bola de fuego saltó a la cara de Barton, que saltó hacia atrás, golpeando una silla que salió volando contra Henry, que miraba imperturbable la escena.

Dos disparos se sucedieron casi al mismo tiempo. Y Henry estaba muerto antes de poder respirar de nuevo.

En cuanto Sara sintió que ya no la sujetaban por el pelo, dio un salto, agarró una sábana del suelo y corrió hacia el cuadro. A toda prisa empezó a sofocar el fuego.

Jay se agachó y recuperó la pistola de Henry.

Pero cuando se incorporó se encontró frente a un arma sujeta por el sonriente extraño que una vez había sido su hermano pequeño.

—Esta pistola no es de nenas —le explicó Barton—. Es más grande que la tuya. Solo quería culpar a mamá de cualquier muerte —se encogió de hombros—. Y ahora voy a tener que inventarme otra historia.

—Ríndete —le aconsejó Jay.

—Ni de broma. Eres demasiado débil para disparar a tu hermano pequeño, pero yo no lo soy para dispararte a ti. Ñaca, ñaca, hermano.

Dos disparos más sonaron casi al unísono.

—¡Jay! —gritó Sara, corriendo hacia él.

Pero fue Barton quien cayó al suelo, con una expresión de sorpresa dibujada en el rostro.

Con movimientos demasiado ágiles para que ella pudiera seguirlos, Jay apartó la pistola de una patada de la mano de Barton y comprobó si tenía pulso.

—Está... —la voz de Sara se apagó.

—Muerto. Igual que Henry. El Ejército no me enseñó a fallar —Jay cerró los ojos de su hermano y levantó la vista.

Y Sara vio lágrimas rodar por las mejillas del vaquero. Instintivamente le abrió sus brazos.

—¡Que no se mueva nadie! —la puerta de la galería se abrió de golpe.

Sara ahogó un grito.

«¿Es que esto no va a terminar nunca?».

—Tranquilo, Cooke —dijo Jay, de espaldas al sheriff—. Ya ha terminado todo.

Tres agentes entraron detrás de Cooke, todos con las armas desenfundadas.

—¿Algún arma? —preguntó el sheriff.

—Que yo sepa, tres —contestó Jay—. Soltaré la mía si les dices a tus hombres que no disparen.

—Bajad las armas —Cooke se dirigió a los policías—. Adelante, Jay.

Él dejó la pistola en el suelo y se volvió lentamente.

—Maldita sea, hijo —el sheriff miró a Jay y suspiró—, esperaba que no tuvieras que ser tú.

Jay no contestó.

—No ha sido culpa suya —intervino Sara—. Barton intentó matarme y Henry también, y luego Barton intentó matar a Jay y… —la frase quedó interrumpida por un sollozo.

Jay la abrazó con fuerza.

Cooke soltó un juramento, se quitó el sombrero y volvió a colocárselo.

—Benson, asegura el lugar del crimen. Davis aún tardará un poco en llegar. Tiene que esperar hasta que la ambulancia se lleve a Liza.

—¿Liza? —preguntó Jay—. La herida no parecía tan mala.

—Lo que la mató fue la bala que tenía en el estómago, pero no antes de que confesara.

—Henry —aventuró él con tristeza mientras recordaba las palabras del capataz sobre «limpiar detrás de Barton».

—Eso dijo, y también un montón de cosas más, bastantes para que me entraran ganas de darle una paliza a algún imbécil sociópata. ¿Qué demonios ha pasado, Jay?

—Es una historia muy larga —contestó él—. Preferiría contarla solo una vez.

—Yo… yo también —intervino Sara.

Unos violentos temblores estaban destrozando su equilibrio, pero no tenían nada que ver con el frío.

—Sobrecarga de adrenalina —le susurró Jay al oído—. Agárrate a mí.

Levantó la mirada hacia el sheriff.

—¿Podríamos ocuparnos de las formalidades en la suite Vermilion? Sara ha pasado demasiado tiempo corriendo bajo la nieve sin llevar puesto nada más que una blusa y los vaqueros, y después cayó al agua helada dos veces. Necesita un baño caliente, una sopa caliente, y la oportunidad de asimilar el terror de ser cazada como un animal y luego ver cómo la apuntaban a la cabeza con una pistola. Envía un agente con nosotros si hace falta.

—Después de lo que contó Liza, eres la última persona a la que pretendo arrestar —Cooke contempló a Henry—. Hijo de perra. De él no me lo esperaba.

—Después de que Barton heredara el rancho iban a venderlo, utilizando mi sangre para los análisis de ADN.

—¿Barton no es un Vermilion? —preguntó Cooke sorprendido.

Detrás de él, sus agentes cuchicheaban excitados.

—No —aclaró Sara—. Custer fue el donante de esperma en el caso de Barton.

—¡No me jodas! —exclamó Cooke—. Liza no dijo nada sobre eso. Ahora todo tiene más sentido, de un modo bastante retorcido.

Jay cerró los ojos durante unos segundos, pensando en lo irremediable del pasado. Luego, levantó el rostro de Sara y la besó con dulzura.

—Vamos, cariño —susurró—. Vámonos a casa.

Y deseó que esa misma casa lo fuera también para ella.

CAPÍTULO 30

Seis meses después

La galería Jackson estaba repleta de gente bien vestida, que sostenía una copa de champán en la mano y mordisqueaba canapés. Sobre una elegante mesa estaban apilados unos preciosos catálogos a color de los primeros y más desconocidos cuadros de Armstrong «Custer» Harris. Para quienes hubieran comprado un cuadro en la subasta previa también había un libro ilustrado, y muy caro, complementario a la exposición y que describía la vida y obra de Custer. El texto incluía numerosas anécdotas y detalles de su vida en el rancho Vermilion.

Sara caminaba entre los asistentes. Llevaba un vestido tubo de color negro y lucía las joyas indias que las mujeres Vermilion habían llevado desde hacía más de un siglo. En un golpe de ironía que seguía escociendo, a la par que divertía, Jay había heredado los «bienes materiales», de Liza y Barton.

Además de las joyas, Sara lucía una sonrisa profesional que disimulaba la confusión que sacudía su mente. *The Edge of Never* se había convertido en una de las películas más populares y nominadas del año. Eso, y el ruido generado por los nuevos Custer descubiertos, por no hablar del escándalo de la exmujer de JD y el hijo que había tenido con el pintor, habían inflado los precios de los cuadros más de lo que Sara habría podido soñar.

En cuanto la prensa había empezado a informar sin parar de historias de asesinatos y crimen en el adinerado pueblo turístico de Jackson, el furor por los cuadros de Helga pintados por Wyeth pasó a ser cosa de niños en comparación.

El efecto generado por todos esos factores juntos había conseguido que *La musa*, una vez restaurada, fuera vendida por más de un millón de dólares.

Y todos los demás cuadros de Custer que Jay había seleccionado para liquidar en subasta habían sido vendidos. La obra más barata, un pequeño estudio de vallas de madera entrecruzadas que habían encontrado guardado en una caja de cartón, había conseguido setenta mil dólares.

«Nada como una subasta caliente para estrujar bien las billeteras», pensó Sara.

A pesar del rotundo éxito de los últimos seis meses, que habían sentado las bases para aquella noche de gala, se sentía como si la estuvieran desgarrando. Aunque Jay y ella habían alternado vuelos entre Wyoming y San Francisco, despedirse estaba resultando cada vez más difícil… para los dos.

Y al día siguiente sería lo mismo.

Sintiendo un repentino e irrefrenable deseo de tocar a Jay, miró por la sala, buscando al hombre de cabellos negros y el musculoso porte de un atleta, o de un depredador. Lo vio atrapado entre dos esbeltas mujeres vestidas de diseño.

Las mujeres le recordaron a Liza. Y por la tensión que se traslucía bajo la educada pátina de fingido interés, supo que Jay sentía lo mismo.

Todavía despertaba en ocasiones en medio de la noche con el corazón acelerado y un grito ahogado en la garganta. Cuando Jay se encontraba con ella, se acurrucaba contra su caliente cuerpo y se abrazaba a él hasta que lo peor hubiera pasado. Y si él no estaba, se levantaba de la cama y trabajaba hasta estar lo bastante cansada como para dormir de nuevo.

«Supéralo», se dijo a sí misma. «Es el pasado. Nadie nos está persiguiendo ya».

—Has organizado una exposición de primera —la felicitó alguien.

—Gracias. Custer es un pintor de primera —contestó ella automáticamente mientras que, con la sonrisa en los labios, se alejaba.

Solo después se dio cuenta de que prácticamente había despreciado a su nuevo cliente, un hombre que había adquirido tres Custer, todos de entre las mejores obras del artista. Se le ocurrió dar media vuelta, pero la atracción que ejercía sobre ella la oportunidad de estar junto a Jay era mayor que cualquier cliente, por mucho dinero que tuviera.

—Discúlpenme —se detuvo ante las mujeres vestidas de diseño—. Tienes una llamada, Jay.

—Señoras —él asintió hacia las decepcionadas mujeres.

Jay siguió a Sara, que se abría paso hábilmente entre los invitados, saludando a la gente sin animar a nadie a entablar conversación.

«Esto se le da bien», pensó Jay, y no por primera vez. «Muy bien. Manejó los infinitos detalles y nunca perdió la paciencia ni el interés. Y ahora no para de recibir llamadas de todo el país para que vuelva a hacer lo mismo».

La certeza de que al día siguiente se despedirían de nuevo pesaba sobre él. Y ese peso aumentaba cada vez que se despedían, por breve que fuera a ser la separación.

Cada vez era más difícil, destrozándolos a ambos.

«Esto tiene que terminar», pensó con crudeza. «El coste está siendo demasiado elevado».

«Para los dos».

Sara abrió la puerta de su despacho al fondo de la galería.

Segundos después la volvió a cerrar con llave, una nueva costumbre que no encontraba motivos para modificar.
—¿Se trata del rancho? —preguntó él.
—No. Es que necesitaba abrazarte.
Él la atrajo hacia sí con delicadeza, por completo, permitiendo que el calor femenino y su fragancia borraran el frío que se había instalado en su interior al pensar en el día siguiente.
—Te amo —susurró Jay contra su mejilla.
—Y yo te amo, tanto que me está destrozando —Sara deslizó los labios por su cuello.
Su voz era ronca, cargada de dolor ante la idea de una nueva separación.
—A mí me pasa lo mismo —los músculos de los brazos de Jay se tensaron cuando la abrazó con más fuerza—. No quería decir nada hasta saberlo con certeza, pero esta semana he hablado con una gran empresa ganadera. Me han ofrecido un buen precio por el rancho.
—¿Quieres venderlo? —ella se apartó y fijó la mirada en los ojos azules.
—Lo que quiero es una vida contigo —contestó él.
—No lo vendas —Sara hundió el rostro en su cuello—. Mi deseo de estar en la ciudad no es nada comparado con el deseo de estar contigo. Cuando tú estás en el rancho Vermilion, San Francisco me resulta mucho más solitario de lo que hubiera imaginado jamás.
Sara lo sintió rodearla con sus brazos hasta que apenas pudo respirar, o quizás lo que le impedía respirar con normalidad era el miedo ante lo desconocido. Cuando Jay volvió a repetir su nombre al oído, e insistir en su amor, consiguió la fuerza necesaria para enfrentarse a él.
Giró la cabeza y rozó los labios de Jay repetidamente con los suyos, respirando sus palabras y devolviéndoselas junto con las suyas entre hambrientos besos.

—¿Podría ocupar una o dos habitaciones de la casa principal del rancho para usarlas como oficina? Tal y como va el negocio, voy a tener que contratar a una ayudante.

—Puedes ocupar toda la maldita casa como oficina —contestó él con voz ronca.

—Habrá que dejar alguna habitación para los niños —Sara sonrió.

—No hace falta que tengas hijos —Jay apoyó la mejilla contra la cabeza de Sara, el cuerpo le vibraba de emoción—. Sé que no quieres…

—Cásate conmigo.

—Sí. Desde luego que sí.

El deseo que se reflejaba en la voz de Jay hizo que a Sara se le llenaran los ojos de lágrimas.

Jay la tomó en brazos y la besó, inundándoles a ambos de calor, de un fuego que crecería durante los meses y años que pasarían juntos, durante el futuro que iban a compartir.

Y ese fuego era amor.

Nota de la autora

Como de costumbre, el paisaje de mi novela es real, pero, dentro de esa realidad, he incluido una parte totalmente de ficción. Así pues, Jackson y los Teton existen en todo su esplendor, pero, hasta donde yo sé, el rancho Vermilion es producto exclusivo de mi imaginación. Lo mismo sucede con los personajes, solo existen en mi mente.

Y ahora en la vuestra.

www.ingramcontent.com/pod-product-compliance
Lightning Source LLC
LaVergne TN
LVHW091618070526
838199LV00044B/841